# KATE EBERLEN

ever last

Roman

Aus dem Englischen von Babette Schröder

WILHELM HEYNE VERLAG
MÜNCHEN

Die Originalausgabe *Ever after* erschien erstmals 2023 bei Orion Fiction, an imprint of THE ORION PUBLISHING GROUP LTD, London.

Der Verlag behält sich die Verwertung der urheberrechtlich geschützten Inhalte dieses Werkes für Zwecke des Text- und Data-Minings nach § 44b UrhG ausdrücklich vor. Jegliche unbefugte Nutzung ist hiermit ausgeschlossen.

Penguin Random House Verlagsgruppe FSC® N001967

Deutsche Erstausgabe 01/2025
Copyright © 2023 by Kate Eberlen
Copyright © 2025 der deutschsprachigen Ausgabe
by Wilhelm Heyne Verlag, München,
in der Penguin Random House Verlagsgruppe GmbH,
Neumarkter Str. 28, 81673 München
produktsicherheit@penguinrandomhouse.de
(Vorstehende Angaben sind zugleich
Pflichtinformationen nach GPSR)

Redaktion: Michelle Stöger
Umschlaggestaltung: t.mutzenbach design
unter Verwendung von Shutterstock.com (vvvita, Marina Roma, avtk)
Satz: Satzwerk Huber, Germering
Druck und Bindung: GGP Media GmbH, Pößneck
Printed in Germany
ISBN: 978-3-453-29242-0
www.heyne.de

*In Gedenken an Kath,
meine wunderbare Mutter*

Prolog

Gus

Frühjahr 2020

Ich vermisse dich, Tess.
Wenn ich nach der Nachtschicht aus dem Krankenhausmief in dieses herrliche Wetter hinaustrete und die frühe Morgenluft einsauge, ist es, als würde ich Eiswasser trinken. Ich schaue in den blauen Himmel jenseits der silbrig glänzenden Hochhäuser der Stadt und meine Sehnsucht nach dir ist so überwältigend, dass sich meine Schritte und mein Denken unwillkürlich verlangsamen. Ich stehe im strahlenden Sonnenschein auf der Straße und weiß nicht mehr, wo ich eigentlich hinwollte oder wer ich bin.

In den Regalen von Tesco Express gibt es nicht mehr viel. Ein einsamer Eierkarton, denn zwei Eier sind zerbrochen und die kaputte Schale klebt an der porösen Pappe; eine verschimmelte Zwiebel liegt in der Ecke einer grünen Palette; eine verschrumpelte rote Paprikaschote.

»Gemüse?« Ich kann fast hören, wie du es sagst. »Zum Frühstück?«

Weder viel Tabasco noch Zahnpasta scheinen meinen sauren Kaffeeatem vertreiben zu können.

Als ich am Vormittag versuche, ein bisschen zu dösen, ist die Temperatur draußen eher italienisch als englisch.

Vermutlich könnten wir die Tage, die wir gemeinsam in Italien verbracht haben, an Fingern und Zehen abzählen, Tess, aber wenn ich an dich denke, wandern meine Gedanken immer dorthin. Dein Gesicht vor dem Lapislazuli-Himmel, mal so milde wie eine Madonna von Raffael, mal so verschmitzt wie ein Cherub. Deine Miene wechselt zwischen Sorge und Aufregung, zwischen Glauben und Zweifel, und deine strahlende Aura ist wie ein Segen, selbst für einen Ungläubigen wie mich.

Ich muss versuchen zu schlafen, aber ich höre dich schon sagen, dass es eine Schande ist, einen so schönen Tag zu vergeuden.

Wie wertvoll Zeit ist, weiß ich erst, seit ich dir begegnet bin.

Das erste Mal, als ich dich sah, wirklich sah, war in der Kirche San Miniato al Monte auf einem Hügel über Florenz. Dein Gesicht war vom Gold eines byzantinischen Mosaiks wie von einem Heiligenschein umgeben. Ich war allein im Urlaub, genau wie du. Wir waren beide 34. Es stellte sich heraus, dass sich unsere Lebenswege mehrmals kurz gestreift hatten, bevor sie sich hier wieder kreuzten, an demselben Ort, an dem wir uns als 18-Jährige zum ersten Mal gesehen hatten. Als wir das herausfanden, kam es uns vor, als hätten wir bereits 16 Jahre vergeudet.

Bei dem ersten Lächeln, das du mir auf der kiesbedeckten Terrasse der Basilika schenktest, hatte ich das Gefühl, als würde mir plötzlich die Welt offenstehen. Als ich instinktiv nach dir griff, um zu verhindern, dass du die steilen Steinstufen hinunterfielst, berührte ich dich das erste Mal. Du trugst Flip-

Flops und erklärtest etwas wirr, du habest vergessen, anständige Schuhe einzupacken und dass deine Füße für italienische Verhältnisse zu groß seien. Ich konnte an nichts anderes denken als daran, wie zerbrechlich sich deine Hand in meiner anfühlte und dass du rot wurdest, als ob du noch nie von einem Mann berührt worden wärst. Unten angekommen hast du meine Hand verlegen losgelassen. Und während wir durch Olivenhaine hinunter in Richtung *centro storico* liefen und unsichtbare Zikaden um uns zirpten, war mein Gehirn damit beschäftigt, vernünftige Antworten auf deine Fragen zu finden und zugleich eine Ausrede, um wieder deine Hand nehmen zu können.

Wenn ich mir vorstelle, wie wir an jenem Nachmittag durch die engen Gassen von Florenz schlenderten, sehe ich nicht Massen von Teenagern mit identischen Rucksäcken, keine Reiseleiter mit Touristengruppen, die einen Regenschirm in die Luft halten, keine Schlangen vor den *Uffizien*. Ich sehe keine Menschen, die an den Tischen auf dem Bürgersteig der *Piazza della Signoria* zu Abend essen, obwohl dort welche gesessen haben müssen, denn es war Ende August. In meiner Erinnerung sehe ich nur uns beide, wie wir nebeneinander hergehen, sorgfältig auf Abstand bedacht, da wir die magnetische Anziehungskraft zwischen uns spürten und ein wenig fürchteten, dass sie uns unzertrennlich machen könnte, wenn wir uns nur noch einen Millimeter weiter annäherten.

Du sagtest, was dir in den Sinn kam, sprachst unbefangen über dein Leben, äußertest deine Meinung und ändertest sie manchmal mitten im Satz. Ich staunte über dich. Deine Offenheit entlockte mir Gedanken, die ich mir vorher nicht einmal selbst eingestanden hatte, löste die Knoten der Angst und entwirrte mich auf seltsame, angenehme Weise.

Bei meinen zahlreichen Beziehungsgeschichten hatte ich bis zu jenem Tag nicht erlebt, wie es ist, wenn man sich einfach mit jemandem wohlfühlt. Aber ich spürte auch einen leichten Schwindel, wie von einem Schluck Champagner auf leeren Magen, während mein Verstand versuchte, Fragen zu formulieren, die ich mich nicht zu stellen traute.

Passiert hier gerade etwas? Spürst du es auch?
Erst viel später am Abend erhielt ich meine Antwort.

Die Restaurants waren geschlossen, die Geschäfte verriegelt, und wir waren allein. Unsere Schritte hallten über das Pflaster, während wir uns leise unterhielten, als hätten wir Respekt vor der schlafenden Stadt. Auf dem Ponte Vecchio blieben wir stehen und blickten auf den Fluss hinunter, der im Mondlicht moderig und schwarz aussah, und keiner von uns traute sich, den nächsten Schritt zu tun.

Um wie üblich einen intimen Moment hinauszuzögern, erwähnte ich etwas, das ich gelesen hatte und von dem ich meinte, es würde tiefgründig klingen – etwas über zufällige Kausalitäten. Offenbar könne der Flügelschlag eines Schmetterlings Tausende Kilometer entfernt ein Unwetter verursachen.

Du drehtest dich um und sahst mir mit einem unschuldigen und zugleich selbstsicheren Lächeln in die Augen.

»Oder einen Regenbogen«, sagtest du. »Denn es muss ja nicht unbedingt etwas Schlimmes sein.«

Plötzlich gab es keinen Raum mehr zwischen uns. Meine Hände lagen auf deiner Taille und spürten durch den dünnen Stoff deines Sommerkleids deine warme Haut. Dein Körper war so zart und doch so entschlossen, dass ich dich mit unendlicher Vorsicht behandeln wollte, wie das kostbarste Porzellan, um dich dann mit meiner Leidenschaft zu überwältigen. Unser erster Kuss war eine köstliche Alchimie aus Verlangen und Zurückhaltung. Wir rückten einen Moment voneinander ab und sahen uns an, dann gab es nur noch Verlangen.

Als wir uns das erste Mal liebten, unter einer mit Bändern und Engeln bemalten Decke in der Villa, in der wir beide wohnten, fühlte es sich an, als würden sich unsere Körper und Seelen durch die Vereinigung auflösen. Das Gefühl war so intensiv, dass sich ein Schrei aus meiner Kehle löste, und anschließend fühlte ich mich so verletzlich und beschützt zugleich, als wäre ich verloren und gleichzeitig gerettet worden.

Ich wache auf und drehe mich auf die Seite. Noch im Halbschlaf erwarte ich, dass du mich ansiehst – dein engelsgleiches Gesicht auf einer schneeweißen Kissenwolke, wie am ersten Morgen. Aber hier, in dieser Junggesellenbude in der City gibt es nur das männliche Marineblau der Leihbettwäsche.

Mir geht durch den Kopf, dass ich vielleicht nie wieder neben dir aufwachen werde.

Und ich höre mich in diesem fremden, leeren Raum vor unterdrückter Verzweiflung schluchzen.

Warum musste uns das passieren? Warum jetzt?

Die Sonne steht tief am Himmel und übertüncht die Wände des Schlafzimmers mit einem korallenroten Schimmer.

Ich muss aufstehen, duschen und etwas essen, bevor ich wieder auf die Station gehe.

Ich vermisse dich, Tess. Ich sehne mich danach, bei dir zu sein. Aber du wolltest es so haben.

Tess

1. Kapitel

Sommer 2013

In jener ersten Nacht, als ich zu unserer himmlischen Decke hinaufblickte und dem sanften Rhythmus seines Atems lauschte, musste ich daran denken, wie verzaubert ich als Kind gewesen war, wenn meine Mutter mir vor dem Schlafengehen vorlas.

Ich kann nicht älter als vier gewesen sein, denn mit fünf Jahren konnte ich schon selbst lesen und verschlang jede Woche so viele Bücher, dass die nette Bibliothekarin mich mit Namen kannte und mir alle Neuerscheinungen empfahl.

»Es war einmal ...« Wenn ich die Augen schloss, döste ich langsam ein und nahm entfernt wahr, wie Mums Stimme verklang, während Bilder von Schlössern mit Türmen durch meinen Kopf geisterten. Von Prinzessinnen, die so zart waren, dass sie gläserne Schuhe trugen oder eine Erbse durch ein Dutzend Matratzen fühlen konnten.

Die Geschichte von Gus und mir klang wie ein Märchen. Als wir uns an jenem ersten Abend in Florenz unterhielten, stellten wir fest, dass sich unsere Wege bei vielen Gelegenheiten gekreuzt haben mussten. Wir hatten im selben Flugzeug gesessen, waren auf demselben Konzert gewesen und wohnten nun an verschiedenen Enden derselben Londoner Straße. Es gab so viele andere verpasste Gelegenheiten, dass sich unsere Begegnung in der Kirche, in der wir uns zum ersten Mal gesehen hatten, eher wie Schicksal als wie reiner Zufall anfühlte. Es war, als hätten wir viele Hindernisse überwinden müssen, bevor wir uns endlich richtig begegneten. Wie der Prinz, der sich durch wucherndes Gestrüpp einen Weg zu Dornröschen schlagen muss, oder Aschenputtel, das die ganze verdammte Hausarbeit macht, bevor es zum Ball geht.

»Vielleicht verpassen sich aber auch alle Menschen ständig«, sagte Gus, als wir an einem Tisch auf dem Bürgersteig im Oltrarno saßen. »Wenn man bedenkt, wie viele Leben sich nur für eine Sekunde mit unserem kreuzen ...«

Er machte eine Geste in Richtung der Einheimischen, die ihre abendliche *passeggiata* auf dem Platz unternahmen.

»All die Menschen, neben denen du jemals in der Schlange für einen Kaffee angestanden oder die du auf der Rolltreppe zur U-Bahn überholt hast? Vielleicht war das heute einfach nur Zufall?«

Beim Blick in den sich verdunkelnden Himmel beschloss ich, dass ein Zufall genauso romantisch war wie Schicksal, denn es bedeutete, dass es für alle Hoffnung gab.

Am Morgen wachte ich vor ihm auf. Ich verhielt mich so still wie möglich und kam mir etwas verstohlen vor, als ich sein Gesicht musterte. Schlafend sah er jünger aus als 34, eher wie ein Junge als wie ein Märchenprinz, mit rotbraunem Haar und einem sommersprossigen, hellen Teint, der sich nicht jeden Tag rasieren musste. Gerade als ich mich fragte, ob ich es wagen sollte, ihn wach zu küssen, bewegte er sich. Sein Atem roch ein wenig nach Knoblauch von der Pizza, die wir am Vorabend gegessen hatten. Ich überlegte, ob ich mich auf Zehenspitzen ins Bad schleichen könnte, um mir die Zähne zu putzen, ohne ihn zu stören, als er die Augen öffnete und mich eine Sekunde lang verwirrt ansah, bevor er sich erinnerte. Dann lächelte er und zog mich auf sich. Als wir uns küssten, wurde mein Körper von so intensiver Zuneigung und Sinnlichkeit durchdrungen, dass es sich anfühlte, als würde es niemals enden.

In der Nacht zuvor hatten wir uns wie von Sinnen geliebt, als hätten wir versucht, direkt zum Kern des anderen vorzudringen. Jetzt ließen wir uns viel Zeit und genossen es. Ich hatte nie gedacht, dass ich gut in Sex sei. Wenn ich neben früheren Liebhabern gelegen hatte, schien ich immer einen Arm oder ein Bein zu viel zu haben und wusste nicht, wohin damit. Die Nacktheit schien nur zu betonen, wie lang und unvollkommen mein Körper war, und ich wusste nie, ob ich genug oder zu viel Geräusche von mir gab. Aber mit Gus fühlte es sich völlig natürlich und unfassbar vollkommen an.

Schließlich bot er freiwillig an, uns Frühstück zu holen, und kam mit Erdbeeren und kleinen Gebäckstücken zurück. Wir liebten uns wieder, seine Lippen mit Puderzucker bestäubt, dann dösten wir, bis uns die Sonnenstrahlen blendeten, die durch die Fensterläden fielen. Entschlossen schlug ich das weiße Baumwolllaken zurück.

»Wir dürfen einen so schönen Tag nicht vergeuden ...«

»Vergeuden?« Er grinste mich an.

»Du weißt schon, was ich meine ...«

Manche Orte ähneln den Ansichten, die man von Postkarten kennt, so sehr, dass sie einem unwirklich erscheinen, wenn man dort ist. In Pisa, wohin wir an unserem ersten Tag fuhren, war der Himmel so blau, der exakt geschnittene Rasen so grün und die filigranen Marmorverzierungen des Doms und des Glockenturms so weiß, dass es fast war, als würden wir durch eine computergenerierte Landschaft schlendern. Die mittelalterlichen Kopfsteinpflasterstraßen und -plätze von San Gimignano an unserem zweiten Tag wirkten wie eine Filmkulisse für Romeo und Julia. Und ich war mit einem Fremden dorthin gestolpert, der genauso verliebt war wie ich.

In meinem Kopf fand ein unablässiger Dialog statt. *Passiert das wirklich? Ist es Liebe oder nur Lust? Warum existiert die Liebe überhaupt?* Lust allein würde für die Evolution doch genügen, warum also mussten Gott oder die Natur all diese Emotionen dazutun, deren außerordentliche Freude die Qualen vorwegzunehmen schien?

Herrgott, sag das bloß nicht laut!

Zu den Adjektiven jungenhaft, charmant, sexy, mit denen ich Gus anfangs beschrieben hatte, fügte ich bald noch bekümmert hinzu. Als wir uns über unsere bisherigen Leben unterhielten, wurde deutlich, dass er zwar materiell bessergestellt, aber weitaus unzufriedener war als ich.

Wir hatten beide in unserem Leben großes Leid erfahren. Meine Mutter starb, als ich 18 war. Etwa im gleichen Alter war Gus' älterer Bruder Ross bei einem Skiunfall ums Leben gekommen. Mein Leben hatte sich grundlegend verändert und ich vermisste meine Mutter jeden Tag, aber ich hatte immer versucht, das Beste aus allem zu machen, so wie sie früher. Gus und seine Familie schienen wie paralysiert gewesen zu sein. Seine Eltern waren nicht darüber hinweggekommen und hatten sich scheiden lassen und Gus' Leben war von der Tragödie überschattet worden. Am Ende hatte er sogar die Freundin seines Bruders geheiratet – eine Verbindung, die von Anfang an zum Scheitern verurteilt gewesen war. Manchmal wurde er ganz still, als wäre er mit seinen Gedanken woanders. Umso befriedigender war es, wenn es mir gelang, ihn zum Lächeln zu bringen. Wie Jane Eyre herausfand, gibt es nichts Schöneres, als einen traurigen Menschen glücklich zu machen.

Was nicht heißen soll, dass er keine gute Gesellschaft war. Er besaß einen derart trockenen Humor, dass ich manchmal nicht merkte, wenn er sich über mich lustig machte, doch er war nie gemein. Gus war ein sanfter Mann.

Als meine beste Freundin Doll und ich Teenager waren und uns jede Woche in ein anderes Mitglied von Take That verliebten, warnte uns meine Mum immer, dass gutes Aussehen nicht alles sei. Was ihr wollt, ist ein netter Mann, erklärte sie uns.

Nicht, dass Gus nicht auch gut ausgesehen hätte. Und interessant war. Er wusste alles über Kunst und Architektur und zeigte mir Details, die ich nie bemerkt hätte, wie die unterschiedlich gestalteten Laternenpfähle in jeder toskanischen Stadt und die blassen Horizonte von Piero della Francescas Himmeln. Er war großzügig und bot immer wieder an, mir kitschigen Schmuck zu kaufen, wenn wir an Marktständen vorbeikamen, sodass ich schließlich aufhörte, ihm welchen zu zeigen. Und er liebte Eis genauso wie ich.

Es gibt Paare, bei denen eine Person, meist ist es die Frau, im Schatten des anderen steht. Bei Mum und Dad war es so. Und vielleicht hatte ich das von ihr übernommen, denn kein Mann in meinem Leben hatte sich je für meine Meinung interessiert. Leo, mein letzter Partner, hatte nur so getan, wenn er

Sex wollte. Als ich das schließlich begriffen hatte, kam ich mir wie eine Prostituierte vor, die damit bezahlt wurde, dass er mit dem Kopf nickte und »Das ist eine hervorragende Idee« sagte.
Aber mit Gus war es anders. Er hörte sich alles an, was ich sagte, unterbrach mich nie und schaute auch nicht auf die Uhr. Bei ihm fühlte ich mich gleichberechtigt.

Unser dritter gemeinsamer Morgen war der erste, an dem ich mich nach dem Aufwachen nicht fest zwickte. Ich hatte mich an Gus' Form, sein Gewicht und seine Wärme auf der bequemen Matratze gewöhnt. Ich genoss es, dort in der leicht kühlen Morgendämmerung zu liegen, die Decke bis zum Kinn hochgezogen, den Blick auf das Gemälde über mir gerichtet und den Vortag Revue passieren zu lassen.
In einer Trattoria voller Italiener, die dort zu Mittag aßen, hatte er mir beigebracht, wie man Spaghetti wie ein Einheimischer aufwickelte – nur mit der Gabel. Als er sanft meine Hand führte und mir aufmerksam in die Augen sah, hatte es sich fast so intim wie ein Vorspiel angefühlt.
Beim Kaffee hatte er angemerkt, dass ich mir das Leben aller anderen Gäste vorzustellen schien. Woraufhin ich ihm anvertraute, dass es mein Traum sei, Schriftstellerin zu werden. »Das ergibt Sinn«, hatte er nur gesagt und genickt.
Jetzt beobachtete ich sein Gesicht, während er schlief, und fragte mich, wovon er wohl träumte. Er regte sich, schlug die Augen auf und lächelte.
»Gibt es einen Ort, den du vor deiner Abreise unbedingt noch sehen möchtest?«
Es war das erste Mal, dass er meine Abreise erwähnte. Gus hatte noch eine weitere Woche gebucht. Plötzlich befielen mich Zweifel.

War unsere Beziehung eine Illusion, die außerhalb der magischen Landschaft Italiens keinen Bestand hatte? War es nur eine Urlaubsromanze? Ich hatte noch nie eine gehabt. Ich wusste nicht, wie so etwas lief.

»Was?«, fragte er.

»Unser letzter Tag!«

Die Worte klangen, als würde mich jemand würgen.

»Wir wohnen in der gleichen Straße, Tess. Ich gehe fast jeden Tag an dem Salon vorbei, in dem du arbeitest. Jetzt wirst du mich nicht mehr los!« Er lächelte und nahm meine Hand. »Es ist unser letzter Tag in Italien. Wenn ich zurück bin, wird es unser erster Tag in London sein.«

Das war schön. Aber wenn andersherum ich diejenige gewesen wäre, die eine weitere Woche gebucht hatte, wäre ich dann allein dageblieben?

Ich sagte mir, wenn wir zusammen sein würden, mussten wir unweigerlich auch Zeit getrennt verbringen, oder? Und falls nicht, dann sollte ich alles dafür tun, dass wir diesen Tag so lebten, als wäre es tatsächlich unser letzter.

»Wie weit ist Assisi entfernt?«

Es stellte sich heraus, dass es viel weiter war, als ich erwartet hatte, aber Gus fuhr gern Auto.

»Warum Assisi?«, fragte er, als wir uns vergewissert hatten, dass wir auf dem richtigen Weg waren.

»Es war der erste italienische Ort, von dem ich je gehört habe. Meine Mutter hatte eine Postkarte von der Stadt. Darauf erhob sie sich aus Sonnenblumenfeldern. Der heilige Franziskus ist doch der Lieblingsheilige aller, oder?«

Die Postkarte stammte von einer von Mums Kirchenfreundinnen, die eine Pauschalreise mit Pilgrim Air unternommen hatte. Sie stand auf dem Regal in unserer Küche hinter ihren anderen wertvollen Souvenirs, wie der Schneekugel, die mein Bruder Kevin aus New York geschickt hatte, und dem bemalten Teller aus Teneriffa mit dem Motto: *Heute ist der erste Tag vom Rest deines Lebens.*

Ich erinnerte mich daran, wie meine Mutter mir erzählt hatte, dass der heilige Franziskus zu den Tieren sprach, und wie ich eines Sonntagnachmittags, als ich *Doktor Doolittle* sah, rief, dass der heilige Franziskus im Fernsehen zu sehen sei. Dies wurde eine der Anekdoten, die sie Tante Catriona erzählte, als wir in den Ferien nach Irland fuhren.

»Bist du praktizierende Katholikin?«, fragte Gus.

Es war seltsam, denn in mancher Hinsicht kannten wir uns in- und auswendig, in anderer waren wir uns noch völlig fremd.

»Ich verlor mit zwölf den Glauben und wollte mich danach nicht mehr firmen lassen«, erzählte ich ihm. »Es brach Mum das Herz ... Ich weiß nicht, warum ich nicht einfach ihr zuliebe mitgemacht habe. Vielleicht hatte ich mich noch nicht weit genug vom Glauben gelöst, um keine Sünde darin zu sehen ...«

Gus löste den Blick für einen Moment von der Straße und sah mich verwirrt an – woran ich mich allmählich gewöhnte.

»Ist deine Familie religiös?«, fragte ich.

»Meine Mutter würde sagen, dass sie der Kirche von England angehört, obwohl sie nie hingeht. Mein Vater hält sich für einen Wissenschaftler und da es keinen Beweis für Gott gibt, kann er auch nicht existieren.«

Wir wechselten von einer Autobahn auf eine andere.

»Wir sollten pünktlich zum Mittagessen da sein«, sagte er. »Ich habe einen Mordshunger, du nicht?«

Mir fiel auf, dass er schnell das Thema wechselte, wann immer wir auf seine Familie zu sprechen kamen. Vielleicht waren es unterdrückte Gefühle? Gus war auf einer Privatschule gewesen und sagte, wenn man dort Gefühle zeigte, sei man angreifbar gewesen. Ich kannte ihn nicht gut genug, um genauer nachzufragen.

»Und du?«, hakte ich nach. »Wie stehst du zur Religion?«
»Ich liebe Kirchen. Man trifft dort erstaunliche Menschen.« Er lächelte mich an. Dann, vielleicht weil er an meinem Stirnrunzeln erkannte, dass er nicht mit einem weiteren Ausweichmanöver davonkommen würde, fügte er hinzu: »Ich bewundere die Hingabe, mit der die Menschen sich darum bemüht haben, etwas so unglaublich Schönes zu schaffen. Aber ich verstehe es nicht wirklich.«

»Meine Mutter hat immer gesagt, man müsse den ersten Schritt tun und glauben, der Rest ergebe sich dann. Aber bei mir hat das nie funktioniert.«

Die Sonnenblumen in der umbrischen Ebene verfärbten sich bereits von Gold zu Braun und verliehen der Landschaft eine herbstlichere Tönung als das leuchtende Gelb auf der Postkarte meiner Mutter. Ich war froh, dass die Ernte noch nicht begonnen hatte, denn wenn die Felder bis auf die braune Erde abgeerntet gewesen wären, wäre ich enttäuscht gewesen.

Als hätte er meine Gedanken gelesen, sagte Gus: »Ich habe in Van Goghs *Sonnenblumen* in der Nationalgalerie immer ein eher trauriges Gemälde über die Vergänglichkeit des Lebens gesehen als das leuchtende Blumenbouquet, das andere Leute zu sehen scheinen.«

Das war typisch Gus. Zuerst dachte ich, dass er tiefgründiger als ich sei, aber eigentlich war die Frage *Sind Van Goghs Sonnen-*

blumen tot oder lebendig? nur eine Mittelschichtvariante von *Ist das Glas halb voll oder halb leer.*

In einem Restaurant in der Nähe des Hauptplatzes bestellte Gus mit Kürbis gefüllte Pasta in einer Soße aus geschmolzener Butter und mit einem frittierten Blatt obendrauf, das er für Salbei hielt.

»Was sagst du?«, fragte er, als ich zögernd davon probierte.

Gus war ein kleiner Feinschmecker. Ich achtete nie besonders auf das, was ich aß. Zu Hause hatten wir nie viel Geld gehabt, und unsere exotischste Delikatesse war das Chicken Tikka Masala, das mein Vater samstags mitbrachte, wenn er einen guten Nachmittag im Wettbüro gehabt hatte. Die einzige Person, für die ich kochen musste, war meine kleine Schwester Hope, die alles ablehnte, was von unserer üblichen Routine abwich. Montags gab es Würstchen mit Kartoffelbrei, dienstags Makkaroni mit Käse – die einzige Nudelsorte, die ich vor meiner Reise nach Italien gegessen hatte, abgesehen von Spaghetti aus der Dose auf Toast, die wir donnerstags manchmal statt Bohnen aßen.

Ich versuchte, mich auf die feinen Aromen in meinem Mund zu konzentrieren, und machte ein nachdenkliches Gesicht wie die Restaurantkritiker bei *MasterChef.*

»Schmeckt erdig mit leicht süßen, blumigen Noten. Fast so, als würde man einen Garten essen.«

Gus lachte, aber ich glaube, er merkte nicht, dass ich einen Scherz machte.

Ich erinnerte mich an die Spiele, die meine beste Freundin Doll und ich früher immer auf langen Zugfahrten gespielt hatten. *Wenn du eine letzte Mahlzeit essen dürftest, welche wäre das?* Doll änderte ihre Meinung je nachdem, welches Partyessen gerade in der *Hello* gehypt wurde. Oft war es so etwas wie Cocktail-Blinis und Mini-Pavlovas, die sie noch nie gegessen hatte und von denen sie nicht einmal wusste, wie man sie aussprach. Bei mir gab es immer weiche Eier und Pommes frites. Ich könnte mir vorstellen, dass Gus seine Auswahl ernsthaft überlegen und nur Biozutaten wählen würde.

Die *Basilica di San Francesco* war eine ganz andere Nummer als der Rest von Assisi. Wie die Kathedrale einer Hauptstadt stand sie am Rande eines kleinen Ortes auf einem Hügel. Durch die hohen Fenster strömte viel Licht herein und ließ den Innenraum strahlen. Giottos Fresken, die das Leben des Heiligen darstellten, leuchteten so, als wäre die Farbe gerade erst getrocknet.

Ein Priester in dem groben braunen Gewand des Franziskanerordens sorgte für eine düstere, ehrfurchtsvolle Atmosphäre, indem er jedes Mal mit tiefer Stimme »Silenzio!« rief, wenn ihm Gus' Kommentare zu laut wurden.

Wir starrten auf die Tafel mit dem heiligen Franziskus, der Dämonen aus einer kleinen ummauerten Stadt exorzierte. Es war eindeutig die, durch die wir gerade gegangen waren. Die Dämonen waren böse aussehende Kreaturen, halb Mensch, halb Fledermaus.

»Ich frage mich, ob der heilige Franziskus schizophren war«, flüsterte Gus. »Ich meine, er hatte eindeutig Halluzinationen und hörte Stimmen ...«

Ich hatte noch nie jemanden so über Geschichten reden hören, die mir als Fakten beigebracht worden waren. Ich erschauerte aus Angst vor den Folgen einer solchen Ketzerei und sah über meine Schulter, um mich zu vergewissern, dass der Priester nicht mehr in Hörweite war.

»Damals wussten die Menschen noch nichts über Geisteskrankheiten«, fuhr Gus fort. »Wie hätten sich seltsame Dinge besser erklären lassen, als damit, dass sie von etwas Äußerem herrühren und nicht von der Fehlschaltung eines Neurons?«

Ich hatte noch nie darüber nachgedacht, dass es eine medizinische Erklärung für Wunder geben könnte.

»Wenn das der Fall ist«, flüsterte ich, »bin ich aber froh, dass sie es nicht wussten.«

»Warum?«

»Wenn die Leute ihn einfach nur für verrückt gehalten hätten, hätte er sie nicht zu diesen überwältigenden Kunstwerken inspiriert, oder?«

Draußen setzten wir uns auf eine warme Mauer in die Sonne. Keiner von uns sagte ein Wort, als bräuchten wir Zeit, über die Gefühle nachzudenken, die dieser Ort in uns ausgelöst hatte. Unter uns, auf einem überwucherten Felsvorsprung, flatterte ein einzelner weißer Schmetterling zwischen gelben Wildblumen. Unter uns schwebten gelegentlich Flugzeuge ins Sonnenblumental und landeten auf dem Flugplatz von Perugia. Ich fragte mich, ob die Piloten sich beim Anblick der riesigen Basilika bekreuzigten; sie war wie ein Leuchtturm, der ihnen den sicheren Weg wies.

Ich wünschte, meine Mutter könnte mich an diesem heiligen Ort sehen. Als sie starb, vermisste ich es weniger, mit ihr über Probleme sprechen zu können, als über die schönen Dinge. Vorher war mir gar nicht aufgefallen, wie sehr ihre Freude über meine kleinen Erfolge oder schöne Sachen, die ich gesehen hatte, meine eigene Freude verstärkt hatte. Ein Teil der Freude über eine neue Erfahrung war die Vorfreude darauf gewesen, ihr davon zu erzählen.

Ich spürte, wie Gus' meine Hand nahm. Die Berührung seiner Finger war noch so ungewohnt, dass sich mein Puls beschleunigte.

»Tess ...«

Er sagte oft meinen Namen, als ob er mich etwas fragen wollte, dann wartete ich, doch es kam keine Frage.

In diesem Moment lief der strenge Priester aus der Kirche an uns vorbei. Aus den voluminösen Falten seines Habits ertönte ein Klingelton, der immer lauter wurde, bis es ihm schließlich gelang, das Handy herauszuholen.

»Pronto?«

»Silenzio!«, sagte Gus.

Der Priester warf uns einen strengen Blick zu, dann zuckte er mit den Schultern, als ob er *meinetwegen* sagen wollte.

»Tess?«, begann Gus erneut.

»Ja?«

»Mit dir habe ich das Gefühl, an der Welt teilzuhaben und sie nicht nur aus der Ferne zu beobachten.«

»Ich hoffe, das ist in Ordnung?«, antwortete ich lächerlicherweise, während mir der Wind das Haar in die Augen wehte.

»Es ist ein verdammtes Wunder!«

Er nahm mein Gesicht zwischen seine Hände und küsste mich so leidenschaftlich, dass es sich anfühlte, als würde mein ganzes Wesen vor Freude explodieren. Dann löste er sich von mir und die Angst in seinen wunderbar ausdrucksstarken Augen wich Glück, als er mich in die Arme schloss und mich festhielt.

»Sieh nur, Mum, ich bin mit diesem netten Mann an diesem wundervollen Ort«, rief ich im Geiste zu ihr hinauf.

Als wir zum Auto zurückgingen, war es ruhig in der Hauptstraße; die Hälfte lag im Schatten, die andere war noch vom Sonnenlicht weiß gebleicht. Ich dachte an all die Pilger, die über diese warmen Pflastersteine getrottet waren, und genoss das erhebende, privilegierte Gefühl, das ich bisher nur in Italien erlebt habe – zugleich Teil der Vergangenheit und der Gegenwart zu sein.

»Glaubst du, unser Leben wäre anders verlaufen, wenn wir uns mit 18 Jahren bereits kennengelernt hätten?«, fragte Gus.

»Ja.«

»Ich wünschte, es wäre so gewesen.«

»Es hat keinen Sinn, darüber zu jammern, was hätte sein können. Wir können nur das Beste aus dem machen, was jetzt kommt«, sagte ich. Es klang wie ein Motto meiner Mutter.

»Sieh mal!« Gus zeigte auf ein Schild an einem Haus mit der Aufschrift *Vendesi*. Er blieb stehen und ergriff meine Hände. »Warum ziehen wir nicht hierher? Du könntest schreiben ...«

Für einen Moment stellte ich mir ein Dachzimmer unter den Terrakottaschindeln vor, einen hölzernen Schreibtisch, von dem aus ich auf ein Meer aus goldenen Sonnenblumen blicken und mich inspirieren lassen konnte.

»Und was würdest du tun?«, fragte ich.

Er wirkte etwas verlegen. »Ich wollte schon immer malen. Ich wollte auf die Kunsthochschule gehen ...«

»Wie bist du dann beim Medizinstudium gelandet?«

»In unserer Familie war das fast genetisch vorherbestimmt. Ross hat Medizin studiert, als er ... also habe ich ...«

Ich hatte ihn mir bislang nicht so richtig als Arzt vorstellen können. Er war so viel unsicherer als die Ärzte, die ich bisher kennengelernt hatte, aber vielleicht waren sie außerhalb des Dienstes auch anders. Wie ein Puzzle entstand aus den einzelnen Informationen in meinem Kopf allmählich ein Bild von seinem Leben. Jetzt, da ich wusste, dass er Medizin studiert hatte, um den Verlust seiner Eltern zu kompensieren, ergab das mehr Sinn.

Ich stellte in meinem Fantasiezimmer eine Staffelei neben den Schreibtisch und setzte Gus davor, der auf seiner Palette verschiedene Ockertöne mischte.

Abends, wenn die Sonne am Horizont versank, würde er seinen Pinsel weglegen und ich meinen Laptop zuklappen. Wir würden zu unserer *passeggiata* aufbrechen, zum Hauptplatz schlendern, uns ein Eis kaufen und in fließendem Italienisch unsere Nachbarn grüßen.

»Was sollte uns daran hindern?«, fragte er.

Wie als Antwort auf die Frage klingelte sein Telefon, der Klingelton wirkte in dieser alten Straße genauso schrill und unpassend wie zuvor bei dem Priester. Gus ging auf die schattige Seite der Straße, um das Display zu sehen. Ich schlenderte weiter, um ihn nicht zu stören, aber in der Stille des Nachmittags konnte ich jedes Wort hören.

»Bella? Was ist los, Süße? Nein, natürlich musst du nichts tun, was du nicht willst ... Italien ... Ich wünschte auch, du wärst hier ...«

»Ist alles in Ordnung?«, fragte ich, als er mich einholte.

»Meine Jüngste.« Er sah aufgewühlt aus.

»Ihr gefällt es nicht im Ferienlager. Ich hoffe, sie wird nicht gemobbt ...«

Ich hütete mich, eine Meinung zu äußern. Das war ein neues Terrain und ich war nicht darauf vorbereitet, es so bald schon zu betreten.

»Willst du mit ...?«

Ich wusste nicht, wie ich den Satz beenden sollte. Deiner Frau telefonieren? Deiner Ex-Frau? Er hatte mir erzählt, dass sie Charlotte hieß, aber das könnte zu vertraut klingen.

Er zögerte.

»Nein, schon in Ordnung. Es ist sicher alles okay.«

Seine beiden Töchter lebten jetzt mit ihrer Mutter in Genf. Ich wusste, dass er sie vermisste, aber mir war nicht klar gewesen, wie schwierig das sein musste – all die kleinen Alltagssorgen zu hören und aus der Ferne nichts tun zu können. Er lächelte mich an, aber ich konnte erkennen, dass seine Gedanken wieder zur realen Welt gewandert waren.

An italienischen Sommertagen wird es früh dunkel und wir waren noch auf dem Rückweg nach Florenz, als der blutrote Sonnenuntergang in Schwarz überging. Die Fahrt über die unbeleuchtete Autobahn fühlte sich an, als würden wir durch einen Tunnel fahren. Das Innere des Wagens war so erfüllt von Gus' Unruhe, dass ich seine Konzentration nicht mit Worten stören wollte. Die Atmosphäre war so anders und ich wusste nicht, wie ich die unbeschwerte Leichtigkeit vom Morgen wiederherstellen sollte. Es war, als würde ich mit einer anderen Person noch einmal von vorn anfangen. Und dafür war nicht genug Zeit, denn mein Flugzeug ging in weniger als zwölf Stunden.

Ich versuchte, mich zu beruhigen, und erinnerte mich an eine andere Anekdote, die meine Mutter ihrer Schwester in den gemeinsamen Sommerferien erzählt hatte. Wir Kinder sollten draußen spielen, während die Erwachsenen Tee aus Tante Catrionas bestem Porzellan tranken. Ich lauschte jedoch an der Tür, wie sie sich gegenseitig damit zu übertrumpfen versuchten, was ihre Kinder Schlaues gesagt oder getan hatten. Meine Mutter erzählte, wie sie einmal dachte, ich sei nach meiner Gute-Nacht-Geschichte eingeschlafen. Sie schlug ganz leise das Buch zu, stand vorsichtig auf und schlich auf Zehenspitzen zur Tür. Doch plötzlich richtete ich mich kerzengerade im Bett auf und fragte: »Woher weißt du das?«

Sie hatte geseufzt. »Was weiß ich, Tess?«

»Dass der Prinz und die Prinzessin für immer glücklich miteinander sind?«

»Weil Märchen immer so enden, Tess.«

»Aber sie haben sich doch gerade erst kennengelernt!«

Bei dieser Geschichte hatte sich Tante Catrionas sonst so strenges Gesicht entspannt und sie hatte Mum einen fast verschwörerischen Blick zugeworfen. »Tja, hat sie da nicht recht, Mary? Sich zu verlieben, ist nur der Anfang der Geschichte«, hatte sie dann mit einem seltsamen Lachen gesagt, das eher traurig als fröhlich klang.

2. Kapitel

Bei meiner Rückkehr nach London regnete es, was kein gutes Omen für das war, was mir an diesem Nachmittag bevorstand. Wegen der vielen Flyer, die sich hinter der Haustür stapelten, musste ich sie mit Kraft aufdrücken. Ich sammelte sie auf, stieg die Treppe hoch und schloss auf.

Die meisten Flyer warben für Lieferdienste. Sie zeigten leuchtende Pizzen mit purpurner Salami, die nicht annähernd so aussahen wie die, die wir an unserem ersten Abend neben der beleuchteten Fassade von *Santo Spirito* gegessen hatten.

In der Post fanden sich außerdem ein Kontoauszug, eine Stromrechnung und eine Postkarte mit einem Wimpel auf der Vorderseite, auf dem »Welcome Home« stand, und einer Nachricht in Dolls krakeliger Handschrift.

»Ruf mich an, sobald du zurück bist. Ich platze vor Neugier.«

Ich bemerkte, dass sie das zweite Wort des zweiten Satzes mit einem »S« begonnen und dann durchgestrichen hatte. Vermutlich hatte sie »sterbe« schreiben wollen, es sich aber angesichts meines Termins noch einmal anders überlegt.

Ich blickte durchs Fenster auf die Straße. Bunte Regenschirme waren der einzige Kontrast zum Grau von Asphalt und Himmel. Markthändler kauerten mit Teebechern unter ihren tropfenden Ständen.

Ich stellte mir vor, wie Gus im Schatten eines gelben Sonnenschirms vor dem strahlend blauen Himmel einen Espresso trank.

Er hatte gesagt, ich solle ihm Bescheid geben, wenn ich sicher zu Hause angekommen sei, aber ich wusste nicht, was eine angemessene Nachricht wäre.

Sicher gelandet. Ich hoffe, du hast Spaß!, klang vielleicht etwas verbittert.

Wir hatten es uns zwar schon mehrmals gesagt, aber *Ich liebe dich!* wirkte irgendwie etwas anmaßend, als ich es das erste Mal geschrieben sah.

Er hatte mich zum Flughafen gefahren und bis zum letzten Moment auf Zehenspitzen gestanden und gewunken, bis ich hinter der Sicherheitskontrolle verschwunden war. Doch wahrscheinlich hatte er, noch bevor mein Flugzeug in der Luft war, seine Ex-Frau wegen seiner Tochter angerufen. Gus und ich befanden uns einfach an sehr unterschiedlichen Orten, und zwar nicht nur geografisch. Nach der Opulenz unseres toskanischen Zimmers kam mir meine Studiowohnung mit den selbst gebauten Bücherregalen ziemlich schäbig vor.

Nachdem ich mehrere Nachrichten verfasst und dann gelöscht hatte, drückte ich schließlich auf »Senden« bei *Sicher gelandet. Vermiss dich!* Die nächste Stunde grübelte ich beim Auspacken darüber nach, ob das nicht zu emotional gewesen war, bis mein Telefon *Ich dich auch!* meldete, was ein Glücksgefühl in meiner Brust aufwallen ließ.

Ich duschte und zog ein marineblaues Hemdblusenkleid mit weißen Punkten an. Als ich den Gürtel schloss und den Stoff über meinen Hüften glattstrich, spürte ich seine Berührungen noch überall auf meiner Haut. Ein albernes Lächeln erschien auf meinem Gesicht, bis ich den Zustand meiner Zehennägel nach einer Woche in Flip-Flops bemerkte. So konnte ich nicht zur Arbeit gehen. Ich entschied mich für ein paar geschlossene Schuhe, in denen ich zwar nicht so gut laufen konnte, doch das machte nichts, denn der Salon, den ich leitete, befand sich im Erdgeschoss unter meiner Wohnung.

Als ich gerade gehen wollte, klingelte mein Telefon. Ich konnte es kaum erwarten, das Gespräch anzunehmen, und war so hastig, dass es mir aus der Hand glitt und auf den Boden fiel. Als ich es aufhob und auf das Display tippte, stellte ich enttäuscht fest, dass es nur Doll war.

»Und wer ist das?«, fragte sie, noch bevor ich überhaupt Hallo gesagt hatte.

»Wer?«

»Du schickst mir ein Selfie von dir und einem geheimnisvollen Mann und dann höre ich vier Tage lang nichts mehr von dir?«

Das Foto, das ich an unserem ersten gemeinsamen Abend auf dem Ponte Vecchio gemacht hatte, hatte ich völlig vergessen.

»Wenigstens ist er groß genug für dich.«

»Er heißt Gus und ich liebe ihn!«, sagte ich, bevor sie weitere Gedanken äußern konnte.

»O mein Gott. Liebt er dich auch?«

»Ich glaube schon.«

»Du glaubst es nur?«

»Er sagt es ...«

»Wie ist er denn so?«

»Er ist sehr intelligent ...«

»Doch nicht schon wieder ein Akademiker?«, unterbrach Doll alarmiert.

Mein ehemaliger Liebhaber Leo war mein Tutor in dem Abendkurs für Kreatives Schreiben gewesen, den ich belegt hatte, als ich noch in Kent lebte.

»Er ist Arzt.«

»Nicht schlecht! Ist er verheiratet?«

»Nein!« Als ob ich ständig Affären mit verheirateten Männern hätte. »Geschieden.«

»Vermutlich ist das besser, als in seinem Alter unverheiratet zu sein.«

»Ich bin in seinem Alter und nicht verheiratet.«

»Du weißt schon, was ich meine. Kinder?«

»Zwei Töchter, sechs und neun.«

»Das ist eine Menge Ballast, Tess.«

»Aber ich hab doch auch eine Menge Ballast, oder?«

»Mit Hope wahrscheinlich schon.«

Ich hatte damit zwar nicht meine Schwester gemeint, aber Doll und Hope hatten sich nie richtig verstanden.

»Wo wohnt er?«

»Das glaubst du nicht, in einem dieser bemalten Häuser am Ende meiner Straße.«

»Die, von denen du immer geträumt hast?«

Als Doll und ich Teenager waren, flohen wir an den Wochenenden nach London und schlenderten durch Nobelviertel mit hübschen Namen wie Belsize Park und Notting Hill. Wir träumten davon, später ebenso ein Leben zu haben wie die wohlhabenden Leute, denen diese Häuser gehörten. Wahrscheinlich hatte sie deshalb die Portobello Road als Standort für ihre erste Londoner Filiale gewählt.

»Na, falls du einen Beweis gebraucht hast, da ist er«, sagte Doll.

»Wofür?«

»Wenn du etwas willst, musst du es visualisieren, dann passiert es.«

Eines der wenigen Bücher, die Doll je gelesen hatte, hieß *The Secret – Das Geheimnis*, und sie schwor auf seine Philosophie.

»Bei mir hat es funktioniert«, sagte sie.

»Du hast dein Geschäft nicht nur bekommen, weil du es visualisiert hast, und ich habe mir vieles vorgestellt, nicht nur, in einem dieser Häuser zu leben. Sofern das überhaupt zur Debatte steht ...«

Je länger ich laut darüber sprach, desto mehr fragte ich mich, ob ich die ganze Sache mit Gus nur geträumt hatte, so unwahrscheinlich kam sie mir jetzt vor.

»Oh, ihr Kleingläubigen!«, rief Doll, was aus dem Mund einer Person, die nur wieder zur Messe ging, damit ihr Kind die katholische Grundschule besuchen konnte, etwas absurd klang.

»Ich kann es kaum erwarten, ihn kennenzulernen ...«

Würden sie sich verstehen? Leichte Panik stieg in mir auf, als ich mir vorstellte, wie ich sie miteinander bekannt machte und sie seinen etwas altmodischen Charme falsch auffasste.

»Ich wollte gerade zur Arbeit gehen«, sagte ich.

»Nicht nötig«, erwiderte Doll. »Ich habe Aggie gesagt, dass sie dich heute vertreten soll.«

Es war mir immer ein bisschen unangenehm, wenn Doll mit mir als Chefin sprach, was sie seit einem Jahr war, und nicht als beste Freundin, die mich seit meinem vierten Lebensjahr kannte.

»Es wird mich ablenken.«

»Willst du, dass ich dich heute Nachmittag begleite?«

Ich wusste, wenn ich Ja sagte, würde sie kommen, aber sie war mit ihrem zweiten Kind schwanger und ich wollte nicht, dass sie extra nach London fuhr.

Es ist immer nervenaufreibend, auf Testergebnisse zu warten. Man hofft das Beste und bereitet sich gleichzeitig auf das Schlimmste vor. Da man nur ein paar Minuten mit dem Arzt hat, muss man in der Lage sein, vernünftige Fragen zu stellen, ohne in Tränen auszubrechen. Wenn eine weitere Person dabei ist, kann es noch schwieriger werden, weil man dann versucht, die Situation auch für sie erträglicher zu machen.

»Ich komme schon klar«, sagte ich daher.
»Versprichst du mir, dass du mich gleich danach anrufst?«
»Versprochen.«

Ein Nagelstudio war so ziemlich der letzte Ort, an dem ich erwartet hätte, einmal zu arbeiten. Bevor ich den Job annahm, hatte ich selbst noch nie eine Maniküre bekommen, außer beim Abschlussball, als Doll darauf bestanden hatte, mich von Kopf bis Fuß neu zu stylen. Schon in der St.-Cuthbert's-Grundschule hatte sie gewusst, dass sie Kosmetikerin werden wollte und oft an mir geübt.

Wir waren ein ungleiches Paar. Ich hatte immer ein Buch vor der Nase. Doll war eine echte Stimmungskanone. Sie war zierlich, hübsch und gepflegt. Ich war schon in jungen Jahren sehr groß und hatte widerspenstiges lockiges Haar, das sich jedem Glätteisen verweigerte. In den Schuldiscos wurde Doll von den Jungs umschwärmt, während ich mich an die Wand drückte und das Treiben auf der Tanzfläche beobachtete wie eine Anstandsdame aus einem Georgette-Heyer-Roman. Ich machte mein Abitur, und als ich einen Studienplatz für Englisch am University College London bekam, war Doll bereits berufstätig. In jenem Sommer reisten wir mit dem Rucksack durch Europa. Doll hasste alles, was ich liebte: lange Zugfahrten, in einem Zelt unter freiem Himmel zu schlafen, Museen und –

das Schlimmste von allem – Kirchen zu besichtigen. Irgendwie hatten wir es trotzdem geschafft, Spaß zu haben. Es hatte sich jedoch so angefühlt, als wäre es unser letzter gemeinsamer Urlaub, denn unsere Leben entwickelten sich damals bereits in unterschiedliche Richtungen.

Doch als nach meiner Rückkehr meine Mutter starb und ich mich um meine Schwester Hope kümmern musste, änderte sich alles. Hope war damals erst fünf und ich hatte es Mum versprochen. Uns war beiden klar, dass Dad viel zu unzuverlässig war. Aber das bedeutete auch, dass ich das Studium aufgeben musste.

Während Hope aufwuchs und ich als Teilzeitkraft jobbte, hatte Doll es von einem winzigen Nagelstudio in unserer Heimatstadt Margate zu Filialen im ganzen Land gebracht. Dieser Erfolg war allein ihrem Instinkt, ihrem Mut und ihrem Geschick zu verdanken, aber ich war diejenige, die den Namen The Dolls House erfunden hatte.

Als Hope 18 war, zog sie von zu Hause aus und mit Martin zusammen. Ich hatte eine desaströse Affäre mit Leo. Danach verlor ich das Selbstvertrauen und wusste nicht, wohin, bis Doll mir anbot, ihre erste Londoner Filiale zu leiten und in der Wohnung darüber einzuziehen. Sie beharrte darauf, dass ich über »übertragbare Fähigkeiten« verfügte, was sich erstaunlicherweise als richtig herausstellte. Durch meine Arbeit als Lehrassistentin war ich gut im Organisieren. Als Aufsichtsperson in einem Supermarkt hatte ich es mit allen möglichen schwierigen Kunden zu tun bekommen. Das war nicht gerade das, was ich mir für mich vorgestellt hatte, aber meine Mutter hatte immer gesagt, wenn man etwas mit Freude tue, bringe es einem Freude.

»Seit deinem Urlaubsflirt hast du so einen federnden Schritt!«, stellte Aggie fest, die am Empfang arbeitete.

War es so offensichtlich oder hatte Doll ihr das Foto gezeigt? Die Atmosphäre im Dolls House war eine Mischung aus Junggesellinnenabschied und Beichtstuhl, vor allem, wenn es zu wichtigen Terminen wie Valentins- und Muttertag gratis Prosecco gab. Ich war immer wieder erstaunt, wie viel die Kundinnen fast völlig Fremden offenbarten. Ich vermied es, über mein Privatleben zu sprechen, insbesondere, weil ich kaum eins hatte. Seit ich nach London gezogen war, hatte ich nicht einmal ein Date gehabt.

»Irgendwelche Probleme?«, fragte ich Aggie.

»Das Kartenlesegerät ist wieder kaputt. Und wir haben keinen Gel-Lack in Fuchsia mehr, also habe ich nachbestellt.«

Die millionenschwere Hedgefonds-Managerin, die nie Trinkgeld gab, hatte uns gefragt, ob wir morgens um halb sieben öffnen könnten, da es immer schwieriger wurde, uns in ihren Kalender einzuplanen.

»Und was hast du gesagt?«

»Ich sagte: ›Das soll wohl ein Witz sein!‹« Aggie lächelte.

»Und was hat sie gesagt?«, fragte ich ein wenig nervös, denn sie war eine Stammkundin mit vielen einflussreichen Freundinnen.

»Sie hat es geschafft, doch noch einen Time Slot für mich zu finden.«

Aggie war eine Legende in der Welt der Nägel und schon Wochen im Voraus ausgebucht. Es gefiel mir, dass sie der Finanzfrau eine Lektion in Sachen Angebot und Nachfrage erteilt hatte.

Ich sagte ihr, sie solle sich den Rest des Vormittags freinehmen, was ich dann ein wenig bedauerte, denn ohne ihr unwiderstehliches, keuchendes Lachen war der Raum nur ein stiller Bienenstock, in dem fleißig gearbeitet wurde.

Ich öffnete die Schachtel mit den Cantuccini, die ich im Duty Free gekauft hatte, und rief Luis im Café nebenan an, um Cappuccino für alle zu bestellen. Dann ordnete ich die Zeitschriften, schüttelte die Kissen auf und füllte den Hundenapf mit Wasser. Heutzutage brachten so viele Kundinnen ihre Hunde mit, dass mir der Gedanke gekommen war, Doll sollte eine Art Hundesalon für Köter eröffnen. Wir könnten ihn *The Dog House* nennen.

Ich war mir nie sicher, ob Dolls Reaktion auf meine Ideen lauten würde: »Das ist ja genial, Tess!« oder »Hast du sie noch alle?«

Seit ich für sie arbeite, hatte ich einige Vorschläge gemacht, die sie als »kreatives Brainstormen« bezeichnete. Sie beherrschte diese ganzen Begriffe und wollte mich sogar als Leiterin für Innovationen in der Hauptverwaltung einstellen, die sich in einem Industriegebiet am Rande unserer Heimatstadt befand. Aber wir wussten beide, dass mein Herz nicht wirklich an Margate oder der Schönheitsbranche hing. Mit 34 hoffte ich immer noch verzweifelt, dass sich mir eine vielversprechende Zukunft eröffnen würde.

In Italien hatte ich zu hoffen gewagt, dass es endlich so weit sein könnte. Es stellte sich heraus, dass Gus und ich, wenn ich an der Uni studiert hätte, im selben Wohnheim untergebracht gewesen wären, vielleicht sogar auf einem Flur nebeneinander. Seine Freundin Nash, die er am ersten Tag kennenlernte, hatte in letzter Minute das Zimmer neben ihm bekommen. Dass ich ihm an diesem Punkt in meinem Leben begegnete, fühlte sich auf seltsame Art so an, als könnte ich mein Erwachsensein vielleicht noch mal von vorn beginnen.

Ich checkte mein Handy und hoffte, dass er an mich dachte, wenn ich an ihn dachte, aber ich hatte keine neuen Nachrichten.

Ich entschied, zum Krankenhaus zu laufen. Der Regen war einem silbrigen Sonnenschein gewichen und die Markthändler priesen ihr Obst und Gemüse zu Schnäppchenpreisen an. Unten an der Straße konnte ich nie widerstehen, einen Blick in die Schaufenster der Antiquitätengeschäfte zu werfen.

Am oberen Ende der Portobello Road hielt ich für einen Moment vor dem Haus an, von dem ich jetzt wusste, dass es Gus gehörte. Es wirkte viel zu erwachsen für ihn. Als Fremde im Ausland waren wir ebenbürtig gewesen. Vielleicht spielten wir in London gar nicht mehr in derselben Liga?

Ich stellte mir vor, wie seine Ex-Frau hinter dem Vorhang stand und auf mich herabschaute.

Ich ging weiter und sah zum hundertsten Mal auf mein Handy. Nichts. Wenn er mich wirklich liebte, hätte er mir dann nicht wenigstens eine Nachricht mit *Viel Glück!* geschickt? Es sei denn, er gehörte zu den Leuten, die meinten, es bringe Unglück, jemandem viel Glück zu wünschen? Doch in dem Fall, warum hatte er es dann am Flughafen vor acht – waren es tatsächlich erst acht? – Stunden gesagt? Vielleicht dachte er, wie die meisten Männer, wenn sie etwas einmal gesagt hätten, würde das reichen, denn im Allgemeinen schienen Männer nicht so viel Bestätigung zu brauchen wie Frauen.

Vielleicht war ich etwas bedürftig? Aber wenn man nicht bedürftig sein durfte, wenn man auf dem Weg war, seine Testergebnisse zu bekommen, wann dann?

Als ich an einer Ampel stand, versuchte ich, mich abzulenken. War der Mann mit der Sonnenbrille in dem weißen Audi-Cabrio, der ungeduldig den Motor aufheulen ließ, als ich die

Kreuzung überquerte, auf dem Weg zu einem wichtigen Termin oder wollte er nur angeben? Und wer saß hinter den getönten Scheiben der schwarzen Limousine? Ein Filmstar oder, so nahe beim Kensington-Palast, vielleicht sogar ein Royal? Ich fragte mich, ob sie mich anschauten und sich fragten, wer ich war und wohin ich in meinem gepunkteten Kleid und meinen Turnschuhen ging. Falls ja, was dachten sie? Managerin? Schriftstellerin? Krebspatientin?

Das BRCA-Gen liegt in unserer Familie. Meine Mutter wurde von Brustkrebs geheilt, erkrankte dann aber an Eierstockkrebs, der zu den versteckten Krebsarten gehört, sodass es fast immer zu spät ist, wenn man die Symptome bemerkt. Als ich also kurz nach meiner Ankunft in London an Brustkrebs erkrankte, entschied ich mich für die radikale Behandlung – eine beidseitige Mastektomie und die Entfernung der Eierstöcke. Ich hatte mich gut erholt, aber in letzter Zeit war ich ein paarmal ohnmächtig geworden, deshalb hatte man mir einen Scan verordnet. Und deshalb hatte Doll eine Woche in der Toskana für mich gebucht – zur Ablenkung oder vielleicht sah sie es auch als meine Version vom Schwimmen mit Delfinen, was anscheinend viele Leute tun, wenn sie nicht mehr lange zu leben haben.

Als ich mich der Onkologieambulanz näherte, verhandelte ich im Geiste mit Gott. *Es würde mich nicht einmal stören, wenn der Krebs zurückkäme, wenn ich nur ein oder zwei Jahre mit Gus haben könnte.* Denn man hofft doch immer, wenn man auf das Schlimmste vorbereitet ist, würde es irgendwie nicht passieren, oder? Als ich dann durch den Eingang trat, dämmerte mir, dass durchaus beides möglich war – der Krebs könnte zurück *und* die Sache mit Gus nur eine Affäre ohne Zukunft gewesen sein.

*

In der Onkologie sind alle nett zu dir. Um ehrlich zu sein, macht man sich dann womöglich noch mehr Sorgen. »Wahrscheinlich die ganzen Nudeln und das Eis!«, sagte ich zu der Krankenschwester, als ich von der Waage stieg.

»Das ist ja wunderbar!«

Bei Krebs finden es alle super, wenn man zugenommen hat. Zurück im Wartebereich checke ich erneut mein Handy. Nichts. Allmählich wurde ich etwas sauer auf Gus, weil er mich ablenkte, während ich doch eigentlich über meine Fragen nachdenken sollte. Er hätte wenigstens warten können, bis ich meine Ergebnisse hatte, bevor er mich ghostet.

Endlich wurde mein Name aufgerufen. Ich stand auf und strich mein Kleid glatt. Als ich zum Sprechzimmer ging, beschleunigte sich mein Herzschlag, denn wenn ich in ein paar Minuten wieder herauskam, wäre mein Leben ein anderes.

Das Seltsame an Krebs war, dass ich mich vor der Behandlung nie krank gefühlt hatte. Manchmal fragte ich mich, was passiert wäre, wenn ich den Knoten nicht entdeckt hätte. Wie lange hätte ich noch ein normales Leben führen können? Einerseits wäre ich jetzt gern umgedreht und in seliger Unwissenheit davongelaufen. Doch meine vernünftige Seite wusste, dass mich die Unwissenheit nicht glücklich machen würde. Ich würde nur die ganze Zeit darüber grübeln, wie das Ergebnis ausgefallen war. Es war besser, sich der Sache zu stellen. Ich atmete tief durch.

Den Arzt kannte ich noch nicht. In der Ambulanz erfährt man nie etwas über ihr Privatleben. Keine Familienfotos auf dem Schreibtisch, kein Lieblingskaffeebecher. Ich fand das Verhältnis immer etwas unausgewogen, da sie buchstäblich in mich hineinsehen konnten, ich aber nichts über sie wusste. Er tippte auf seiner Tastatur herum. Ich bemerkte einen Ehering an seiner Hand. Er war vermutlich in den Dreißigern. Vielleicht war er ein Kommilitone von Gus an der medizinischen Fakultät gewesen? Er schaute auf und lächelte, aber das Lächeln erreichte nicht seine Augen. Ich konnte nicht einschätzen, ob es ein Gute-Nachrichten-Lächeln war oder ein Es-tut-mir-leid-Ihnen-sagen-zu-müssen-Lächeln.

»Setzen Sie sich.«

Ich gehorchte.

»Wie geht es Ihnen?«, fragte er.

»Sollten Sie mir das nicht sagen?«

Wieder blickte er auf seinen Bildschirm. Ich fragte mich, ob es einen Code für nervige Patienten gab.

»Wir haben keine Anzeichen für ein Wiederauftreten von Malignität gefunden.«

»Was bedeutet das?«

»Es bedeutet, dass Ihr Scan keine makroskopischen Anzeichen einer Krankheit aufweist ...«

»Was ist mit mikroskopischen?«, fragte ich.

»Mikroskopische Anzeichen kann der Scan nicht erkennen. Wir werden Sie fünf Jahre lang weiter beobachten.«

»Sie sagen also, dass ich nicht clean bin?«

»Wir können nicht sagen, dass Sie clean sind, bevor wir Sie fünf Jahre lang beobachtet haben.«

»Oh.«

»Irgendwelche Fragen?«

Alle Fragen, die ich ihm hatte stellen wollen, waren jetzt irrelevant. Ich hatte mich auf das Schlimmste und auf das Beste vorbereitet, aber nicht auf diesen Schwebezustand.

»Was soll ich den Leuten sagen? Meine Freunde und meine Familie werden nicht wissen, ob sie sich sorgen oder freuen sollen, oder?«

Er sah überrascht aus. So viel die Ärzte auch über die Krankheit wissen, so wenig scheinen sie sich bewusst zu sein, womit man selbst und die Menschen im Umfeld nach einer Krebsdiagnose konfrontiert ist.

»Sie könnten sagen, Sie sind in Remission.«

»Aber bin ich das? In Remission?«

Er sah verblüfft aus.

»Ich meine, ich könnte *sagen*, dass ich clean bin, oder nicht? Aber es würde nicht stimmen.«

Wenn Doll hier wäre, würde sie ihm sagen, er solle mich ignorieren, ich wäre schon immer etwas pedantisch gewesen.

»Aber Sie sind in Remission.«

Meine Mum war fünf Jahre lang »in Remission«. Es war also besser, als ich es mir vorgestellt hatte.

»Stimmt. Das ist gut. Oder nicht?« Ich wollte, dass er sagte: Ja, sehr gut. Aber das tat er nicht.

»Und ich hatte die Totaloperation, also gibt es weniger von mir, in dem neue Tumorzellen auftauchen können, oder?« Ich versuchte noch einmal, ein wenig mehr Optimismus aus ihm herauszuquetschen.

»Das ist ihr Sinn und Zweck.«

Am liebsten hätte ich gesagt: »Sinn und Zweck? Verdammt noch mal, ich dachte, es wäre etwas wissenschaftlicher.«

Stattdessen sagte ich: »Vielen Dank.«

Ich hatte mir vorgestellt, wie ich das Krankenhaus weinend verließe. Ich hatte mir vorgestellt, wie ich mit fest gekreuzten Fingern fröhlich hinaushüpfte. Jetzt, als ich in den sonnigen Innenhof ging, spürte ich immer noch eine leise anschlagende Angst in mir, als ob ein furchterregender Angreifer weggelaufen wäre, aber noch hinter der Ecke lauern könnte. Vor allem aber fühlte ich mich ausgelaugt. Emotional und körperlich.

Mir wurde klar, dass ich den ganzen Tag noch nichts gegessen hatte, und ich beschloss, dass ich eine Belohnung verdient hatte. Ein Karamell-Latte, dachte ich, der wäre sowohl nahrhaft als auch lecker. Es war kein Champagner, aber es war auch keine Chemotherapie. Es war eine gute Art von Getränk für eine halbe Feier. Als ich auf die Straße trat und überlegte, wo das nächste Café war, hörte ich hinter mir Schritte.

»Tess?«

Ich fuhr herum.

»Was machst du hier?« Ich war so überrascht, dass meine Worte etwas aggressiv klangen.

Er sah genauso aus, wie ich ihn das letzte Mal gesehen hatte. T-Shirt, Shorts, Sneakers, das Haar zerzaust, nachdem er noch schnell geduscht hatte, bevor wir zum Flughafen mussten.

»Ich wollte bei dir sein.«

»Wo ist dein Koffer?«

»Ich hatte keine Zeit, den ganzen Weg zurückzufahren ... Ich hatte meinen Pass und mein Portemonnaie dabei, also bin ich einfach am Flughafen geblieben.«

»Warum hast du mir keine Nachricht geschickt?«

»Ich wusste nicht, ob ich rechtzeitig hier sein würde, um dich zu überraschen ...«

»Warum bist du nicht einfach mit mir zurückgeflogen?«

»Ich bin ein Idiot«, sagte er achselzuckend.

»Du bist kein Idiot!«

»Lass uns nicht streiten« Er grinste.

All die Stunden voller Zweifel und Sorgen verpufften, als mir klar wurde, dass dies romantischer war als jedes Wiedersehen, das ich mir hätte ausmalen können.

»Was haben sie gesagt?«, fragte Gus besorgt.
»Ich bin in Remission!«
Plötzlich war kein Abstand mehr zwischen uns. Ich spürte, wie sich alle Knöpfe meines Kleides in meine Brust drückten, als er mich fest umarmte, dann von mir abrückte, mein Gesicht zwischen die Hände nahm und mich so innig küsste, dass ich das Gefühl hatte, in meinem Kopf würde ein Feuerwerk explodieren.
»Du hältst mich doch nicht etwa für eine Betrügerin, oder?«, flüsterte ich, als wir endlich innehielten und um Atem rangen.
»Wie bitte?«
»Als wäre das so eine Art Schwimmen mit Delfinen ...«
Der verwirrte Blick.
»Als würdest du denken, wir hätten nur eine kurze Zeit zusammen ...«
»Ich denke genau das Gegenteil.«

3. Kapitel

Wir schlenderten durch den St. James's Park, wo breite Blumenrabatten von Schmetterlingen und Bienen flirrten, nach Notting Hill zurück. Dann gingen wir durch den Constitution Hill, die Allee mit den riesigen Londoner Platanen, die mit ihren kühlen grünen Schatten wie das Kirchenschiff einer natürlichen Kathedrale wirkte. Im Hyde Park saßen wir eine Weile auf einer Bank und atmeten den berauschenden Duft der rosa Rosen ein, die in Girlanden den Rosengarten umspannten. An der Serpentine fragte er mich, ob ich schon einmal in einem der Boote gerudert wäre, und als ich verneinte, schlug er vor, am Wochenende eines zu mieten. Wir erstellten eine Liste mit Dingen, die wir noch nie in London gemacht hatten. Es fühlte sich an, als wären wir wieder im Urlaub. Manchmal blieben wir einfach nur stehen, um uns zu küssen.

Gus kaufte Lebensmittel in einem italienischen Deli und dann eine ganze Palette Tomaten für einen Fünfer an einem Marktstand, der gerade zusammenpackte.

»Wie willst du die alle essen?«

»Mit etwas Chili und Olivenöl geröstet ergeben sie eine tolle Pastasoße.«

Wer hätte das gedacht? Während er seinen Schlüssel ins Schloss steckte, wartete ich auf der Straße und erinnerte mich an all die Male, die Doll und ich vor dieser hübschen Häuserreihe gestanden und darüber spekuliert hatten, wer wohl das Glück hatte, dort zu wohnen.

»Kommst du nicht mit rein?«

»Doch, doch«, sagte ich und versuchte, lässig zu klingen, aber mein Herz klopfte so heftig, dass ich fürchtete, er könnte sehen, wie die Punkte auf meinem Kleid pulsierten.

Das Erdgeschoss war offen gestaltet, mit Flügeltüren, die auf der Rückseite in einen kleinen Garten führten. Mein erster Gedanke war, dass es unglaublich aufgeräumt und sauber wirkte, fast so, als sollte es für *Schöner Wohnen* fotografiert werden. Der Küchenbereich im hinteren Teil war mit passenden Schränken in Betongrau und einem großen Holztisch ausgestattet. Der gesamte Boden war mit Dielen ausgelegt und im Wohnbereich standen große Polstermöbel. Ein riesiges, mit türkisfarbenem Samt bezogenes Sofa, ein mit Iznik-Kacheln gerahmter Kamin, ein antiker Teppich mit Vögeln und Blumen wie aus dem Schaufenster eines der Nobelgeschäfte am Piccadilly. Als ich mein Spiegelbild in dem großen Goldspiegel über dem Kaminsims sah, dachte ich: *Du gehörst nicht hierher.*

»Fühl dich wie zu Hause!« Gus ging in den Küchenbereich.

»Sind das deine Mädchen?«, fragte ich und deutete auf die gerahmten Zeichnungen auf beiden Seiten des Kaminsimses.

»Sie sind jetzt viel größer als damals, als ich sie gezeichnet habe.«

»Die hast du gezeichnet? Sie sind großartig.«

Er wirkte verlegen und ich kam mir dumm vor. Woher sollte ich wissen, dass sie großartig waren, wenn ich seine Kinder nie gesehen hatte?

»Ich wette, auf dem sind sie gern geflogen«, sagte ich und zeigte auf den Teppich.

Ein verwirrter Blick.

»So habe ich mir immer einen fliegenden Teppich vorgestellt ...«

»Wie wär's mit einem Glas Wein?«

»Wunderbar!«

»Rot oder weiß?«

»Was du nimmst.«

»Ich habe eine Flasche Sancerre«, sagte er und öffnete die Tür von einem dieser riesigen Kühlschränke nach amerikanischem Vorbild, die bei Bedarf Eiswürfel herstellen.

»Perfekt!«, sagte ich, als hätte ich die geringste Ahnung.

»Salute!«

»Salute!«

Unsere Gläser klirrten aneinander, aber zwischen uns herrschte eine Kluft, als würden wir uns zum ersten Mal auf einer Cocktailparty begegnen.

War er genauso nervös wie ich? Hörte er sich deshalb plötzlich noch bürgerlicher an?

»Hast du Hunger?«

»Einen Bärenhunger«, sagte ich und lachte, als er sich eine Schürze umband.

»Was ist?«

»Nichts.«

Der Schluck Wein schien an meinem Magen vorbei und direkt in meinen Kopf gewandert zu sein.

Alles war an seinem richtigen Platz. Ein Block mit japanischen Messern, ein Glasschrank mit Le-Creuset-Töpfen in Entenei-Grün. Ich dachte an das schmutzige Geschirr in meiner Spüle, den benutzten Teebeutel auf meinem Abtropfbrett, und dankte Gott dafür, dass wir bei ihm und nicht bei mir haltgemacht hatten.

Er wusch die Tomaten unter einem dieser Wasserhähne, die kochendes oder sprudelndes oder wie auch immer geartetes Wasser liefern. Dann wählte er sorgfältig die reifsten aus, schnitt sie in dünne Scheiben und platzierte sie auf einem großen Keramikteller um eine Kugel Mozzarella.

Wir saßen uns an einem großen Holztisch gegenüber. Er bot mir ein Stück Brot aus einer Papiertüte an, die vom Öl durchscheinend geworden war.

»Wow!«, sagte ich mit vollem Mund. »Das ist das leckerste Brot, das ich je gegessen habe.«

»Fucka ... ja.«

»Wie bitte?«

Er buchstabierte es für mich.

»Es ist wunderschön hier!«

»Vor allem Charlottes Geschmack.«

»Oh.« Wenn er seine Ex-Frau erwähnte, wusste ich nie, was ich sagen sollte.

»Es gehört ihr noch zur Hälfte. Sie würde es gern verkaufen, aber ich finde, im Leben der Mädchen sollte es zumindest eine Konstante geben, meinst du nicht auch? Es ist ja auch *ihr* Zuhause.«

Seine leicht brüchige Stimme zeigte mir, dass er immer noch litt.

»War das Ferienlager deiner Tochter okay?«

»Ja, alles okay. Offenbar hat ihr das Essen nicht geschmeckt.«

Ich wusste, es sollte mir nichts ausmachen, dass er mit seiner Ex-Frau über ihr gemeinsames Kind gesprochen hatte. Aber Eifersucht gehorcht nicht der Vernunft.

Ich stand auf und brachte meinen Teller zur Spüle.

»Was machst du da?«

»Abwaschen.«

»Es gibt einen Geschirrspüler ...«

»Er ist doch nicht ...«

Irgendwie schaffte ich es, den Teller, den ich in der Hand hielt, direkt gegen den Luxuswasserhahn zu schmettern. Er brach in der Mitte durch und eine Hälfte fiel in die Spüle und zerbrach.

»O mein Gott! Das tut mir so leid. Ich werde ihn ersetzen ...«

Ich konnte ihn nicht ansehen, als er aufstand und mir die andere Hälfte aus der Hand nahm.

»Es ist doch nur ein Teller.«

Plötzlich bekam ich eine Vorstellung davon, wie er als Arzt sein musste. Sanft und ruhig, aber sehr bestimmt. Dann küssten wir uns, er knöpfte mir das Kleid auf, ich zog ihm die lächerliche Schürze aus und wir liebten uns in den warmen Streifen der Abendsonne, die über die Dielen fielen.

Danach lagen wir einfach nur da und sahen uns an, während leises Lachen und undeutliches Geplapper aus einem Nachbargarten zusammen mit dem Duft von Gegrilltem und dem gelegentlichen Heulen einer entfernten Sirene herüberwehte.

»Ich gehe jetzt besser«, sagte ich, als es dunkel wurde.

»Bitte bleib.«

»Ich muss morgen arbeiten ...«

»Aber du bist doch nur fünf Minuten entfernt ...«

»Ich habe keine Zahnbürste dabei.«

»Ich habe für alle Fälle immer einen Vorrat.«

Er hatte einen Vorrat an Ersatzzahnbürsten? Für welchen Fall, fragte ich mich, als er die Treppe hinauflief.

Mein Bild von ihm änderte sich ständig. Nahm er oft Frauen mit nach Hause? War ich nur eine weitere in einer langen Reihe von Affären nach einer Scheidung? Ich zog mein Kleid an und war entschlossen zu gehen, als er die Treppe wieder hinunterpolterte und in jeder Hand eine Plastikpackung schwenkte. »Beauty oder Buzz Lightyear?«, fragte er. »Bella ist ein kleiner Wildfang ...«

Schon komisch, wie eine Disney-Zahnbürste alles wieder geraderücken kann.

4. Kapitel

Wie alle Doll Houses war auch unser Salon in Rosa mit einer schwarzen Bordüre gehalten. Das Farbschema war von dem Chanel-Kostüm inspiriert, das Doll getragen hatte, als sie zum ersten Mal bei der Bank einen Kredit für die Gründung ihres Unternehmens beantragt hatte. Die Angestellten trugen rosafarbene Uniformen mit einem aufgestickten kleinen Puppenhaus-Logo auf der Brusttasche. Die Atmosphäre war feminin, professionell und einladend. Unser Slogan lautete: »Verwöhnen Sie sich!«

Als ich sie darauf hinwies, dass die Leute sich nicht selbst verwöhnten, sondern sich verwöhnen ließen, sagte Doll, dass außer einer Pedantin wie mir niemand auf diese Idee käme. Auf jeden Fall boten wir Maniküre und Pediküre an, keine Fußpflege.

Das Schaufenster war rosa gestrichen, damit es wie die symmetrische Fassade eines echten Puppenhauses aussah. Die vier rechteckigen Fensterrahmen im georgianischen Stil waren durchsichtig, um natürliches Licht hereinzulassen und gleichzeitig das exklusive Gefühl im Inneren zu bewahren. Für die meisten Passanten waren die »oberen« Scheiben zu hoch und die »unteren« zu niedrig, um beiläufig einen Blick hineinzuwerfen, und so setzte mein Herz einen Schlag aus, als ich sah, wie Gus mir durch eines der oberen Fenster zuwinkte. Männer waren hier drin nicht verboten. Viele Londoner Männer mögen es, wenn ihre Nägel gepflegt aussehen, und einige unserer Stammgäste waren Dragqueens. Ich hatte keine Lust auf die Spekulationen, die seine schlaksige Gestalt auslösen würde. Als ich jedoch wild gestikulierend auf Luis' Café nebenan deutete, drehten sich einige Angestellte um und entdeckten ihn.

Das Café war voll mit attraktiven Müttern und ihren Kleinkindern.

»Du hast dich nicht verabschiedet«, sagte Gus, als ich mich zu ihm an einen beengten Tisch im hinteren Bereich setzte.

Ich hatte mich in den frühen Morgenstunden aus seinem Haus geschlichen, nachdem ich eine Ewigkeit auf der Seite des riesigen Doppelbetts wach gelegen hatte, auf der seine Frau geschlafen haben musste.

»Ich kann nicht lange bleiben«, sagte ich, als unsere Cappuccini und sein Frühstück eintrafen. »Isst du immer ein komplettes englisches Frühstück?«

»Sooft ich kann.«

Für einen Arzt schien mir das nicht sehr gesund zu sein, aber er war spindeldürr, also hatte er wahrscheinlich einen guten Stoffwechsel.

»Darf ich ein bisschen naschen?«, fragte ich, denn er schien zu höflich zu sein, um ohne mich zu essen.

Der Toast war butterig und das Ei flüssig, genau wie ich es mag.

Auf neutralem Gebiet fühlte ich mich wieder viel wohler mit ihm, bis ich aufblickte und sah, wie Doll im Zickzack durch die Kinderwagen auf unseren Tisch zusteuerte. Sie hatte sich für heute nicht angekündigt, da war ich mir sicher. Ich fühlte mich, als hätte man mich beim Schwänzen erwischt.

»Du hast ein bisschen gekleckert«, sagte sie und deutete auf einen winzigen Fleck Eigelb auf meinem Kleid, beugte sich vor und entfernte ihn mit einem sehr langen und schön polierten Fingernagel. »Aggie sagte, dass du mit einem Typ weg bist.«

Ich hatte gehofft, dass Gus nicht aufstehen würde, aber natürlich tat er es. Er hätte sie auch überragt, wenn sie Stöckelschuhe getragen hätte, aber sie trug blassrosa Turnschuhe und ihren pinkfarbenen Juicy-Couture-Trainingsanzug, sodass es wirkte, als würde sie zu einem hohen Gebäude aufschauen.

»Doll, das ist Gus! Gus, Doll.«

»Freut mich, dich kennenzulernen«, sagte er und reichte ihr die Hand, die sie schüttelte, während sie ihn weiterhin misstrauisch beäugte. »Kann ich dir was bestellen?«

»Ich könnte eine Tasse Tee vertragen.«

»Bitte setz dich doch«, sagte Gus.

»Ich quetsche mich einfach neben Tess.«

Ihr Babybauch passte gerade noch zwischen unseren und den Nachbartisch.

Wir sahen zu, wie Gus sich seinen Weg zurück zum Tresen bahnte.

»Sehr gute Manieren«, stellte Doll fest, was eher nach Kritik als nach einem Kompliment klang.

»Ich dachte, du nimmst Milch?«, sagte Gus, als er mit einem dampfenden Becher zurückkam und den Boden sorgfältig mit einer Papierserviette abwischte, bevor er ihn vor ihr abstellte.

»Du hast richtig gedacht.«

»Wann kommt das Baby?«

»Heiligabend. Wie ich höre, hast du auch Kinder?«

Es klang, als würde sie ein Vorstellungsgespräch führen.

»Zwei Mädchen, Flora und Bella.«

»Flora und Bella«, wiederholte sie, als hätte sie erwartet, dass sie genau so heißen würden. »Wir haben eine Elsie und das hier wird eine Holly, falls es ein Mädchen ist. Falls es ein Junge wird, haben wir uns noch nicht für einen Namen entschieden.«

»Wolltet ihr es nicht vorher wissen?«, fragte er.

»Wolltet ihr?«, schoss sie zurück.

»Meine Frau. Ex-Frau. Ja.«

»Eine Schande für die Kinder, eine Scheidung. Nicht wahr?«, fragte Doll.

»Noel«, unterbrach ich, »ist ein weihnachtlicher Name für einen Jungen.«

»Niemand will Noel heißen, oder?«, blaffte Doll mich an.

»Nicholas?«, schlug Gus vor.

»Was ist daran weihnachtlich?«, fragte Doll.

»St. Nicholas«, sagte ich. »Du weißt schon, Santa.«

»Ich werde mein Baby nicht nach einem alten Mann mit einem Bart benennen.«

Warum war sie so gereizt?

»Tja, ich sollte zurück an die Arbeit gehen«, sagte ich.

Gus stand wieder auf. Wir schwankten zwischen einer Umarmung und einem Kuss und entschieden uns schließlich für nichts.

»Abendessen?«, flüsterte er, als wir an ihm vorbeigingen.

»Ist heute Abend nicht dein Kurs für Kreatives Schreiben, Tess?«, fragte Doll.

»Na ja, aber ...«

»*Ci vediamo*«, sagte Gus.

»*Si!*« Ich kicherte.

»Was sollte das denn?«, fragte Doll, als wir draußen auf der Straße waren.

»Das heißt einfach nur ›Bis später‹ auf Italienisch.«
Doll verdrehte die Augen. »Kaum lernst du einen Mann kennen, sind alle anderen vergessen.«
»Was zum Teufel?«
»Du hast mich nicht einmal angerufen, um mir zu sagen, wie es dir gestern ergangen ist.«
Da begriff ich. »Gott, Doll, das tut mir so leid. Ich bin in Remission!«
Dann umarmten wir uns und sie weinte. Sie hatte mich während meiner gesamten Krebserkrankung unterstützt und sogar meinen Urlaub in der Toskana bezahlt. Ihr hätte ich es als Erstes erzählen müssen.
»Ich habe das Schlimmste befürchtet und wusste nicht, ob ich anrufen sollte ...« Doll schniefte.
»Gus ist plötzlich zurückgekommen. Er stand einfach vorm Krankenhaus und hat auf mich gewartet. Also, was denkst du?«
»Was soll ich sagen? Er ist ein geschiedener Privatschüler mit zwei Kindern.«
»Aber er ist doch nett, oder?«
»Es hat einen Grund, wenn sich Menschen scheiden lassen. Ich mein ja nur.«
»Seine Frau hatte eine Affäre.«
»Aber hast du dich schon einmal gefragt, warum? Das meine ich. Frauen denken immer, dass es bei ihnen anders sein wird. Halte dich ein bisschen zurück. Das ist mein Rat. Du verkaufst dich immer unter Wert.«
Der Angriff auf meinen Charakter traf mich unerwartet. Ich hatte sie nicht um ihren Rat gebeten und »immer« war etwas unfair, schließlich hatte ich nur zwei ernst zu nehmende Beziehungen in meinem Leben gehabt – Leo und davor Dave, der später Dolls Ehemann geworden war. Das wollte ich jedoch

nicht erwähnen, denn darüber waren wir schon lange hinweg.

Ich konnte mir nicht erklären, was mit ihr los war. Vielleicht wollte sie mich beschützen oder war sie womöglich ein bisschen eifersüchtig? In einer lange währenden Freundschaft hat jeder seine Rolle. Doll war die zierliche Verführerische, die sich mit Männern auskannte. Ich war die große Schlaksige, die es nicht tat. Jetzt ließ ich mich gerade auf eine heiße Romanze ein und sie war fast zehn Jahre mit demselben Mann verheiratet. Ich hatte nicht vor, mir meine gute Laune zu verderben, indem ich zurückschlug.

Mein Kurs für Kreatives Schreiben fand in der City Lit in Bloomsbury statt, wo überall auf den begrünten georgianischen Plätzen blaue Gedenktafeln an berühmte Schriftsteller erinnerten, die dort gelebt hatten. So kam man sich ein bisschen so vor, als würde man auf ihren Spuren wandeln.

Ich hatte mich für den Kurs »Autobiografisches Schreiben« angemeldet, weil in »Erste Schritte zum Roman« keine Plätze mehr frei waren. Außerdem soll man sowieso immer über das schreiben, was man kennt, auch wenn es sich um Literatur handelt. Damals in Kent hatte ich einen Abendkurs besucht, dessen Tutor – mein späterer Liebhaber Leo – der Verfasser eines inzwischen vergriffenen Romans über einen Universitätsdozenten gewesen war, der Affären mit seinen Studentinnen unterhielt.

Ich hatte ein gebrauchtes Exemplar auf Amazon Marketplace für einen Penny plus Porto gefunden und es längst gelesen, bevor er überhaupt einen Schritt auf mich zu machte. Ich hätte es also eigentlich wissen müssen.

Vielleicht hatte ich es gewusst und Doll lag richtig. Ich hatte gedacht, dass es bei mir anders sein würde. Warum lässt die Liebe einen glauben, man wäre die Ausnahme?

Ich arbeitete an Memoiren über meine Beziehung zu meiner Schwester Hope. *Leben mit Hope* war ein guter Titel, und ich dachte, es könnte hilfreich für sie sein, eine Aufzeichnung ihres Lebens zu haben, falls mir etwas zustoßen sollte. Die anderen Teilnehmenden reagierten immer positiv, wenn ich meine Kapitel vorlas, was allerdings nicht viel aussagte, da wir uns verpflichtet hatten, die Arbeit der anderen mit Feingefühl zu kritisieren. Manchmal dachte ich, das Kreativste an dem Kurs sei, für jeden Teilnehmenden andere ermutigende Worte zu finden, ganz gleich was sie schrieben. Kurz vor meinem Urlaub hatte mich am Ende der Stunde die Kursleiterin aufgehalten und mich ermuntert weiterzumachen. Eine befreundete Verlegerin habe ihr erzählt, dass Bücher über neurodiverse Menschen gerade in Mode seien.

Ich hatte ein leicht schlechtes Gewissen, weil ich seitdem kein Wort mehr geschrieben hatte. Die Ereignisse der letzten Woche schienen meinen Fokus verändert zu haben und mich vorwärts und nicht zurück in meine Vergangenheit zu lenken.

Das sagte ich der Kursleiterin natürlich nicht. Ich dachte mir etwas aus und erzählte, ich sei von all der Schönheit in Florenz zu überwältigt gewesen, was es, wie sich herausstellte, tatsächlich gibt – das Stendhal-Syndrom, wie die Lehrerin erklärte. Wer hätte das gedacht?

Als ich auf dem Heimweg an Gus' Haus vorbeikam, brannte unten Licht. Ich nahm mir vor, Dolls Rat zu beherzigen, mich zurückzuhalten und nicht bei ihm zu klingeln, konnte dann aber doch nicht widerstehen. Eine attraktive Frau mit leuchtend rotem Lippenstift öffnete die Tür. Sie kam mir irgendwie bekannt vor, aber ich konnte sie nicht einordnen. War sie eine Kundin vom Doll's House? Was machte sie hier?

»Ist das das Haus von Gus?«
»Ganz genau.« Sie erwiderte meinen Blick.
»Oh!«
»Keine Sorge, daran bin ich gewöhnt«, sagte sie.
»Wie bitte?«
»Daran, dass die Leute meinen, mich zu kennen. Du musst Tess sein. Ich bin Nash.«
Sie trat zur Seite, um mich hereinzulassen.
»Gus hat nicht gesagt, dass du Nash Villiers bist!«
Ich hatte Nash für einen ungewöhnlichen Namen gehalten, aber ich hatte keine Verbindung zu der Schauspielerin hergestellt, die in der Krankenhausserie *Große Abhängigkeit* Dr. Sue gespielt hatte, eine kämpferische Ärztin in einer von Alphamännern dominierten Welt. Sie war kleiner, als ich sie mir vorgestellt hatte, und ihr Markenzeichen, der knallrote Bob, war jetzt braun und schulterlang.
»Gus ist nur kurz weg, um Fish und Chips zu holen«, sagte sie. »Meine letzte anständige Mahlzeit, bevor es wieder nur Bio-Alfalfa-Sprossen zu essen gibt. Ich habe gerade einen neuen Job in L. A. bekommen.«
»Herzlichen Glückwunsch«, sagte ich und wusste nicht, ob ich fragen durfte, worum es sich handelte. Ich hatte noch nie mit jemandem gesprochen, den ich aus dem Fernsehen kannte. Es sei denn, man zählte Doll dazu, die einmal in den Lokalnachrichten gewesen war, als sie in Thanet zur Unternehmerin des Jahres gewählt worden war.
»Ich fand dich toll als Dr. Sue. Seit du nicht mehr dabei bist, ist die Serie nicht mehr annähernd so gut.«
Nicht cool. *Hör auf damit!*, ermahnte ich mich.
»Das passiert immer mit selbstbewussten Hauptrollen. Sie werden gezähmt oder sie sterben«, sagte Nash. »Barolo?«

Sie hielt eine halb volle Flasche hoch und ging zum Küchenschrank, um ein Glas zu holen.

Der Raum hing voll Zigarettenrauch. Ich bemerkte mehrere Kippen im Aschenbecher, einige mit rotem Lippenstift, eine oder zwei ohne.

»Raucht Gus?«, fragte ich.

»Nur die Zigaretten anderer Leute. Setz dich!«

Ich nahm vorsichtig Platz, weil ich Angst hatte, Wein auf den Samt zu tropfen.

»Gus hat mir erzählt, dass ich an der Uni dein Zimmer bekommen habe, also sollte ich mich wohl bei dir bedanken. Er sagt, ihr habt herausgefunden, dass ihr euch an vielen Punkten im Leben nur knapp verpasst habt. Ihr wart anscheinend sogar auf derselben Hochzeit.«

»Auf demselben Flug nach New York«, sagte ich. »Auf demselben Rolling-Stones-Konzert ...«

»Weißt du, wie sich das anhört?«

Schicksal oder Zufall? Ich wusste nicht, wie ich es nennen sollte.

»Wie eine Rom-Com!«, sagte sie und dann mit ernster Filmtrailer-Stimme: *»Zwei Leben, zehn Chancen, zusammenzukommen. Kann man sich in jemanden verlieben, dem man noch nie begegnet ist?«*

Ich lachte.

»Im Ernst, das würde Netflix gefallen! Natürlich müsste es eine Rolle für mich als die gute Fee geben, die euch zusammengebracht hat, indem sie Gus in die Toskana schickte. Im Schultheater wollte ich immer die gute Fee im Weihnachtsmärchen spielen, wurde aber jedes Mal als Junge besetzt.«

»Ich wollte Maria sein. Aber sie sagten, ich sei zu groß.«

»Was hast du dann gespielt?«

»Gewöhnlich einen Hirten, was wohl immer noch besser war als eine der muhenden Kühe.«

»Die einzigen weiblichen Rollen in der Krippe, Jungfrau oder Kuh«, sagte Nash.

Ich lachte.

Ich spürte, dass sie mich neugierig musterte, als ob sie versuchte, sich ein Bild von mir zu machen.

»Gus' Beschreibung trifft es genau«, sagte sie schließlich.

»Ach?«

»Auf eine gute Art unkompliziert.«

Sie schien das für ein Kompliment zu halten und ich konnte nicht wirklich widersprechen. Ich sah, dass mein Weinglas einen lila Kreis auf dem Oberschenkel meiner Jeans hinterlassen hatte.

»Ich frage mich, wenn du an meiner Stelle im Zimmer neben ihm gewohnt hättest«, sagte sie, »wärst du dann wohl seine beste Freundin geworden oder wärt ihr zusammengekommen?«

Sie klang leicht wehmütig und ich fragte mich, ob sie sich gewünscht hätte, dass sie mehr als nur Freunde wären.

Ich versuchte, mir vorzustellen, wie Gus und ich uns mit 18 auf dem Flur eines Wohnheims begegnet wären. Damals wäre er noch mehr Privatschüler gewesen und ich schlecht gelaunter, sodass ich wahrscheinlich nicht einmal seine Freundin geworden wäre, geschweige denn seine Geliebte.

»Man kommt nicht mit dem Ersten zusammen, den man an der Uni kennenlernt, oder? Egal, denn wenn, wären wir inzwischen längst getrennt.«

»Gus steht normalerweise eher auf weibliche Klischeetypen«, sagte sie. »Die kleine Miss Perfect oder die Femme fatale ...«

Von einer Miss Perfect wusste ich nichts. Die Femme fatale war vermutlich seine Ex-Frau. Ich überlegte gerade, wie ich sie fragen könnte, ohne zu interessiert zu klingen, als wir beide zusammenzuckten, weil Gus mit zwei großen Papiertüten und einer Wolke von Imbissbudendunst zurückkam. Der Ausdruck auf seinem Gesicht wechselte von überrascht zu besorgt.

»Nash ist spontan vorbeigekommen, um sich zu verabschieden. Ich wusste nicht, dass du kommst. Ich habe nur zwei Portionen mitgebracht. Du kannst meine haben.«

Er war offensichtlich genauso nervös, dass ich Nash kennenlernte, wie ich es gewesen war, als ich ihn Doll vorgestellt hatte.

»Sieh nur, er hat Angst, dass ich dir alle seine Geheimnisse verrate«, sagte Nash.

Hatte Gus Geheimnisse?

»Ich war auf dem Heimweg. Ich hab eigentlich keinen Hunger.«

Nash hatte ihr Essen bereits ausgepackt.

»Hallo, Kohlenhydrate und Fett!«, sagte sie zu dem panierten Fisch in ihrer Hand. »Ich werde euch vermissen!«

»Wie war dein Kurs?«, fragte mich Gus und öffnete eine weitere Flasche Wein.

»Gut, danke«, log ich.

»Was für ein Kurs ist das?«, erkundigte sich Nash mit vollem Mund.

»Autobiografisches Schreiben«, sagte ich.

»Was macht man da?«

»Man schreibt einfach über sein eigenes Leben.«

Ich wünschte, Gus hätte es nicht erwähnt. Warum sollte mein Leben im Vergleich zu ihrem interessant genug sein, um darüber zu schreiben?

»So etwas wie eine Therapie?«, fragte Nash.

»Womöglich.« So hatte ich das noch nie betrachtet.

»Aber billiger«, bemerkte Nash. »Und wie läuft es bei dir?« Sie wandte sich an Gus.

War Gus in Therapie? Mein Puzzlebild von ihm entwickelte sich immer mehr zu einer Videowand mit kleinen Geschichten auf jedem Bildschirm, wie das Ende von *Tatsächlich Liebe* nur mit einem Schauspieler.

»Es haben sich ein paar Dinge geklärt«, sagte er verlegen. »Ich habe jetzt aufgehört.«

»In L. A. darf man die Therapie nicht beenden«, sagte Nash. »Und man darf seine Sorgen auch nicht in Alkohol ertränken ...«

Sie leerte ihr Glas und schenkte sich noch einmal großzügig nach.

Welche Sorgen konnte Nash Villiers schon haben? Machte der Wein sie melancholisch oder hatte sie von Natur aus einen Hang zum Drama?

Seit Gus wieder da war, hatte sich die Dynamik verändert. Es fühlte sich weniger wie ein Gespräch an und mehr, als würde ich einer Aufführung beiwohnen. Wie die meisten alten Freunde hatten auch Gus und Nash wahrscheinlich eine eigene Sprache, die ich noch nicht kannte.

»Ich muss jetzt gehen«, sagte ich und stand auf.

»Bleib«, sagte Gus und hielt meine Hand fest.

Das kaum merkliche Aufflackern von Schmerz in Nashs Augen bestätigte mir, dass sie wirklich einmal in ihn verliebt gewesen war.

»Nein, ehrlich«, sagte ich. »Es war toll, dich kennenzulernen, aber ich muss morgen früh arbeiten und wenn ich zu viel Rotwein trinke, wird mein Mund schwarz.«

Sobald ich es gesagt hatte, wurde mir klar, dass es nicht nötig gewesen wäre, einen zweiten Grund hinzuzufügen.

Nash lächelte mich an. Sie schien dankbar zu sein, weil ich verstand, dass sie ihren letzten Abend in London mit Gus allein verbringen wollte.

»Es war schön, dich kennenzulernen, Tess«, sagte sie und küsste mich freundschaftlich auf beide Wangen. »Pass für mich auf ihn auf.«

»Ich begleite dich noch nach Hause«, bot Gus an.

»Nicht nötig.«

»Ich möchte es aber gern«, beharrte er entschlossen.

Draußen in der kühlen Nachtluft sagte für ein paar Minuten keiner von uns ein Wort. Das Echo unserer Schritte hallte auf der leeren Straße wider.

»Tja, wir haben beide überlebt«, sagte er schließlich.

»Überlebt?«

»Das Verhör durch unsere besten Freundinnen. Wenn du Doll und Nash zusammen in einen Raum sperren würdest, was glaubst du, wer von ihnen würde da lebend herauskommen?«

»Doll will mich nur beschützen.«

Doll war wie eine Schwester für mich. Ich selbst durfte zwar gemeine Dinge über sie denken, aber sobald jemand anders auch nur einen Hauch von Kritik an ihr übte, verteidigte ich sie sofort. Wenigstens war Doll loyal. Ich wusste, dass sie nie hinter meinem Rücken über meinen Ex reden würde, den sie »den Wichser mit dem Pferdeschwanz« nannte.

»Hattet ihr mal was miteinander? Du und Nash?«, fragte ich.

»Nein«, sagte er. Und als wäre das keine vollständige Antwort, fügte er hinzu: »Sie wollte mal mit mir zusammen sein.«

»Das habe ich mir gedacht.«

Er lächelte mich an.

»Nash mochte dich.«

»Woher weißt du das?«

»Glaub mir, bei Nash weiß man das.«

Sie und Charlotte hatten sich offenbar nicht verstanden. Was empfand Gus jetzt für die Femme fatale? Warum hatte er das Haus so gelassen, wie sie es eingerichtet hatte? Wie gern hätte ich ihn das alles gefragt, aber unsere Beziehung war noch so neu und zerbrechlich, dass es mir vorkam, als befänden wir uns in einer riesigen Regenbogenseifenblase, die bei der kleinsten Erschütterung zerplatzen konnte.

Gus

5. Kapitel

Seit meiner Scheidung waren die Tage ziemlich eintönig. Ich schleppte mich zu einem Job, in dem ich nicht besonders gut war. Ich kaufte ein. Ich kochte. Gelegentlich traf ich mich mit einem Freund. An einigen Tagen zwang ich mich zum Laufen, weil ich wusste, dass ich mich danach besser fühlte. Aber oft war das Gefühl, dass alles sinnlos war, so überwältigend, dass ich mich nicht aufraffen konnte. Mein Leben war so leer wie das Haus, in dem ich wohnte.

Und dann kam Tess, und jede Minute, die ich mit ihr verbrachte, war kostbar.

Das machte die Rückkehr zur Arbeit noch schwieriger als vorher. Ich hatte ziemlich viele Nachtdienste, was bedeutete, dass wir uns nur für ein paar gestohlene Minuten in Luis' Café treffen konnten, oder den einen oder anderen Nachmittag heimlich in ihrer Studiowohnung über dem Salon. Das verblichene Poster von Botticellis blauer Primavera, das dort an die Wand geklebt war, gab mir das Gefühl, wieder ein Student zu sein. Tess hatte nur wenige Besitztümer angehäuft, abgesehen von einer Kleiderstange – ›*Ich sage Sozialkaufhaus, Doll nennt es Vintage*‹ – und unzähligen Büchern in Regalen aus

Ziegelsteinen und Brettern, die sie aus einem Müllcontainer geklaut hatte.

Meine Ausbildung war durch die berufliche Pause unterbrochen worden, die ich eingelegt hatte, um mich um die Kinder zu kümmern, als wir keine angemessene Betreuung für sie finden konnten. Dadurch war es Charlotte möglich gewesen, Karriere zu machen und zu einer der jüngsten Oberärztinnen in ihrem Bereich aufzusteigen. Ironischerweise brauchte sie dann einen standesgemäßen Ehemann. Ihr Betrug war keine große Überraschung. Abgesehen vom Sex, hatte ich mich immer gefragt, was sie von mir wollte. Aber die Kinder zu verlieren, war niederschmetternd gewesen. Ich hatte es geliebt, sie bei jedem Meilenstein ihres Lebens zu begleiten, mit ihnen Kunst zu machen, mit ihnen in den Park zu gehen. Hausmann zu sein, war wesentlich interessanter als jeder andere Job, den ich je gehabt hatte. Und ich war gut darin. Sie waren mein Leben und ich hätte um das Sorgerecht gekämpft, hätte auch nur die kleinste Hoffnung bestanden, es zu bekommen. Doch das fehlende Einkommen und mein Geschlecht sprachen gegen mich. Also hatte ich Charlotte ihren Willen gelassen. Wie immer, sagte Nash. Aber es war kein Wettbewerb. Ich wollte nicht, dass meine Mädchen wegen eines hässlichen Rosenkrieges noch mehr zu leiden hatten.

Ironischerweise war die Rückkehr zur Medizin die einzige Möglichkeit für mich, genug Geld zu verdienen, um das Haus in London für die beiden zu erhalten. Ich arbeitete jedoch als Vertretungsarzt, nie bereit, mich ganz auf den Beruf einzulassen, und immer in der Hoffnung, dass ich eines Morgens mit einer klareren Vorstellung davon aufwachen würde, was ich eigentlich tun wollte.

Obwohl ich schon seit einigen Monaten in derselben Notaufnahme arbeitete, fühlte ich mich nicht als Teil des Teams. Meine

Vorgesetzten konnten meinen mangelnden Ehrgeiz nicht verstehen, meine Kollegen machte er misstrauisch und die Krankenschwestern fanden meine Ausführungen im Allgemeinen lästig. Es gab strenge Zielvorgaben, die einzuhalten waren. Bei Verzögerungen musste das Krankenhaus Strafzahlungen leisten. Die Ärzte wurden dafür bezahlt, Entscheidungen zu treffen, und zwar schnell.

Die letzten Stunden einer Nachtschicht wurden ausschließlich von Adrenalin und starkem Kaffee angetrieben. Wenn ich dann an die frische Luft kam, hatte ich so lange durchgepowert, dass ich den toten Punkt überwunden hatte und nicht mehr schlafen konnte. Ein gutes Mittel gegen die nervöse Schlaflosigkeit war ein Tennisspiel mit meinem Freund Jonathan auf den Plätzen in Lincoln's Inn Fields. Er war dann gerade auf dem Weg zur Arbeit im selben Krankenhaus, in dem er vor Kurzem Oberarzt geworden war. Wir hatten uns am ersten Tag des Medizinstudiums kennengelernt, doch im Gegensatz zu mir war er brillant und engagiert.

Er übte Aufschläge, ich erkannte seine Gestalt schon von Weitem. Da die Tage bereits merklich kürzer wurden, war dies wahrscheinlich eines unserer letzten frühmorgendlichen Spiele des Jahres.

Er sah müde aus. Auch er war die ganze Nacht wach gewesen, aber er hatte sich mit seiner Frau abgewechselt, um die jüngsten Kinder zu beruhigen, die sich mit Windpocken angesteckt hatten.

»Hören die schlaflosen Nächte jemals auf?«, fragte er.

»Wenn deine Kinder ausziehen?«

»Sorry. Das war taktlos.«

Ich hatte mich eigentlich gar nicht auf meine eigene Situation bezogen. Ich konnte immer noch nicht schlafen, wenn eines meiner Mädchen in Genf krank war. In gewisser Weise war es schwieriger, nicht dort zu sein, weil ich mich immer fragte, ob Charlotte verschlimmernde Symptome ausreichend zur Kenntnis nahm. Sie gehörte zu den blasierten Ärzten, die gegen Angst immun zu sein schienen, weshalb sie für diesen Beruf viel besser geeignet war als ich.

»Aufwärmen, dann ein paar Sätze?«

Wir waren nahezu gleich stark, obwohl Jonathan eher bereit war, jedem Schlag nachzujagen. Aber am Ende hatten wir jeder einen Satz gewonnen.

Anschließend gingen wir immer in dasselbe Café, das mit seltsam unterschiedlichen Gruppen von übernächtigten Müllmännern in Warnwesten und Anwälten in schwarzen Talaren gefüllt war. Alles war vom scharfen Geruch abgestandenen Alkohols durchdrungen. Wir tranken Tee. Ich nahm ein komplettes englisches Frühstück, Jonathan ein vegetarisches.

»Wie war es in der Toskana?«

»Schön.« Ich zögerte hin- und hergerissen zwischen dem Wunsch, die Freude zu teilen, die ich jedes Mal verspürte, wenn ich an Tess dachte, und dem zusätzlichen Kribbeln, sie geheim zu halten.

»Wo hast du gewohnt?«

»In einem *agriturismo* in der Nähe von Vinci.«

»Kannst du es empfehlen?«

»Wunderschöne Aussicht, ein Infinitypool, Zimmer mit originalen Fresken an der Decke ...«

»Du musst mir den Link schicken. Warst du allein?«

»Äh ... also, ich habe jemanden kennengelernt.«

»Eine Italienerin?«

»Nein ... eine Engländerin. Sie wohnt sogar in meiner Nähe. Wir sind zusammen ...«

»Du musst mit ihr zum Abendessen kommen. Wie wäre es am Freitag?«

Er und seine Frau luden mich regelmäßig zu sich ein. Oft zusammen mit irgendeiner alleinstehenden Freundin von Miriam. Ich schätzte ihre Großzügigkeit, aber ihre Verkupplungsversuche waren erfolglos gewesen, und ich wusste nicht so genau, ob ich Tess einer Inquisition durch Miriam aussetzen wollte. Jonathans Fachgebiet war die Onkologie, was ebenfalls unangenehm sein könnte.

Ich dachte an Tess' hauchdünnen Körper, dessen Konturen sich in der untergehenden Sonne abgezeichnet hatte, als wir am vergangenen Sonntag von der Waterloo Bridge den Blick auf das Eye und die Houses of Parliament genossen hatten. Sie war der lebhafteste Mensch, den ich je kennengelernt hatte, ohne einen Funken Weltschmerz oder Selbstmitleid, aber jedes Mal, wenn ich die Narben von ihrer letzten Operation berührte, wurde ich an ihre Zerbrechlichkeit erinnert. Sie wollte nie über den Krebs sprechen.

»Schlimm genug, ihn zu haben«, sagte sie. »Noch schlimmer ist es, darüber definiert zu werden. Wenn alle nett zu einem sind, als hätte man Geburtstag oder so. Wie auch immer, in gewisser Weise ist Krebs ein Geschenk. Denn dadurch erlebt man vieles intensiver. Natürlich kann man nicht jeden Tag so leben, als wäre es der letzte, denn dann würde man nie die Wäsche waschen, aber Krebs macht die Dinge irgendwie bunter.«

Zu Herbstbeginn schienen die Blätter goldener und das Rascheln des Laubs unter den Füßen befriedigender als je zuvor. Sogar Dinge, die ich schon oft getan hatte, wie zum Beispiel in die Nationalgalerie zu gehen, fühlte sich mit ihr frisch und neu an.

»Das ist das, was in London einer florentinischen Kirche am nächsten kommt«, sagte sie, als wir lange vor Jacopo di Ciones Altarbild mit der vergoldeten Darstellung des erwachsenen Christus standen, der mit einer liebevollen Geste sanft die Stirn seiner Mutter berührt.

Als ich sie anschließend zum Dim Sum in Chinatown einlud, war sie zunächst misstrauisch, weil die Speisekarte auf Chinesisch geschrieben war, doch als sie es wagte, *Char Siu Bao* zu probieren, machte sie ein überraschtes Gesicht.

»Das ist eigentlich ein Marmeladendonut mit Schweinefleisch drin.«

Sie sah Schönheit in Dingen, die mir längst nicht mehr aufgefallen waren. Der Duft, der aus der offenen Tür eines Blumenladens wehte; die Faszination eines Kleinkindes für die Enten in Kensington Gardens; die Sonnenflecken auf der Themse.

»Nicht so grau wie damals, als Monet sie malte«, hatte sie auf der Waterloo Bridge bemerkt. »Wusstest du, dass er dort im Savoy gewohnt hat? Ich stelle mir immer vor, wie er beim Frühstück gesessen und gedacht hat: ›Um Himmels willen, nicht schon wieder Nebel.‹«

Plötzlich wurde mir bewusst, dass Jonathan auf der anderen Seite des Tisches mein albernes Lächeln betrachtete und immer noch eine Antwort auf seine Einladung erwartete.

»Es ist noch zu früh«, sagte ich.

6. Kapitel

Ende Oktober kündigte Tess an, dass ihre Schwester Hope Geburtstag habe und sie zu dem Familientreffen nach Margate fahren wollte.
»Bin ich eingeladen?«
Sie wirkte aufgeregt. Ich wusste, dass sie die Aussicht beunruhigte, ich würde ihren Vater kennenlernen. Ich war auch selbst nicht gerade scharf darauf.
Sie sprach nicht annähernd so oft von ihm wie von ihrer Mutter, aber ich wusste, dass ihre beiden älteren Brüder wegen seines Jähzorns ausgezogen waren, sobald sie alt genug gewesen waren.
»Ich weiß nicht, wie Hope auf einen Fremden reagieren würde ...«
»Früher oder später muss ich sie mal kennenlernen ...«
Manchmal sagte ich unabsichtlich etwas, das ein so argloses und strahlendes Lächeln auf ihr Gesicht zauberte, dass es war, als würde die Sonne hinter einer Wolke hervorbrechen. Ich hatte noch nie jemanden gekannt, der seine Gefühle so offen zeigte. Das war eines der Dinge, die ich an ihr unglaublich attraktiv fand.

»Ich weiß nicht, ob das was für dich ist. Wir gehen immer in denselben Pub mit einem Büfett, Eiscreme ohne Ende und Karaoke ...«.

»Müssen alle singen?«, fragte ich leicht beunruhigt.

»Nur Hope. Und Dad, je nachdem, wie viel er getrunken hat. Nach zwei Gläsern ist er der Charme in Person, beim nächsten wird er rührselig und sentimental, und danach muss man aufpassen. Meine Mutter und ich sind immer wie auf rohen Eiern gelaufen ...«

»Und Hope?«

»Hope geht nicht wie auf rohen Eiern. Das ist einer der Gründe, warum ich für sie da sein musste.«

»Lass uns doch ein Wochenende daraus machen«, schlug ich vor. »Ich buche ein Hotel.«

Ich beobachtete, wie sie im Geiste das Für und Wider abwog, und mir schließlich wieder dieses Lächeln schenkte.

Tess nahm sich den Samstagnachmittag frei, damit wir reichlich Zeit für die Fahrt hatten.

»Was ist das?«, fragte sie, öffnete die Beifahrertür meines verbeulten alten Volvos und hievte die Tragetasche auf den Sitz.

»Ich wusste nicht, was ich Hope schenken sollte, also habe ich ihr einen Kuchen gebacken. Er ist noch warm.«

»Das ist eine schöne Idee«, sagte sie. »Es ist nur so, dass Dads Partnerin Anne den Kuchen macht, mit Kerzen und allem.«

»Am Geburtstag kann man doch nie genug Kuchen haben, oder?«

»Hope hält sehr an Gewohnheiten fest.«

Bei ihrer Schwester war mit zwölf das Asperger-Syndrom diagnostiziert worden. In gewisser Weise, hatte Tess erzählt, war es eine Erleichterung gewesen, dass Hopes Schwierigkeiten nicht auf Versäumnisse in der Betreuung zurückzuführen waren, weil sie sich anstelle ihrer verstorbenen Mutter um sie gekümmert hatte.

Ihre Schilderung führte mir deutlich vor Augen, wie wenig die Ärzte von dem komplexen Leben ihrer Patienten wissen, das sie mit wenigen Worten verändern.

In Folge der Diagnose hatte Hope in der Schule offiziell Unterstützung erhalten, aber sie trug nun auch offiziell das Etikett, anders als die anderen Kinder zu sein.

»Ich meine, sie ist anders«, sagte Tess. »Aber warum können wir nicht einfach ein größeres Spektrum von *normal* haben? Was ist überhaupt so toll an normal? Wenn man mit Hope zusammen ist, merkt man, dass die meisten von uns ihr Leben lang Dinge von sich geben, die nicht wahr sind.«

*

Das Boutiquehotel, das ich gebucht hatte, lag an der Strandpromenade. Offenbar war es bis vor Kurzem ein unscheinbares B&B gewesen, das Pflegepersonal vorübergehende Unterkünfte in der Gemeinde anbot.

»Gerade als ich in die große Stadt aufbrach, kamen all diese großstädtischen Künstlertypen her«, sagte Tess, als wir ein Zimmer mit einem großen Bett und einer frei stehenden Badewanne betraten.

»Die habe ich schon in Zeitschriften gesehen«, sagte Tess. »Ich habe mich immer gefragt, wieso die Dielen darunter nicht schimmeln.«

»Komm her«, sagte ich und zog sie zum Bett.

Wir waren seit fast drei Monaten zusammen, aber beim Sex ging die Initiative immer von mir aus und Tess reagierte auf die erste Berührung wie eine schüchterne Klosterjungfrau. Ich liebte den Moment, wenn sich ihr Atem leicht beschleunigte und sie züchtig den Blick senkte.

»Sollten wir nicht die Vorhänge zuziehen?«, fragte sie.

»Wer außer den Möwen sollte uns sehen?«

»Ich habe noch nie mit Meerblick gevögelt.«

Als wir uns küssten, gab sie sich mir so vollkommen hin, dass ich sie nur noch in die Arme nehmen und bis zur Besinnungslosigkeit lieben wollte.

Als wir im Pub eintrafen, hatte die Familie von Tess bereits den ersten Gang zum Büfett hinter sich.

»Wir hatten schon fast nicht mehr mit dir gerechnet«, sagte ihr Vater.

»Es ist Viertel nach sieben«, entgegnete Tess.

Seiner Gesichtsfarbe nach zu urteilen, schätzte ich, dass sie schon eine Weile da waren. Als er aufstand, war er größer, als ich erwartet hatte, und trug dem Anlass entsprechend einen Smoking mit Kummerbund. Er beherrschte den Raum wie ein Boxpromoter. Neben ihm saß eine füllige Frau in einem schwarzen Stretchkleid mit lila Einsätzen an den Seiten, das vielleicht schlank gemacht hätte, wenn es nicht mindestens zwei Größen zu klein gewesen wäre. Und neben ihr eine jüngere Frau mit kurzen, zotteligen Haaren, die ein Paillettenkleid über einer Trainingshose trug und eine Schale Softeis in sich hineinspachtelte.

»Hope, das ist mein Freund Gus«, stellte Tess mich vor.

»Herzlichen Glückwunsch!«, sagte ich.

»Woher weißt du, dass ich Geburtstag habe?«

»Ein kleiner Vogel hat es mir gezwitschert.«

»Welcher Vogel?«, fragte Hope.

»Tess«, antwortete ich.

»An deiner Stelle würde ich Tess nicht als Vogel bezeichnen!« Ihr Vater lachte.

»Achte nicht auf ihn, Gus.« Die dralle Frau kam mir zu Hilfe. »Ich bin Anne. Kennst du Tess schon lange?«

Ihre stark geschminkten Augen schienen in der Lage zu sein, mich anzulächeln und zugleich Tess dafür zu schelten, dass sie ihnen keine Begleitung angekündigt hatte.

»Nenn mich Jim«, forderte Tess' Vater mich auf und drückte mir fest die Hand. »Bist du zum ersten Mal in Margate?«

»Ja.«

»Heutzutage gibt es hier auch mehr als den Freizeitpark. Wir haben jetzt auch einen Bioladen und eine Kunstgalerie«, sagte er und taxierte mich so, dass es mir unangenehm war.

»Ich freue mich darauf, den Turner zu sehen«, sagte ich.

»Wie ich sehe, hast du dir einen Intellektuellen geschnappt, Tess!«

»Komm und setz dich neben mich, Gus«, sagte Anne.

»Da sitzt Tree«, meldete sich Hope.

»Was willst du zischen, Garth?«, fragte Tess' Vater.

»Ich mach das schon«, sagte ich.

»Intellektuell und ein Gentleman, Tess!«

»Er heißt Gus«, sagte sie.

»Gus, ja?«, fragte Jim, als ob ihr Wort nicht genügte.

»Die Abkürzung für Angus«, erklärte ich.

»Schotte?«

»Mein Vater ist Schotte.«

»Na, das nehme ich dir nicht übel!« Er klopfte mir kräftig auf den Rücken, bevor er sich wieder setzte.

»Ich helf dir tragen«, sagte Tess und schob mich Richtung Bar.

»Sie scheinen sehr nett zu sein«, sagte ich und bemerkte, dass sie leicht zusammenzuckte und sich umdrehte, als ich am Tresen den Arm um sie legte.

»Hope versteht keine Metaphern.«

»Nein, tut mir leid. Ich weiß nicht, was das sollte. Weil ich bei ihr alles richtig machen wollte, war ich so nervös, dass irgendwie etwas völlig Falsches dabei herauskam.«

Das Lächeln.

»Wo ist Martin?«, fragte Tess die anderen, als wir an den Tisch zurückkehrten.

»Er ist mit der Lautsprecherqualität nicht zufrieden«, sagte Hope.

»Also hat er seine eigenen mitgebracht«, erklärte Anne und zwinkerte mir zu. »So ist unser Martin!«

Wie aufs Stichwort kam ein ernst dreinblickender junger Mann mit einem Werkzeugkasten an den Tisch.

»Jetzt ist alles für dich bereit, Hope«, sagte er.

Hope stand auf und ging zu der kleinen Bühne. Stille legte sich über den Pub, als die anderen Gäste bemerkten, wer am Mikrofon stand.

Ich war ihretwegen ein wenig nervös. Dann begann das Intro von »Crazy« und als Hope einsetzte, hatte sie eine so kraftvolle Bluesstimme, als würde Patsy Cline persönlich am Mikro stehen.

Ungläubig beobachtete ich diese exzentrisch gekleidete, kleine Person, die die ganze Bandbreite der Countrysängerin und eine Fülle an Emotionen in die Liedzeilen brachte.

»Sie ist fantastisch!« Ich drehte mich zu Tess um, doch sie war völlig vom Auftritt ihrer Schwester gefangen, hielt bei jedem schwierigen Tonartwechsel den Atem an und lächelte dann mit all der Erleichterung, dem Stolz und der unverhohlenen Liebe, die man in den Augen von Eltern beim Krippenspiel ihres Kindes sieht.

Als der Song zu Ende war, brach der gesamte Pub in Beifall und Jubel aus. Hope stand ausdruckslos und ungerührt da, bis sie mitbekam, wie Martin ihr zuwinkte und eine Verbeugung andeutete.

Die nächste Nummer auf Hopes Playlist war seltsamerweise »Pie Jesu«, das sie mit demselben leidenschaftslosen Ausdruck sang, während sie es zugleich irgendwie schaffte, alle Ehrfurcht in die Reinheit ihrer Stimme zu legen.

»Gefällt dir mein Gesang, Tree?«, fragte Hope und kehrte mit einem Nachschlag Eis an den Tisch zurück.

»Du bist einfach unglaublich!«

»Gefällt dir mein Gesang, Tree?«, wiederholte Hope.

»Ja, sehr.«

»Gefällt dir mein Gesang, Dad?«

Der große Mann wischte sich eine Träne aus dem Auge.

»Ja, Hope, es war wunderschön.«

»Gefällt dir mein Gesang, Anne?«

»Natürlich, Hope. Ja.«

Hope sah mich an.

»Du hast vier Ja-Stimmen!«, sagte ich.

Ich spürte, wie sich alle anspannten, und fragte mich, ob ich einer schrecklichen Fehleinschätzung erlegen war. Dann lächelte Hope und zum ersten Mal sah ich eine Familienähnlichkeit in dem Aufblitzen unverfälschter Freude, die ihr Gesicht für eine Sekunde von unscheinbar in schön verwandelte.

Sie eilte zurück auf die Bühne.

»Alles klar. Machst hier auf Simon Cowell, du charmanter Mistkerl!«, flüsterte Tess. »Hope vergöttert ihn.«

Offenbar gehörten zu Hopes üblichem Repertoire auch Lieblingslieder von Kylie und Celine Dion, aber in diesem Jahr hatte sie auch Adeles »Someone Like You« gelernt, drückte alle Emotionen einer gescheiterten Beziehung mit der traurigen Melodie aus und erinnerte jeden von uns an irgendeinen Verlust.

»Ich weiß nicht, wie du das machst, Hope«, sagte Anne und tupfte sich die verlaufende Wimperntusche ab.

»Martin probt mit mir. Wo ist mein Kuchen?«

»Anne?« Tess' Vater starrte seine Partnerin an.

»Ich bin gleich wieder da.«

Es folgte eine etwas peinliche Stille.

»Was für eine schöne Stimme, Hope«, sagte ich dann, ohne eine Antwort zu erhalten. »Du musst sehr stolz auf deine Töchter sein, Jim.«

»Alle meine Kinder haben ihre Talente, Garth«, sagte er. »Kevin, mein Ältester, ist auf der Bühne und Brendan ... was kann Brendan gut, Tess?«

»Verputzen.«

»Das ist eine Kunst für sich«, sagte ich. Ich spürte, wie Tess neben mir erstarrte.

»Ich habe einmal den Fehler begangen, es selbst zu versuchen, weil ich dachte, wie schwer kann das schon sein? Schließlich war irgendwann mehr Putz als Wand da und ich rief einen Profi. Nach zwei Stunden war das Zimmer seidenglatt!«

Die darauffolgende Stille schien stundenlang zu dauern, bis Jim endlich lachte.

»Mehr Putz als Wand«, brüllte er. »Wie schwer kann das sein?«

Alle atmeten wieder auf.

Der Wirt dimmte das Licht und Anne erschien mit einer Torte, auf der 21 Kerzen brannten. Der ganze Pub sang »Happy

Birthday«, außer Martin und Hope, die ein Gesicht machten, als wäre der unmelodische Chor ein Affront.

»Wünsch dir was!«, sagte Anne, als Hope die Kerzen ausblies.

»Was wünschen?«

»Was du willst, Hope.«

»Geschenke, jetzt.«

»Anne!«

»Okay, Jim, gib mir einen Moment. Ich habe mich gerade um den Kuchen gekümmert.«

»Die Arbeit einer Frau ist nie getan!« Jim zwinkerte mir zu. Ein bisschen bedauerte ich jetzt meinen Versuch, mich bei ihm einzuschmeicheln. Ich wollte nicht in die Falle tappen, eine Art Männerbund mit ihm zu schmieden.

Anne reichte Hope eine verpackte Schachtel von *Pandora*, die ein silbernes Armband mit einem Anhänger in Form eines Schlüssels enthielt.

»Wer hat den Schlüssel zur Tür?«, fragte Jim.

»Welcher Tür?«, fragte Hope zurück und fingerte misstrauisch an dem Anhänger herum.

»Ich war noch nie 21!«

»Offensichtlich.«

»Man kann alle möglichen unterschiedlichen Anhänger hinzufügen«, erklärte Anne etwas verzweifelt.

»Dann ist ja für die nächsten Geburtstage und Weihnachtsfeste vorgesorgt«, sagte Jim.

»Soll ich dir helfen, es anzulegen?«, fragte Tess.

Sie befestigte es um Hopes pummeliges Handgelenk.

Alle starrten ein paar Augenblicke auf das Armband, dann sagte Hope: »Kann ich es jetzt abnehmen?«

»Noch ein Guinness, Jim?«, fragte ich. »Kann ich dir irgendetwas bringen, Martin?«

»Ich hab noch«, sagte er und hielt ein halb leeres Glas hoch.
»Wo ist mein Geschenk von dir, Tree?«, fragte Hope.
»Wir haben es im Hotel gelassen«, erklärte Tess ihr. »Wir dachten, wir bringen es morgen vorbei.«

»Hotel?« Tess' Vater war plötzlich aufgestanden, ragte über ihr auf und fuchtelte mit dem Zeigefinger vor ihrem Gesicht herum. »Du verschwendest dein Geld für ein Hotel, obwohl Anne das Gästezimmer geputzt und das Bett frisch bezogen hat und alles?«

Tess drückte sich an mich und ich legte fest den Arm um ihre Schulter, sodass wir eine Einheit bildeten.

»Wir wollten euch keine Umstände machen«, sagte ich mit ruhiger, fester Stimme. In der Notaufnahme hatte ich viel mit Betrunkenen zu tun.

»Das ist überhaupt kein Problem!«, rief Jim.

Was in krassem Widerspruch zu dem stand, was er gerade gesagt hatte. Er sah aus, als wäre er von seinen eigenen Worten etwas verwirrt, und setzte sich wieder, als wir nicht auf ihn reagierten.

»Es ist viel näher zu Hope«, versuchte Tess zu beschwichtigen. »Ich würde morgen gern etwas Zeit mit dir verbringen, Hope. Vielleicht könnten wir zusammen Mittagessen gehen?«

»Hope arbeitet morgen«, sagte Martin.

»Jeder braucht eine Kaffeepause, oder?«, schaltete ich mich ein.

»Ich mag keinen Kaffee«, sagte Hope.

Wir schienen irgendwie in eine Sackgasse geraten zu sein.

»Also, es war ein schöner Abend«, sagte Anne.

»Ich brauche Hilfe, um die Lautsprecher zurückzubringen«, bemerkte Martin.

»Wir helfen dir, oder, Gus?«, bot Tess sofort an.

Bis er sie abgeklemmt und mir einen zum Tragen gegeben hatte, saßen Tess' Vater und Anne schon im Taxi nach Hause.

»Hast du wirklich versucht, ein Zimmer zu verputzen?«, fragte mich Tess, als wir zusammen im Mondlicht unter einer schneeweißen Bettdecke lagen.

»Glaubst du, ich würde es wagen, deinen Vater anzulügen?«

»Das mit ihm tut mir leid.«

»Mir tut es leid, dass ich für Ärger gesorgt habe, weil wir hier übernachten.«

»Ach, keine Sorge, wenn wir es nicht gebucht hätten, hätte er uns vorgeworfen, dass wir so tun, als wäre Annes Haus ein Hotel. Wenn er überhaupt zugelassen hätte, dass ich unter seinem Dach ein Zimmer mit einem Mann teile. Wir hätten also auf jeden Fall Ärger bekommen.«

Nachdem er so aufbrausend gewesen war, sagte sie das mit einem solchen Gleichmut, dass ich sie in die Arme nahm und auf den Scheitel küsste. Sie sollte wissen, dass sie jetzt in Sicherheit war.

*

Am Morgen gingen wir eine Kopfsteinpflasterstraße hinauf zu Martins Laden und blieben stehen, als wir Hope in der Wohnung darüber Tonleitern üben hörten.

»Wie haben sich die beiden kennengelernt?«, fragte ich.

»Ich brachte sie hierher, als sie ein Teenager war, weil sie Musik liebte und die Schule vorschlug, ihr ein Keyboard zu kaufen. Ursprünglich gehörte das Geschäft Martins Vater, doch seit seinem Tod führt Martin das Geschäft weiter. Er empfahl ihr das beste Keyboard. Hope ist ein Mensch, der alles zum Klin-

gen bringen kann, also ließ er sie einige andere Instrumente ausprobieren. Bei ihnen hat es einfach Klick gemacht. Sie sind beide etwas ›speziell‹, obwohl ich diesen Ausdruck hasse, weil wir doch im Grunde alle etwas speziell sind, oder?«
So hatte ich das noch nie gesehen.
»Es wurde zur Gewohnheit, dass wir samstagnachmittags herkamen. Als Hope dann zu Beginn der elften Klasse ein Berufspraktikum machen musste, hatte ich die geniale Idee, Martin zu fragen, ob sie ihre zwei Wochen in seinem Laden absolvieren könne. Sie konnte sich gut merken, wo all die Kleinigkeiten wie Gitarrensaiten und Klarinettenblätter aufbewahrt werden, und um ehrlich zu sein, war sie im Umgang mit Kunden nicht schlechter als er. So konnte er hinten in der Werkstatt Instrumente reparieren, was er sowieso am liebsten tut. Nachdem sie ihr Abi gemacht hatte, bot er ihr einen Job an. Und nach zwei Jahren verkündete sie, dass sie bei ihm einziehen wolle ...«
Ich hatte erwartet, ein Lachen in Tess' Augen zu sehen, aber stattdessen sah ich Traurigkeit.
»Ich hatte mir für Hope nichts sehnlicher gewünscht, als dass sie auf eigenen Füßen stehen könnte, aber es war ein solcher Schock. Sie hatte vorher noch nie einen Freund gehabt ... Vielleicht war eigentlich ich diejenige, die Schwierigkeiten hatte, sich von ihr zu lösen.« Sie lächelte. »Jedenfalls war sie 18, und wenn sie sich etwas in den Kopf gesetzt hat, ist Hope nicht mehr davon abzubringen.«
»Sie scheinen glücklich miteinander zu sein?«
Tess runzelte skeptisch die Stirn. Das Thema beschäftigte sie eindeutig.
»Es ist schwer zu sagen, wann Hope glücklich ist, aber normalerweise hört man, wenn sie es nicht ist. Als sie von zu Hause

auszog, kam ich anfangs jeden Abend her und hörte zu, wie sie sang und Martin spielte. Sie schienen sich gut zu verstehen.« Ich umarmte sie. Wenn es um ihre Familie ging, wirkte sie viel verletzlicher.

»Ich war mir nie sicher, wie weit es geht«, sagte Tess. »Hope macht sich nichts aus dem, was sie ›Knutschkram‹ nennt.«

Tess hatte das Geschenk für Hope in Pisa gekauft. Es war eine Spieluhr mit dem schiefen Turm, die beim Drehen eine kaum erkennbare Melodie spielte. Martin hörte, dass es sich um den »Gefangenenchor« aus Nabucco handelte, und suchte aus den CD-Regalen die beste Version heraus, damit wir uns anhören konnten, wie es eigentlich klingen sollte.

»Ich kann Opern singen«, verkündete Hope, als Martin schließlich den CD-Player ausschaltete.

Sie begann mit der Arie der »Königin der Nacht« aus Mozarts Zauberflöte.

»Stopp!« Martin hielt die Hand hoch.

Hope gehorchte.

»Wie oft habe ich dir schon gesagt, dass du deine Stimme aufwärmen sollst?«

»37.«

Ich unterdrückte ein Lachen.

»Es ist schade, dass sie die Oper so spät für sich entdeckt hat«, sagte Martin. »Wenn sie früher Unterricht bekommen hätte, wer weiß?«

»Gus hat dir einen Kuchen gebacken, Hope«, sagte Tess und stupste mich an.

»Das sieht nicht wie ein Kuchen aus«, erwiderte Hope.

»Das ist Polenta mit Orange«, erklärte ich.

»Probiere ihn. Gus ist ein sehr guter Koch«, sagte Tess loyal.

»Er ist sandig und mit Marmelade überzogen«, verkündete Hope und spuckte den Bissen, den sie genommen hatte, vorsichtig auf den Teller zurück.

»Gut, dass ich nicht zu *MasterChef* gegangen bin!«

»Hast du dich bei *MasterChef* beworben?«, erkundigte sich Martin.

»Nein.«

Martin schaute auf seine Armbanduhr. Es war Zeit, den Laden zu öffnen und uns zu verabschieden.

Als Tess versuchte, sie zu umarmen, blieb Hope steif wie ein Brett und reagierte gar nicht. Ich spürte, dass es nicht klug wäre, wenn ich es mit mehr als einem aufmunternden Winken versuchte.

Sobald Tess und ich außer Sichtweite waren, fassten wir uns an den Händen und rannten die Straße hinunter, und als wir auch außer Hörweite waren, brachen wir in schallendes Gelächter aus.

Nachdem wir aus dem Hotel ausgecheckt hatten, fuhren wir durch die Straßen ihrer Kindheit. Tess zeigte mir das Gemeindehaus, in dem sie aufgewachsen war, und die Kirche, in der sie alle ihre Erstkommunion empfangen hatten. Allerdings wussten sie nicht genau, ob das auch für Hope galt, weil sie die Oblate ausgespuckt hatte.

Gelegentlich entdeckte sie jemanden, den sie kannte, und ließ das Fenster herunter, um zu rufen und zu winken.

»Bist du zurück, Teresa? Nur übers Wochenende? Und wie geht es dir? In Remission? Gott sei Dank! Wer ist das?«

Sie beugten sich vor, um vom Bürgersteig aus zu mir herüberzusehen. Wenn sie meinen Namen nannte, lächelte und winkte ich und wünschte, ich hätte ein beeindruckenderes Auto oder wäre mit diesem hier wenigstens durch die Waschanlage gefahren.

Wir fuhren an der Grundschule vorbei, in der Tess Doll, die eigentlich Maria Dolores hieß, kennengelernt hatte, und in die Tess später als Lehrassistentin zurückgekehrt war, weil Hope Unterstützung gebraucht hatte. Allmählich begriff ich, dass sie für Hope genauso ein Elternteil gewesen war wie ich für meine Mädchen.

»Danke, dass du so natürlich mit ihr umgegangen bist«, sagte Tess. »Die meisten Leute bevormunden sie oder reden sehr laut, weil sie denken, sie sei dumm. Aber mit ihrem IQ ist alles in Ordnung.«

»Sie hat wirklich eine ganz außergewöhnliche Stimme.«

»Ja, sie ist nicht nur perfekt, was auch immer das heißen mag, sie bringt auch was rüber, oder?«

Ich nickte.

»Zum Beispiel, wenn sie ›Pie Jesu‹ singt. Ich war mit meiner Mutter sonntagnachmittags in der Küche und machte Tee, während Hope im Wohnzimmer *Song of Praise* schaute, und plötzlich merkten wir, dass wir nicht die Sängerin aus dem Fernsehen hörten. Sie versetzt einen irgendwie an einen anderen Ort.«

Auf dem Weg zu einem schönen Fleckchen an der Küste, von dem Tess meinte, dass es mir gefallen würde, fuhren wir an Dolls modernem Haus an der Klippe vorbei. Zu meiner Erleichterung schlug Tess aber nicht vor, bei ihr vorbeizuschauen.

Reculver war ein Schloss am Meer. Als wir untergehakt den Weg dorthin hinunterschlenderten, war Tess sichtlich in Gedanken.

»Martin glaubt, ich hätte Hope von Dingen abgehalten, aber das habe ich nicht. Wir konnten uns keine Gesangsstunden leisten. Bei uns zu Hause kannte sich niemand mit Opern aus.«

»Es ist mir scheißegal, was Martin denkt«, sagte ich.

»Dad dachte, ich würde sie verhätscheln. Eigentlich konnte ich es niemandem recht machen. Aber Hope war für mich immer das Wichtigste auf der Welt.«

In ihren Augen leuchtete so viel Liebe, dass ich einen Stich der Eifersucht spürte, auch wenn ich wusste, dass es völlig irrational war.

Liebe ist unerschöpflich. Das hatte ich bei der Geburt meines zweiten Kindes festgestellt.

Ich blieb stehen und hielt ihre Hände.

»Hör nicht auf diese Besserwisser«, sagte ich. »Du warst unbestreitbar eine wunderbare Schwester für Hope.«

»Besserwisser?«

»Tut mir leid, ich wollte nicht ...«

»Nein. Das ist eines der nettesten Dinge, die du je zu mir gesagt hast.« Sie schenkte mir ein strahlendes Lächeln. »Es war so schön, dich an meiner Seite zu haben.«

Als wir weitergingen, hakte sie sich bei mir ein und ich spürte, wie Freude und zugleich ein Gefühl von Verantwortung durch meinen Körper strömte, was mich aus dem Gleichgewicht brachte.

Ich blieb stehen.

»Was ist?«, fragte sie, während ihr der starke Wind, der vom Meer herüberwehte, das Haar ins Gesicht wehte.

»Nichts, es ist nur ...« Ich umarmte sie so fest, dass wir fast umgekippt wären.

»Und? Wann lerne ich deine Mädchen kennen?«, fragte Tess, als wir uns schließlich voneinander lösten.

Trotz ihres lässigen Tons wusste ich, dass sie die Mädchen genauso gern kennenlernen wollte, wie ich ihre Familie hatte kennenlernen wollen.

»Sie kommen an Weihnachten. Mit Bella ist es unkompliziert. Flora kann etwas gewöhnungsbedürftig sein. Sie kommt mehr nach ihrer Mutter.«

»Inwiefern?«

»Na ja, sie ist auffallend schön und kultiviert. Charlotte war schon immer eine Liga zu hoch für mich!«

Der überraschte Ausdruck in Tess' Gesicht verriet mir, dass sie als Vergleich aufgefasst hatte, was als Selbstabwertung gemeint gewesen war. Ich Idiot! Mir fiel nichts ein, was ich sagen könnte, ohne alles noch schlimmer zu machen. Ich wünschte, wir könnten einfach zu dem Punkt zurückspulen, an dem wir uns befunden hatten, bevor wir auf meine Familie zu sprechen gekommen waren.

»Wohin sollen wir zum Mittagessen gehen?«, fragte ich eilig.

»Wie wäre es mit The Oysterage in Whitstable. Wir könnten sehen, ob Marcus und Keiko da sind …?«

Mein Schulfreund Marcus war Anwalt in der City und hatte den Großteil seines enormen Einkommens in Immobilien investiert. Neben einem alten Pfarrhaus in einem Dorf bei Oxford – dem Familiensitz – besaßen er und seine Frau Keiko eine Zweitwohnung in Barbican und eine umgebaute Fischerhütte direkt am Strand von Whitstable, wo sie meist die Wochenenden verbrachten.

»Ich mag eigentlich keine Austern«, sagte Tess und machte kehrt, um vor mir zurück zum Auto zu gehen.

So suchten wir uns einen Fachwerkpub in Kent auf dem Land, in dem ein anständiger Braten serviert wurde. Es war gerade noch warm genug, um draußen zu sitzen, aber als die

Sonne unterging, wurde es kühl. Wir waren weniger gesprächig als sonst. Ich hatte das Gefühl, dass meine Bemerkung einen winzigen irreparablen Riss in unserer Beziehung hinterlassen hatte, der zwar kaum zu sehen war, aber irgendwie die ganze Struktur gefährdete.

7. Kapitel

Heiligabend parkte ich neben dem Corsa meiner Mutter auf der Kiesauffahrt und stellte seufzend den Motor aus. An der Haustür hing derselbe Kranz, der solange ich denken konnte, jedes Jahr im Dezember dort gehangen hatte – das einst rot karierte Band war inzwischen zu einem tristen Rosa und Grau verblasst. Ich wünschte, ich wäre dem Impuls gefolgt und hätte beim örtlichen Floristen einen frischen Kranz aus Zweigen mit getrockneten Kumquats und Zimtstangen gekauft, anstatt mich für die vermeintlich sicherere Wahl eines handgebundenen Straußes aus mit Kunstschnee besprühten Rosen und silbrigem Schnittgrün zu entscheiden.

»Weiße Blumen«, sagte meine Mutter, als sie in einer ihrer Weihnachtsschürzen die Tür öffnete.

Ich beugte mich vor, um sie auf die Wange zu küssen, und bemerkte sofort den herben Geruch von Gin.

»Was ist falsch an weißen Blumen?«, fragte ich.

»Es heißt, sie bringen Unglück ins Haus.«

»Dann lasse ich sie eben hier draußen, soll ich?«, fragte ich mit dem Sarkasmus eines beleidigten Teenagers, zu dem ich jedes Mal wieder zu werden schien, wenn ich nach Hause kam.

Sie zögerte einen Moment, bevor sie mir die Blumen abnahm, dann ging sie zur Seite und ließ mich in den Flur.

»Du bist spät dran, darum haben wir nicht auf dich gewartet.«

Ich war in London geblieben, bis das Dolls House schloss, damit Tess und ich einander beschenken konnten, aber im Laden war extrem viel los gewesen, weshalb uns nur Zeit geblieben war, die eingepackten Schachteln zu tauschen, bevor sie zum Zug nach Margate eilen musste.

»Daddy!«

Bella stürzte sich auf mich.

Sie war schwerer als das letzte Mal, als ich sie im Sommer hochgehoben hatte, aber sie hatte immer noch diesen wunderbaren Duft von frisch gebadetem Kind in einem frischen Pyjama.

Meine neunjährige Flora war nie so überschwänglich wie ihre jüngere Schwester gewesen. Ihr Scheitel reichte mir jetzt bis ans Kinn. Sie stellte sich auf die Zehenspitzen, um mich nach europäischer Art mit einem Kuss auf jede Wange zu begrüßen.

Obwohl wir jedes Wochenende miteinander skypten, veränderten sie sich so schnell. Zu merken, was ich verpasst hatte und nie zurückbekommen würde, versetzte mir jedes Mal einen traurigen Stich.

»Charlotte und Robert sind für eine wohlverdiente Woche nach Antigua geflogen«, informierte mich meine Mutter.

Es war typisch für die Effizienz meiner Ex-Frau, einen Weihnachtsbesuch als Zwischenstopp auf dem Weg zu einem exotischeren Ziel zu nutzen.

»Daddy, dürfen wir jetzt unsere Geschenke aufmachen?«, fragte Bella.

»Natürlich nicht«, antwortete meine Mutter, bevor ich es ihr erlauben konnte. »In diesem Haus werden die Geschenke am Weihnachtsmorgen ausgepackt.«

»Liest du mir eine Geschichte vor, Daddy?«

»Klar«, antwortete ich schnell. »Hast du ein Buch dabei?«

»Sie hat etwa ein Dutzend mitgebracht«, sagte meine Mutter.

Bella war nicht gerade eine ökonomische Packerin. Manchmal fragte ich mich, ob ihr Riesenkoffer die Hoffnung ausdrückte, für immer zu bleiben.

Das seltsame Paradoxon geschiedener Eltern besteht darin, dass man verzweifelt hofft, die Kinder würden einen vermissen, und zugleich auf gar keinen Fall will, dass sie einen überhaupt vermissen, weil das ja bedeuten würde, dass sie unter der Trennung genauso leiden wie man selbst.

Wir lasen eine unserer Lieblingsgeschichten über Paddington, so wie wir es immer getan hatten, als wir noch in der Straße wohnten, in der sie spielten.

»Ich vermisse unser Haus in der Portobello Road«, sagte Bella etwas wehmütig, als ich das Buch zuklappte.

»Na, in ein paar Tagen sind wir wieder dort«, erwiderte ich. »Und ich möchte euch jemanden vorstellen, der auch in der Portobello Road wohnt.«

Es war mir zunehmend seltsam vorgekommen, ihnen nichts von Tess zu erzählen, die ein so wichtiger Teil meines Lebens geworden war, aber es fühlte sich nicht richtig an, sie ihnen über einen Computerbildschirm vorzustellen.

»Wen?«, fragte Flora sofort.

»Sie heißt Tess und arbeitet im The Dolls House«, fügte ich hinzu, in der Hoffnung, sie damit zu beeindrucken.

Flora schaute immer sehnsüchtig durch die Fenster, wenn wir zum Frühstück zu Luis gingen.

»Ist Tess deine Freundin?«, fragte Bella.

Ich erinnerte mich, dass sie mir im letzten Sommer die gleiche Frage über Nash gestellt hatte. Wünschten sie sich, dass ich eine Freundin hatte, oder wollten sie das gerade nicht?

»Ja, das ist sie.«

Schon beim Aussprechen des Satzes breitete sich ein beruhigendes Gefühl in meinem Bauch aus, wie ein Antacidum bei Sodbrennen.

»Können wir noch eine Geschichte lesen?«, fragte Bella.

»Nein«, sagte Flora, drehte sich mit dem Gesicht zur Wand und wandte mir den Rücken zu. »Wir müssen schlafen, sonst kommt der Weihnachtsmann nicht.«

Ich hätte mich in den Hintern treten können. Es war kein guter Zeitpunkt gewesen, es ihnen zu erzählen.

Als ich herunterkam, war meine Mutter mit einem leeren Tumbler in der Hand vor einer Sitcom mit einer lauten Lachspur eingeschlafen. Vorsichtig nahm ich ihr das Glas ab. Die Küche war aufgeräumt, die Spülmaschine lief. Ich konnte mich nur noch nützlich machen, indem ich den Müll rausbrachte. In der schweren Tüte klirrten leere Flaschen.

Es war erst kurz nach zehn, aber ich entschied, mich hinzulegen, und fiel in einen traumlosen Schlaf, bis ich in den frühen Morgenstunden davon aufwachte, dass meine Mutter die Tür des Nachbarzimmers öffnete und rief: »Gute Nacht, mein Schatz!«

Kurz fragte ich mich, ob sie sich in der Tür geirrt hatte und mit mir sprach. Aber ich war nie ihr Schatz gewesen.

Hat sie Ross etwa jeden Abend gute Nacht gesagt?

Als ich morgens nach unten kam, war der Truthahn im Ofen und meine Töchter saßen brav in Weihnachtspullis am Tisch.

»Es gibt eine Planänderung«, sagte meine Mutter.

Sie gehörte zu den Menschen, die mit den Vorbereitungen für die Festtage beginnen, sobald die erste Weihnachtswerbung im Fernsehen ausgestrahlt wurde. Sie kaufte wahnwitzige Mengen an Nüssen und Datteln, tränkte den Kuchen jede Woche mit Brandy und erstellte einen Zeitplan für die Essensvorbereitungen am Festtag.

»Wusstest du, dass Bella Vegetarierin geworden ist?« Es war mehr ein Vorwurf als eine Frage.

»Wusstest du, Daddy«, schaltete sich Bella ein, »... dass Ente aus echten Enten ist und Schweinebraten mal echte kleine Schweinchen waren ...?«

»Du siehst, worauf das hinausläuft«, warf Flora ein.

»Lachs ist ein echter Fisch ...«

»Du kannst doch Müsli essen, oder, Bella?«, unterbrach ich sie.

»Am ersten Weihnachtstag?«, fragte meine Mutter.

»Soll ich den Champagner öffnen?«, fragte ich, in der Hoffnung, sie zu beruhigen.

»Robert lässt uns Champagner trinken«, erklärte Flora.

Ich holte eine weitere Flöte aus dem Schrank und goss ihr einen Schluck ein.

»Willst du ein bisschen, Bella?«

»Nein, danke. Champagner ist sarp!«, sagte sie.

Es freute mich, dass sie immer noch das Familienwort für etwas benutzte, das wir nicht so gern mochten.

Flora nahm einen Schluck und verzog ebenfalls das Gesicht.

»Ich bevorzuge *Premier Cru*.«

Ich sah zu meiner Mutter und hoffte, mit ihr ein wissendes Lächeln unter Erwachsenen zu tauschen, aber sie betrachtete meine ältere Tochter mit bewunderndem Blick.

»Es ist so ein Vorteil, von klein auf Französisch zu sprechen«, sagte sie. »Sie wachsen praktisch zweisprachig auf.«

Seit wann spielten Fremdsprachen für meine Mutter eine Rolle? Ich erinnerte mich, wie ich vor Scham das Gesicht verzogen hatte, wenn mein Vater in italienischen Restaurants bestellt hatte. »Ihr bestes *Steak, per favor* und wir hätten es gern *well done, capisch?*«

»Dreisprachig«, korrigierte Flora. »Wir sprechen doch auch Deutsch. Und nächstes Jahr fange ich mit Spanisch an. Ich will Diplomatin werden.«

»Was ist eine Diplomatin?«, fragte Bella.

»Jemand, der Partys gibt«, erklärte Flora.

»Ich will Cowboy werden«, sagte Bella.

»Robert hat ihr zu Weihnachten Reitstunden geschenkt«, berichtete Flora.

»Und was hat er dir geschenkt?«, fragte ich.

Flora schob ihr glänzendes schwarzes Haar hinter die Ohren, und es kamen leicht entzündete Ohrlöcher mit kleinen goldenen Ringen zum Vorschein.

»Hat Mummy das erlaubt?«

Im letzten Sommer hatte Flora mich angefleht, ihr im The Dolls House Ohrlöcher stehen zu lassen. Als ich bei Charlotte nachfragte, hatte sie es kategorisch untersagt. Um Flora zu beschwichtigen, hatte ich den beiden temporäre Tattoos machen lassen, die echt aussahen.

Inzwischen fragte ich mich, warum ich Tess am Empfang nicht bemerkt hatte.

»Deine Töchter waren deine Tarnkappe«, hatte sie gesagt, als wir darüber sprachen, dass es eine weitere verpatzte Gelegenheit für uns gewesen war, einander kennenzulernen. »Oder vielleicht war ich mal kurz zur Toilette?«

»Ist Robert mit dir hingegangen?«, fragte ich Flora. Im Allgemeinen versuchte ich, nicht zu viel über ihren Stiefvater nachzudenken. Er war so viel älter als ich, dass ich ihn unmöglich als Konkurrenz empfinden konnte. Er schien meine Töchter zu mögen, versuchte aber nicht, mir meine Rolle als ihr Vater streitig zu machen. Meine Tochter dazu zu ermutigen, sich dem Verbot ihrer Mutter zu widersetzen, war jedoch möglicherweise noch schlimmer.

»Natürlich nicht!«, schnaubte Flora. »Ich bin heimlich mit einer Freundin hingegangen. Das war ein *fait accompli*!«

»*Fait accompli*!«, wiederholte meine Mutter entzückt.

Ich bemerkte, dass die Champagnerflasche so gut wie leer war.

»Mummy sagte, wenn ich eine Sepsis bekäme, sei das meine eigene Schuld, aber Robert wollte unbedingt, dass ich goldene Ohrringe anstelle der medizinischen tragen sollte, die sie einem im Laden geben.«

»Ist jetzt Zeit für Geschenke?«, fragte Bella.

Wir gingen ins Wohnzimmer und ich überreichte ihnen Pakete mit Büchern, je ein Kuscheltier, für die sie anscheinend nie zu alt wurden und die sie immer noch gern knuddelten, und schließlich zwei kleine türkisfarbene Tragetaschen.

»Tiffany!«, rief Flora.

Als wir in Covent Garden Weihnachtseinkäufe machten, hatte Tess mich für verrückt erklärt, weil ich einer Neunjährigen eine Halskette mit einem Diamanten kaufte, selbst wenn es ein sehr kleiner Diamant war.

»Tiffany«, echote Bella und schickte im gleichen Atemzug hinterher: »Was ist Tiffany?« Dabei packte sie die Silberkette mit dem Herz aus, für die ich fast 200 Pfund bezahlt hatte, obwohl Tess mir versichert hatte, dass man mehr oder weniger dasselbe bei Claire's Accessories für einen Zehner bekäme.

»Für wen sind diese Geschenke eigentlich?«, hatte sie gefragt. Jetzt wurde mir klar, dass ich sie ausgewählt hatte, um Robert zu beeindrucken.

Meiner Mutter hatte ich einen Schal von Liberty gekauft. Offenbar hatte Robert ihr einen von Hermès geschenkt.

»Da werden sie mich bei FI aber beneiden«, sagte sie.

»Was ist FI?«, wollte Bella wissen.

»Das ist das Fraueninstitut. Wir treffen uns einmal in der Woche.«

»Ist das wie Mummys Buchgruppe?«, fragte Flora. »Eigentlich nur eine Ausrede, um Wein zu trinken und über deine bessere Hälfte zu lästern?«

Es war nicht unspannend, solche Einblicke in Charlottes nicht ganz so perfekte Beziehung zu ihrem selbstgefälligen Eurokraten zu erhalten.

Das Weihnachtsessen bestand immer aus Truthahn mit allem Drum und Dran, einschließlich Fleischklößchen, Brot- und Bratensoße, serviert in richtigen Saucieren. Für Bella gab es Blumenkohl mit Käse überbacken.

»Ich musste die Käseplatte anschneiden. Zum Glück habe ich immer Röschen im Gefrierschrank.«

Ich verstand nicht, wie meine Mutter es schaffte, es immer so klingen zu lassen, als ob Rückschläge jeglicher Art meine Schuld wären.

Wir saßen im kalten Esszimmer, das, soweit ich wusste, nur noch an den Weihnachtstagen genutzt wurde. Das Vorlesen schlechter Knallbonbonwitze brachte einen kurzen Schimmer von Wärme in die kühle Sterilität und die rosa, gelben und violetten Papierkronen sorgten für eine kleine Störung in dem weiß-rot-grünen Farbschema.

Meine Mutter besaß ein spezielles Weihnachtsgeschirr mit einer von Weihnachtssternen durchbrochenen Efeubordüre. Es waren weiße Blumen und sie hatte sich nie über sie beschwert. Um sich von dem weißen Grundton des Tellers abzuheben, hatten sie allerdings einen leichten Grauschleier.

»Diese Teller sind so hübsch!«, sagte Bella.

Meine Mutter strahlte. »Oh, wie schön, dass sie dir gefallen. Manche mögen sie nicht, stimmt's, Gus?«

Ich hatte mich schon gefragt, wie lange es wohl dauern würde, bis die übliche Geschichte auf den Tisch käme.

Ich musste ungefähr so alt gewesen sein wie Bella. Stets darauf aus, die Anerkennung meiner Mutter zu bekommen, hatte ich beschlossen, am Weihnachtsmorgen den Tisch zu decken. Die großen Teller hatte ich bereits eingedeckt, musste aber einen Stuhl zur Kommode hinüberziehen, um an die kleineren heranzukommen, und versuchte, zu viele auf einmal zu nehmen. Ich verlor das Gleichgewicht und ließ sie fallen. Zum Glück lag dort ein dicker Teppich, aber drei von ihnen fielen in Zeitlupe herunter und krachten dabei gegen die Kommode.

Ängstlich erwartete ich, dass jemand den Aufprall gehört hatte und gleich hereinstürmen würde, doch Ross und mein Vater übten auf dem Rasen Rugby und meine Mutter hatte in der Küche eine laute Dunstabzugshaube laufen.

Ich erinnerte mich, dass das gesamte Service für zwölf Personen war, also waren noch viele Teller übrig. Ich war noch so klein, dass ich glaubte, wenn ich die Beweise verschwinden ließe, würde mein Verbrechen nicht entdeckt werden. Und das wäre es vielleicht auch nicht, wenn ich nicht in meiner Panik die Scherben in der großen Vase versteckt hätte. In der standen zwar niemals Blumen, doch meine Mutter verrückte sie, wenn sie Staub wischte, und das wusste ich nicht.

Mein Versäumnis, die Verantwortung zu übernehmen, wurde schlimmer bewertet als das Missgeschick selbst.

»Ich bin sehr enttäuscht von dir, Angus«, hatte sie gesagt.

Seither hatte ich sie nur noch enttäuscht, dachte ich und beobachtete, wie sie meine Töchter hämisch mit Geschichten über meine Unfähigkeit und Unehrlichkeit unterhielt.

»Was isst man zu Weihnachten in Genf?«, fragte ich Flora, weil ich unbedingt das Thema wechseln wollte.

»Im Chalet essen wir üblicherweise Karpfen. Das hat Tradition.«

Charlotte behauptete, wenn die Mädchen nicht Ski fahren würden, wäre die gesellschaftliche Isolation weitaus schlimmer als die mit dem Sport verbundenen Risiken. Dennoch hatte ich ihr ausdrücklich verboten, meine Töchter zu Roberts Chalet mitzunehmen. Offensichtlich hatte sie sich darüber hinweggesetzt. Ich fragte mich, was meine Mutter davon hielt, dass die beiden Ski fuhren, oder ob sie den Zusammenhang überhaupt begriff. In ihren glasigen Augen konnte ich es unmöglich erkennen.

Nach dem Essen räumte ich den Tisch ab und machte Ordnung in der Küche, während Flora das iPad aufstellte, das Robert meiner Mutter geschenkt hatte, und sie per Videochat mit der Karibik sprachen.

Ich versuchte, nicht zu lauschen, aber Bella sprach ziemlich laut.

»Daddy hat eine Freundin.«

»Sie arbeitet in dem Laden, in dem wir unsere Tattoos bekommen haben«, ergänzte Flora.

Als ich in der eiskalten Luft draußen auf der Einfahrt stand, wünschte ich, ich hätte in weiser Voraussicht eine Schachtel Zigaretten im Handschuhfach meines Wagens deponiert. Wahrscheinlich hatte ich beim Mittagessen zu viel Wein getrunken, um sicher zu einer Tankstelle zu fahren.

Als Tess meinen Anruf annahm, konnte ich hören, dass in Annes Haus gesungen wurde. »Fairytale of New York«, mit Tess' Vater als heiserem Shane McGowan und Hope mit der glockenhellen Klarheit von Kirsty MacColl.

»Danke für das Geschenk«, sagte Tess.

Ich hatte ihr einen marmorierten Füllfederhalter mit einer Goldfeder gekauft.

»Damit kannst du deinen Roman schreiben«, hatte ich auf die Karte geschrieben.

»Er ist wirklich schön«, sagte sie. »Obwohl ich normalerweise einen Laptop benutze.«

»Damit kannst du Exemplare signieren, wenn dein Buch veröffentlicht wird.«

Sie lachte unsicher. »Hat dir meins gefallen?«

Sie hatte mir eine elegante alte Uhr mit Lederarmband geschenkt, die ich morgens allein in meinem Kinderbett ausgepackt hatte.

»Ich zähle die Sekunden, bis ich dich wiedersehe.«

»Kitschig«, sagte sie.

»Aber wahr.«

»Wie geht es den Mädchen?«

»Sie freuen sich sehr darauf, dich kennenzulernen«, sagte ich und schaffte es, mehr Überzeugung in meine Stimme zu legen, als ich empfand.

*

Zum Mittagessen am zweiten Weihnachtsfeiertag kochte meine Mutter ein Resteessen mit dem Braten und für Bella wärmte sie den Blumenkohl auf. In ihrem Repertoire gab es eindeutig nur ein vegetarisches Gericht und ich wünschte, ich hätte ihr ein Ottolenghi-Kochbuch oder etwas anderes Nützliches geschenkt. Vielleicht zu ihrem nächsten Geburtstag.

»Ich helfe Grandma beim Abwasch, während ihr packt«, sagte ich zu den Mädchen.

»Das kommt alles in die Spülmaschine«, sagte meine Mutter.

»Ja, aber ich weiß, dass du es vorher abspülst.«

Sie schenkte mir ein seltenes Lächeln.

Es war irgendwie einfacher, mit ihr zu reden, wenn wir nebeneinanderstanden, insbesondere jetzt, da das Ende des Besuchs zum Greifen nahe war.

»Du bist also gut beschäftigt?«, fragte ich an den Schrank über der Spüle gewandt. »Mit dem FI und allem?«

»Natürlich vermisse ich die Kinder«, sagte sie. »Sie werden so schnell erwachsen.«

»Warum kommst du nicht für einen Tag nach London. Wir könnten ins Museum gehen?«

»Jetzt?«, fragte sie.

Ich bedauerte diesen Impuls sofort.

»In ein paar Tagen vielleicht. Sie fliegen am 31., dann muss ich gleich wieder arbeiten.«

»Arbeitest du immer noch in der Notaufnahme?«

»Ja.«

Ein schwerer Seufzer. »Ross wollte Chirurg werden.«

»Ich weiß.«

Warum verehrten die Menschen die Chirurgen mehr als alle anderen Mediziner? Vielleicht, weil das Selbstvertrauen, das man braucht, um einen anderen Menschen aufzuschneiden, auf eine beeindruckende Kälte hinweist? Alle Chirurgen, die ich kannte, waren arrogante Mistkerle. Ross war der perfekte Kandidat gewesen.

»Ich bin nicht für die Chirurgie gemacht.«

»Nein«, stimmte meine Mutter zu.

Das Haus zu verlassen, war, als würde man wieder frische Luft atmen. Im Rückspiegel sah ich, wie sie uns hinterherwinkte, noch immer in einer Schürze mit einem Weihnachtspudding darauf. Sie sah so harmlos aus, dass ich mich schämte, ihr gegenüber so mürrisch gewesen zu sein.

»Ich sehe was, was du nicht siehst, und das fängt mit einem D an«, begann Bella sofort mit einem der Spiele, die wir auf Autofahrten spielten.

»Dackel?«, riet Flora, als wir an einem Mann vorbeifuhren, der einen ebensolchen spazieren führte.

»Nein.«

»Dose?« Flora klang bereits gelangweilt.

»Nein! Daddy!«, rief Bella aus vollem Halse.

8. Kapitel

Am nächsten Tag kam Tess mit Geschenktüten vom The Dolls House zu mir nach Hause, die mehrere kleine Probefläschchen mit Nagellack enthielten.

»Würdest du mir die Nägel machen, Tess?«, fragte Bella.

»Ich werde es versuchen. Ich bin aber keine Expertin.«

»Ich dachte, das ist deine Aufgabe«, sagte Flora.

»Ich bin die Managerin«, erklärte Tess.

Sie nahm Bellas Hand und fing an, Farbe auf ihre winzigen Nägel aufzutragen, während Flora durch ihr iPhone scrollte. Dabei sah sie hin und wieder zu mir hoch, als wollte sie mich provozieren, damit ich ihr sagte, sie solle es weglegen.

»Wie lange habt ihr schon Ferien?«, fragte Tess sie.

»Ein paar Wochen. Wir waren in Österreich.«

»Das muss sehr weihnachtlich gewesen sein«, vermutete Tess.

»Logisch. Fährst du Ski?«

»Ich? Nein!«

»Warum nicht?«

»Na ja, es hat sich nie die Gelegenheit ergeben. Aber wenn ich sie gehabt hätte, wäre ich wahrscheinlich nicht sehr gut darin gewesen.«

»Warum nicht?«

»Ich war noch nie gut darin, einen Berg hinunterzusausen, auch nicht auf dem Fahrrad!«

»Gibt es etwas, das du gut kannst?«, fragte Flora.

»Hmm, lass mich nachdenken«, sagte Tess. »Erzähl doch mal, was du gut kannst.«

Flora ratterte eine lange Liste von Noten, Trophäen und Preisen herunter, was mir ziemlich peinlich war.

»Und du, Bella?«, fragte Tess, als Flora schließlich die Trümpfe ausgingen.

»Flora ist in den meisten Sachen besser.«

Ich zuckte zusammen, als ich sah, dass mein zweites Kind seine Unterlegenheit akzeptierte.

»Bella liebt Bücher, stimmt's?«, fragte ich.

»Daddy hat mir zu Weihnachten viele gekauft«, erzählte sie Tess.

»Tess hat mir geholfen, sie auszusuchen.«

»Die meisten, die du mir gekauft hast, hab ich schon gelesen«, sagte Flora.

»Sie sind ehrlich gesagt ein bisschen zu kindlich für meinen Geschmack.«

»Wir können sie bestimmt bei *Waterstones* umtauschen«, sagte Tess.

»Tess hat einen wirklich aufregenden Einkaufsbummel für dich geplant«, sagte ich und war leicht verzweifelt wegen des Streits, der sich anzubahnen drohte. »Ich hab ihr erzählt, wie sehr du Primark magst, sie sagte, sie würde mit dir hingehen, stimmt's?«

»Ich gebe jedem von euch 20 Pfund und die könnt ihr ausgeben, wofür ihr wollt«, sagte Tess.

»Primark!«, rief Bella.

»Sorry, aber Mummy hat gesagt, wir sollen nicht wieder mit Tüten voller Plunder zurückkommen wie beim letzten Mal«, sagte Flora.

Ich war erschrocken über ihre Unhöflichkeit, und Tess ganz offensichtlich ebenfalls. Sie sah mich hilfesuchend an, aber mir fiel kein Weg ein, Flora zu schelten, ohne die Situation zu verschlimmern.

Tess stand auf.

»Ich lasse euch jetzt in Ruhe essen«, sagte sie.

»Bitte bleib«, flüsterte ich ihr an der Tür zu. »Sie ist erst neun.«

»Ich bin ein bisschen müde«, sagte sie.

Ich sah ihr nach, wie sie die Straße hinunterging. In der Kurve drehte sie sich noch einmal um, und als sie mich erblickte, winkte sie mir lächelnd zu und ich atmete auf.

»Ich mag Tess«, sagte Bella, als ich die Tür schloss.

»Man kann niemanden mögen, mit dem man nur drei Worte geredet hat«, behauptete Flora.

Ich erinnerte mich an den Moment, als ich Tess in der Basilika von San Miniato al Monte mit dem goldenen Mosaik eines strengen Christus hinter ihr gesehen hatte.

»Du bist es ...«, sagten wir beide und meinten damit dieselbe Person, die wir 16 Jahre zuvor dort gesehen hatten.

Drei Worte.

9. Kapitel

Ich wusste nicht, wie es überhaupt möglich war, dass meine Mutter in London noch nerviger sein konnte als zu Hause. Das Erste, was sie sagte, als wir sie vom Bahnhof abholten, war: »Wo wollen wir mittagessen?«

Eigentlich wollte ich in einem der Cafés an der South Bank ein Sandwich essen, aber als sie sich über den kalten Wind an der Themse, den Weihnachtstrubel und den langen Spaziergang beschwerte, beschloss ich, von meinem Plan abzurücken und in der Filiale einer Restaurantkette ein mittelmäßiges Essen einzunehmen.

»15 Pfund für eine Pizza! Das ist doch nur Brot und Käse«, sagte sie, obwohl ich derjenige war, der bezahlte.

Bei der Paul-Klee-Ausstellung in der Tate Modern war sie überrascht, als sie las, dass der Künstler Schweizer war.

»Ich hätte nicht gedacht, dass es in der Schweiz Künstler gibt.«

»Das ist einer der Gründe, warum wir hier sind«, erklärte ich. »Flora macht in der Schule ein Projekt über ihn.«

Der einzige Kritikpunkt meiner Mutter war, dass die Bilder sehr klein waren.

»Ich dachte, sie wären viel größer«, bemerkte sie, als hätte man ihr etwas Falsches verkauft.

Ich war stolz darauf, dass meine Kinder sich gern Kunst anschauten, wusste jedoch, dass das daran lag, dass wir nie zu lange in einer Galerie blieben. Da ich in einer Stadt lebte, in der Museumsbesuche kostenlos waren, hatte ich sie oft mitgenommen, um nur ein paar Gemälde anzuschauen, und war dann mit ihnen zum Teetrinken in ein schönes Café gegangen. Meine Mutter, die selbst nie freiwillig in ein Kunstmuseum gegangen wäre, bestand darauf, die Bildunterschriften zu jedem einzelnen Gemälde zu lesen, sodass es bereits dunkel war, als wir wieder herauskamen.

Die frische, eisige Luft schien die Stadt zum Funkeln zu bringen und die bunten Lichter des Weihnachtsmarktes an der South Bank übten eine magische Anziehungskraft auf die Mädchen aus.

»Müssen wir ins Ballett gehen?«, fragte Flora.

In den vergangenen Jahren war ein Ballettbesuch der absolute Höhepunkt gewesen, aber offenbar war ich nicht mehr auf dem Laufenden. Jetzt sehnte sie sich nach coolen Erlebnissen, wie sie sie auf Instagram sah. Sie war zwar noch keine zehn, aber trotzdem schon ein Teenager. Ich hatte mich immer für einen jungen Vater gehalten. Vielleicht hielten sich alle Eltern für jung, bis ihre Kinder anfingen, sich für sie zu schämen.

Meine Mutter beklagte sich darüber, wie voll die Züge um diese Zeit sein würden.

»Was machen wir jetzt?«, fragte sie.

»Ich dachte, wir bringen dich zum Zug und essen dann früh zu Abend ...«

»Bin ich eingeladen?«

»Also, Flora wollte zu Balthasar. Es ist auf der anderen Flussseite ... Du sagtest doch, du wolltest nicht zu spät zurückfahren ...«

Ich hätte ihr gleich sagen sollen, dass wir uns mit Tess treffen würden. Wahrscheinlich hätte ich Tess auch lieber eine Nachricht schicken sollen, anstatt zuzulassen, dass die Situation von Beginn an etwas peinlich war.

Als wir im Restaurant eintrafen, saß sie bereits am Tisch. Ich hatte sie noch nie geschminkt gesehen. Sie sah wunderschön aus, aber irgendwie anders. Sie trug ein dunkelgrünes Samtkleid und lange, unechte Smaragdohrringe. Aufgedollt, dachte ich und fragte mich, ob ihre Freundin beim Styling ihre Hände im Spiel hatte.

»Du siehst sehr glamourös aus«, sagte ich und gab ihr einen flüchtigen Kuss auf die Wange.

»Du weißt aber schon, dass es im Opernhaus keine Kleiderordnung gibt?«, fragte Flora.

Plötzlich wurde mir bewusst, dass meine Mutter die Einzige in meiner Familie war, die keine Jeans trug. Ich reichte die Speisekarten herum.

»Gehen Sie zum ersten Mal ins Ballett?«, fragte meine Mutter, nachdem ich sie vorgestellt hatte.

»Ja«, sagte Tess.

»Charlotte bevorzugt die Oper, nicht wahr, Angus? Da wart ihr früher oft, oder?«

Meine Mutter bestellte einen großen Gin Tonic. Nach einem Schluck war ihr Gesicht gerötet. Sie hatte den Großteil der Flasche schlechten Rotweins getrunken, den wir zum Mittagessen bestellt hatten. Trank sie mehr, weil sie in Gesellschaft war, oder war das für sie normal?

»Ich hatte erwartet, dass Sie mehr ...« Sie deutete mit einer Geste auf Tess' nackten Arm.

»Was?«

»Sie wissen schon. Tattoos hätten.«

»Wie bitte?«

»In Ihrer Branche«, sagte meine Mutter, was bei ihr irgendwie so klang, als wäre Tess eine Prostituierte.

»Ich glaube, du hast da etwas durcheinandergebracht«, mischte ich mich ein. »Tess leitet einen Schönheitssalon, in dem die Mädchen zufällig ein paar temporäre Tattoos bekommen haben. Also, was nehmt ihr?«

Der Kellner wartete darauf, unsere Bestellung aufzunehmen.

»Für mich bitte die *plat du jour*«, sagte Tess.

»Das ›t‹ spricht man nicht aus.« Flora verdrehte genervt die Augen.

»Sie wachsen praktisch zweisprachig auf«, erzählte meine Mutter Tess stolz. »Waren Sie schon mal im Ausland?«

»Ich habe Gus in Italien kennengelernt.«

»Charlotte liebt Italien, stimmt es nicht, Angus? Portofino, Lucca, Venedig ...«

Zum Glück erwähnte sie keinen der Orte, an denen ich mit Tess gewesen war.

Der Kellner wartete immer noch.

»Ich glaube, ich nehme noch einen von diesen«, sagte meine Mutter und hielt ihr leeres Glas hoch. »Ich habe es nicht eilig mit dem Essen. Und auch nicht mit einem Spaziergang zurück nach Waterloo.«

»Kommen Sie nicht mit ins Ballett?«, fragte Tess.

»Ich wurde nicht eingeladen«, erwiderte meine Mutter.

»Du solltest deine Mutter mitnehmen, Gus«, sagte Tess. »Es macht mir wirklich nichts aus, nicht mitzukommen.«

Ich versuchte, ihr mit einem Blick zu signalisieren, dass meine Mutter mitzunehmen das Letzte war, was ich wollte.

»Das ist sehr nett von Ihnen, Liebes«, sagte meine Mutter. »Aber ich könnte so spät nicht mehr allein mit dem Zug zurückfahren.«

Ich konnte mir nicht erklären, wie ihre Gelegenheit, mehr Zeit mit ihren Enkelkindern zu verbringen, zu einer solchen Katastrophe geworden war.

Die Aufführung von *Der Nussknacker* durch das Royal Ballet war eine Augenweide. Das prächtige Bühnenbild war so gestaltet, dass es wie eine edwardianische Weihnachtskarte aussah, mit Zaubertricks und Tänzern, die als Puppen verkleidet aus Kisten sprangen. Als der Weihnachtsbaum anfing zu wachsen und die gesamte Höhe der Bühne ausfüllte, drehte ich den Kopf und sah Tess an. Auf ihrem Gesicht lag ein ebenso faszinierter Ausdruck wie auf dem von Bella.

»Ich denke ständig daran, wie sehr Hope das gefallen würde«, sagte sie, als wir in der Pause in der Floral Hall standen, während Bella Pirouetten drehte und Flora auf ihrem Handy scrollte.

»Wir müssen sie irgendwann mal mitnehmen.«

»Da bin ich mir nicht so sicher. Einmal waren wir mit ihr im Weihnachtsmärchen und sie hat so laut gesungen, dass die Dame sie auf die Bühne geholt hat. Das würde hier vielleicht nicht so gut ankommen.«

»Wir könnten uns eine Loge nehmen«, sagte ich. »Das ist viel privater, ein bisschen so, als hätte man ein kleines Zimmer für sich allein. Man kann aufstehen, herumlaufen. Man kann sogar Sex haben, wenn man will«, flüsterte ich über ihre herrlich nackte Schulter.

Es war eine beiläufige Bemerkung, die zeigen sollte, wie sehr ich es in den letzten Tagen vermisst hatte, mit ihr zu schlafen.

Sie runzelte die Stirn.

»Natürlich nicht, wenn Hope dabei ist«, fügte ich schnell hinzu.
»Hattest du mit Charlotte eine Loge?«, fragte Tess.
Es war einfach nicht mein Tag.
Als sich der Vorhang für den zweiten Akt hob und einen Märchenpalast enthüllte, der so funkelnd schön war, dass er einen eigenen Applaus bekam, warf ich einen Blick zu Tess hinüber, aber sie saß stocksteif neben mir, als wollte sie jede Berührung verhindern.

10. Kapitel

»Was trägst du da für eine Halskette, Flora?«, fragte Charlotte, als wir uns an der üblichen Stelle am Flughafen trafen.
»Die ist von Tiffany«, antwortete sie. »Das ist mein Hauptweihnachtsgeschenk von Daddy.«
»Daddy verwöhnt euch.« Charlotte zog eine Augenbraue hoch. »Leider hat unser Flug Verspätung, ihr Süßen. Wollt ihr hier mit Daddy warten oder sollen wir schon durchgehen und Robert suchen?«
»Hier mit Daddy warten«, sagte Bella.
Ihre Antwort kam wie aus der Pistole geschossen, was mir kurz eine gewisse Befriedigung verschaffte. Doch wir hatten bereits alles gesagt – »Ihr kommt schon bald wieder« und »Ich vermisse euch ganz doll« und »Fahrt auf jeden Fall nur markierte Pisten« – und uns zum Abschied umarmt. Daher kam es mir etwas seltsam vor, jetzt noch etwas anderes zu finden, was wir machen konnten.

Ich kaufte Bella eine eingeschweißte Zeitschrift mit einer Plastikspange. Flora bat um eine *Elle*. Dann spielten Bella und ich so etwas Ähnliches wie Himmel und Hölle auf einer kleinen freien Stelle hinter einer Kaffeebar, während Charlotte in einiger Entfernung saß und durch ihre E-Mails scrollte.

Schließlich stolzierte sie zu uns herüber. »Ich nehme an, du hast noch nicht weiter über den Hausverkauf nachgedacht?«

»Nein.«

»Die Hälfte gehört mir.«

»Du brauchst das Geld doch nicht, oder?«

Bevor sie antworten konnte, wurde der Flug aufgerufen.

Ich stand auf Zehenspitzen und winkte meinen Töchtern hinterher, solange sie in der Schlange für die Sicherheitskontrolle standen und ich sie sehen konnte. Und dann noch ein bisschen länger, falls sie mich noch sehen konnten. Als ich die Stufen zur U-Bahn hinunterging, wurde mir klar, dass ich zum ersten Mal bei ihrer Abreise nicht geweint hatte.

Ich rief Tess an, weil ich sie unbedingt sehen wollte, bevor ich zur Arbeit ging, und war niedergeschlagen, als sie höflich, aber distanziert mit mir sprach, als wäre ich ein Kunde, der anrief, um einen Termin umzulegen.

»Heute ist der geschäftigste Tag des Jahres ...«

»Was machst du heute Abend?«, fragte ich.

»Doll hat Wehen bekommen. Ich fahre nach Kent, um ihr beizustehen.«

Ich hatte geglaubt, sie würde auf mich warten, wenn ich von der Arbeit zurückkam.

»Du, hier ist wirklich ziemlich viel los ...«

»Sorry! Guten Rutsch!«

Aber sie hatte bereits aufgelegt.

Man konnte entweder an Weihnachten oder an Silvester Urlaub nehmen. Jetzt wünschte ich, ich hätte es umgekehrt gemacht. An Weihnachten war im Allgemeinen weniger los, da so viele Patienten wie möglich vor dem Fest entlassen wurden. Der Silvesterabend begann immer relativ ruhig, aber gerade wenn meine Müdigkeit am größten war, stürzte ein Tsunami aus Betrunkenen herein. Ich wusste, dass ich mich etwas hätte hinlegen sollen, aber die Unruhe hatte mich am Nachmittag vom Schlafen abgehalten, also hatte ich aufgeräumt und geputzt.

Als schließlich alle Spuren vom Besuch meiner Töchter beseitigt waren, bedauerte ich meine Eile. Ohne das Getrappel ihrer Schritte fühlte sich das Haus leer an. Ohne Bellas ständiges Geplapper hörte ich in der Stille kreischend laut meine sorgenvollen Gedanken.

War Tess' Kälte am Telefon nur vorübergehend? Hatte meine Familie sie total abgeschreckt? Es war klar, dass das weitere Umfeld in unserem Leben nicht so leicht zusammenpassen würde wie wir, aber das musste doch nicht beeinträchtigen, was wir miteinander hatten?

»Ist alles okay, Dr. Macdonald?«, unterbrach eine der Krankenschwestern meine Gedanken. Ich fragte mich, wie lange ich schon auf den kalten Becher Kaffee vor mir gestarrt hatte.

Ich wollte mir gerade einen freien Bildschirm schnappen, um ein paar Notizen zu machen, als eine Gruppe Polizisten am Empfang vorbei auf die Station stürmte, wo nach einer Messerstecherei eine Bande aufgekreuzt war. So etwas kommt regelmäßig in jedem Londoner Krankenhaus vor, aber ich war immer wieder beeindruckt von der Gelassenheit des Personals, das seine Untersuchungen fortsetzte, als ob nichts Ungewöhnliches geschehen wäre.

Obwohl wir alle ruhig und professionell waren und alles Mögliche versuchten, konnten wir nichts tun, um den 17-Jährigen zu retten, der aufgrund des hohen Blutverlustes einen Herzstillstand erlitten hatte, als die Sanitäter eintrafen.

Als ich das Krankenhaus verließ, löste sich der Nebel in meinem Kopf auf, als ich an einer Gruppe schlaksiger Teenager in Hoodies vorbeiging, die sich gegenseitig trösteten. Zwei von ihnen saßen auf dem Bürgersteig, die Arme um die Knie geschlungen, und starrten ins Leere. Es waren Jungen, noch keine Männer, noch unbeholfen wie Giraffenbabys mit ihren langgliedrigen Körpern. So wie ich, als mein Bruder gestorben war. Ich empfand Trauer darüber, dass manche Leben durch männliche Konkurrenzkämpfe viel zu früh endeten – darüber, dass junge Männer emotional abstumpften, weil sie miterlebt hatten, wie abrupt das Leben zu Ende sein kann.

Als ich zurückkam, klingelte mein Festnetztelefon. Ich ging sofort ran, in der Hoffnung, es sei Tess, aber es war Nash.
»Frohes neues Jahr!«
»Ich komme gerade von der Arbeit.«
Ich rechnete aus, dass es in L. A. erst Mitternacht sein konnte.
»Schlimme Nacht?«
»Nicht die beste«, sagte ich und fragte mich, warum Ärzte nie über ihre Arbeit sprachen. Es war wie ein Schweigegelübde.
»Bei mir auch. Ich trinke ganz allein eine Flasche Champagner.«
»Keine glamourösen Partys?«
»Lass mich vorher volllaufen. Niemand trinkt hier. Vielleicht gehe ich noch nicht mal hin. Wie war dein Weihnachten?«
»Es war ein mäßiger Erfolg.« Ich gab ihr einen kurzen Abriss der katastrophalen Begegnungen meiner Familie mit Tess.
»Ich heiße *Rebecca*«, sagte sie.
»Wie bitte?«

»Ich wurde gebeten, für den neuen Film vorzusprechen. Als ich dort ankam, stellte sich heraus, dass sie mich für die Rolle der Mrs. Danvers haben wollten. Kannst du dir das vorstellen?«

»Ich war die ganze Nacht wach, Nash, ich weiß nicht, worauf du hinauswillst.«

»*Rebecca* von Daphne du Maurier. Eine unschuldige junge Frau aus der Arbeiterklasse verliebt sich in den gut aussehenden Aristokraten Maxim de Winter, dessen glamouröse erste Frau Rebecca gestorben ist. Natürlich ist Charlotte nicht gestorben, aber verstehst du? Es gibt eine böse Haushälterin namens Mrs. Danvers, die unserer Heldin andauernd erzählt, wie wunderbar Rebecca war, und deshalb glaubt sie, dass Max immer noch in sie verliebt ist ...«

»Ist meine Mutter in diesem Szenario Mrs. Danvers?«

»Ja, aber Flora klingt, als würde sie sich ebenfalls um die Rolle bewerben.«

»Tess kann doch nicht glauben, dass ich immer noch in Charlotte verliebt bin.«

»Du hast an Charlottes Haus nichts verändert, seit sie ausgezogen ist, du tust alles, was sie sagt, erzählst jedem, wie wunderschön sie ist ... Nein, ich glaub nicht, dass Tess der Gedanke schon einmal in den Sinn gekommen ist ...«

»Verdammt«, sagte ich. »Meinst du, es ist zu spät?«

»Schwarzseherei ist eine deiner unattraktivsten Eigenschaften, Gus.«

Ich fragte mich, was die anderen waren.

»Hör zu, es ist Neujahr. Wahrscheinlich hast du noch etwa zwölf Stunden guten Willen übrig, es sei denn, sie hat einen massiven Kater. Fahr nach Kent und versuch, die Sache nicht zu versauen.«

Tess

11. Kapitel

»Klingt, als müsste er sich ein paar Eier wachsen lassen«, sagte Doll.
Sie verzog das Gesicht vor Schmerz. »Die war heftig. Wie lange ist die letzte her?«
»Etwas mehr als fünf Minuten.«
Ihr Privatzimmer war wie ein nobles Hotelzimmer eingerichtet, nur mit einem Krankenhausbett. Es gab sogar eine Minibar mit einer Auswahl an Softdrinks und einer halben Flasche Champagner. Hier wurde man schon mit schwächeren Wehen aufgenommen als in einem normalen Krankenhaus, wahrscheinlich weil sie nach Stunden abrechneten. Die Wehen hatten kurz nach meiner Ankunft eingesetzt und ich hatte mich freiwillig bereit erklärt, Doll zu begleiten, damit Dave zu Hause bei Elsie bleiben konnte, die bereits schlief.
»Gus ist schwach. Das ist das Problem, Tess. Und es gibt nichts Schlimmeres als einen schwachen Mann.«
Das stimmte doch nicht, oder? Zu schwach war doch besser als zu stark? Gus war seinen Kindern ein guter Vater. Er ließ ihnen einiges durchgehen, aber das lag daran, dass er sie nicht so oft sah. Er strahlte nichts Gefährliches aus, anders als mein Vater.

Das eigentliche Problem war, dass es in seiner Familie keinen Platz für mich gab. Charlotte war die Mutter der Kinder. Gus' Mutter fand sie eindeutig toll und ich vermutete, dass zumindest ein Teil von Gus das auch noch tat. Ich hatte eine Affäre mit einem verheirateten Mann hinter mir und die hatte ihre Spuren hinterlassen. Ich durfte nicht zulassen, dass ich wieder die heimliche Geliebte wurde, die bequemerweise verschwand, wenn die Familie in der Nähe war.

Doll stöhnte.

Ich blickte auf meine Uhr, es waren weniger als zwei Minuten seit der letzten Wehe vergangen. Ich klingelte, um die Hebamme zu rufen, und schickte eine Nachricht an Dave.

Es ging alles so schnell, dass ich bei der Geburt dabei war. Doll drückte derart fest meine Hand, dass ich dachte, ihre Nägel würden sich durch meine Handfläche bohren. Ich war überrascht, wie ursprünglich es war, ein neues menschliches Wesen in die Welt gleiten zu sehen, und wie augenblicklich all das Stöhnen und der Schmerz nachließen und meine Freundin einer milde lächelnden, wenn auch leicht verschwitzten Madonna glich.

»Nimm du ihn, Tess«, sagte sie, nachdem die Krankenschwestern ihn gesäubert und untersucht hatten.

Das Baby hatte ein zerknautschtes kleines Gesicht.

»Hallo, kleiner Mensch«, sagte ich, während mir die Tränen über die Wangen liefen.

Dann kam Dave mit Elsie.

Das neue Jahr war erst eine Stunde alt. Auf dem Gang draußen hob ich Elsie ans Fenster und rief jedes Mal, wenn wir flüchtige Feuerwerksfontänen am Himmel sahen, »Wuuuu!«. Sie war ein bisschen quengelig, weil sie mitten in der Nacht geweckt worden war, aber sie freute sich sofort, als Dave uns hereinrief und sagte, dass sie ein Geschenk für sie hätten.

Er hob sie auf das Bett und legte ihr dann ganz vorsichtig das winzige, eingewickelte Baby in die Arme. Sie hatten beschlossen, ihn Tommy zu nennen.

Die vier sahen wie eine Bilderbuchfamilie aus. Man sah Doll selten ohne Make-up, und nachdem sie sich das Gesicht gewaschen und das Haar gebürstet hatte, wirkte sie jünger und noch hübscher als sonst. Elsie war eine Miniaturausgabe ihrer Mutter, mit blonden Locken und blauen Augen, die im Kontrast zu dem unglaublich dunklen Haarschopf des Babys standen. Und über alle wachte Dave, der immer ein gut aussehender Mann mit einem vertrauenerweckenden Gesicht gewesen war, was bei einem Klempner sehr nützlich ist.

Das hätte ich sein können ...

Der Gedanke schoss mir durch den Kopf, zusammen mit der Erinnerung an seinen Heiratsantrag oben auf dem London Eye. Die Gondel war voller Touristen gewesen, die ihn fotografiert hatten, wie er mit dem Ring vor mir gekniet hatte. Umso schlimmer war es, dass ich es nicht über mich gebracht hatte, »Ja« zu sagen ...

Ich war so überrascht gewesen, nicht so sehr von dem Antrag, sondern von dem Aufwand, den er in die Planung gesteckt hatte. Es stellte sich heraus, dass er sich heimlich mit Doll beraten hatte, was mir wohl gefallen würde. Als sie am nächsten Tag bei mir vorbeikam, war sie seltsam sauer auf mich gewesen, weil ich den Antrag nicht angenommen hatte. Erst viel später wurde mir klar, dass sie sich unbewusst den perfekten Antrag für sich selbst ausgedacht haben musste. Fairerweise muss ich sagen, dass ich nicht glaube, einer von ihnen hatte zu dem Zeitpunkt schon daran gedacht, dass sie füreinander bestimmt seien. Erst Monate später, als ich Kevin in New York besuchte und Dave Doll bei der Installation der Waschbecken in ihrem ersten Salon half, verliebten sie sich ineinander.

Damals hatte ich mich verraten gefühlt. Auch wenn ich mich nicht mit ihm hatte verloben wollen, war ich immer noch Daves Freundin gewesen. Es war einfach nicht in Ordnung, dass meine beste Freundin hinter meinem Rücken mit ihm schlief. Danach waren meine Komplexe wieder aufgeblüht, dass Doll viel attraktiver war als ich. Ich vermutete, Dave hätte schon die ganze Zeit für sie geschwärmt und nur nicht geglaubt, eine Chance bei ihr zu haben.

Das war wahrscheinlich nicht der Fall. Ich glaube, er konnte sein Glück kaum fassen, als das mit Doll passierte, aber wenn ich auf dem London Eye Ja gesagt hätte, wäre er mir sicher treu geblieben. Er wollte sesshaft werden und eine Familie gründen, also ein perfekter Ehemann, der verloren zu gehen drohte – ein gut aussehender, zuverlässiger Mann –, und das war es, was Doll brauchte. In ihrer vorherigen Beziehung mit einem Fußballer war sie nur ein hübsches Anhängsel gewesen. Mit Dave an ihrer Seite konnte sie ihre eigenen Ambitionen verwirklichen.

Sie waren wie füreinander geschaffen und ich war froh, dass sie es so gut hinbekommen hatten.

Tommy fing an zu weinen.
»Hör auf damit!« Elsie zeigte auf sein Gesicht.
»Am besten, du gibst ihn jetzt wieder Mummy«, sagte Dave.
»Er ist mein Geschenk!«, jammerte Elsie, als er ihr das Baby wegnahm.
»Zu Hause habe ich noch ein anderes Geschenk für dich«, sagte ich schnell.
»Was denn?«
»Eine Überraschung!«, sagte ich.

Dave lächelte mich dankbar an.

»Soll ich dich mitnehmen?«, fragte er.

»Nein, du musst hierbleiben. Wir nehmen ein Taxi. Das wird aufregend, stimmt's, Elsie?«

Es war schwierig gewesen, den Riesenkarton im Zug mitzuschleppen, aber ich war froh, dass ich mir die Mühe gemacht hatte. Ich hatte ihr ein Playmobil-Schloss gekauft, mit goldenen Toren und Türmchen, einer Königin und einer Prinzessin. Wir ließen die beiden kleinen Puppen durch jedes der glitzernden Zimmer gehen, die vielen verschnörkelten Treppen hinauf und hinunter, als es an der Tür klingelte.

»Wer ist das?«

»Wahrscheinlich eine Lieferung für Mummy«, sagte ich.

»Noch ein Baby?«, fragte Elsie.

Als wir die Tür öffneten, winkte uns ein großer weißer Teddybär mit der Pfote zu.

»Frohes neues Jahr!«

Jeder hat seine eigene Teddystimme. Meine war immer rau und tief. Die von Gus klang eher vornehm.

»Ist das noch ein Geschenk?«, fragte Elsie aufgeregt und griff nach oben.

Ich nickte Gus mit Nachdruck zu, der sich zu ihr hinunterbeugte, um ihr den Teddy zu geben.

»Das ist mein Freund Gus.«

Elsie wiegte den Bären in ihren Armen.

»Das ist ein sehr flauschiger Bär, oder?«, fragte ich. »Was meinst du, wie er heißt?«

»Gus«, sagte Elsie.

»So heißt mein Freund. Wie willst du deinen Bären nennen?«

»Gus.«

Ich wusste nicht so recht, wie gut das bei ihrer Mutter ankommen würde.

»Ich fühle mich geehrt«, sagte Gus. Er stand immer noch draußen. »Doll und Dave kommen bald mit dem Baby nach Hause ...«

Bei der Vorstellung, wie Doll wohl bei ihrer Rückkehr aus dem Krankenhaus auf Gus' Gegenwart reagieren würde, geriet ich leicht in Panik; insbesondere, nachdem ich mit ihr erst vor ein paar Stunden vereinbart hatte, dass es das Beste für mich wäre, die Beziehung zu beenden.

»Bella hat den Bären für das Baby ausgesucht«, flüsterte Gus. »Das hier sollte eigentlich für Elsie sein.« Er reichte mir eine als Geschenk verpackte Schachtel, die ich ihr ebenfalls gab.

Sie riss das Papier ab und fand ein Playmobil-Fischerboot mit einem Kapitän und einem Haufen kleiner Fische.

»Ich muss gestehen, das hat auch Bella ausgesucht«, sagte Gus. »Ich hab ihr erzählt, dass Elsie am Meer wohnt.«

Er wirkte ziemlich besorgt, etwas Falsches getan zu haben, aber er wusste, wie wichtig es war, dem Geschwisterkind ein Geschenk zu machen, damit es sich nicht ausgeschlossen fühlte. Ich hatte ihm erzählt, dass Playmobil ihr Lieblingsspielzeug war, und daran hatte er sich erinnert. Er war ein lieber Mann. Ich schaffte es weder, meine strenge Miene beizubehalten, noch steif und auf Abstand zu ihm zu bleiben. Alle Abwehrmechanismen, die ich zu errichten versucht hatte, bröckelten, als Daves Geländewagen in die Einfahrt fuhr.

Dave holte den Kindersitz mit Tommy heraus.

»Warum stehen alle vor der Tür?«, fragte er und scheuchte uns mit der freien Hand ins Haus.

Dann stieg Doll aus und zog die Augenbrauen hoch, Elsie stürmte auf sie zu und rief: »Mummy! Der Fischmann segelt mit seinem Boot zum Schloss und verliebt sich in die Prinzessin!«

»Ich glaube, wir gehen ein bisschen spazieren, während ihr erst mal in Ruhe ankommt«, sagte ich und schnappte mir eilig meinen Mantel.

Als wir am Strand entlanggingen, wehte uns ein scharfer Wind entgegen.
»Wie war dein Silvester?«
»Viel zu tun«, sagte Gus.
»Komisch, dass wir es beide in einem Krankenhaus verbracht haben.«
»Warst du bei der Geburt dabei?«
»Ja. Es ist ein Wunder, oder?«
Er lächelte.
Wir gingen noch ein Stück weiter. Es kam mir vor, als umlagerte uns am Strand eine ganze Herde unsichtbarer Elefanten, aber ich war fest entschlossen, nicht die Erste zu sein, die unseren letzten katastrophalen gemeinsamen Abend ansprach.
»Das mit Flora tut mir leid«, sagte er schließlich. »Es ist wahrscheinlich immer etwas schwierig, wenn ein geschiedener Elternteil einen neuen Partner findet.«
Die Erinnerung an seine Tochter versetzte mir immer noch einen Stich. Und die Tatsache, dass er nichts gesagt hatte.
»Es geht aber nicht nur um sie, oder?«
»Ich kann mich nicht genug für meine Mutter entschuldigen ...«
»Nein, so habe ich das nicht gemeint. Ich glaube, auf ihre Art wollte sie nur höflich sein.«

Ich versuchte, mich an all die Gründe zu erinnern, die Doll und ich zurechtgelegt hatten, warum diese Beziehung niemals funktionieren würde.

»Ich glaube nicht, dass du schon offen für eine neue Beziehung bist. Und ich bin schon einmal verletzt worden ...«

»Ich werde dich nicht verletzen!« Er ergriff meine Hand und als er meinen Gesichtsausdruck sah, fügte er hinzu: »Das hab ich schon. Es tut mir so leid.«

»Es ist nicht deine Schuld«, sagte ich. »Es ist wohl einfach schlechtes Timing.«

Er blieb stehen. »Tess, ich wünschte, wir hätten uns schon mit 18 oder 21 kennengelernt, oder all die anderen Male, die wir es nicht geschafft haben, uns zu begegnen. Aber ich kann Flora und Bella nicht wegwünschen, weil sie mir sehr viel bedeuten.«

»Ich will nicht, dass du sie wegwünschst! Sie sind nicht das Problem.«

Während wir weitergingen, sagte er eine ganze Weile nichts.

»Ist es Charlotte?«, fragte er schließlich. »Nash hat diese Theorie, dass es wie bei *Rebecca* ist ...«

»Du hast mit Nash über mich gesprochen?«

Ich konnte mich nicht entscheiden, ob ich mich jetzt besser oder schlechter fühlen sollte.

»Sie hat heute Morgen angerufen. Hör zu, Tess, damit das klar ist: Falls du dir wegen Charlotte Sorgen machst – sie und ich hatten mindestens ein Jahr lang keinen Sex mehr, bevor wir uns getrennt haben. Wir haben nicht einmal im selben Bett geschlafen. Ich liebe sie wirklich nicht. Ich hasse sie sogar.«

»Hass ist immer noch ein sehr starkes Gefühl. Es wäre wesentlich besser, wenn sie dir gleichgültig wäre.«

»Ja, genau, sie ist mir gleichgültig!«, sagte er und drückte meine Hände.

»Man kann nicht einfach von Hass auf Gleichgültigkeit umschalten!«

»Ich werde daran arbeiten«, sagte er und sah mir in die Augen. »Es tut mir so leid, wenn ich einen falschen Eindruck erweckt habe, aber du musst mir glauben, dass du die einzige Frau bist, die ich jemals wirklich geliebt habe. Wir können das doch schaffen, oder?«

Seine Augen, eine Mischung aus Blau und Gold, schienen ständig zwischen Mitgefühl und Angst zu schwanken.

Noch immer benommen vom Schlafmangel, kämpfte mein Gehirn damit, irgendeinen der Einwände zu finden, die zuvor so offensichtlich gewesen waren.

Plötzlich umarmten wir uns. Er hob mich hoch und wirbelte mich im Kreis und als wir aufhörten, uns zu küssen, drehte sich die Welt weiter.

Mit dem Wind im Rücken gingen wir zurück, er nahm meine Hand und steckte sie zum Wärmen in seine Tasche.

»Maxim de Winter hat Rebecca ermordet«, erinnerte ich mich plötzlich.

»Tja, ich glaube nicht, dass ich dir das versprechen kann.« Und dann lachte er.

»Sollen wir bei Marcus und Keiko vorbeischauen?«, fragte Gus, als wir aus Margate herausfuhren.

Es war das zweite Mal, dass er vorschlug, seine Freunde zu treffen. Beim ersten Mal hatte ich Austern als Ausrede benutzt, aber jetzt fiel mir nichts Gutes mehr ein.

Ich war mir sicher, dass es sich um dieselben Marcus und Keiko handeln musste, die in der umgebauten Fischerhütte neben der nicht umgebauten Hütte ihre Wochenenden verbrachten, in der Leo und ich uns heimlich getroffen hatten. Es war wieder einmal eine dieser seltsamen Fast-Begegnungen. Hätte Gus Marcus besucht, als ich mit Leo zusammen war, hätten wir uns wahrscheinlich über die Mole hinweg gegrüßt. Ich wollte mir gar nicht vorstellen, was er gedacht hätte, wenn er gesehen hätte, dass ich mich mit einem alternden Egozentriker mit Pferdeschwanz herumtrieb.

Die Vorstellung, Leo wiederzusehen, gefiel mir nicht. Es ist leicht, sich schlaue Dinge auszudenken, die man in einer solchen Situation sagen würde, aber wenn man jemanden bewundert hat, ist es schwer, sich von dieser Gewohnheit zu verabschieden. Ich würde so wenig wie möglich sagen, beschloss ich, während wir über die Promenade in Richtung der Hütten gingen, und so tun, als ob ich mich kaum an ihn erinnerte.

Marcus war groß und sehr charmant, aber auf diese privilegierte Art, die einen eher auf Abstand hält, als einladend zu wirken. Er wusste anscheinend, dass wir uns schon einmal begegnet waren, aber er konnte mich nicht sofort einordnen. Die Kinder, jetzt sieben und drei, waren ein Kleinkind und ein Baby gewesen, als ich sie das letzte Mal gesehen hatte, aber Keiko erkannte mich sofort. Sie schenkte mir ein kaum merkliches Lächeln, das mir signalisierte, es sei mir überlassen, ob ich die Geschichte erzählte oder nicht.

Leos Hütte nebenan existierte nicht mehr. Stattdessen war dort eine Baustelle.

»Der Besitzer hat es verkauft und sich nach Spanien zurückgezogen«, sagte Marcus. »Ein Typ, den ich von JP Morgan kenne, hat es gekauft. Er hat unseren Architekten beauftragt.«

Es gab doch einen Gott!

Ich folgte Keiko ins Innere und war erstaunt, wie sehr sich der große, saubere Raum von der Schuppenatmosphäre bei Leo unterschied, wo es immer nach Teeröl gerochen hatte. Sie holte eine Flasche Champagner aus dem Kühlschrank und stellte sie auf ein Tablett mit vier Gläsern und einer Schale mit Reisgebäck, das mit Algen umwickelt war.

Draußen waren die dick eingepackten Kinder damit beschäftigt, einen Garten aus Muscheln anzulegen. Die Männer standen weiter unten auf dem Kies und schauten auf die Flussmündung hinaus. Als ich zu ihnen ging und vorsichtig das Tablett balancierte, wehte die salzige Brise Gesprächsfetzen zu mir herüber, bevor sie das Knirschen meiner Schritte hörten.

»Ich hab nie verstanden, was eine so attraktive Frau mit diesem furchtbaren alten Lüstling wollte«, sagte Marcus.

»Tess!«

Gus drehte sich um und zog die Augenbrauen hoch, ich war zweifellos aufgeflogen. *Wir bedauern beide unsere Vergangenheit*, schien sein amüsiertes Lächeln zu sagen.

»Champagner?«, fragte ich und wurde rot.

Ein Schimmer winterlichen Sonnenlichts fiel auf das Wasser und verwandelte es von Zinn in Platin, während wir anstießen und das neue Jahr begrüßten, unsere Finger so kalt wie der Champagner.

»Wer hat Lust auf eine Runde Schlagball?«, fragte Marcus. »Davon wird uns warm!«

»Ich!«, rief Milo.

»Ich!«, rief auch Millie.

Gus nahm das kleine Mädchen auf den Arm und wir gingen alle zusammen zu einem flacheren Strandabschnitt, wo er und Marcus mit kleinen Steinhaufen Stützpunkte markierten und mit großer Ernsthaftigkeit die Entfernungen abschritten. Ich erinnerte mich, dass meine Brüder das Gleiche an den flachen weißen Stränden der irischen Westküste getan hatten, wohin wir immer in den Sommerferien gefahren waren.

Wir teilten uns in Teams auf. Gus und Keiko mit Milo. Dann Marcus, Millie und ich.

Da ich groß war, war ich in der Schule eine gute Netzballspielerin gewesen, aber ich hatte nie wieder Mannschaftssportarten betrieben. Daher sah ich meine Aufgabe darin, auf Millie aufzupassen, dafür zu sorgen, dass sie nicht vom Ball getroffen wurde, und so zu tun, als wären meine Würfe auf dem Feld ihre.

Als sie an der Reihe war zu schlagen, hielt ich den Schläger mit ihr, und gemeinsam beförderten wir den Ball weit an ihrem Bruder vorbei, sodass wir einen Homerun hinlegen konnten, wobei ich sie für den Sprint zur letzten Base hochhob.

»Brillant, Millie!«, rief Marcus. »Jetzt du, Tess!«

Gus warf den Ball. Ich hoffte, er würde sanft werfen, so wie bei Millie, aber sein Kampfgeist erwies sich als stärker, und er schoss den Ball mit viel Kraft auf mich zu. Verzweifelt schlug ich mit dem Schläger um mich.

»Lauf!«, rief Marcus, während ich dastand und nicht so recht glauben konnte, dass ich den Ball so hart getroffen hatte, dass er noch in der Luft war.

Ich beendete einen Lauf und bereitete mich darauf vor, erneut Gus gegenüberzustehen.

Wieder traf ich irgendwie den Ball und schaffte einen weiteren Homerun.

Es gelang mir noch sechs weitere Male, bis Gus Milo zum Werfen einsetzte, nachdem er beobachtet hatte, in welche Richtung ich den Ball stets schlug. Er brachte sich in Position und fing den Ball. Dennoch gewann unser Team mit zehn zu sechs.

»Du bist eine Legende, Tess«, sagte Marcus. »Spielst du Tennis?«

»Ich habe es nie gelernt«, antwortete ich. In meiner Schule war Tennis den Mädchen aus der Mittelschicht vorbehalten gewesen, deren Eltern Mitglieder des örtlichen Vereins waren.

»Du solltest wirklich Gus fragen, ob er dich unterrichtet. Du wärst ein absolutes Naturtalent.«

Ich war irre stolz.

Keiko, Millie und ich gingen zurück zum Haus, während Marcus, Gus und Milo flache Steine aufhoben, um sie über die sanft brechenden Wellen springen zu lassen, so wie es meine Brüder früher getan hatten.

»Glaubst du, dass Jungen genetisch darauf programmiert sind, Steine springen zu lassen?«, fragte ich Keiko. »Es ist fast so, als könnten sie nicht anders.«

»Ich habe einmal an einem Yoga-Retreat auf einer griechischen Insel teilgenommen. Am letzten Tag bat unser Lehrer alle, einen Kieselstein zu nehmen, ihn mit all unseren Problemen zu füllen und ihn dann ins Meer zu werfen.«

»Hat es funktioniert?«, fragte ich.

»Es fühlte sich irgendwie befriedigend an.« Keiko lächelte mich an.

Ich beobachtete, wie Gus Anlauf nahm und dann in geduckter Haltung stehen blieb, während er zählte, wie oft sein Stein übers Wasser sprang. Dann hüpfte er auf und ab und riss siegessicher die langen Arme in die Höhe. Er war unbeschwerter, als ich ihn jemals erlebt hatte. Für einen Moment kam es mir vor, als würde ich den Jungen sehen, der er mit seinem Bruder gewesen war, bevor er ihm durch tragische Umstände genommen wurde.

Ich hob selbst einen Stein auf, hielt ihm stumm eine kurze Lektion darüber, dass ich mich von meiner Eifersucht wegen

Charlotte nicht davon abhalten lassen wollte, das wunderbare Glück zu genießen, diesen Mann getroffen zu haben. Dann sah ich zu, wie der Stein über das Wasser sprang, bevor er mit einem befriedigenden Plopp versank.

12. Kapitel

Frühjahr 2014

Der Valentinstag fiel in diesem Jahr auf einen Freitag. Er gehörte zu jenen Tagen, an denen im Salon am meisten zu tun war, denn alle bereiteten sich auf romantische Verabredungen und mögliche Anträge vor.

Wir hatten den Salon mit Heliumballons geschmückt, die ich den Angestellten nach Feierabend mit nach Hause gab. Einen behielt ich selbst.

In meiner Tasche befand sich der Brief, den ich am Morgen erhalten hatte. Er bestätigte, dass die Tests meiner ersten Nachuntersuchung, die ich nun halbjährlich durchführen musste, keinen Hinweis auf ein Rezidiv ergeben hatten.

Ich hatte das Gefühl, eine Gnadenfrist erhalten zu haben. Wenn man Krebs gehabt hat, wird man bei jedem Kopfweh oder sonstigem Schmerz misstrauisch, und wenn die Tests näher rücken, verstärkt sich diese Angst exponentiell.

»Die sind reine Routine«, hatte Gus mich zu beruhigen versucht.

»Nur bis sie es nicht mehr sind. Ich meine, wenn die Wahrscheinlichkeit, etwas zu finden, gleich null wäre, würden sie doch keine Tests durchführen. Und was ist, wenn sie etwas finden? Das gibt mir zu denken.«
»Du wärst eine schreckliche Ärztin. Es ist schon stressig genug, Entscheidungen über das zu treffen, was da ist. Wenn du noch alles bedenken würdest, was sein könnte, würdest du verrückt werden.«
Trotzdem hatte er ziemlich erleichtert geklungen, als ich ihn vorhin angerufen hatte, um es ihm mitzuteilen.

*

Es war unser erster gemeinsamer Valentinstag. Morgens war eine anonyme Karte in seiner Handschrift in meiner Wohnung eingetroffen. Ein riesiger Strauß langstieliger roter Rosen war in den Salon geliefert worden und hatte Kundinnen und Mitarbeiterinnen gleichermaßen beeindruckt. Ich machte mir etwas Sorgen, dass mein Geschenk für ihn – eine Jahreskarte für die Tate-Galerien – nicht romantisch genug sein könnte. Ich war mir nicht sicher, ob er zu den Männern gehörte, die den ganzen Herz-und-Blumen-Kram mitmachen, oder zu jenen, die verkünden, dass der Valentinstag zu kommerziell geworden sei. Ich hätte es wissen müssen, denn Gus war großzügig, und das andere ist normalerweise nur eine Ausrede für Kaltherzigkeit.

Unsere Beziehung lief gut. Ich machte mir keine Sorgen mehr darüber, er könnte bei dem kleinsten Fauxpas feststellen, dass er einen Fehler gemacht hatte. Er war eindeutig gestresst von der Arbeit, aber wenn wir zusammen waren, schien er sich zu entspannen. Meistens übernachtete ich bei ihm, und wenn er arbeitete, holte ich Schlaf nach und kümmerte mich in meiner Wohnung um die Wäsche.

Nachdem ich ein paar Wochen lang keine Hausaufgaben gemacht hatte, ging ich nicht weiter zu meinem Kurs für autobiografisches Schreiben. Irgendwie hing mein Herz nicht mehr an den Memoiren. Ich selbst las am liebsten Romane und ich hatte eine vage Idee für einen. Jedes Mal jedoch, wenn ich vor meinem uralten Laptop saß und über die Geschichte nachdachte, erinnerte ich mich mit einem kribbelnden Gefühl an etwas, das er gesagt oder getan hatte, und starrte mit einem albernen Lächeln ins Leere. Es war fast so, als müsste ich mir keine Liebesgeschichte mehr ausdenken, nachdem ich mein eigenes Glück gefunden hatte. Und überhaupt, sagte ich mir, wenn ich das Licht ausschaltete und den Schlaf herbeisehnte, damit die Stunden bis zu unserem Wiedersehen schnell vergingen, bis jetzt hatte ich immer nur Kurzgeschichten geschrieben. Wie sollte ich jemals auf hunderttausend Wörter kommen? Und wenn ich es schaffte, wer würde sie lesen wollen?

An den Wochenenden gingen wir zum Brunch zu Luis, bei schönem Wetter unternahmen wir anschließend lange Spaziergänge und wenn es kalt war, gingen wir in Galerien oder ins Kino. Ich genoss es, einfach in seiner Gesellschaft zu sein, ihm beim Kochen zuzusehen, beim Essen mit ihm zu plaudern, mit ihm in der Badewanne zu liegen und einander einfach nur anzusehen, ihm den Rücken einzuseifen und zu spüren, wie sich die Spannung in seinen Schultern löste. Sex war nicht länger der verzweifelte Versuch, den anderen zu verschlingen. Wir hatten gelernt, was uns erregte. Es hatte etwas zutiefst Intimes, reine Lust zu schenken und sich gegenseitig so zu berauschen, dass es sich anfühlte, als würden wir über der Welt schweben.

Als ich die Portobello Road hinaufging, an einer Schnur den prallen roten Luftballon in Herzform in der Hand, fühlte ich mich beschwingt. Es war noch hell, die Tage wurden länger und bald würden die ersten Kirschbäume blühen. Nirgendwo war es schöner als in London im Frühling.

Gus hatte mir einen Schlüssel gegeben, also schloss ich auf. Er war schon zu Hause und vor Erschöpfung ganz in sich zusammengesunken, doch als er mich sah, sprang er durch den Raum auf mich zu und umarmte mich so fest, dass ich den Ballon losließ und er an die Decke schoss.

Gus hatte einen Tisch in seinem Lieblingsrestaurant in Primrose Hill reserviert und bei unserer Ankunft begrüßte ihn der Besitzer wie einen alten Freund.

»Ciao, Gus! Mein bester Kellner aller Zeiten«, sagte er.

»Tess, das ist Salvatore, der beste Chef aller Zeiten! Als Student hab ich hier gearbeitet.«

Salvatore schüttelte mir die Hand. »*Bellissima!*«

Er führte uns zu einem Tisch in einer ruhigen Nische mit dem Wandbild eines Fensters, durch das in der Ferne eine auf einem Hügel gelegene italienische Stadt zu sehen war.

Das Menü bestand aus vielen kleinen Tellern, so eine Art italienische Tapas. Mir schmeckte das Risotto besser als die Meeresfrüchte, denn ich war noch nie Fan von Knoblauch oder Muscheln gewesen.

»Du bist ein echt billiges Date!«, sagte Gus.

Als wir eine Pause einlegten und über die Dessertauswahl nachdachten, kam eine Frau in weißer Kochkleidung aus der Küche. Gus stand auf und umarmte sie herzlich.

»Tess, das ist Stefania.«

»Freut mich, dich kennenzulernen«, sagte ich.

»*Piacere!*« Sie musterte mich von oben bis unten und nannte mich dann ebenfalls *bellissima!*

Als Gus sie fragte, woher die Langustinen stammten und wie sie sie zubereitet habe, weil sie so köstlich schmeckten, wurde mir klar, dass er hier seine Liebe zum Essen und zum Kochen entdeckt haben musste. Es gab noch so vieles, was ich nicht über ihn wusste, und ich fand es wunderbar, mehr darüber zu erfahren, was ihn als Menschen geprägt hatte.

Sie besprachen alle Rezepte, dann wandte sie sich an mich.

»Hat dir das Risotto geschmeckt?«

»Ich wusste gar nicht, dass Reis so köstlich sein kann!«

Sie lächelte.

»Tess und ich haben uns in Italien kennengelernt«, erzählte Gus ihr.

»In Florenz«, ergänzte ich.

»Hat dir Florenz gefallen?«

»Ja, ich finde es wundervoll.«

Ich erzählte ihr, dass ich mit 18 zum ersten Mal dort war, genau zu der Zeit, als Gus auch zum ersten Mal dort gewesen war. Ich hatte mit meiner Freundin Doll gezeltet, er mit seinen Eltern in einem schicken Hotel gewohnt. Unsere Wege hatten sich damals in der Basilika San Miniato al Monte gekreuzt, aber richtig kennengelernt hatten wir uns erst im letzten Sommer an eben diesem Ort.

»*Come una fiaba!*«, sagte sie.

Ich sah Gus an, damit er es mir übersetzte.

Er zuckte mit den Schultern.

»*E vissero felici e contenti*«, sagte sie und kniff mir in die Wange. »*Simpaticissima!*«

»Heißt das, sehr sympathisch?«, fragte ich ihn, nachdem sie wieder in der Küche verschwunden war.

»Nein, eher ganz reizend«, sagte er, beugte sich über den Tisch und nahm meine Hand. »Stefania hat eine sehr gute Menschenkenntnis. Sie und Salvatore waren wie eine Familie für mich ... wählen wir unsere *dolci*.«

Ich blickte auf die Speisekarte.

»Es muss Eis sein, oder?«, fragte ich.

»Aber nur zwei Geschmacksrichtungen«, sagte er und erinnerte sich an die Regel, die ich ihm in Florenz erklärt hatte. »Denn dein Mund ist immer zu kalt, um eine dritte Sorte zu schmecken!«

Er entschied sich für Haselnusseis und Zitronensorbet, genau wie an dem Tag, als wir das erste Mal miteinander gesprochen hatten.

Ich bereute es ein wenig, dass ich darauf bestanden hatte, nur zwei Sorten zu nehmen, und entschied mich schließlich für Schokolade und Erdbeere.

Seltsam, wie ein Geschmack einen an einen Ort und in ein Gefühl zurückversetzen kann, das man ganz vergessen hatte. Beim Anblick des italienischen Wandbilds hinter ihm und dem Geschmack von Erdbeeren auf meinen Lippen empfand ich dieselbe Euphorie wie damals, als ich an unserem ersten gemeinsamen Morgen die Fensterläden des wunderschön gestrichenen Zimmers geöffnet und über die Landschaft geblickt hatte.

Gus ergriff meine Hände.

»Lass uns nach Italien zurückfahren«, sagte er, als hätte er dieselben Gedanken gehabt.

»Ja.«

»Ich will dort leben«, sagte er, wie schon einmal an unserem letzten Urlaubstag in Assisi.

»Du kannst nicht von Sonne allein leben!«

Da ich die Sprache nicht beherrschte, könnte ich meine Fähigkeiten, ganz gleich welcher Art, dort nirgends einbringen. Und meine Ersparnisse würden nicht lange reichen.
»Darüber habe ich nachgedacht«, sagte Gus. »Wenn ich das Haus verkaufe, was Charlotte schon lange will, könnten wir einen Teil des Geldes dafür verwenden, uns eine Auszeit zu nehmen. Dann können wir in Ruhe entscheiden, was wir wirklich mit unserem Leben anfangen wollen.«
»Aber dann wäre ich von dir abhängig ...«
»Ich weiß, dass du das nicht willst, aber wenn du Zeit hättest, deinen Roman zu schreiben, könntest du es doch als Vorschuss auf zukünftige Einnahmen betrachten?«
Es rührte mich, wie sehr er an mein Potenzial glaubte, aber es war nicht sehr realistisch oder praktisch.
»Was ist mit den Mädchen?«
»Ich glaube nicht, dass sie etwas dagegen hätten, ihre Ferien in Italien zu verbringen. Wenn wir uns entscheiden zurückzukommen, kann ich immer noch irgendwo etwas Kleineres kaufen. Die Leute sagen immer, dass sie ihr Leben ändern wollen, tun es aber nicht, und dann ...« Er verstummte.
Plötzlich wurde mir klar, wie er darauf kam.
»Ich dachte, du denkst nicht darüber nach, was sein könnte«, sagte ich.

13. Kapitel

»Das ist eine tolle Idee.«
Dolls Reaktion überraschte mich, als ich sie am nächsten Tag anrief.
»Es kommt mir wie ein Traum vor.«
»Warum denken Frauen immer, dass alles Schöne, das ihnen widerfährt, nicht real ist?«, fragte Doll.
»Du hattest ein beschissenes Leben, Tess, du hast dir eine Auszeit verdient.«
Offenbar drückte sie so ihre Wertschätzung für Gus aus. Er war in ihrer Gunst gestiegen, nachdem er einen blauen Teddybär als Geschenk für Tommy geschickt hatte, nachdem Elsie den ursprünglichen weißen beschlagnahmt hatte.
»Was, wenn es nicht klappt?«
»Du hast immer einen Job, wenn du zurückkommst, falls es das ist, was dir Sorgen macht.«
»Was ist mit Hope?«
»Wie oft siehst du Hope in letzter Zeit?«
»Aber ich bin da, wenn sie mich braucht.«
»Es ist ein zweistündiger Flug. Ich werde dich vermissen, deine Familie wird dich vermissen. Du wirst uns vielleicht so-

gar auch ein bisschen vermissen. Ich finde, du solltest die Gelegenheit ergreifen ...«

Wenn die Leute *carpe diem* sagen, *nutze den Tag*, vergessen sie immer die zweite Zeile des Gedichts: *weil du vielleicht keinen weiteren erleben wirst*. Was sich mehr wie eine Drohung als wie ein weiser Rat anfühlen kann, wenn man Krebs gehabt hat.

Das Leben war gerade so schön, dass ich Angst vor einer einschneidenden Veränderung hatte. Doch als ich am Empfang stand und den reichen Frauen dabei zuhörte, wie sie sich über ihre Nagelhaut unterhielten, wurde mir klar, dass ich hier eigentlich nicht ich selbst war.

»Würdest du für eine Stunde übernehmen?«, fragte ich Aggie.

Ich rannte den ganzen Weg bis zu Gus' Haus. Vermutlich wachte er gerade auf, bevor er zur Nachtschicht aufbrach.

»Lass es uns tun!«, rief ich, rannte die Treppe hinauf und sprang neben ihm aufs Bett.

Im Nachhinein dachte ich unwillkürlich darüber nach, was gewesen wäre, wenn. Was, wenn ich nicht so lange gezögert hätte? Wenn der Flügelschlag eines Schmetterlings ein Unwetter auslösen konnte, dann hätte ich doch sicher etwas tun können, um den Lauf der Dinge zu ändern?

Vielleicht sucht jeder die Schuld irgendwie bei sich, wenn etwas Schlimmes passiert, auch wenn es völlig irrational ist. Vielleicht war, was in Gus vorging, nur eine millionenfach verstärkte Form dieser natürlichen menschlichen Reaktion?

Gus stand unter der Dusche und ich lag noch im Bett und fühlte mich glücklich und sinnlich. Der Sex war noch besser als sonst gewesen, weil ich eigentlich bei der Arbeit sein sollte.

Als sein Telefon klingelte, nahm ich es in die Hand und sah, dass es Charlotte war.

»Gus?«

Ein Handtuch um die Taille gewickelt kam er aus dem Bad, sein Haar tropfte.

Ich reichte ihm das vibrierende Telefon.

Ich konnte sehen, was hinter seiner Stirn vorging. Eigentlich wollte er den Anruf nicht annehmen, aber es könnte ja etwas mit den Mädchen sein. Schließlich wischte er über das Display.

»Charlotte? Ich war unter der Dusche. Nein, ich wollte gerade zur Arbeit gehen. Was ist los?«

Er klang ungeduldig.

»Nein ...« Er setzte sich auf die Bettkante. »Jetzt sitze ich.«

Als er für ein paar Momente zuhörte, konnte ich mein Herz in der Brust schlagen hören. Irgendetwas stimmte nicht.

»Wann? Woher weißt du das? Wer ist Marjorie? Mein Gott!«

Plötzlich sah er mich an, als hätte er ganz vergessen, dass ich da war.

»Kann ich dich zurückrufen?«

Als ich seinen Gesichtsausdruck sah, erschrak ich.

»Was ist passiert?«, fragte ich.

»Meine Mutter ist tot. Sie glauben, sie hatte eine Hirnblutung.«

14. Kapitel

Schwarz hat mir noch nie gut gestanden. Meine Mutter sagte immer, es würde meinem Gesicht die Lebendigkeit rauben. Aber ich wusste, dass ich mir in Marineblau nicht schick genug vorkommen würde. Ich war so schon nervös genug wegen der Beerdigung, auch ohne dass mich die Leute, die mich noch nie gesehen hatten, für respektlos hielten.

In den Geschäften hing die neue Sommerkollektion, sodass es schwierig war, etwas Passendes zu finden. Ich gab ein Vermögen für ein schickes Etuikleid mit kurzen Ärmeln und passender Jacke bei *Selfridges* aus; so etwas könnte Jackie O. getragen haben. In der Umkleidekabine blickte ich auf das Preisschild, als ob es sich irgendwie durch Zauberhand verändern würde, wenn ich es nur lange genug anstarrte. So viel Geld für etwas, das ich nur einmal tragen würde. Als ich beobachtete, wie die Verkäuferin es sorgfältig in Seidenpapier einschlug, kam mir der Gedanke, dass es vielleicht das Kleid war, in dem ich beerdigt werden würde. Ich fragte mich, ob jeder den Preis für ein Kleidungsstück durch die Anzahl der Male teilte, die es getragen würde, um es weniger teuer erscheinen zu lassen.

Ich entschied mich gegen Make-up, denn ich wollte nicht riskieren, dass mir Wimperntusche übers Gesicht lief.

Als der Leichenwagen vorfuhr, Gus und ich in seinem Wagen dahinter, stand Charlotte vor dem Krematorium. Sie war sofort als erwachsene Version von Flora zu erkennen. Ihre Haut strahlte dezent, ihre Lippen waren leicht mit Lipgloss geschminkt.

Sie war so schön, dass sie für eine Hautpflegeserie hätte werben können.

»Ein schöner Tag dafür!«, sagte sie.

Sie und Gus umarmten sich lange, bevor er sich daran erinnerte, dass ich neben ihm stand.

»Das ist Tess.«

»Du bist ganz anders, als ich erwartet hatte«, sagte sie und musterte mich von oben bis unten.

Das Kostüm war jeden Penny wert.

Am liebsten hätte ich gesagt: »Du bist genau so, wie ich es mir vorgestellt hatte. Möglicherweise sogar schlimmer.«

Stattdessen sagte ich: »Mein herzliches Beileid.«

Ein Sarg ist immer ein erschreckender Anblick. Ich konnte mich nicht bei Gus unterhaken, weil er die Ellbogen so fest an den Körper gepresst hatte, als würde er sich buchstäblich zusammenreißen. Wir folgten den Sargträgern in die Kapelle, wo mehrere Paare mittleren Alters und eine Gruppe tuschelnder Frauen in den Bänken saßen.

In einer leeren Reihe ganz hinten saß Gus' Vater. Er war kleiner, als ich erwartet hatte, und sein Haar war rötlich und grau. Er war einer jener Männer, die ohne eine gefügige Frau an ihrer Seite nicht ganz vollständig wirkten. Ich fragte mich, ob er freiwillig allein sitzen wollte oder ob er von diesen Leuten gemieden wurde, von denen einige sicher wussten, dass er mit einer anderen Frau durchgebrannt war.

Als Gus stehen blieb, um ihn zu begrüßen, sah sein Vater aus, als wüsste er nicht, ob er sich freuen oder traurig sein sollte. Als wir vorn ankamen, ging ich als Erste in die Reihe, dann Gus, dann Charlotte, die sich auch auf die andere Seite des Ganges hätte setzen können. Aber egal, wo sie saß, es wäre immer unangenehm gewesen.

»Weiße Blumen!« Plötzlich packte Gus mein Handgelenk so fest, dass es wehtat.

»Hast du die nicht ausgesucht?«, flüsterte ich. Hatte es beim Blumenhändler eine Verwechslung gegeben? Ich fühlte mich schuldig, weil ich ihn nicht mehr bei den Beerdigungsvorbereitungen unterstützt hatte. Er hatte allerdings sehr deutlich gemacht, dass er meine Unterstützung gar nicht wollte.

»Natürlich!«, sagte er und sah mich an, als ob ich dumm wäre.

Wer hat eigentlich zuerst entschieden, was auf einen Sarg gehört?, fragte ich mich. Mein Vater hatte ein ähnliches Bouquet für meine Mutter gewählt. Damals dachte ich, wie schrecklich meine Mutter es gefunden hätte, dass all die schönen Blüten abgeschnitten worden waren, um dieses steife, unnatürliche Gebilde aus ihnen zu formen.

Vielleicht hätte es Gus' Mutter gefallen? Abgesehen vom Trinken, hatte sie auf mich ziemlich konventionell gewirkt. Wussten alle hier, dass sie Alkoholikerin gewesen war? Sie war erst 66 gewesen, was jung zum Sterben war, wenn man keinen Krebs hatte.

Als der Pfarrer angerufen hatte, um Gus zu fragen, ob er beim Gottesdienst etwas sagen oder vorlesen wollte, hatte er geantwortet: »Ich glaube nicht.«

Dieser Satz hatte so emotionslos geklungen, dass ich dachte, ich würde ihn gar nicht kennen. Als ich nun dem Pfarrer zuhörte, wie er eine Grabrede für eine Frau hielt, die er nie kennengelernt hatte, nur auf Grundlage der kurzen Biografie, die Gus ihm gegeben hatte, tat mir die Frau im Sarg leid. Vielleicht war sie verklemmt gewesen, aber eine Beerdigung ohne Emotionen erschien mir doch etwas seltsam. Die einzige Person, die weinte, war ich und ich war ihr nur ein Mal begegnet.

Der Vikar schloss mit dem Abschnitt aus dem Korintherbrief über Glaube, Hoffnung und Liebe.

»Die Liebe ist langmütig und freundlich, die Liebe eifert nicht, die Liebe treibt nicht Mutwillen, sie bläht sich nicht auf, sie verhält sich nicht ungehörig, sie sucht nicht das Ihre, sie lässt sich nicht erbittern, sie rechnet das Böse nicht zu, sie freut sich nicht über die Ungerechtigkeit, sie freut sich aber an der Wahrheit.«

Die Wahrheit ist, dachte ich, dass es hier keine Liebe gibt.

*

Draußen hatte Gus' Vater es eilig wegzukommen und verriet, dass seine zweite Frau Zwillinge erwarte.

»Meine Güte, da haben Sie aber ganz schön zu tun«, sagte ich.

Hoffentlich klang es nicht so, als wollte ich damit andeuten, dass er zu alt dafür war, auch wenn er es war. Ich spürte, wie sich Gus anspannte, weil er mich zu aufdringlich fand.

»Sie müssen uns besuchen kommen«, sagte er, wobei er mir auf den Mund und nicht in die Augen schaute, was bei einem Zahnarzt wahrscheinlich unvermeidlich war. Zum Glück haben wir alle gute Zähne in unserer Familie.

Der Leichenschmaus fand in einem schönen Landhaushotel statt, es gab Sandwiches und Macarons in hellen, eleganten Farben: Mandel, Pistazie, Rose.

Gus machte die Runde und bedankte sich bei allen für ihr Kommen. Er schien nur sehr wenige Leute zu kennen, sodass es für mich genauso einfach war, ein höfliches Gespräch zu führen wie für ihn. Daran, wie sie Charlotte musterten, erkannte ich jedoch, dass einige verwirrt waren. Stellte sie sich als die Schwiegertochter vor? Offensichtlich hatte sie jedes Recht dazu. Da Gus sich nicht die Mühe machte, mich vorzustellen, wusste ich nicht, welchen Status ich eigentlich hatte. Die liebevolle Zugewandtheit, die ich von ihm gewohnt war, schien Gereiztheit gewichen zu sein.

Marjorie, eine Nachbarin seiner Mutter, kippte um elf Uhr morgens den Weißwein in sich hinein. »Aber Caroline hat mir immer erzählt, ihr Sohn sei tot«, sagte sie und klang dabei so erfreut und überrascht, als wäre Gus wiederauferstanden.

Ich hatte Mitleid mit Gus' Mutter empfunden, die nicht über den Tod ihres älteren Sohnes hinwegkommen konnte, und nie ganz geglaubt, dass sie Gus nicht geliebt hatte, wie er behauptete. Doch dies war der Beweis für ihre Gleichgültigkeit. Als er höflich aber mit leerer Miene Marjorie die Hand schüttelte, kippten meine Gefühle und ich wollte ihn um jeden Preis beschützen.

*

Angehörige der Mittelschicht wissen zumindest, wann sie zu gehen haben. Der Leichenschmaus meiner Mutter hatte bis weit in die Nacht gedauert und alle amüsierten sich so gut, dass sie vergaßen, warum sie überhaupt da waren.

Nach etwa einer Stunde angemessen gedämpfter Gespräche begannen die Leute, ihre Teller abzustellen und durch die Lobby nach draußen zu gehen.

Als der Raum leer war, schlenderte Charlotte zu uns herüber. »Das ist doch ganz gut gelaufen, oder?«, fragte Gus.

»Absolut!«, erwiderte Charlotte und sah auf ihre Uhr. »Ich habe den Termin mit dem Notar für zwei Uhr angesetzt.«

Während sie in der Kanzlei waren, wartete ich im Auto und war froh, dass ich ein Buch mitgebracht hatte. Als sie schließlich wieder herauskamen, erklärte mir Gus, dass wir Charlotte zum Flughafen bringen würden.

»Willst du vorn sitzen?«, fragte ich sie, ohne zu erwarten, dass sie Ja sagen würde.

Auf dem Rücksitz kam ich mir vor wie ein Kind, das einem Gespräch seiner Eltern lauscht, das eigentlich nicht für seine Ohren bestimmt ist. Soweit ich es heraushören konnte, hatte die Mutter alles Flora und Bella in Form eines Treuhandfonds hinterlassen. Gus und Charlotte sollten gemeinsam darüber verfügen. Gus' Mutter hatte es also geschafft, die beiden wieder zusammenzubringen.

Als wir Charlotte absetzten, blieb ich im Auto, damit sie sich in Ruhe verabschieden konnten, hörte jedoch, wie sie sagte: »Du weißt ja, wo du mich findest.«

Die Art, wie sie das sagte, schien eine leichte Anspielung zu enthalten. Vielleicht erwartet man als schöne Frau, dass die Männer einen begehren, und merkt gar nicht, dass man flirtet, aber ich tat mich schwer, hier im Zweifel für die Angeklagte zu stimmen.

»Ich koche uns einen Tee«, sagte ich nach der langen Fahrt, als wir wieder bei Gus waren.

»Warum glauben die Leute immer, dass Tee die Antwort auf alles ist?«

»Lieber einen Drink?«

»Nicht jetzt.«

Vielleicht war das kein angemessener Vorschlag gewesen. Die Obduktion hatte ergeben, dass seine Mutter Alkoholikerin im fortgeschrittenen Stadium gewesen war.

Ich war es gewohnt, auf Zehenspitzen um Männer herumzutippeln, da ihr Schweigen jeden Moment in einen Gewaltausbruch umschlagen konnte. Aber ich hätte nie gedacht, dass ich das einmal bei Gus tun würde.

Er starrte vor sich hin und sah mir nicht in die Augen. All die aufgestauten Emotionen ließen die Luft im Raum stickig wirken.

»Würde es helfen, darüber zu reden?«, fragte ich sanft.

»Worüber?«

»Deine Mutter ...«

»Sie ist tot, das hat also nicht mehr viel Sinn.«

Alles, was er sagte, schien einen unterschwelligen Vorwurf zu enthalten.

Ich wusste, dass das manchmal passierte, wenn man versuchte, nicht zu weinen. Vielleicht musste er allein sein. Es war ein langer Tag gewesen.

»Ich gehe mal, damit du ein bisschen schlafen kannst«, sagte ich. An der Tür zögerte ich jedoch, denn irgendwo in meinem Hinterkopf meldete sich ganz leise Angst. Es war wie das Quieken einer Maus, das man zu ignorieren versucht, in der Hoffnung, dass man es sich nur einbildet.

Gus schien nicht einmal zu bemerken, dass ich ging. Als ich mich an der Tür umdrehte, um ihm zum Abschied zuzulächeln, sah ich, dass der Herzballon fast auf den Boden gesunken war, die pralle, glänzende Hülle war nun zerknittert und stumpf.

Die Kirschblüte, die wir nicht hatten genießen können, war fast vorbei und die Rinnsteine füllten sich mit rosa Schnee. Als ich die Straße hinunterging, hörte ich ein seltsames Heulen, das sich wie ein leidendes Tier anhörte. Wie erstarrt drehte ich mich um und schwankte zwischen dem Wunsch, zu ihm zurückzulaufen und ihn zu trösten, und ihm Raum zu geben.

Und dann kamen die Schluchzer und ich dankte der Mutter Gottes, dass sie ihm endlich erlaubte, seinen Kummer herauszulassen.

Doch man sollte aufpassen, was man sich wünscht.

Gus

15. Kapitel

Ich starrte auf den Boden der großen Ziervase.
»Was ist das, Angus?«
»Zerbrochenes Porzellan...«
»Ich weiß, was das ist! Wie kommt es dorthin?«
»Es gibt genügend Teller...«
»Du böser kleiner Junge! Dass du die Beweise versteckt hast, ist schlimmer, als dass du mein gutes Service zertrümmert hast.«
»Wie ein Mörder!«, sagte Ross.
»Hört auf! Hört auf! Lasst mich in Ruhe!«
Ich wachte von meinem Geschrei auf. Hatte ich geschlafen? Anscheinend war ich zwei U-Bahn-Haltestellen zu weit gefahren. Hatte ich geschrien? Ich sah mich im Waggon um. Alle blickten auf ihre Handys. Ein Mann hielt eine Zeitung in der Hand. Ignorierten sie mich absichtlich?

Ich stieg aus und ging zum anderen Bahnsteig. Der nächste Zug sollte in zwei Minuten fahren. Ich würde zu spät kommen. Der Bahnsteig füllte sich immer mehr. Ich schaute auf die Anzeigetafel. Immer noch zwei Minuten. Wäre ich schneller, wenn ich zur Arbeit lief? Die Leute drängten mich immer näher an die Gleise. Ich blickte nach unten. Es war, als würde sich der

Boden unter den Schienen bewegen, denn die Gleise begannen zu rasseln und den dünnen, hohen Ton eines herannahenden Zuges zu singen. Ich konnte nicht erkennen, ob es sich bei den Wesen, die unter den Gleisen herumliefen, um Mäuse oder Ratten handelte. Wie verrückt, dachte ich, als der Zug mit einem dumpfen Knall durch die Tunnelöffnung brach und heiße, abgestandene Luft ausstieß. Mir schoss der Gedanke durch den Kopf, wie leicht es wäre, sich fallen zu lassen oder einfach einen Schritt nach vorn zu machen.

Die Ampel war auf Grün umgesprungen und ich stand immer noch mitten auf der Straße vor dem Krankenhaus. Ein Bus rollte auf mich zu. Ein Lastwagenfahrer hupte.

Ein Lieferbote auf einem Roller sauste an dem Bus vorbei und verfehlte meine Füße nur um wenige Zentimeter.

Ich klammerte mich neben der offenen Autotür an die Beine meiner Mutter, mein Vater saß vorn und ließ den Motor aufheulen.

»Zwingt mich nicht, wieder zur Schule zu gehen, bitte zwingt mich nicht ...«

»*Reiß dich zusammen, Angus! Du bist jetzt ein großer Junge!*«

»Ich bin erst acht!«

»*Was stimmt nicht mit dir?*«

Reiß dich zusammen.

»Einen doppelten Espresso, bitte.«

Ich wollte mir bei Costa, gleich am Eingang des Krankenhauses, einen Kaffee kaufen.

Warum sah mich der Barista so an?

Wie lang war die Schlange, die sich hinter mir gebildet hatte?

»Zahlen Sie mit Karte?«

»Oh, Entschuldigung, ja!«

Ich rührte einen Teelöffel Zucker in die heiße dunkle Flüssigkeit. Trank sie in einem Zug aus. Spürte die Wirkung.
»Jetzt ist es besser!«, sagte ich zu niemandem Bestimmten.
Der Nächste in der Warteschlange hinter mir wich ein Stück zurück.

Ich zögerte, mein Schließfach zu öffnen, weil ich nicht wusste, was mich darin erwartete. Ross musste sich eine Kopie meines Schlüssels besorgt haben, denn ich fand dort oft unerwünschte Geschenke. Einmal war es eine einzelne Garnele ganz hinten im Schrank und ich wunderte mich, warum all meine Sportsachen so ekelhaft stanken.

Er war leer. Ein Krankenhausspind. Kein Schulspind. Ich musste nicht mehr zur Schule gehen.

Ich zog mich aus und holte mir eine frische Uniform aus dem Automaten.

Im Spiegel sah mein Gesicht normal aus.

»Hallo! Ich bin Gus, einer der Ärzte«, sagte ich zu meinem Spiegelbild.

Gut. Mir ging es gut.

»Ich habe heute gar nicht mit Ihnen gerechnet«, sagte die Schwester am Empfang.

»*Ich habe nicht so bald mit dir gerechnet*«, sagte meine Mutter.

»Nun, jetzt bin ich da.«

»*Wo ist Ross?*«

»Der fährt noch Ski.«

»Wie bitte?«, fragte die Schwester. »Sie haben die Übergabe verpasst.«

Ich blickte auf die Uhr. Es war halb zehn. Ich sollte vor acht Uhr da sein. Wo war die Zeit geblieben?

»Ich bin mit der Gondel gekommen. Ich meine mit der U-Bahn ...«

»Geht es Ihnen gut, Dr. Macdonald?«

»Ja, danke«, erwiderte ich eilig.

»Sind Sie sicher?«

»Haben Sie keine Patienten, um die Sie sich kümmern sollten?«, blaffte ich.

Sie drehte sich um und marschierte davon.

Ich nahm mir die Unterlagen der nächsten Patientin.

»Guten Morgen!«, sagte ich und zog den Vorhang zum Behandlungsraum zurück. »Sie fühlen sich nicht gut? Halsschmerzen ...«

»Nicht ich«, sagte die Frau. »Meine Tochter.«

Ein kleines Mädchen lag auf dem Bett. Ich untersuchte sie kurz, schaute in ihren Hals, betastete ihre Lymphdrüsen und horchte ihre Brust ab.

»Sieht nach einer schlimmen Mandelentzündung aus. Wahrscheinlich ein Virus. Viel Flüssigkeit ...«

»Wie ich Ihrer Kollegin schon sagte, ist es sehr schwierig, sie zum Trinken zu bewegen. Sie hat schon seit Tagen sehr hohes Fieber. Sie ist nicht sie selbst.«

»Kein Wunder mit so einem Hals. Ich werde die Schwester bitten, einen Abstrich zu machen ...«

»Aber sind Sie denn nicht besorgt?«

»Eine Mandelentzündung kann sehr schmerzhaft sein, aber sie sollte in ein paar Tagen abklingen ...«

»Was ist das für ein Geruch?«, fragte die Frau.

In der nächsten Kabine stank es wie in der Herrentoilette eines heruntergekommenen Pubs, eine stechende Mischung aus Urin und abgestandenem Bier. Ich spähte durch den Vorhang. Einer der Obdachlosen, die wir regelmäßig betreuten, war gestürzt und hatte sich das Kinn aufgeschlagen.

»*Ich kann dir die Zähne richten, aber nicht deine Lunge*«, sagte mein Vater, als er mich beim Rauchen erwischte.
»Wir können Ihre Knochen richten, aber nicht Ihre Leber«, sagte ich zu dem Mann.

Was für eine lächerlich banale Warnung für jemanden, dessen einziges Vergnügen in einer Dose Bier bestand. Warum hatte ich meine Mutter nie auf ihre Trinkerei angesprochen?
»*Ich bin sehr enttäuscht von dir, Angus!*«

Ich kehrte an den Schreibtisch zurück.
»Was haben Sie der Patientin in Kabine 13 gesagt?«, fragte die Schwester. »Sie hat ihr kleines Mädchen mit nach Hause genommen.«
»Ich habe Sie gebeten, einen Abstrich zu machen ...«
»Das haben Sie nicht.«
»Tut mir leid, ich war von dem heftigen Gestank abgelenkt!«
»Mike möchte Sie in seinem Büro sprechen.«
»*Du hast also beschlossen, uns mit deiner Anwesenheit zu beehren, Angus?*«, *fragte mein Schulleiter.*
»Er hat also beschlossen, uns heute mit seiner Anwesenheit zu beehren?«, fragte ich.

Die Krankenschwester schien unser übliches Geplänkel heute überhaupt nicht lustig zu finden.
»Haben Sie die Patientin in Kabine 13 entlassen?«, wollte Mike, der Oberarzt, wissen.

»Ich nehme an, sie hat sich selbst entlassen ...«
»Nachdem sie mit Ihnen gesprochen hat. Sie war nicht Ihre Patientin. Die Ärztin, die sie untersucht hat, vermutete eine virale Lungenentzündung und hatte sie an mich übergeben. Ich wollte sie gerade untersuchen ... Jetzt ist sie weg, also hoffen wir, dass es keine Lungenentzündung war. Bei einem Kind

in diesem Alter kann sich der Zustand schnell verschlechtern. Was machen Sie überhaupt hier? Sie stehen nicht im Dienstplan ...«

»Entschuldigung, ich bin etwas durcheinander.«

»In dieser Abteilung können wir es uns nicht leisten, durcheinander zu sein, Gus. Was ist los? Die Krankenschwestern sagen, Sie hätten sich merkwürdig verhalten ...«

»Wer genau?«

»Ich werde keine Namen nennen.«

»*Man hat uns berichtet, dass du rauchst.*«

»Wer hat das berichtet, Sir?«

»*Ich werde keine Namen nennen.*«

»Sie können meinen Spind durchsuchen, wenn Sie wollen, aber da werden Sie nichts finden ...«, sagte ich.

»Wie bitte?«, fragte Mike.

»Es tut mir leid«, sagte ich.

»Geht es Ihnen gut? Wir machen uns etwas Sorgen um Sie.«

»Warum?«

»Sie wirken irgendwie verändert.«

»Wie verändert?«

»Abwesend. Unhöflich.«

»Wie ein Vorgesetzter?«

»Was?«

»Nichts.«

»Nicht wie Sie ...«

»Das ist eine Diagnose, oder?«

»Wahrscheinlich ist sie genauer als die, die Sie gerade abgegeben haben. Probleme zu Hause?«

Woher wusste er das?

»Nein.«

»Sicher?«

»Die Beerdigung hat mehr Organisation erfordert, als ich erwartet hatte.«

»Sie hatten einen Trauerfall?«

»Meine Mutter ist vor drei Wochen gestorben.«

»*Ihre Mutter ist jetzt bereit.*«

Der Bestatter hatte mich in die Aufbahrungshalle geführt. Er nannte sie ständig »Mutter«, als wäre er ihr Sohn und nicht ich.

Ich konnte nur ihr Gesicht sehen. Der Rest von ihr war mit einer Art lila Leichentuch bedeckt. War sie darunter nackt oder trug sie so etwas wie einen Krankenhauskittel? Oder Kleidung? An ihrem Mund war eine Plastikklammer angebracht, damit er nicht offen stand. Sie verlieh ihr ein unnatürliches schwaches Lächeln, sodass ich mich einen Moment lang fragte, ob sie das überhaupt war.

»*Ich bin sehr enttäuscht von dir, Angus.*«

»Es tut mir leid.«

Mehr fiel mir nicht ein.

Ich beugte mich vor, um sie auf die Wange zu küssen. Sie war so kalt wie ein rohes Huhn im Kühlschrank.

»Mach's gut!«

Ich konnte sehen, dass der Bestatter überrascht war, wie schnell ich wieder aus der Kapelle kam. Fast kam es mir so vor, als sollte ich noch mal zurückgehen, um den Aufwand wertzuschätzen, den es ihn gekostet hatte, sie aus dem Lager zu holen und herzurichten.

»Es tut mir leid«, sagte ich.

»*Es gibt keinen richtigen oder falschen Weg*«, sagte er mit einer beruhigenden Gelassenheit, die mir das Gefühl gab, dass es den sehr wohl gab.

»Es tut mir leid, das zu hören«, sagte der Oberarzt.
»Es gibt keinen richtigen oder falschen Weg.«
»Wie bitte?« Er sah verärgert aus.
»Es tut mir leid«, sagte ich wieder.
»Ich glaube, Sie sollten Urlaub nehmen.«
»Mir geht es absolut gut.«
»Das ist keine Bitte, Gus, das ist eine Anordnung. In diesem Zustand sind Sie eine Gefahr. Gehen Sie nach Hause.«

Nellie der Elefant …
Ross und ich machten einen Lebensrettungskurs in dem Segelclub auf der Isle of Wight, wohin wir immer in den Sommerferien fuhren. Dort gab es zwei seltsame Puppen mit offenen Mündern und aufblasbaren Säcken in ihren Torsos, an denen wir die Wiederbelebung üben sollten.

Die letzte Person, die an meiner Puppe geübt hatte, musste vorher ein Curry gegessen haben.

Wir sollten uns an dem Rhythmus von *Nellie der Elefant* orientieren. Ross sang es die ganze Zeit im Auto auf dem Rückweg zu dem Ferienhaus, das wir immer mieteten.

»Angus hat seine Puppe sterben lassen!«, berichtete er meinem Vater.

»Sie hat furchtbar geschmeckt.«

»Man darf doch niemanden umbringen, nur weil er Mundgeruch hat. Andernfalls hätte ich eine Menge toter Patienten!«

Die beiden lachten lauthals. In anderen Familien schien Lachen eine verbindende Wirkung zu haben. In meiner wurde es benutzt, um mich auszugrenzen.

»Du wirst ein toller Arzt werden«, sagte Ross.

»Ich will sowieso kein Arzt werden.«

»Das ist auch gut so!«

»Hör auf! Lass mich in Ruhe!«
»Alles in Ordnung, Kumpel?«, fragte der Mann, der mir gegenüber in der U-Bahn saß.
Durch das Fenster hinter ihm konnte ich mein Spiegelbild in Ross' Skibrille sehen.
Es fiel dichter Schnee.
»*Wer als Letzter unten ist, zahlt die Drinks*«, rief er und fuhr bei *Los!*, während ich noch beim *Auf die Plätze!* hing, so wie jedes Mal, wenn wir gegeneinander antraten.
Fast wäre ich ihm gefolgt, aber ich bin ihm nicht gefolgt. Stattdessen nahm ich die Skier ab und stieg wieder in die Gondel nach unten, aber sie war stickig. Unter mir sah ich nur reinen weißen Schnee, der aufstieg und mich erdrückte.

Ich stand auf dem Bürgersteig vor der U-Bahn-Station Lancaster Gate, zwei Haltestellen von Notting Hill Gate entfernt, und wusste nicht, was ich dort wollte.
Einen Spaziergang machen, um meine Gedanken zu klären. Ich beschloss, durch den Park auf der anderen Seite der Straße zu gehen. Als ich auf die Fahrbahn trat, kam ein Auto mit quietschenden Reifen zum Stehen.
»*Um Gottes willen, reiß dich zusammen, Angus!*«, rief mein Vater vom Fahrersitz aus.
Woher wusste er, dass ich hier war?
Im Park sauste ein Radfahrer an mir vorbei, der über seine Schulter schaute und mich beschimpfte. Ross' Gesicht drehte sich zu mir um, als er durch die weiße Landschaft raste und den entscheidenden Sekundenbruchteil verlor, den er brauchte, um nicht gegen den aufragenden Baum zu prallen.
Schnee auf dem Boden.
Nein. Blüten, die von den Bäumen gefallen sind.

Der schönste ist der Kirschenbaum, man sieht's Gezweig vor Blüten kaum.
Meine Mutter lächelte beim Tag der offenen Tür in der Schule im Publikum.
»Den nächsten Teil hab ich vergessen.«
Er steht am Waldrand, trägt als Kleid weiße Tracht zur Osterzeit ...
»Was ist falsch an weißen Blumen?«
»Sie bringen Unglück ins Haus.«
Warum folgte sie mir?
Ich begann zu laufen.
Ich schlug die Tür hinter mir zu und stemmte mich von innen mit dem Rücken dagegen.
Die Dielen waren mit Scherben bedeckt, sie waren mit weißen Weihnachtssternen verziert, doch als ich mich hinkniete und verzweifelt versuchte, sie aufzusammeln, schmolzen sie.
Ich lag auf dem Sofa.
Ross' Leiche wird auf einer Bahre den Berg hinuntergebracht.
»*Warum hast du ihn allein Ski fahren lassen?*«
Die Leiche meiner Mutter liegt in ihrem Sarg und erstickt unter dem Gewicht der weißen Blumen.
»*Nehmen Sie Urlaub, bevor Sie noch jemanden umbringen! Das ist keine Bitte, Gus, das ist eine Anordnung!*«
Nellie der Elefant ...
»*Man darf doch niemanden umbringen, nur weil er Mundgeruch hat!*«
Mein Bruder ist tot, meine Mutter ist durch meine Nachlässigkeit gestorben und jetzt stirbt ein Kind mit Lungenentzündung meinetwegen.
Trump, trump, trump!

Der U-Bahn-Zug rast auf mich zu, der Roller mit dem Lieferboten schrammt nur Zentimeter an mir vorbei.

Jemand klopft an die Tür.
Die Türklingel geht.
Ein Schlüssel im Schloss.
»Gus! Was *machst* du denn da?«
Auf dem Küchentresen zwischen uns Blisterpackungen von Paracetamol, Ibuprofen, Naproxen, die von einer Tennisverletzung übrig geblieben waren, eine alte Flasche Calpol, Toilettenreiniger, Bleichmittel, eine offene Flasche Sancerre.
»Lass mich allein!«
»Nein, ich lasse dich nicht allein!«
Das Gestell mit den japanischen Messern. Sehr scharf. So offensichtlich. Warum hatte ich daran nicht gedacht? Unschön, aber effektiv. Man muss an der Vene entlangschneiden. Ich habe genug gescheiterte Versuche von Patienten gesehen, die quer geschnitten hatten.
»Leg das Messer weg, Gus!«
»Bitte geh, Tess! Du darfst nicht hier sein!«
»Ich gehe nirgendwo hin!«
»Ich bin gefährlich, Tess! Halt dich von mir fern!«

Tess

16. Kapitel

Als ich noch ein kleines Mädchen war, stand ich eines Sonntagnachmittags mit meiner Mutter in der Küche und backte einen Apfelkuchen. Das waren die besten Zeiten, wenn wir beide einfach über dies und das plauderten. Sie zeigte mir, wie man den Teig ausrollt und den Rand zwischen Finger und Daumen eindrückt. Vielleicht lief im Hintergrund das Radio, vielleicht auch nicht. Ich kann mich nur daran erinnern, wie friedlich es war.

Dann ging plötzlich die Haustür auf und noch bevor sie zuschlug, spürten wir die Wut, die von meinem Vater ausging. Wir wussten beide, was kommen würde. Der rote Nebel, wie meine Mutter es zu nennen pflegte.

Er hatte im Pub getrunken und die Barfrau hatte eine beiläufige Bemerkung gemacht, aus der hervorging, dass mein ältester Bruder Kevin nicht nur schwul sei, sondern dass es auch alle außer Dad wussten.

Er riss Mum das Nudelholz aus der Hand, schwang es wie einen Knüppel durch die Luft und schlug es auf die Tischplatte, sodass die Rührschüssel nach oben sprang.

»Geh, Tess, geh!«, flüsterte meine Mutter.

Aber ich hatte solche Angst, dass er sie umbringen würde, dass ich auf seinen Rücken sprang, die Arme um seinen Hals schlang und ihn so fest und schnell trat, wie ich konnte. Ich kann nicht älter als neun gewesen sein, denn ich trug noch edle Start-Rite-Schuhe. Ab meinem zehnten Lebensjahr wuchsen meine Füße innerhalb eines Jahres um mehrere Größen. Die Schuhspitzen, die ich in seine Kniekehlen hämmerte, waren erstaunlich fest und müssen ihm so wehgetan haben, dass er innehielt. Er riss meine Arme von seinem Hals und schlug mit dem Nudelholz nach mir, bevor er zur Besinnung kam. Der rote Nebel verflog, aber ich glaube nicht, dass er mir die Demütigung je ganz verziehen hat.

Jetzt bedrohte mich ein anderer Mann mit einer Waffe, aber ich konnte irgendwie in Gus' Augen lesen, dass er mich nicht verletzen wollte. Trotzdem hatte ich mehr Angst als jemals zuvor. Es ist erschreckend zu sehen, dass die Person, die man liebt, so darauf erpicht ist, sich etwas anzutun, dass sie auf einen losgehen will, wenn man sie davon abzuhalten versucht.

Ich hörte mich selbst sagen: »Wenn du das nicht weglegst, rufe ich die Polizei!«

»Nein!«

»Doch.«

Ich begann, 9 9 zu wählen ...

Er ließ das Messer fallen und riss mir das Telefon aus der Hand.

Ich hob das Messer auf und fegte hektisch alle Pillenpackungen auf den Boden.

»Was machst du da?«

»Ich lasse das nicht zu.«

»Ich bin gefährlich! Ich habe ein Kind getötet. Meine Mutter. Ross. Alles meine Schuld ...«

Er redete wirres Zeug.

Seine Augen waren weit aufgerissen und funkelten entsetzt, als würde er einen Horrorfilm sehen.

»Gus!«, schrie ich und versuchte, ihn von dort zurückzuholen, wo auch immer er sein mochte.

Seit dem Tod seiner Mutter hatte er sich seltsam verhalten, aber das hatte ich auf die Trauer geschoben. Dieses irrationale Verhalten war etwas anderes – als ob sich seine Persönlichkeit auf eine Weise auflösen würde, die ich nicht verstand.

Dennoch blieben bestimmte Teile seines Charakters erhalten. Die Tatsache, dass er zu höflich war, um etwas Schreckliches zu tun, solange ich da war.

»Bitte gib mir mein Handy zurück, Gus.«

»Nur wenn du versprichst, keinen Arzt zu rufen.«

»Versprochen.«

Ich nahm das Telefon mit ins Bad und schloss die Tür ab. Dann rief ich Marcus an. Da Nash in Los Angeles war, war er der Einzige, der Gus zur Vernunft bringen konnte.

Es stellte sich heraus, dass Gus ihm nicht einmal vom Tod seiner Mutter erzählt hatte. Zu meiner großen Erleichterung bot er mir an, von seinem Büro in der City aus direkt herzukommen.

Ich ließ sie allein, aber Marcus konnte auch nicht zu Gus durchdringen, und als er ihn vorsichtig überreden wollte, einen Arzt aufzusuchen, befahl Gus ihm zu gehen.

»Was sollen wir tun?«, fragte ich Marcus, als wir beide wie Evakuierte bei einem Feueralarm draußen auf der Straße standen.

»Ich finde, wir sollten Charlotte anrufen.«

Ich hatte sie nie als Ärztin betrachtet, doch sie sprach so distanziert und pragmatisch mit mir, wie es typisch für ihren Beruf war.

»Das klingt nach einer Depression«, sagte sie. »Sie kann oft mit einer Psychose einhergehen. Du musst ihn schnell zu seinem Hausarzt bringen, sonst wird es nur noch schlimmer.«

»Glaub mir, das hab ich versucht, Marcus hat es auch versucht ...«

»Gus ist wahrscheinlich immer noch bei unserer Ärztin von früher. Ich werde mal sehen, ob ich sie zu einem Hausbesuch überreden kann. Halt mich auf dem Laufenden, was passiert.«

»Gus weiß nicht, dass ich mit dir spreche. Ich glaube nicht, dass er will ...«

»Er ist der Vater meiner Töchter«, unterbrach sie mich. »Ich werde nicht zulassen, dass er ihr Leben ruiniert, indem er sich umbringt.«

Sie stand zu ihrem Wort und schaffte es, die Hausärztin zu überreden, noch am selben Abend zu kommen. Sie verschrieb Antidepressiva und sagte, sie würde Gus in die psychiatrische Abteilung des örtlichen Krankenhauses einweisen.

Allen war klar, dass Gus nicht allein gelassen werden sollte, bis man die richtige Kombination von Medikamenten gefunden hatte, was ein längerer Prozess war – man musste ausprobieren, beobachten und abwarten.

Ich hatte gewusst, dass eine Depression eine ernsthafte Krankheit war, aber ich dachte immer noch, es ginge im Wesentlichen darum, dass man traurig war. Sehr traurig.

Doch das stimmt überhaupt nicht.

Psychische Krankheiten haben ihr eigenes Vokabular. Der Begriff »Katastrophisierung« beschreibt eine Art Hineinsteigern in ängstliche Gedanken, die den Patienten verführen und dann gefangen halten. In Gus' Fall schien das in etwa so auszusehen: Als schlechter Bruder und pflichtvergessener Sohn war er ungeeignet, Arzt zu sein; wenn er einen Fehler machte, durfte er nie wieder arbeiten, was bedeutete, dass er sein Zuhause, seine Kinder und mich verlieren würde.

»Warum verstehst du das nicht?«, schrie er mich jedes Mal an, wenn ich versuchte, ihn zu beruhigen.

Später lernte ich, dass Beschwichtigungsversuche toxisch sind, weil sie die Wahnvorstellungen des Patienten nur verstärken.

Gus dachte, dass seine Schwächen bald aufgedeckt und zu Schande und Ruin führen würden. Seine ganze geistige Energie war darauf gerichtet, dem Unvermeidlichen zu entgehen, was aber nie eintreten würde, weil es ja überhaupt nicht stimmte. Dies wird als Ruminieren bezeichnet.

Die ersten Medikamente schalteten ihn quasi aus. Es war zwar erleichternd, nach dem Wahnsinn etwas Ruhe zu haben, aber es machte mich traurig, dass er auf eine andere Art verschwunden war. Es war, als hätte es einen Stromausfall gegeben und alle kleinen Videobildschirme von seinem Charakter wären leer. Nur ein geisterhafter Schatten von ihm war übrig geblieben, wie der auf dem Fernsehbildschirm, auf den er den ganzen Tag starrte, auch wenn er nicht eingeschaltet war.

*

Doll war so nett, mir eine Auszeit zu gewähren, auch wenn ich mich nicht überwinden konnte, ihr alles anzuvertrauen. Doll konnte das mit Gus kaum nachvollziehen. Alles, was ich über ihn gesagt hatte – dass er zuverlässig sei, fürsorglich und lustig –, traf jetzt ganz offensichtlich nicht mehr zu und wenn ich das zugab, musste ich zugeben, dass ich ihn auch nicht verstand.

Ich schrieb immer noch den Dienstplan, versuchte, den Überblick über die Lagerbestände zu behalten, raste einmal am Tag die Straße hinunter, um die Kasse zu kontrollieren, das Bargeld auf die Bank zu bringen und dafür zu sorgen, dass der Salon sauber und aufgeräumt war. Nachdem Gus nach einigen Wochen keine erkennbaren Fortschritte machte, war klar, dass ich nicht in der Lage sein würde, die Arbeit in nächster Zeit ordnungsgemäß zu erledigen. Doll stellte vorübergehend einen Filialleiter namens Ash ein, den sie bereits als Ersatz für mich aufgetan hatte, als wir planten, nach Italien zu gehen – ein Plan, der jetzt zu einem anderen Universum zu gehören schien. Er war Anfang 20, hatte einen Abschluss in Ökonomie und Doll bei einem Praktikum in der Hauptverwaltung in Kent beeindruckt.

»Es wird ihm guttun, Erfahrungen an der Front zu sammeln«, sagte sie und tat so, als ob *ich ihr* einen Gefallen täte.

»Soll ich die Wohnung räumen?«

»Nein, du brauchst einen Zufluchtsort«, sagte Doll. »Also vergiss das.«

Aber es fiel mir schon schwer, Gus auch nur für fünf Minuten allein zu lassen, geschweige denn für eine Stunde oder eine ganze Nacht. Ich war zu verängstigt. Charlotte und die anderen Ärzte hatten mir klargemacht, dass die Suizidgefahr sehr real war.

Das Haus in der Portobello Road, von dem ich als Teenager geträumt hatte, war wie das Lebkuchenhäuschen in Hänsel und Gretel. Von außen sah es hübsch und verlockend aus, aber es war auch ein Käfig, in dem Gus und ich gefangen waren.

Nachts wälzte er sich so oft im Bett, dass ich neben ihm nicht schlafen konnte. Also zog ich in das Zimmer seiner Töchter um und schlief in einem kleinen Einzelbett. Ich war nicht mehr Gus' Freundin, sondern seine Pflegekraft. Ich hatte mich nicht darum gerissen, aber als die Hausärztin mich fragte, wer sich um ihn kümmere – als ob jeder so jemanden hätte –, sagte ich, das sei ich. Ich fürchtete, dass sie ihn sonst vielleicht zwangseinweisen würde.

Sie gab mir ein Faltblatt, auf dem stand, dass ich eine Pflegeeinschätzung bekommen könnte, was im Wesentlichen bedeutete, dass mich der psychologische Dienst anrief, um zu prüfen, ob ich nicht auch durchdrehte. Außerdem erhielt ich von dort Informationen über eine Selbsthilfegruppe für pflegende Angehörige.

Ich rief die Nummer lange Zeit nicht an, aber als ich sie wieder am Schwarzen Brett bei der Hausärztin entdeckte, beschloss ich, dass es nicht schaden konnte, es auszuprobieren.

Wir waren unterschiedlichen Alters, unterschiedlicher Herkunft und ethnischer Zugehörigkeit. Pet, Toni und Viv pflegten Eltern mit unterschiedlich fortgeschrittener Demenz; Lorna hatte einen Partner mit einer früh einsetzenden Alzheimererkrankung, Leanna ein autistisches Kind. Als ich Hope aufzog, hatte ich mich nie als pflegende Angehörige gesehen, aber ich wünschte, man hätte mir von einer solchen Gruppe erzählt, denn das hätte mir geholfen.

Bis ich mich dieser aus Fremden zusammengewürfelten Gruppe öffnete, kam mir die Situation einzigartig vor, wie ein Problem, das niemand anders verstehen konnte. Aber es stellte sich heraus, dass wir uns alle einsam und verlassen fühlten. Einen Ort zu haben, an dem man sich seine Verzweiflung eingestehen, weinen oder auch einfach mal grimmig lachen konnte, war ein Rettungsanker.

Auch *The Doll House* war ein Rettungsanker. Es half schon die Vorstellung, dass es irgendwo in der Nähe einen Ort gab, an dem das Leben weiterging und es nichts Problematischeres als eingerissene Nagelhaut gab.

Insgeheim war ich erleichtert, dass das Personal Ash nicht richtig sympathisch fand. Er wollte alles umgestalten und noninvasive Behandlungen in unser Leistungsangebot aufnehmen. Außerdem war er nicht annähernd so flexibel wie ich, was die Dienstpläne anging. Meine Managementstrategie bestand darin, die angestellten Frauen glücklich zu machen. Sie waren alle sehr fleißig und alle hatten familiäre Verpflichtungen. Wenn man zuließ, dass sich alle gegenseitig vertreten durften, solange die Stunden abgedeckt waren, bekam man meiner Meinung nach eine Menge Überstunden umsonst.

Ash hatte große Expansionspläne und drängte Doll, ein Kosmetikinstitut für Männer zu eröffnen.

»Man könnte es The Man Cave nennen«, schlug ich bei einem von Dolls Besuchen vor.

»Das ist brillant, Tess«, sagte sie und wandte sich dann an Ash. »Siehst du, ich habe dir ja gesagt, dass sie jeden Penny wert ist.«

Es war ganz bestimmt nicht ihre Absicht gewesen, mir ein schlechtes Gewissen zu machen, aber die Bemerkung machte mir schlagartig bewusst, dass ich schon seit Monaten nicht mehr Vollzeit gearbeitet hatte, aber weiterhin mein volles Gehalt bezog.

Der Sommer verging, ohne dass ich es bemerkte. Seit Monaten war ich nicht weiter als bis zum Supermarkt gekommen und selbst dann schaute ich ängstlich auf die Uhr.

Als meine eigene routinemäßige Nachuntersuchung anstand, fühlte sich der Termin zur Blutabnahme im Krankenhaus fast wie ein schöner freier Nachmittag an.

Früher hatte ich gedacht, Krebs sei das denkbar Schlimmste, aber es war nicht annähernd so beängstigend, wie jemanden, den man liebte, einfach verschwinden zu sehen.

Offiziell war ich noch immer in Remission.

»Du musst aber auf dich aufpassen«, sagte Doll, als ich anrief, um es ihr zu erzählen.

»Ich weiß gar nicht, was das bedeutet.«

»Es bedeutet, du brauchst Zeit für dich«, sagte sie. »Nächste Woche habe ich einen Trainingstag im Salon. Ich kann einmal in der Stunde vorbeikommen und ein Auge auf Gus werfen. Wenn es klappt, können wir versuchen, so etwas regelmäßig zu machen.«

Ich glaubte nicht, dass es Gus gefallen würde, wenn Doll nach ihm sah, aber irgendwie fand ich auch, dass es vielleicht gut sein könnte, eine Reaktion, irgendeine Reaktion, von ihm zu bekommen.

17. Kapitel

Als Teenager konnte ich es kaum erwarten, aus Margate wegzukommen. Doch als der Zug durch die Industrielandschaft der Themsemündung fuhr, fand ich es schön, nach Hause zu kommen, wo alles so war wie immer und ich wusste, was mich erwartete.

Als ich auf dem Friedhof am Grab meiner Mutter eintraf, ging die Sonne allmählich hinter den Ästen der großen Bäume unter. Das frisch gefallene Laub knisterte unter den Sohlen meiner Stiefeletten. Es war ruhig, die Luft unbewegt und kühl, und sie roch schwach nach Rauch, was mich daran erinnerte, dass die Bonfire Night am fünften November bevorstand. Ich erinnerte mich an die Feuerwerkskörper, mit denen meine Brüder mich früher erschreckt hatten, und an das Zischen einer Wunderkerze in einer behandschuhten Hand. An diese magische, einmal im Jahr stattfindende Freude, die so besonders war wie Geburtstagskerzen.

Ich war überrascht, auf dem Grab meiner Mutter Chrysanthemen vorzufinden. Sie waren erst kürzlich dorthin gestellt worden, zwischen den braun gewordenen Blütenblättern waren noch ein paar weiße zu erkennen. Ich brachte sie in den

Mülleimer und ersetzte sie durch den Strauß leuchtend gelber Pompons, den ich gekauft hatte. Wer war wohl hier gewesen? Als ich noch in Margate gewohnt hatte, war ich die Einzige aus der Familie gewesen, die ihr Grab besuchte, aber seit meinem Umzug nach London, der nun bald vier Jahre zurücklag, war ich nicht mehr dort gewesen.

»Das tut mir leid, Mum«, sagte ich und hockte mich neben den Grabstein.

Ich erinnerte mich, wie ich in Assisi an sie gedacht hatte, als ich mit Gus auf der warmen Mauer vor der Basilika saß und seine Augen vor Liebe gestrahlt hatten. Augen sind das Fenster zur Seele, hatte meine Mutter immer gesagt.

»Nur ... dass jetzt die Fensterläden geschlossen sind.«

Durch Gus' Krankheit dachte ich viel über die Identität eines Menschen nach. War der Mann, der vor mir stand, derselbe wie derjenige, der sich zuvor normal verhalten hatte? War die Depression etwas Vorübergehendes, wie Windpocken, die einen verunstalten und dann wieder verschwinden? Oder handelte es sich um einen Teil seiner Persönlichkeit, den ich bislang nicht gesehen hatte, der jetzt aber immer da sein würde? So wie das Windpockenvirus, das manchmal als Lippenherpes wiederauftaucht.

Und wer war *ich* wirklich?

Hatte ich, als ich sagte, dass ich ihn liebe, versprochen, alles mit ihm durchzustehen?

Oder war ich in Wahrheit ein weniger engagierter Mensch, der manchmal einfach jammern wollte: *Warum ausgerechnet ich?*

»Ich weiß, für ihn ist es schlimmer«, sagte ich zu meiner Mutter. »Ich weiß, dass man in einer Beziehung Höhen und Tiefen durchmachen muss, aber ganz ehrlich, ich habe es so satt, mich um andere zu kümmern!«

»*Es geht vorüber.*«

»Woher weißt du das?«

»*Du musst Vertrauen haben.*«

Es war, als wäre sie bei mir. Fast konnte ich das Gewicht ihrer Hand auf meinem Arm spüren.

Ich starrte auf die Worte auf Mums Grabstein.

Mary Lucy Costello
Hingebungsvolle Ehefrau von James und geliebte
Mutter von Kevin, Brendan, Teresa und Hope

Was meine Mutter Vertrauen nannte, war eigentlich Optimismus, dachte ich.

Nach ihrer ersten Krebserkrankung hatte sie noch ein Baby bekommen und es Hope genannt. Hoffnung. Das sagte alles.

Sie ist trotzdem gestorben.

Aber irgendwann sterben wir alle, oder?

Vertrauen bedeutete, dass ich daran glaubte, mit der Situation fertigwerden zu können, und Gus zutraute, wieder gesund zu werden.

Die Ärzte behaupteten, dass sich Menschen von Depressionen erholen, also musste es zumindest statistisch gesehen stimmen.

Ich stand auf, schüttelte meine kribbelnden Füße aus und spürte, wie das Blut durch meine Adern zurückfloss.

»Warum weinst du, Tree?«

Ich fuhr herum. Hope hielt einen Strauß weißer Chrysanthemen in der Hand und blickte skeptisch auf meine gelben Pompons.

»Ich wusste nicht, dass du herkommst, Hope.«
»Martin besucht seinen Vater, ich Mum. Das ist doch klar, oder?«
»Sollen wir deine Blumen zu meinen legen?«
»Warum hast du gelbe mitgebracht?«, fragte sie.
»Ich fand, sie sahen schön fröhlich aus.«
»Als sie tot war, hatte Mum weiße Blumen auf dem Kopf.«
»Vielleicht wäre es schön, wenn sie dieses Mal beide Farben haben könnte.«
»Mochte Mum zwei Farben, Tree?«
»Ja, sie mochte alle Farben sehr gern.«

Es kam nicht oft vor, dass Hope lächelte, aber wenn sie es tat, verschwanden ihre Augen fast in den Lachfältchen und all ihre schönen, gleichmäßigen Zähne, die typisch für unsere Familie waren, kamen zum Vorschein. Hope konnte gar nicht unaufrichtig sein, das Konzept war ihr völlig fremd, daher war es immer etwas Besonderes, ein Lächeln von ihr zu bekommen.

Sie legte ihre Blumen zu meinen auf das Grab, dann standen wir nebeneinander. Instinktiv streckte ich meine Hand aus und war überrascht, dass sie sie ergriff, so wie ich es ihr beigebracht hatte, als sie noch klein war, wenn wir eine Straße überqueren wollten.

»Mum wird uns immer lieben«, sagte sie und benutzte genau die Worte, mit denen ich sie in der Nacht zu trösten versucht hatte, in der unsere Mutter gestorben war.

Ich hatte meiner Mutter versprochen, immer auf Hope aufzupassen, und hatte mein Bestes getan, aber auf ihre Art passte Hope auch auf mich auf. Sie blieb eine Konstante – was auch immer das Leben für mich bereithielt.

»Wie geht es dir, Hope?«, fragte ich, als wir nebeneinander durch das Tor gingen. Martin lief in einigem Abstand vor uns her und gab mir die Möglichkeit, allein mit ihr zu sprechen.

»Ich freu mich wie ein Schneekönig.«

Das war einer von Dads Ausdrücken. Als Kind hatte ich mich gefragt, was ein Schneekönig war und ob es möglich war, während der sentimentalen Phasen meines Vaters mit ihm Kontakt aufzunehmen. Ich dachte, er müsse ein Kumpel von Gott in Frankreich sein, dessen Leben Dad ebenfalls zu bewundern schien. Ich stellte mir vor, wie die drei bei den Rennen einen Sieger feierten, auf den sie alle gesetzt hatten.

»Wenn ihr euch nicht beeilt, werden wir noch eingeschlossen«, rief Martin.

»Wo ist Gus?«, fragte Hope plötzlich.

»Er konnte heute nicht kommen«, sagte ich.

»Ich mag Gus.«

Es war ungewöhnlich, dass sie von sich aus ihre Meinung äußerte. »Warum magst du ihn, Hope?«

»Er ist ein fröhlicher Mann«, sagte sie.

Ich versuchte mit aller Macht, mich zusammenzureißen, aber es gelang mir nicht.

»Warum weinst du, Tree?«

»Im Moment ist Gus nicht sehr fröhlich, Hope. Es geht ihm nicht besonders gut.«

»Hat er Krebs?«

»Nein.«

»Na, Gott sei Dank!«

Es klang wie etwas, das Anne vielleicht sagen würde, nachdem sie gehört hatte, dass ich in Remission war.

»Soll ich für ihn singen, damit es ihm besser geht?«, fragte Hope.

Dad und Anne hatten meine Schwester vor meiner Operation zu mir ins Krankenhaus gebracht. Sie hatte für mich »I Had a Dream« gesungen, als ich in die Narkose abdriftete. Und während ich mich anschließend erholte, war sie ziemlich beliebt beim Pflegepersonal gewesen, das sich auf die größten Hits von ABBA freute.

Als ich die Stufen der U-Bahn-Station Notting Hill Gate hinaufging, war der Verkehrslärm, das Gewusel der Menschen mit Kopfhörern, die lautstark vor sich hin redeten, nach der nebligen Stille auf dem Friedhof und der Wärme im Zug fast erdrückend. Ich merkte, dass ich sehr langsam ging, weil ich eigentlich gar nicht zum Haus zurückkehren wollte.

»Wie geht es uns?«, fragte ich Doll und deutete mit dem Kopf auf Gus, der auf dem Sofa saß.

»Schwer zu sagen. Wie ist es dir ergangen?«

»Es hat wirklich geholfen. Danke!«

»Kein Problem. Wir können das gern wiederholen.«

Ich bemerkte, dass sie sich geschminkt hatte und ein figurbetontes Kleid und hohe Schuhe trug.

»Gehst du aus?«, fragte ich.

»Was? Ach, nur was Geschäftliches.«

»Amüsier dich gut.«

»Werde ich«, sagte sie lächelnd und dann, als wäre ihr gerade eingefallen, was für ein Abend vor mir lag. »Nicht!«

Ich zog meinen Mantel aus.

»Wie ist es dir ergangen?«, fragte ich Gus fröhlich und kehrte in den Betreuermodus zurück.

Zum ersten Mal seit Monaten drehte er sich um und sah mich an, als er sprach.

»Ich habe dich vermisst.«

Gus

18. Kapitel

Winter 2014

Tess sagte, Hope sei der Weihnachtsengel, der alles verändere, aber wir wussten beide, dass ich nicht von heute auf morgen gesund werden würde. Es war ein langsamer Prozess, der die richtigen Medikamente, eine Therapie und Tess' außergewöhnliche Geduld erforderte.

Doch während Hope Weihnachtslieder sang, passierte etwas in meinem Kopf.

Ich saß vor dem Fernseher, ohne wirklich der Sendung zu folgen, als Tess mit Hope eintraf. Sie hatte sie in St. Pancras abgeholt und ihr auf dem Rückweg die Weihnachtsbeleuchtung gezeigt. Entschlossen trat sie vor mich und schaltete den Fernseher aus.

»Hope will etwas für dich singen.«

»Kleiner Esel, kleiner Esel ...«

Ihre klare Stimme schien durch die Dunkelheit des Raumes zu klingen wie ein Engelschor.

Ich weiß noch genau, was ich dachte, als ich von einer Schwester zur anderen schaute. Tess' Gesicht strahlte vor Stolz, als sie Hope beim Singen beobachtete, und war sofort wieder voller Sorge, als sie sich umdrehte, um meine Reaktion zu sehen.

Ich darf sie nicht mehr so traurig machen.

*

Die verschiedenen Medikamente beeinträchtigten mein Zeitempfinden und mein Erinnerungsvermögen so stark, dass schon Frühling war, als ich zum ersten Mal bemerkte, dass die Sonne schien. Ich hatte das Gefühl, ein ganzes Jahr meines Lebens verpasst zu haben.

An der Wand am Fuß der Treppe hing schon immer ein Ganzkörperspiegel, aber ich hatte mein Spiegelbild in all der Zeit nicht wahrgenommen. Erschrocken sah ich, wie viel ich zugenommen hatte.

»Was machst du da?«, fragte Tess, als ich mich auf die Treppe setzte und meine Laufschuhe zuband.

»Ich muss joggen gehen.«

Als ich ihre skeptische Miene bemerkte, betrachtete ich mich erneut im Spiegel und stellte fest, dass ich nur Boxershorts und ein verblichenes T-Shirt trug.

»Ich ziehe mir nur Shorts an«, sagte ich und ging wieder nach oben. Es fühlte sich seltsam an, Schuhe an den Füßen zu haben.

Als ich zurückkam, hatte auch Tess ihre Laufschuhe angezogen.

Ich war schon außer Atem, noch bevor wir das obere Ende der Straße erreicht hatten, und dankbar, dass uns die stark befahrene Straße zum Anhalten zwang, bevor wir sie überqueren konnten. Wir kamen bis zur Statue von Peter Pan in Kensington Gardens. Als wir nach Hause gingen, spürte ich, wie mir der

Schweiß die Schläfen herunterlief. Ich blieb immer wieder stehen, weil ich es nicht gewohnt war, über von Menschen überfüllte Bürgersteige zu gehen. Der Geruch von Kebab ließ die Straße so exotisch erscheinen wie den ersten Abend eines Auslandsurlaubs.

Ich spürte, wie Tess alle paar Sekunden einen Seitenblick auf mich warf.

»Ich muss wieder in Form kommen«, sagte ich, als wir zurückkamen. »Morgen früh wieder?«

Plötzlich erschien ein strahlendes Lächeln auf ihrem Gesicht und ich hatte eine Art Déjà-vu.

Als Arzt war mir seit Langem die Theorie vertraut, dass Endorphine, die beim Sport freigesetzt werden, bei Depressionen helfen. Ich hatte allerdings nicht die geringste Ahnung gehabt, wie sich eine klinische Depression anfühlte. Jetzt sehnte ich mich ständig nach Bewegung und verlängerte jeden Tag die Strecke, die ich lief, bis ich Tess regelmäßig abhängte.

Eines Morgens war ich bereits aufgestanden und hatte meine Laufklamotten angezogen, als sie aufwachte. Sofort schlug sie die Bettdecke zurück.

»Du musst nicht mitkommen«, sagte ich.

Ihr erschrockenes Gesicht machte mir klar, dass ich zu einem weiteren Mann in ihrem Leben geworden war, der ihr Angst machte. Nicht durch die unausgesprochene Drohung, dass ich ihr etwas antun würde, sondern durch die implizierte Drohung, dass ich mir selbst etwas antun könnte.

»Ich komme zurück. Versprochen.«

Zu Beginn meiner Krankheit war ich zu psychotisch gewesen, um von einer Gesprächstherapie profitieren zu können. Nachdem ich nun wieder einigermaßen normal funktionierte, stand ich am Ende einer langen Warteliste.

Nach meiner Scheidung hatte ich einige Sitzungen bei einer Verhaltenstherapeutin namens Dorothy genommen, aber damit aufgehört, als ich mir einbildete, meine Probleme im Griff zu haben. Jetzt fragte ich mich, ob sie mir wieder helfen könnte.

Es war wirklich schwer, mir die Scham einzugestehen, die ich jahrelang verdrängt hatte, aber Dorothys ruhige, nicht wertende Art ließ mir die Zeit und den Raum. Ihre Klugheit half mir, über meine Vergangenheit nachzudenken, ohne mich dabei ständig herunterzumachen. Allmählich fühlte ich mich stärker, sowohl seelisch als auch körperlich.

Tess behauptete, sie habe erst dann wirklich geglaubt, dass es mit mir bergauf ginge, als ich an einem Wochenende sagte, ich würde Sonntagmittag kochen.

»Nicht mehr verrückt genug, um zu essen, was ich zusammenkoche«, sagte sie und vergewisserte sich mit einem nervösen Blick, dass ich den Scherz verstand.

»Geht es dir jetzt besser?«, fragte Bella, als wir an jenem Abend skypten.

Die Verpflichtungen meinen Töchtern gegenüber waren der einzige Punkt, in dem Tess während meiner Genesung nicht sanft, sondern unerbittlich war. Mit ihnen zu skypen, war nicht verhandelbar, und wenn ich ihnen nur ein paar Sekunden zuwinkte.

»Ja, es geht mir viel besser«, berichtete ich ihr. »Mein Arzt sagt, ich kann wieder arbeiten.«

»Wirklich?«

Charlottes Stimme. Hörte sie immer im Hintergrund mit?

Ihr Gesicht erschien auf dem Bildschirm, als ob sie überprüfen wollte, ob ich die Wahrheit sagte, dann lächelte sie.

»Das sind ja tolle Neuigkeiten! Gut gemacht!«
Die Erkenntnis, dass sie sich Sorgen um mich gemacht hatte, trieb mir die Tränen in die Augen.
»Können wir dich bald besuchen kommen?«, fragte Bella.
»Auf jeden Fall«, sagte Tess.
Obwohl sie selbst keine Kinder hatte, wusste Tess instinktiv, wann eine einfache Antwort gefragt war.

Meine Oberärzte genehmigten eine schrittweise Rückkehr zur Arbeit mit reduzierten Schichten. Es gab eine freie Stelle in der Abteilung für kleinere Verletzungen, die nur tagsüber geöffnet war, sodass ich keine unsozialen Arbeitszeiten hatte. Dort hatte ich es hauptsächlich mit Frakturen, Verstauchungen, Wunden und Verbrennungen zu tun, also nicht mit schwer erkrankten Patienten. Da ich selbst schon einige Sportverletzungen erlitten hatte, war das für mich vertrautes Terrain.

Dorothys Praxis war nur fünf Gehminuten vom Krankenhaus entfernt, also vereinbarte ich meine wöchentlichen Sitzungen mit ihr nach der Arbeit. Es war beruhigend, zu wissen, dass sie in der Nähe war, fast so, als wäre sie auf Abruf für mich da. Doch es gab keinen Notfall, in dem ich auf ihre Hilfe zurückgreifen musste, wahrscheinlich, weil ich mir ein Netzwerk zur Unterstützung aufgebaut hatte, anstatt wie früher so zu tun, als hätte ich keine Probleme.

Eines Abends, als der Frühling in den Sommer überging, hörte ich jemanden meinen Namen rufen, als ich das Krankenhaus verließ. Eine Frau, die keine Krankenhausuniform trug, schien mich unbedingt einholen zu wollen.
»Dr. Angus?«
»Ja?«

»Sie haben meinen Sohn behandelt. Josh.«
Hatte ich etwas falsch diagnostiziert?
»*Ich bin sehr enttäuscht von dir ...*«
»Der Teenager mit dem gebrochenen Bein ...«
Ein 13-Jähriger war am Vortag nachmittags mit dem Rettungswagen eingeliefert worden. Er war beim Fußball gefoult worden und das Röntgenbild sah böse aus.

Seine Mutter war völlig aufgelöst hier angekommen und ich hatte gesehen, wie ihr Sohn versucht hatte, sie zu beruhigen, indem er so tat, als ginge es ihm gut. Als er jedoch auf die Chirurgie hinaufgebracht werden sollte, fragte er plötzlich mit gesenktem Blick: »Werde ich wieder spielen können?«

Wir hatten bereits festgestellt, dass wir beide Arsenal-Fans waren.

»Erinnerst du dich, als Aaron Ramsey sich so schwer das Bein gebrochen hatte, dass die Fernsehkameras wegschwenkten?«

Er nickte.

»Und was hat er in der letzten Saison gemacht?«

»Er hat das Siegestor im FA-Cup geschossen!« In seinem Gesicht erschien ein breites Lächeln.

Als ich das Gespräch noch einmal im Kopf Revue passieren ließ, fiel mir kein Fehler ein, außer vielleicht, dass ich zu viel versprochen hatte.

»Wie geht es ihm?«, fragte ich so beiläufig, wie es mir mit klopfendem Herzen möglich war.

»Er wird heute entlassen. Die Operation ist gut verlaufen. Ich wollte mich bei Ihnen bedanken. Sie waren wunderbar.«

Ich war mir nicht sicher, ob Ärzte wunderbar sein sollten, aber ihre Dankbarkeit war so beglückend wie eine bestandene Prüfung.

»Zum Glück ist er kein Tottenham-Fan«, sagte ich.

19. Kapitel

Am Samstag beschloss ich, zum Haus meiner Mutter zu fahren. Tess sagte ich nichts davon, weil ich wusste, dass sie das Gefühl hätte, mich begleiten zu müssen. Während meiner Krankheit hatte ich meinen Führerschein abgeben müssen und dies war das erste Mal, dass ich eine längere Fahrt unternahm, seit ich ihn zurückhatte. Ich war zuversichtlich, dass ich am Steuer gut zurechtkommen würde, aber ich war mir nicht sicher, ob ich durch die Tür treten konnte. Und ich wusste, dass ich das allein machen musste.

Charlotte hatte die Putzfrau meiner Mutter dafür bezahlt, einmal die Woche vorbeizukommen und nach dem Rechten zu sehen. Außerdem hatte sie einen Gärtner organisiert, der für Ordnung sorgte. Offenbar nahm er seine Pflichten sehr ernst, denn die Pflanzgefäße auf beiden Seiten der Eingangstür quollen über vor roten Geranien – meiner Mutter wären sowohl die Farbe als auch die Üppigkeit zu auffällig gewesen. Ich parkte in der Einfahrt und blieb für einen Moment in dem nach der langen Fahrt plötzlich stillen Auto sitzen. Dann holte ich tief Luft und stieg aus.

Das Haus war blitzsauber und roch nach frisch versprühtem Lufterfrischer. Ich ging in den Flur und dann in die Küche, wo ich neben meiner Mutter an der Spüle gestanden und abgewaschen hatte.

Die Erinnerung daran war eher bitter als schmerzhaft. Weder meine Mutter noch ich hatten uns anders verhalten als sonst und waren nicht von der üblichen Dynamik zwischen uns abgewichen. Unsere Beziehung hatte nie Liebesbekundungen zugelassen. Vielleicht hatte sie ihre Gefühle in Schach gehalten, damit es ihr weniger schwerfiel, wenn sie mich wieder auf eine Schule schickte, die ich hasste. Ich wusste, dass meine Eltern beide davon überzeugt waren, uns den bestmöglichen Start ins Leben zu ermöglichen. Bei Ross hatte es funktioniert. Bei mir nicht. Kein Wunder, dass sie nicht wussten, was sie von mir halten sollten.

Ich ging ins Wohnzimmer und öffnete beide Vorhänge. Dann wandte ich mich dem Kaminsims zu und nahm ein Foto nach dem anderen in die Hand. Ross, der den Ruderpokal in die Höhe hielt, stolz, aber, wie ich jetzt sah, auch verlegen wegen der albernen, langen Lycra-Shorts. Ross, herausgeputzt, um mit Charlotte auf eine Party zu gehen; er sah aus, als könnte er sein Glück kaum fassen. Ross und ich neben einem schiefen Zelt, das wir im Garten aufgebaut hatten. Er hatte einen Arm um meine Schultern gelegt und wir grinsten über unsere Leistung. Unsere guten Zeiten hatte ich immer verdrängt. Mit dem Foto in der Hand setzte ich mich aufs Sofa und weinte, bis ich mir vorstellte, wie er mir brüderlich auf den Arm klopfte und sagte: »*Reiß dich zusammen, Kumpel!*«

Ich fand zwei verschiedenfarbige Rollen Müllsäcke im Flurschrank, in dem meine Mutter den Staubsauger und genügend Reinigungsmittel für mindestens ein Jahrzehnt aufbewahrte, dann ging ich nach oben.

Ich war mir nicht sicher, ob ich je zuvor das Schlafzimmer meiner Eltern betreten hatte. Vermutlich waren die weißen Einbaumöbel mit dem Schminktisch und dem Spiegel im Rokokostil bei der Anschaffung sehr modern gewesen, doch jetzt wirkten sie furchtbar altmodisch. Ich kehrte alle Nachtcremes und alle Schminkutensilien in einen schwarzen Müllbeutel und öffnete dann alle Schmuckkästchen. Es war hauptsächlich Modeschmuck und ich war mir ziemlich sicher, dass meine Mädchen nichts davon haben wollten.

Mein einziges Zögern galt dem blauen Samtkästchen, das die Verlobungs- und Eheringe meiner Mutter enthielt.

Ich wusste, dass Charlotte die Ringe nicht haben wollte, sie war kein Mensch, der an Besitztümern hing. Manchmal fragte ich mich, ob sie auch nicht an Menschen hing. Es war beneidenswert, wie sie durchs Leben glitt, anstatt sich durchzuwursteln, so wie ich.

Ich wollte nicht riskieren, dass meine Töchter mit dem Unglück einer weiteren gescheiterten Beziehung belastet wurden.

Gegenstände von möglichem Wert wollte ich dem Wohltätigkeitsladen anbieten.

Ich öffnete die Schränke voller Kleider, die noch immer schwach den Geruch meiner Mutter verströmten, und beschloss, die Putzfrau zu fragen, ob sie etwas davon haben wollte. Falls nicht, würde ich eine Entrümpelungsfirma beauftragen, sich darum zu kümmern.

Ich hatte mich davor gefürchtet, das Haus auszuräumen. Jetzt war ich fast süchtig danach, mich damit auseinanderzusetzen, und wollte weitermachen, um es zu Ende zu bringen.

Alles aus dem Bad wanderte direkt in einen schwarzen Müllsack.

Aus meinem alten Schlafzimmer wollte ich auch nichts behalten.

Ich zögerte, bevor ich Ross' Zimmer betrat, als könnte er immer noch mit Kopfhörern auf dem Bett liegen, aus denen leise der blecherne Beat von Heavy Metal zu hören war, auf die Tür zeigen und »Raus!« rufen.

Es war ein Schrein geblieben, mit seinen gerahmten Sporturkunden und den Pokalen, die immer noch auf einem Regal glänzten, das mein Vater extra dafür gebaut hatte.

Ich ging die Treppe hinunter, öffnete die Terrassentüren und atmete gierig die frische Frühlingsluft ein.

Die Abdeckung des Whirlpools war von altem Regenwasser eingesunken, ein schlammiges grünes Ökosystem mit türkisfarbenen Plastikrändern.

Der Schuppen am Ende des Gartens war mit einer rostigen Kette und einem Vorhängeschloss gesichert. Durch das kleine Fenster konnte ich das Radio sehen, mit dem mein Vater früher die Cricketspiele verfolgt hatte, und die Regalreihen, in denen er fein säuberlich kleine Kästchen mit Schrauben und Unterlegscheiben in allen Größen aufbewahrte. Nachdem er meine Mutter verlassen hatte, war er in eine Wohnung gezogen und hatte sein Junggesellenleben genossen. Er war mit einer Reihe Zahnarzthelferinnen ausgegangen, bevor er eine heiratete, die halb so alt war wie er. Es hatte nicht genug Platz für all seine Sachen gegeben und so war dies ein weiterer Schrein geworden, dachte ich traurig.

Die Sonne verlor allmählich an Kraft. Ich schaute auf meine Uhr und sah, dass Tess vielleicht schon auf dem Heimweg war.

Ich rief sie an.

»Geht es dir gut?« Als ich ihr sagte, dass ich im Garten meiner Mutter stünde, klang sie ziemlich besorgt.

»Mir geht's gut«, versicherte ich ihr. »Ich überlege sogar, hier zu übernachten und alles fertig zu machen. Wenn das für dich in Ordnung ist.«

»Wenn du dir sicher bist, dass es okay für dich ist?«

Ich fragte mich, ob es jemals eine Zeit geben würde, in der sie sich keine Sorgen um meinen Gemütszustand machen würde.

Als ich aufwachte, wusste ich im ersten Moment nicht, wo ich war, zusammengerollt auf meiner alten, schmalen Matratze. Es klingelte erneut an der Tür. Ich zog meine Jeans an und rannte die Treppe hinunter. Ich hätte wissen müssen, dass mein Vater pünktlich sein würde.

»Die M25 war leer«, sagte er.

»Es ist Sonntagmorgen. Komm rein.«

Es fühlte sich etwas seltsam an, ihn in seiner alten Domäne willkommen zu heißen.

Er sah sich um und nahm jedes Detail in Augenschein, als wäre er da, um einen Kostenvoranschlag für eine Renovierung zu machen.

»Wie gesagt, ich wollte wissen, ob du etwas haben willst. Sonst lasse ich alle Möbel abholen.«

Im Wohnzimmer nahm er jedes Foto vom Kaminsims für ein paar Sekunden in die Hand und stellte es dann wieder zurück.

»Die kannst du alle haben, wenn du willst.«

»Danke«, sagte er, ohne mich anzusehen, streckte mir aber hinter seinem Rücken die Hand hin.

Zögernd nahm ich sie und spürte den Griff eines alten Mannes. Er besaß zwar die drahtige Gestalt eines jüngeren Mannes, musste aber beinahe 70 sein. Männer im Alter meines Vaters schüttelten mir oft im Krankenhaus die Hand, mit festerem Griff als nötig, als wollten sie mir zeigen, dass sie noch stark waren.

Keiner von uns schaffte es, dem anderen in die Augen zu sehen. Schließlich stieß mein Vater ein kleines, halb hustendes, halb lachendes Geräusch aus und wandte sich den Terrassentüren zu.

»Gut«, sagte er. »Was als Nächstes?«

Der Schlüssel zum Schuppen hing an einem Haken im Flurschrank, wo er ihn zurückgelassen hatte, aber das Vorhängeschloss war vom Rost zerfressen.

»In der Garage ist wahrscheinlich WD40-Spray, aber ich habe für alle Fälle auch immer welches im Auto.«

»Natürlich.« Ich lächelte ihn an und freute mich, zu sehen, dass er noch ganz der Alte war, genauso effizient bei der Diagnose und Behandlung eines Heimwerkerproblems wie als Zahnarzt.

Er kam mit einem Arm voller flach zusammengelegter Kartons und einem dieser handlichen kleinen Geräte zurück, mit denen man Klebeband abrollen und schneiden kann.

Sobald die Tür des Schuppens geöffnet war, half ich ihm, schwere Werkzeugkisten und sein geliebtes Radio zu seinem Auto zu tragen.

»Ein Mann braucht seinen eigenen Raum«, sagte er und sah sich mit wehmütigem Blick in dem leeren Schuppen um.

Wenn ich aus den Immobiliensendungen, die ich im vergangenen Jahr im Nachmittagsfernsehen gesehen hatte, etwas gelernt hatte, dann, dass die meisten Männer sich eine »Männerhöhle« wünschten. Das war einer der vielen Aspekte von Männlichkeit, die ich weder teilte noch verstand.

»Sonst noch etwas?«, fragte mein Vater.

»Na ja, oben«, sagte ich.

»Stimmt!«

Mein Vater hatte sichtlich Spaß an unserem gemeinsamen Unterfangen. Aber seine gute Laune verflog, als er die Tür zu Ross' Zimmer öffnete und schockiert feststellte, dass es noch genauso aussah wie bei seinem Auszug vor zwölf Jahren.

»Sie konnte ihn nicht loslassen«, sagte er und sprach damit zum ersten Mal von meiner Mutter.

»Nein.«

»Heutzutage würde man sagen, sie hatte psychische Probleme«, sagte er. »Damals sprach man noch nicht so offen darüber. So sind wir nicht erzogen worden.«

Sein Ton klang eher entschuldigend als kritisch.

»Ich hatte in letzter Zeit selbst Probleme mit Depressionen«, hörte ich mich sagen.

Mein Vater musterte mich mit skeptischer Miene und fast erwartete ich, er würde mich auffordern, mich zusammenzureißen. »Das tut mir leid«, sagte er stattdessen.

Er zögerte.

»Du warst immer eher wie sie. Sensibel. Ross und ich waren die Robusten.«

Es war seltsam, diesen Mann, den ich schon immer gekannt hatte, aber kaum kannte, über unsere Familie sprechen zu hören.

»Jetzt geht es wieder«, sagte ich schnell. »Bin wieder bei der Arbeit. Ich werde nie Oberarzt werden, aber ich glaube, ich werde ein besserer Arzt.«

Ich fiel in meine alte Rolle zurück und entschuldigte mich für mein Versagen. Dass ich nicht seinen Idealen entsprach.

»Das ist mehr, als ich je erreicht habe«, sagte er.

»Du bist ein sehr erfolgreicher Kieferchirurg«, erwiderte ich und merkte an seinem Stirnrunzeln, dass ich etwas zu weit gegangen war. Die Grenze zwischen uns war zwar aufgeweicht, aber nur ein bisschen.

»Ich arbeite jetzt weniger. Julie arbeitet auch, darum teilen wir uns die Kinderbetreuung.«

»Ein moderner Mann!«, sagte ich.

Er lachte.

»Wie alt sind die Zwillinge jetzt?« Mir wurde bewusst, dass ich nicht einmal ihre Namen kannte.

»15 Monate.«

»Laufen sie schon?«

»Sie laufen und fangen an zu sprechen. Es ist ein herrliches Alter.« Er hielt inne. »Ich glaube, ich mache es dieses Mal besser. Vielleicht ist es einfacher mit Mädchen. Man erwartet nicht, dass sie so sind wie man selbst.«

War das eine Entschuldigung? Ich hatte immer geglaubt, dass mein Vater mich verachtete, weil ich nicht so war wie er, doch jetzt kam mir der Gedanke, dass ich ihn vielleicht nervös gemacht hatte. Manchmal beunruhigte mich Flora etwas, weil sie so anders war als ich. Das hieß aber nicht, dass ich sie nicht liebte.

»Was sollen wir mit den Pokalen machen?«, fragte ich ihn.

»Julie wäre sicher nicht erfreut, wenn ich sie mit nach Hause brächte. Und ich glaube nicht, dass Wohltätigkeitsläden sie haben wollen. Sie haben keinen Schrottwert, das meiste ist nur versilbert.«

»Wir können sie doch nicht einfach wegwerfen, oder?«, fragte ich.

Ohne ein weiteres Wort zu sagen, packte er sie in einen Karton und trug sie die Treppe hinunter.

Während ich die Wände von Ross' Postern befreite, schaute ich aus dem Fenster. Mein Vater hatte einen Spaten aus der Garage geholt und grub neben der Rotbuche am Ende des Gartens, auf der Ross und ich immer herumgeklettert waren, ein Loch. Er packte die Pokale hinein, schaufelte Erde darüber und legte vorsichtig die Grasnarbe darauf. Dann blieb er einen Moment stehen und betrachtete das Sonnenlicht, das durch die Blätter fiel. Als er sah, dass ich ihn vom Fenster aus beobachtete, winkte er und ging zum Haus zurück.

»Eines Tages wird ein Junge im Garten graben, diesen glänzenden Schatz finden und sich fragen, wie er dorthin gekommen ist«, sagte Tess, als ich es ihr am Abend erzählte.

Es war typisch für sie, dass sie sich eine Geschichte ausmalte, die in der Zukunft lag, während ich es nur als Abschluss der Vergangenheit gesehen hatte.

20. Kapitel

Herbst 2015

Ich war fest entschlossen, den zweiten Jahrestag unseres Kennenlernens zu etwas Besonderem zu machen. Beim ersten war ich zu weggetreten gewesen, um auch nur daran zu denken. Ich buchte ein Überraschungswochenende in Florenz, das wir jedoch absagen mussten, als Tess sich eine Erkältung einfing, die sich zu einer Bronchitis entwickelte.

Bei der Nachuntersuchung war die Krankenschwester so beunruhigt, dass sie eine CT anordnete.

Ich versuchte, professionell zu sein und Ruhe zu bewahren, aber als ich Jonathan eines Tages in der Kantine entdeckte, setzte ich mich auf den Platz ihm gegenüber.

Sein Essenstablett war leer.

»Kann ich dich in einer Sache um Rat fragen?«

Er schaute auf seine Uhr. »Du hast zwei Minuten.«

»Ich habe eine Freundin mit der BRCA-Mutation ...«

Er hob eine Augenbraue.

Ich gab ihm eine kurze Zusammenfassung.

»Bislang war sie clean«, berichtete ich ihm. »Ich frage mich nur, wie realistisch es ist, dass das so bleibt.«
»Wie alt ist diese Freundin?«, fragte Jonathan.
»Unser Alter.« Verzog er kaum merklich das Gesicht? »Der Krebs hat die schlimme Angewohnheit, an anderen Orten aufzutauchen. Sie muss vermutlich regelmäßig zur Nachsorge?«
»Ja.«
»Dabei sollte auffallen, wenn er zurückkehrt«, sagte er und nahm sein Tablett. Hätte ich ihn doch nur nie gefragt.

Offensichtlich gelang es mir nicht sehr gut, meine Sorge zu verbergen, denn als ich sie zu ihrem Termin begleitete, ergriff Tess meine Hände, bevor sie allein zum Arzt hineinging, und versicherte mir: »Was auch immer passiert, wir werden damit fertig.«

Der Wind peitschte durch den Innenhof und wirbelte das Laub umeinander. Ein paar trockene Blätter hingen noch an den Bäumen. Ich beobachtete, wie sich eines löste und nah an meinem Gesicht vorbeiflog. Es erinnerte mich daran, wie ich meinen Kindern zugerufen hatte, wenn sie im Park den umherwirbelnden Blättern nachjagten.

»Fang eins, Flora! Das bringt Glück!«

Auf ihre Frage »Warum bringt es Glück, ein Blatt zu fangen?« konnte ich ihr keine Antwort geben.

Ein paar Krankenschwestern kamen vorbei und kicherten, als es mir gelang, ein Blatt aus der Luft zu schnappen und meine Handfläche um das brüchige Skelett zu schließen.

Ich saß auf einer Bank, bis die Kälte durch meine Jeans drang. Jedes Mal, wenn sich die Automatiktür öffnete, sprang ich auf, versuchte, die Sorge aus meinem Gesicht zu vertreiben und stattdessen stark zu wirken. Ich wusste, wenn der Krebs zurück war, würde ich mir nie verzeihen, dass ich ihr ein Jahr ihres Lebens gestohlen hatte. Mit jedem Mal, das sie es nicht war, verstärkte sich meine Angst.

»Gus!«

Ich sah auf.

»Er sagt, es ist nichts Schlimmes!«

Daraufhin schluchzte ich so, dass mein ganzer Körper bebte, mir lief die Nase und ich hatte keine Taschentücher. Tess fand schließlich ein Päckchen in ihrer Tasche.

Ich holte tief Luft und suchte nach einer vernünftigen Frage.

»Hat er gesagt, warum der Husten so hartnäckig ist?«

»Er meinte, es sei eine Entzündung, wie du auch gesagt hast. Mein Bluttest heute war im normalen Bereich und die CT hat keine Hinweise auf Metastasen ergeben.«

»Das ist genial!«

»Ich habe ihn gefragt, ob es wahrscheinlicher sei, dass ich es auch fünf Jahre schaffen würde, wenn ich jetzt schon zwei Jahre lang krebsfrei wäre.«

»Was hat er gesagt?«

Ich fragte mich, wie es war, ihr Arzt zu sein. Im Allgemeinen war es einfacher, mit intelligenten Patienten umzugehen, die verstanden, wovon man sprach, aber die sehr neugierigen Patienten, die überraschende Fragen stellten, konnten etwas einschüchternd sein.

»Er sagte, das sei eine Frage für einen Statistiker. Daraufhin sagte ich: Nun, man muss wohl zwei Jahre überstehen, um überhaupt die Chance auf fünf zu haben, oder? Was machen wir jetzt?«

Ich war immer noch so aufgewühlt, dass ich für einen Moment dachte, sie würde von der langfristigen Zukunft sprechen.

In den letzten Tagen war es mir so vorgekommen, als hätte unser Leben stillgestanden.

Es gab nur wenig, was ich lieber tat, als einen Nachmittag mit Tess durch London zu streifen. Als wir an jenem Morgen das Haus verlassen hatten, hatte ich befürchtet, dass sich unser Leben bei unserer Rückkehr unwiderruflich verändert haben würde. Jetzt, da es genau dasselbe war, war ich seltsam unzufrieden. Heute Morgen hätte ich meinen rechten Arm dafür gegeben, dass alles normal wäre. Jetzt fühlte sich normal nicht genug an.

Die City war ein Labyrinth aus Gerüsttunneln und provisorischen Gehwegen um Baustellen herum, aber wir entdeckten unerwartete Ruheoasen inmitten von Lärm und Verkehr: einen alten Friedhof, auf dem William Blake begraben war; die perfekt erhaltenen viktorianischen Arkaden des Leadenhall Market, die nach dem Mittagsansturm menschenleer waren; einen Blick auf die Themse bei Flut, die hinter dem Hauptsitz einer internationalen Bank fast magisch wirkte. Das sanfte Plätschern des Flusses dämpfte alles, nur das laute Sirenengeheul nicht. Als wir über die MillenniumBridge gingen, waren die Ufer von gelben Lichterketten erleuchtet.

Ein Straßenmusiker vor der Tate Modern spielte Ed Sheeran, die Melodie schwebte in der Luft zusammen mit dem Holzkohlenrauch eines Maronenverkäufers.

»Ich liebe diesen Geruch«, sagte Tess. »Daran merkt man, dass Weihnachten vor der Tür steht.«

21. Kapitel

Als Weihnachtsgeschenk buchte ich eine Loge im Royal Opera House. Tess und ich trafen Hope und Martin am Bahnhof. Er verließ uns, um in der Denmark Street mit einem Mann über eine Gitarre zu sprechen, was sich wie ein Euphemismus anhörte, aber in Martins Fall wahrscheinlich nur ein Gespräch mit einem Mann über eine Gitarre war. Wir nahmen ein Taxi. Tess bat den Fahrer, uns über die Regent Street zu fahren, und Hope setzte sich direkt auf den Boden, damit sie all die funkelnden Lichter über uns sehen konnte.

Die Piazza von Covent Garden war mit Tannengirlanden und Christbaumkugeln geschmückt und in den Boutiquen wimmelte es von Kunden. Vor dem Chanel-Laden stand eine stark geschminkte Frau neben einer menschengroßen Flasche N°5 und bot jedem, der wollte, einen Spritzer an.

Tess hielt ihr das Handgelenk hin und Hope tat es ihr gleich.

»Gefällt er dir?«, fragte sie Hope.

Ihre Schwester schniefte. »Nein«, sagte sie.

»Was möchtet ihr jetzt tun?«, fragte ich. »Ich habe den Tisch für sechs Uhr reserviert, wir haben also noch ungefähr eine Stunde Zeit.«

»Pssst!« Hope hob die Hand, um uns zum Schweigen zu bringen.

Wir lauschten. Wenn man sich sehr konzentrierte, konnte man durch den Einkaufstrubel jemanden singen hören. Plötzlich bahnte sich Hope einen Weg durch die Menschenmassen zur Markthalle. Sie drängte sich in die erste Reihe einer Menge, die über eine Balustrade blickte. In dem abgesenkten Innenhof darunter stand ein Tenor mit weißer Krawatte. Aus den Lautsprechern auf dem Boden ertönte die Begleitmusik, aber seine kräftige Stimme erhob sich über das volle Orchester. Am Ende der berühmten schwermütigen Arie von *Pagliacci* ertönte tosender Applaus.

Es war klar, dass sein Auftritt zu Ende war, denn ein Streichquartett wartete mit ausgepackten Instrumenten, aber als die Rufe nach einer Zugabe nicht verstummten, gab er der Versuchung nach und wählte das Trinklied aus *La Traviata*. Wahrscheinlich gab es in der Begleitmusik eine Sopranistin, aber niemand im Publikum hörte sie, denn wie aufs Stichwort setzte Hope ein, deren umwerfende Stimme durch den Raum zwischen ihnen hallte. Überrascht schaute der Tenor zu uns hoch und winkte sie zu sich herunter. Zuerst schien sie es nicht zu bemerken, dann stupste Martin sie an und die Menge teilte sich, damit sie die Treppe hinuntergehen konnte, um die letzte Strophe mit dem Tenor zusammen zu singen.

Ihre Stimmen bildeten wunderbare Harmonien, aber äußerlich gaben sie ein seltsames Paar ab. Der Tenor war für ein klassisches Konzert gekleidet, während Hope für diesen Tag ein lilafarbenes, mit Strass besetztes Ballkleid unter einer Jeansjacke trug, und dazu ihre üblichen rot-schwarzen Sneaker. Offenbar hatte Tess ihr gesagt, dass es keine Kleiderordnung gab, was bedeutete, dass man ein langes Kleid oder Jeans tragen konnte, wie man wollte.

Als sie fertig waren, wollte der Tenor unter tosendem Applaus Hope die Hand küssen, aber sie entriss sie ihm und sein Versuch landete in der Luft. Diese unbeabsichtigte Slapsticknummer brachte die Leute dazu, noch mehr zu klatschen. Ein Freund des Tenors ging mit einer Kappe herum und bat um Spenden. Ich warf einen Fünfer hinein, dann hielt er sie Martin hin.

»Du solltest ihr etwas abgeben«, sagte Martin und deutete auf Hope. Sein Tonfall verriet, dass er keinen Scherz machte.

»Es war großzügig von ihm, sie mitmachen zu lassen, Martin«, sagte Tess.

»Ihretwegen bekommt er mehr Geld.«

Als der Tenor seinen Lautsprecher nahm, verbeugte sich Hope weiter und das Publikum applaudierte weiter. Da Tess merkte, dass die Bewunderung allmählich Belustigung wich, drängte sie sich durch die Menge, um Hope die Treppe wieder nach oben zu führen.

»Hat dir mein Gesang gefallen, Tree?«

»Ja!«

»Hat dir mein Gesang gefallen, Gus?«

»Ohne ein Lied von Hope wäre Weihnachten nicht Weihnachten«, sagte ich und fügte schnell hinzu. »Ja!«

»Wie oft habe ich dir schon gesagt, du sollst dich aufwärmen, bevor du singst?«, knurrte Martin sie an.

»Einhundertdreimal.«

»Bist du sicher, dass das so wichtig ist, Martin?«, fragte Tess. »Sie hat sich noch nie in ihrem Leben aufgewärmt.«

»Bist du plötzlich Gesangslehrerin für Opernsänger oder was?« Sein Ton war aggressiv.

»Wer hat Hunger?«, schaltete ich mich ein.

»Ich«, sagte Hope.

Martin gehörte zu den Männern, die nachtragend waren. Je länger das Schweigen anhielt, desto mehr plapperte Tess, als wollte sie ihn aufheitern.

»Was ist das?«, fragte Hope, als unser Essen auf den Tisch kam.

»Das ist die Pizza, die du bestellt hast«, antwortete Tess.

»Sie ist auf einem kurzen Brett.«

»So wird sie hier serviert.«

»Unsere Pizza kommt in einer Schachtel.«

Zum Glück bot das Restaurant auch Lieferungen an, sodass es kein Problem war, das zu ändern.

»Wer erzählt mir die Geschichte von *La Bohème*?«, fragte Tess fröhlich.

Schließlich gab Martin nach und gab den Experten, indem er uns eine Szene nach der anderen schilderte. Hope unterbrach ihn gelegentlich mit einer kleinen Arie, bevor er sie mit seinem Blick zum Schweigen brachte.

»Du weißt, dass du während der Aufführung auf keinen Fall singen darfst, oder, Hope?«, fragte Tess.

»Natürlich weiß sie das«, antwortete Martin an ihrer Stelle.

»Wie wäre es mit einem Nachtisch?«, fragte ich und nahm die Speisekarte in die Hand.

»Ist das auf einem Teller?«

»Ich glaube schon.«

»Brownie und Eiscreme«, sagte sie.

»Hope ...« In Martins Stimme schwang eine Drohung mit.

»Ist Brownie das Gleiche wie Kuchen? Ich darf keinen Kuchen mehr essen.«

»Dann eben nur Eiscreme«, sagte ich.

Wir überließen ihnen die beiden vorderen Plätze der Loge, Tess und ich saßen hinter ihnen.

Tess war noch nie in einer Oper gewesen und ich genoss es fast ebenso sehr, ihre Reaktion zu beobachten, wie die Oper selbst.

»Es ist einfach unglaublich«, flüsterte sie.

Hope drehte sich um und zischte, damit sie still war.

»Ich wollte immer wissen, wie es sich anfühlt, in der Menge bei Glastonbury zu stehen«, sagte sie in der Pause. »Mir ist schon klar, dass es hier nicht erlaubt ist, Plakate zu schwenken oder sich auf die Schultern seines Freundes zu setzen, aber man spürt eine Art Spannung, die durchs Publikum geht, oder? Als wären wir alle glücklich, an etwas teilzuhaben, das in dieser Form nie wieder passieren wird.«

In der Schlussszene, in der Mimi an Schwindsucht stirbt, spürte ich, wie sie meine Hand ergriff und sah, dass ihr Tränen über die Wangen liefen.

In der U-Bahn zurück nach St. Pancras sagte keiner von uns ein Wort, als könnte das Gefühl verschwinden, wenn wir das Schweigen brachen, und wir wollten es für immer festhalten.

Ich beobachtete, wie Tess neben Hopes und Martins Zug herlief, als dieser abfuhr, und so schnell sie konnte beschleunigte, um ihrer Schwester zuzuwinken, bis der Zug sie überholte und der Bahnsteig zu Ende war. Sie starrte auf das leere Gleis, dann drehte sie sich zu mir um.

»Was meinst du, was mit Martin los ist?«, fragte sie.

»Ich glaube, er versucht, aus Hope eine Opernsängerin zu machen.«

»Wie Svengali«, fragte sie erschrocken. »Glaubst du, Hope geht es gut?«

»Du hast einmal gesagt, es sei schwer zu sagen, ob Hope glücklich ist, aber im Allgemeinen wüsste man, wenn sie es nicht ist.«

Ich erinnerte mich vage, dass Tess zum letzten Weihnachtsfest zwei weihnachtliche Fertiggerichte bei Marks & Spencer gekauft hatte. Ich war noch nie ein Fan von Truthahn mit allem Drum und Dran gewesen, also beschloss ich, ein italienisches Festmahl vorzubereiten. Als Vorspeise gab es Burrata, die laut Tess eher nach Sahne als nach Käse schmeckte. Als Hauptgang gab es sizilianische Würstchen mit Rosmarinkartoffeln. Tess, die immer darauf achtete, dass ich mich nicht zu sehr unter Druck setzte, hatte vorgeschlagen, dass sie und ich uns statt Geschenken gegenseitig Spaßgeschenke machen sollten, ein bisschen wie Wichteln.

Sie hatte mir eine Schneekugel der National Gallery gekauft und mich gewarnt, dass das Wasser trüb werden würde, wenn ich sie zu oft schüttelte. Das war jedenfalls mit der Kuppel passiert, die ihr Bruder Kevin Hope aus New York geschickt hatte.

Als ich ihr eine kleine schwarze Samtschachtel überreichte, bekam sie kurz schlechte Laune.

»Ich weiß jetzt schon, dass das mehr als zehn Pfund gekostet haben muss.«

Sie zögerte, bevor sie den Deckel öffnete.

Ich hatte die Ohrringe entdeckt, als ich an einem Geschäft vorbeiging, das große Steine aus Amethyst und Rosenquarz im Schaufenster ausstellte sowie kleinere, in Silber gefasste Steine mit handgeschriebenen Etiketten über die Kraft der Kristalle.

Ich glaubte nicht an so etwas, aber das regenbogenfarbene Schimmern der kleinen Mondsteine zog mich an.

Die Frau im Laden erinnerte mit ihren langen schwarzen Haaren und dem Nasenring an eine Wahrsagerin. Von ihr hatte ich dazu ein selbst gedrucktes Dokument in Frakturschrift erhalten, das ich Tess überreichte, die es nun vorlas: »Mondstein ist so alt wie der Mond selbst und seine Bedeutung liegt in seiner Energie. Er ist ein Stein für Neuanfänge und fördert Inspiration, Erfolg und Glück. Er ist äußerst nützlich für Reisende.«

»Gefallen sie dir?«, fragte ich und beobachtete, wie sie die kleinen polierten Kuppeln kippte, um die verschiedenen Farben zu sehen.

»Sie sind wunderschön!«

»Neuanfänge«, sagte ich. »Ich dachte an unseren Plan, nach Italien zu gehen.«

Ich hatte ein schlechtes Gewissen, weil ich ein ganzes Jahr ihres Lebens vergeudet hatte, aber wenn ich die Zeit nicht zurückdrehen konnte, dann war das wohl das Nächstbeste.

»Damit scheinen wir nicht viel Glück zu haben.«

»Ich bin jetzt bereit«, sagte ich.

Tess seufzte.

»Die Sache ist die, Gus, ich weiß nicht, ob ich es bin.«

Tess

22. Kapitel

Sommer 2016

Als Hope klein war, verlor ich sie einmal an Weihnachten bei Selfridges, und obwohl sie nur zehn Minuten weg war, erschütterte dieser schreckliche Vorfall monatelang mein Selbstvertrauen. Oft nahm ich sie so fest an der Hand, dass sie sich auf den Bürgersteig setzte und nicht mehr weiterwollte, oder schlimmer noch, schrie, ich würde ihr wehtun.

Eine ähnliche Angst hielt sich fast schon ein Jahr in mir. Auch nachdem Gus sich erholt hatte, ging sie nie ganz weg. Ich versuchte, es mir nicht anmerken zu lassen, denn ich wollte auf keinen Fall, dass er wieder von einem Strudel hinuntergezogen wurde. Ganz offensichtlich spürte er aber, dass etwas nicht stimmte, denn er versuchte immer wieder, mich zum Lächeln zu bringen.

Es war, als würden wir einen seltsamen Tanz aufführen, bei dem wir umeinander herumtänzelten, ohne die Schritte zu kennen.

Ich freute mich über die Opernkarten, die Ohrringe und das Valentinstagsgeschenk, nicht nur einen Strauß roter Rosen, sondern ein ganzes Jahr lang bunte Rosen, die jeden Montag in einem schmalen Karton kamen, der durch den Briefkasten geschoben wurde, damit man keine Lieferung verpassen konnte. Ich sah, dass er sich bemühte, neue Unternehmungen vorzuschlagen, wie beispielsweise an sonnigen Wochenenden die ganze Themse entlangzulaufen, in Abschnitten versteht sich, oder mit dem Zug für einen Tag nach Brighton oder Oxford zu fahren. Aber irgendwie wollte die seltsame Dumpfheit in mir nicht weichen. In meinem Bemühen, für uns beide stark zu sein, hatte ich anscheinend die Tür zu meinen Gefühlen verschlossen und dann den Schlüssel verloren.

Während Gus' Krankheit hatten wir aufgehört, miteinander zu schlafen. Als er wieder körperlich aktiv wurde, kehrte sein Verlangen zurück, aber es fiel mir schwer, die Zurückweisung zu überwinden, auch wenn ich wusste, dass er es nicht mit Absicht getan hatte. Ich wollte ihn auf keinen Fall wieder aufwühlen, also machte ich mit, aber ich wusste, dass er es merkte, denn schon bald ließen seine Bemühungen nach. Jeden Abend, wenn wir ins Bett gingen, umarmten wir uns liebevoll und gaben uns einen Kuss auf die Lippen. Dann gähnte einer von uns beiden übertrieben, als Zeichen, dass wir zu müde waren, um das Thema überhaupt anzusprechen. Danach drehten wir uns beide um, lagen jeder am äußersten Rand des Bettes und taten so, als ob wir schliefen – zwischen uns jede Menge Fragen, die keiner von uns zu stellen wagte. War das nur eine Phase? Mochte er/sie mich noch? Sollten wir darüber reden? Was sollte passieren, damit es wieder anders wurde?

Bei der Arbeit beschloss Ash, den Doll nach meiner vollständigen Rückkehr zum Chefstrategen ernannt hatte, dass *The Doll House* renoviert werden musste. Da die Sommerferien die ruhigsten Wochen des Jahres waren, schlossen wir für zwei Wochen, als die meisten unserer Kundinnen zu ihren Zweitwohnsitzen reisten.

Es würde Gus' erster längerer Urlaub mit seinen Töchtern seit seiner Krankheit sein. Sie wollten nach Cornwall fahren, weil mehrere ihrer Freunde dort den Sommer verbrachten und sagten, es sei cool. Er hatte ein wunderschönes modernes Haus in der Nähe von Padstow gebucht, mit Schieferböden und Balkonen mit Flügeltüren. Die drei würden surfen lernen und in noblen Fischrestaurants essen. Ich hatte vor, dort auf der Terrasse zu sitzen und zu lesen. Ich hatte die Booker-Shortlist und zwei Badeanzüge gekauft, damit ich überzeugend aussah. Aggie hatte mir eine luxuriöse Pediküre verpasst und mir die Zehennägel marineblau lackiert. Es sei die angesagte Farbe der Saison, versicherte sie mir, doch für mich sah sie eher nach Pilzbefall als nach Glamour aus.

Als ich den Laden abschloss, empfand ich eine seltsame Nostalgie beim Anblick des Schaufensters vom *The Doll House* und der rosa Einrichtung. Wenn ich den Laden wiedersah, würde er in elegantem Schwarz und Chrom erstrahlen.

Die Fenster im Erdgeschoss von Gus' Haus standen offen und ich konnte von der Straße aus hören, dass er telefonierte. An seiner kurz angebundenen Art erkannte ich, dass er mit Charlotte sprach. Ihre Beziehung hatte nach einem vorübergehenden Waffenstillstand schnell wieder zu der üblichen Kälte zurückgefunden. Die Gemüter waren eindeutig erhitzt.

Ich wollte gerade meinen Schlüssel ins Schloss stecken, als ich hörte, wie mein Name fiel.

»Aber ich kann nicht jederzeit mit Tess wegfahren! Wir haben diese zwei Wochen gebucht. Ich weiß, es ist schwierig für die Kinder. Es tut mir leid, aber Flora darf sich nicht weigern zu kommen. Sag ihr, sie soll mich anrufen.«

Es ist schon komisch, wie Handys unser Leben in vielerlei Hinsicht verändert haben. Früher hätte Gus seinem Frust Luft machen können, indem er den Hörer auf den Boden knallte. Jetzt, als ich die Tür aufstieß, sah ich, wie er fast schon komisch mit dem Finger auf das Display einstach.

»Probleme?«

»Flora scheint schon ein unmöglicher Teenager geworden zu sein.«

»Will sie mich im Urlaub nicht dabeihaben?«

»Ich werde mit ihr reden.«

»Ich komme nicht mit«, sagte ich sofort.

»Nein. Es kann nicht gut für Flora sein, wenn sie glaubt, bestimmen zu können ...«

»Ehrlich, Gus, das Letzte, was wir brauchen, sind zwei Wochen Stress. Sie ist erst zwölf. Sie will dich zwei Wochen für sich allein haben. Das kann ich verstehen.«

»Aber was machst du dann?«

»Mir fällt schon was ein.« Ich versuchte, locker zu klingen. »Mach dir um mich keine Sorgen.«

Ich war etwas erstaunt über sein Einverständnis, aber auch erleichtert, dass ich nicht zwei Wochen mit seiner Tochter verbringen musste.

»Ich hoffe, dass es in Cornwall verdammt noch mal regnet«, sagte Doll, als ich sie am nächsten Tag anrief, nachdem Gus weggefahren war, um die Mädchen vom Flughafen abzuholen.

»Ich habe überlegt, nach Margate runterzukommen und mit Elsie Sandburgen zu bauen.«

»Dave ist mit den Kindern nach Marbella geflogen. Ich habe wirklich viel zu tun, aber vielleicht können wir einen Wellnesstag einschieben?«

Ich wollte nicht in ihren Kalender gezwängt werden.
»Das ist zu sehr wie Arbeit!«, erwiderte ich.
»Warum fährst du nicht nach Italien?«
»Vielleicht.«
»*Hasta la vista!*«
»Das ist Spanisch.« Ich rief Hope an.
»Ich bin bei der Arbeit«, sagte sie.
»Ich habe mich gefragt, ob du Lust hast, mit mir in den Urlaub zu fahren?«
»Wer ist dann im Laden?«
»Martin hätte bestimmt nichts dagegen.«
Ich konnte mir nicht vorstellen, dass es an einem Augustwochenende einen besonderen Ansturm auf Klarinettenblätter oder Gitarrensaiten gab.
»Er hätte etwas dagegen«, widersprach Hope.
Wahrscheinlich hatte sie recht.
»Ich dachte nur, es wäre schön, wenn wir Zeit miteinander verbringen könnten.«
»Ich mag keine Ferien, Tree!«
Ich erkannte den leichten Anflug von Unruhe in ihrer Stimme, der immer anklang, wenn sich etwas an ihrer Routine ändern sollte. Ich hatte es schon lange nicht mehr gehört, weil wir schon seit Jahren nicht mehr zusammen verreist waren. Jetzt erinnerte ich mich, wie schwierig es gewesen war, sie aus dem Haus zu bekommen, als wir unseren einzigen Auslandsurlaub auf den Kanaren angetreten hatten. Mum hatte versucht, sie zu beruhigen, während Dad ihr mit einer Tracht Prügel drohte, sollten wir das Flugzeug verpassen. Ich dachte an die Aufregung an den Abflugschaltern, als sie und ich unseren Bruder Kevin in New York besucht hatten. Hatte sie überhaupt noch einen gültigen Ausweis?

»Kein Problem, Hope«, sagte ich schnell. »Vielleicht komme ich ja stattdessen runter und besuche dich.«

»Ich bin bei der Arbeit.«

»Ja, ich weiß, aber ...«

»Ich kann nicht den ganzen Tag quatschen.«

Ich konnte immer noch einen Last-Minute-Urlaub buchen. Am meisten reizte mich eine Reise nach Sizilien mit Flug nach Catania, bei der alle möglichen Tagesausflüge zu historischen Stätten im Preis inbegriffen waren, außerdem ein Hotel mit Halbpension. Der einzige Nachteil war, dass man erst vor Ort erfuhr, wo genau man untergebracht war. Es war ein gewisses Risiko, aber billig, und da ich noch nie auf Sizilien gewesen war, sollte alles neu und anders sein. Ich bestätigte die Zahlung und kam mir plötzlich sehr mutig vor, zugleich war ich ziemlich nervös.

Mein Koffer und mein Reisepass befanden sich in meiner Wohnung. In letzter Zeit war ich nur noch selten dort. Während Gus' Krankheit hatte ich mich nicht getraut, ihn oft allein zu lassen, und jetzt war es schlicht unkomplizierter, alle meine Sachen an einem Ort zu haben.

Zu meiner Überraschung fand ich keine unerwünschte Post auf der Fußmatte hinter der Haustür vor und das Treppenhaus war kürzlich gesaugt worden. War ein neuer Mieter in die Wohnung über mir gezogen? Ich konnte mir nicht vorstellen, dass der bisherige Mieter einen Staubsauger schwang, geschweige denn eine Reinigungskraft anheuerte.

Als ich die Treppe hinaufging, hörte ich das unverkennbare Stöhnen von Sex. Eindeutig ein neuer Mieter, dachte ich, als ich die Tür öffnete.

»Was zum Teufel?«

Aus den Decken auf meinem Bett lugte Dolls Kopf hervor, ihr Haar ein einziges Durcheinander. Ich war so schockiert, sie zu sehen, dass ich nicht einmal die Füße bemerkte, wo normalerweise meine Kissen lagen. In ihrer Verwirrung zog Doll die Decke hoch, um ihre nackten Brüste zu bedecken, woraufhin der Kopf des Mannes am Fußende des Bettes zum Vorschein kam.

»Alles klar?«, fragte Ash und entfernte vorsichtig etwas aus seinem Mund, vermutlich ein Schamhaar.

»Sorry!«, sagte ich, schlug die Tür hinter mir zu und rannte die Treppe hinunter.

Als ich die Haustür öffnete, wusste ich nicht, in welche Richtung ich gehen sollte.

Ich hörte Dolls Schritte auf der Treppe hinter mir und begann zu laufen. Meine Gedanken wirbelten wild durcheinander. War das eine einmalige Sache? Oder ging das schon seit Ewigkeiten so? Wussten es alle, nur ich nicht? War das der Grund, warum die Angestellten Ash gegenüber so misstrauisch waren?

An der Kreuzung blieb ich stehen und wartete, dass die Ampel auf Grün umsprang.

»Tess! Tess!«

Ich konnte hören, wie sie hinter mir Boden gutmachte und betete, dass die Ampel umsprang.

»So solltest du es nicht erfahren«, sagte Doll und versuchte, ihr Haar zu glätten, während sie den anderen Arm über ihre Brust legte, um zu verbergen, dass sie unter dem Männer-T-Shirt, das sie sich übergeworfen hatte, keinen BH trug.

»Wie sollte ich es denn erfahren?«

»Sei doch nicht so.«

Doll wälzte Kritik immer reflexartig auf ihr Gegenüber ab und gab ihm das Gefühl, eigentlich schuld zu sein. Das machte sie zu einer guten Geschäftsfrau. Aber ich kannte das schon.

»Warst du tatsächlich mit ihm im Bett, als ich vorhin angerufen habe?«

Einen Moment lang konnte sie mich nicht ansehen.

Mir wurde klar, dass ihre scheinbare Großzügigkeit, mir die Wohnung weiter zu überlassen, nur ein Vorwand gewesen war. Ich kam mir so dumm vor.

Der Verkehr war zum Stillstand gekommen und die Ampel begann zu piepen. Ich überquerte die Straße.

»Tess?«

In letzter Sekunde beschloss Doll, mir zu folgen.

»Geh nicht so schnell, ja?«, bat sie keuchend hinter mir. »Es ist nicht so, wie du denkst.«

»Du weißt nicht, was ich denke.«

»Du denkst, dass es viel größer ist, als es ist.«

»Wie groß ist es denn?« Ich blieb stehen und sah sie an.

»Wenn ich ein Mann wäre, wärst du nicht schockiert«, sagte Doll. »Frauen, die jüngere Männer daten, werden dafür verachtet. Männer, die jüngere Frauen daten, sind, tja, eben Männer.«

»Du bist verheiratet!«, kreischte ich.

»Na, dann eben vögeln«, sagte sie, als ob ich mich an dem Wort »daten« stören würde. »Und dein Leo war doch auch verheiratet, oder?«

Wie schaffte sie es immer wieder, auf meine Fehler zu kommen, wenn sie diejenige war, die im Unrecht war?

»Was ist mit Dave? Was mit Elsie und Tommy?«

Plötzlich dachte ich an Tommys merkwürdig dunkles Haar.

»O mein Gott! Ash ist doch nicht etwa Tommys Vater, oder?«

»Natürlich nicht!«

Jetzt war Doll diejenige, die schockiert aussah.

»Wie soll ich Dave jetzt noch in die Augen sehen?«, feuerte ich zurück.

»Dave ist kein Engel«, sagte Doll. »Wenn du die Nachrichten von der Tussi gesehen hättest, die er auf einem Junggesellenabschied kennengelernt hat ...«

Tussi, Junggesellenabschied, das war alles neu für mich. Warum hatte sie mir nichts davon erzählt? Früher hatten wir uns doch immer alles erzählt. War ich so sehr mit meinen eigenen Problemen beschäftigt, dass ich nicht mehr mitbekam, was um mich herum vor sich ging?

Ich stellte mir Dave und seine Kumpels in identischen T-Shirts vor, wie sie eine Gruppe spärlich bekleideter Frauen mit einem riesigen, aufblasbaren Penis anstarrten. Früher hatten wir sie ständig auf der Promenade gesehen, wenn sie mit ihren Teufelshörnern vom Bahnhof zum Pub stolzierten und nach der Sperrstunde mit schiefem Brautschleier auf dem Kopf hinaustorkelten und den Penis wie einen Strandball über die Promenade kickten.

»Dann ist es also Rache?«, fragte ich.

Doll seufzte. »Eigentlich nicht. Um ehrlich zu sein, ist es hauptsächlich Langeweile. Du hast ja keine Ahnung, wie routinemäßig Sex wird, wenn man zwei Kinder hat. Ich meine, da kannst du noch so viel Beckenbodentraining machen ...«

»Hör auf!«, brüllte ich. »Ich will nichts über dein Sexleben oder die Größe von Ashs Schwanz oder sonst etwas davon wissen!«

»Genau deshalb habe ich es dir nicht erzählt«, sagte Doll. »Für dich gibt es immer nur schwarz und weiß.«

23. Kapitel

»Waren Sie schon einmal auf Sizilien?«
Im Flugzeug saß ich auf einem Gangplatz neben einem Ehepaar mittleren Alters.
»Noch nie«, antwortete ich und schlug mein Buch auf.
»Wir auch nicht!«, sagte die Frau, als wäre es ein ganz außergewöhnlicher Zufall. »Haben Sie das Überraschungspaket mit Halbpension gebucht?«
Ich nickte.
»Wissen Sie etwas über Sizilien?«
»Ich kenne nur die Würstchen«, sagte ich und als ich merkte, dass das vielleicht etwas unhöflich klang, fügte ich hinzu: »Da ist Fenchel drin.«
»Ach«, sagte die Frau, die nicht recht wusste, was sie von mir halten sollte. »Viv, und das ist Steve.«
Der Mann winkte mir vom Fensterplatz aus zu.
»Es ist das erste Mal seit 24 Jahren, dass wir zu zweit verreisen«, berichtete Viv. »Unsere Jüngste hat ihre Abiturergebnisse bekommen und ist sofort mit ihrem Freund weggefahren. Letztes Jahr um diese Zeit waren wir alle zusammen auf Korfu. Komisch, dass man nicht weiß, welcher Familienurlaub der letzte sein wird, oder?«

Ich dachte an unsere Familie auf den Kanarischen Inseln, das erste und letzte Mal, dass wir im Ausland Urlaub gemacht hatten. Ich hatte einen guten Realschulabschluss gemacht und Hope war noch ein Kleinkind gewesen. Meine Mutter hatte gerade ihre Chemotherapie beendet und mein Vater musste auf Sieg gesetzt haben, denn er hatte eine Reise nach Teneriffa gebucht. Bei der Elvis-Karaokenacht in Los Cristianos hatte er einen Preis für seine Darbietung von »The Wonder of You« bekommen und Mum kaufte den Keramikteller mit dem handgemalten Motto: *Heute ist der erste Tag vom Rest deines Lebens.*

»Nein, das stimmt«, sagte ich.

»Mit wem sind Sie unterwegs?«, erkundigte sich Viv und reckte den Hals, als ob sie meine Reisebegleitung erkennen könnte.

»Ich bin allein unterwegs.«

»Kein Problem, Sie können gern mit uns essen. Es gibt nichts Schlimmeres als das Abendessen, oder?«

Viv übernahm das Reden, Steve war ein Mann weniger Worte. Sein einziger Beitrag zur Unterhaltung bestand darin, dass er auf die größte petrochemische Anlage Europas hinwies, als der Bus an der Küste entlang zu unserem Ziel raste. Die Industrieanlage erstreckte sich über viele Kilometer – nicht gerade ein verheißungsvoller Anfang.

Als wir vor einem Hotel in einer recht gewöhnlich aussehenden Straße in der Stadt Syrakus hielten, wurde es gerade dunkel. Mein Zimmer war sehr heiß. Ich beging den Fehler, das Fenster zu öffnen, das zu einem Schacht hinausblickte, in dem sich die Mülltonnen befanden, erst dann stellte ich fest, dass es eine Klimaanlage gab. Anschließend ging ich zum Abendessen hinunter.

Viv hatte sich ein Kleid angezogen und etwas Lippenstift aufgetragen, obwohl der schmuddelige Speisesaal den Aufwand eigentlich nicht lohnte. Es gab ein Büfett mit Nudeln auf großen Metalltabletts und Salat, der aussah, als wäre er vorgewaschen gewesen und schon einige Stunden zuvor aus der Tüte geholt worden.

Viv plauderte über Mahlzeiten, die sie im Urlaub zu sich genommen hatten, und Steve steuerte gelegentlich Sätze bei wie »es gibt nichts Schlimmeres als matschige Pommes« und »eine Woche lang Durchfall«!

Als wir alle unsere Servietten falteten und aufstanden, sagte ich, dass ich einen Spaziergang machen wolle. Viv fürchtete um meine Sicherheit und warf Steve einen Blick zu, als würde sie darauf bestehen, mich zu begleiten, wenn ich unbedingt gehen wollte. Also gähnte ich stattdessen, sagte, es sei wohl vernünftiger, sich bei Tageslicht umzusehen, und dann kehrten wir alle in unsere Zimmer zurück.

Ich hatte eine Mücke hereingelassen und zog mir das Laken über den Kopf. Das schien jedoch nur das Summen der Gedanken in meinem Kopf zu verstärken. Ich erinnerte mich an die zerwühlte Decke auf meinem Bett, an Ashs überraschtes Gesicht, daran, wie Doll in seinem T-Shirt auf der Straße gestanden hatte.

Warum fühlte ich mich durch ihre Untreue so verraten und verletzt? Sie hatte doch eigentlich gar nichts mit mir zu tun? Und warum war ich mir so sicher gewesen, dass Dave ihr treu war?

Ich war immer davon überzeugt gewesen, dass sie bis an ihr Lebensende glücklich sein würden. Kam das nur daher, dass er mich ihretwegen verlassen hatte, sodass ich mir einreden musste, es wäre Schicksal und nicht einfach nur eine Entscheidung gewesen?

Dabei hätte ich gar nicht mit ihm zusammen sein wollen. Aber warum nicht? Viv und Steve schienen einigermaßen glücklich miteinander zu sein. Waren Toleranz und Zuneigung das Beste, worauf man hoffen konnte, wenn der erste Rausch der Liebe nachließ? Warum investierte man so viel in die Suche nach dem Richtigen, wenn man letztlich nur jemanden suchte, der einem die Haare zurückhielt, wenn man eine Salmonellenvergiftung hatte?

Ich schlug die Decke zurück und griff nach meinem Handy.

»Tess?«

Gus klang, als ob ich ihn geweckt hätte.

»Wo bist du?«, fragte er.

»Ich sitze in einem schrecklichen Zimmer in einem schäbigen Hotel nur wenige Kilometer von der größten petrochemischen Anlage Europas entfernt und habe nur eine Mücke als Gesellschaft.«

»Du bist echt nicht anspruchsvoll!«

Dann lachten wir beide und ich umfasste mit beiden Händen das Telefon an meinem Ohr, während ich ihm von meiner Reise erzählte. Ich spürte, wie kleine, erregende Impulse durch meinen Körper zuckten, als würde er neben mir im Dunkeln liegen.

»Ich wünschte, ich wäre bei dir.«

Ich stellte mir vor, wie er seinen langen Körper auf dieser klumpigen Matratze von hinten an mich kuscheln und kleine Küsse auf meinem Nacken verteilen würde. Wie ich mich in seinen Armen umdrehte, seine Haut auf meiner, wie unsere Lippen sich berührten ...

»Ich weiß nicht, was die Mücke davon halten würde«, sagte ich.

»Ich vermisse dich«, seufzte er, als wären wir schon viel länger als 48 Stunden getrennt, was wir in gewisser Weise auch waren.

»Ich vermisse dich auch.«
Das Schweigen war voller Sehnsucht, dann sagten wir uns gute Nacht.

Ich stieg aus dem Bett, schaltete das Licht an und jagte ein oder zwei Minuten lang die Mücke durchs Zimmer, bevor ich sie mit einem Roman von der Booker-Shortlist erschlug. Anschließend fiel ich zum ersten Mal seit Monaten in einen traumlosen Schlaf.

24. Kapitel

Ich wurde wach, weil Viv an meine Tür klopfte und sagte, der Bus für den Tagesausflug stehe bereit. Das Licht am Rand der Jalousie verriet mir, dass draußen die Sonne schien.
»Ich lasse das heute ausfallen«, rief ich.
»Geht es Ihnen gut?«
»Ja.«
»Wir sehen uns beim Abendessen.«

Der Rezeptionist gab mir einen Stadtplan und kreiste mit einem Kugelschreiber ein, was ich mir ansehen sollte. Die Stadt wurde von einer riesigen, modernen Kathedrale in Form einer Träne beherrscht, die der Schutzpatronin Santa Lucia gewidmet war. In der Nähe befand sich auch eine Kirche aus dem siebten Jahrhundert, in der sie bestattet war. In einem archäologischen Park befand sich eines der größten griechischen Amphitheater des gesamten Mittelmeerraums. Der Ort, den der Rezeptionist mehrmals umkreiste, war Ortigia, und er betonte, dass er *bellissima* sei.

Das erschien mir unwahrscheinlich, als ich eine Einkaufsstraße hinterging, die wie eine beliebige Durchgangsstraße in einer beliebigen europäischen Stadt aussah. Das Einzige, was mich an Italien erinnerte, waren die brennende Sonne und der köstliche Cappuccino, den ich an einem Tresen aus rostfreiem Stahl trank. Dazu aß ich ein süßes, mit Puderzucker bestäubtes Cornetto.

Es waren ungefähr eineinhalb Kilometer bis nach Ortigia, einer Inselfestung, die durch einen schmalen Kanal von der Stadt getrennt war. Da es sich um ein Kulturerbe handelte, war die Zufahrt für Fahrzeuge gesperrt. Als ich die Brücke überquerte, sank der Geräuschpegel und in mir breitete sich tiefe Ruhe aus.

Das war das Italien, das ich kannte und liebte, mit ockerfarbenen Gebäuden und Terrakottadächern vor einem wolkenlosen blauen Himmel.

Ich ging eine schmale Kopfsteinpflasterstraße hinauf und atmete die köstlichen Essensgerüche ein, die mir aus den noch verschlossenen, kleinen Restaurants entgegenwehten, in denen das Mittagessen vorbereitet wurde. Es gab die üblichen Geschäfte, die hübsche Flaschen mit Olivenöl verkauften. Vor anderen standen leuchtende Tafeln mit Kühlschrankmagneten vor der Tür, bei denen ich mich immer fragte, wer wohl zuerst auf die Regale mit Schmuck und Massenkeramik geschaut und gedacht hatte, dass die Leute eigentlich eine halbe Gipszitrone wollten, die sie sich an die Tür ihrer Gefriertruhe kleben konnten?

Plötzlich öffnete sich die schmale Straße zu einer Piazza, die so unerwartet weit und hell war, dass ich stehen blieb.

Vor mir erstreckte sich ein helles Oval, das mit glattem Stein gepflastert war, der im Sonnenschein wie Eis schimmerte. Zu meiner Linken standen mehrere elegante Paläste in verblassenden Pastellfarben, zu meiner Rechten die verschnörkelte weiße Fassade einer Barockkathedrale.

Das kühle Innere des Doms war schlichter als in vielen italienischen Kathedralen; in den Seitenwänden waren noch die Originalsteinsäulen des einstigen römischen Tempels zu sehen, auf dem sie errichtet worden war. Hoch über dem Kirchenschiff schien die Sonne durch eine Reihe Buntglasfenster und projizierte sie an die gegenüberliegende Wand, sodass es aussah, als wäre dort eine weitere Fensterreihe; dabei leuchteten die Farben der Projektion genauso intensiv wie der Originale.

Hatten die Handwerker das bei der Anfertigung der Fenster wohl bewusst eingeplant oder war es für sie wie ein Wunder gewesen, als die Sonne das erste Mal hindurchschien?

In der Kapelle, die Santa Lucia gewidmet war, googelte ich nach der Übersetzung der Tafel am Geländer vor dem Altar. Ich fand heraus, dass es sich um ein Gebet der Bürger handelte, in dem sie die Heilige baten, ihnen Licht zu spenden – denn das war der Ursprung des Namens Lucia –, damit ihr Weg frei von Sünde und Irrtum blieb.

Als ich durch die schummrige Loggia wieder auf die prächtige Piazza trat, stellte ich mir vor, wie die Gemeinde in der Morgendämmerung zur Messe ging und beim Herauskommen wusste, dass ihre Gebete erhört worden waren. Plötzlich wurde mir klar, dass Santa Lucia der italienische Name für Saint Lucy war, jene Heilige, nach der meine Mutter benannt worden war.

»Sieh nur, Mum«, flüsterte ich leise. »Ich bin an diesem himmlischen Ort.«

Ein paar Straßen weiter packten die Händler gerade ihre Marktstände zusammen. Ich kaufte ein Stück Pizza, das nach Gewicht verkauft wurde und in ölglänzendes Papier eingewickelt war. Am Nachmittag unternahm ich einen Spaziergang rund um die

Insel, der an einem Aussichtspunkt endete, von dem aus ich die moderne Stadt Syrakus auf der anderen Seite des Wassers sehen konnte. In der Ferne lag der schneebedeckte Gipfel des Ätna, aus dem zarte weiße Wolken aufstiegen, die in der untergehenden Sonne rosa schimmerten.

Bei Einbruch der Dämmerung kehrte ich auf die Piazza zurück. Im Scheinwerferlicht leuchteten die Umrisse der Domfassade noch weißer.

Ich setzte mich unter eine mit Lichterketten bespannte Markise in das einzige Café auf dem Platz und bestellte einen Aperol Spritz.

Ein paar einheimische Familien machten ihre *passeggiata*. Auf den Stufen der Kathedrale spielte ein Saxofonist »Moon River«. Ein Kleinkind riss sich von der Hand seiner älteren Schwester los und wippte im Takt der Musik. An einem Nachbartisch schob ein alter Mann mit einem kratzenden Geräusch seinen Stuhl zurück, verbeugte sich vor seiner Frau und tanzte mit ihr einen langsamen Walzer.

Der Kellner brachte einen Teller mit *aperitivi*, die für ein Abendessen ausreichten.

»Gefällt dir Ortigia?«, fragte er.

Er hieß Francesco.

»Ich will nie wieder weg«, sagte ich.

»Bleibst du hier?«

Ich sprach kein Italienisch und sein Englisch war nicht gerade das Beste. »Schön wär's.«

Eine halbe Stunde später, als ich gerade überlegte, ob ich noch etwas trinken sollte, kam seine Schwester Patrizia, eine große, stolze Frau in meinem Alter. Nachdem wir uns vorgestellt hatten, bestand sie darauf, mich durch ein Labyrinth alter Gassen zu einer großen Holztür zu führen.

Dahinter befand sich ein Innenhof. Wir gingen eine prächtige Treppe hinauf, dann eine Säulengalerie entlang zu einer weiteren Treppe, einige steile Holzstufen hinauf zu einer Holztür. In etwas besserem Englisch als dem ihres Bruders erklärte sie mir, dass die Renovierung der Wohnung wegen der vielen Auflagen für antike Gebäude ein hartes Stück Arbeit gewesen sei. Nun sei sie aber fast fertig und sie wolle sie auf Airbnb anbieten. Ich könne sie die erste Woche gratis haben, unter der Bedingung, dass ich ihr eine Fünf-Sterne-Bewertung gebe, ihr aber vertraulich von etwaigen Problemen erzählte, die ich möglicherweise entdeckte.

»Verstehst du die Bedingungen?«, fragte sie und erinnerte eher an eine Gefängniswärterin als an die Vermieterin einer Ferienwohnung.

Die Wohnung befand sich im Dachgeschoss mit einer durch Holzbalken gestützten Schräge. Es war, als würde man ein Magazin über Traumreisen betreten.

Ich drehte mich um und wollte ihr erklären, dass es sich um ein Missverständnis handele, doch irgendwie fehlten mir die Worte. Also nahm ich den Schlüssel und rollte am nächsten Tag meinen Koffer den ganzen Weg vom Hotel herüber.

Manchmal fragte ich mich, ob Viv und Steve sich Sorgen um mich gemacht hatten. Ich hatte ihnen zwar im Hotel eine Nachricht hinterlassen, aber wahrscheinlich hatten sie erwartet, mich im Flugzeug zu treffen. Vielleicht wurde ich zu einer von Vivs Anekdoten über vergangene Urlaube.

Ich begann, die Stadt zu erkunden. Es begeisterte mich, wie Altes und Modernes nebeneinander existierten und alle ihrem Alltag nachgingen, als wäre das nichts Besonderes.

Ich lernte, dass Syrakus unzähligen Angriffen und Invasionen ausgesetzt gewesen war – von den alten Griechen über die

Mauren, Normannen und Napoleon bis hin zu den Befreiungsarmeen der Alliierten im Zweiten Weltkrieg. Wenn man so oft überlebt und sich angepasst hat, bringt einen vielleicht nichts mehr aus der Ruhe.

Überall waren Bilder von Santa Lucia zu sehen. Dass dieser wunderschöne Ort, an dem die Sonne den ockerfarbenen Stein zu einem blassen Sandton bleichte, von einer Heiligen beschützt wurde, deren Name Licht bedeutete, passte zu dem Gefühl, mit dem ich mich jeden Morgen aus dem Haus traute. Wenn ich mein Gesicht in die Sonne hielt, war es, als würde ich einen Segen erhalten.

Es war Gus' Idee, nach Ablauf der Woche noch zu bleiben.

»Du klingst wieder wie du«, sagte er.

»Wie bin ich?«, fragte ich.

Bei unseren abendlichen Telefonaten flirteten wir mittlerweile heftig. Es heißt, dass eine Trennung die Liebe stärke, aber bei uns beflügelte sie auch die Erotik.

»Aufgeregt und neugierig auf alles«, sagte er. »Warum bleibst du nicht noch ein bisschen länger?«

»Du könntest herkommen und dann versuchen wir, in Italien zu leben, wie wir es geplant hatten.«

»Willst du, dass ich komme?«

»Ja, bitte!«

Plötzlich merkte ich, dass das weiße Rauschen, das stets die Angst vor einer neuen Depression begleitet hatte, nicht mehr ständig in meinem Unterbewusstsein zu hören war. Ich wusste nicht einmal, wann es aufgehört hatte.

Es war ein so schöner Gedanke, dass ich zum Dom ging und eine Kerze anzündete, indem ich den Docht an die Flamme einer anderen flackernden Wachslache hielt. Dann kniete ich nieder, um mich zu bedanken, obwohl ich nicht genau wusste, bei wem.

*

Als Patrizia kam, um mich eingehend zu befragen, handelte ich eine monatliche Rate aus. Die Hauptsaison war vorbei. Es war weniger als gedacht und ich rechnete aus, dass ich schon mit meinen eigenen Ersparnissen mehrere Monate bleiben könnte. »War etwas in der Wohnung nicht in Ordnung?«, wollte sie wissen.
»Wenn man mehr als ein Gerät auf einmal benutzt, fliegt die Sicherung raus.«
»Wir sind hier in Italien! Was erwartest du?«
Ich erwähnte nicht, dass es keinen Wasserkocher oder Toaster gab.

Gus rief an, um zu berichten, dass Charlotte und er besprochen hatten, das Geld aus dem Verkauf vom Haus seiner Mutter und dem Haus in der Portobello Road zusammenzulegen, um eine Wohnung für Flora und Bella zu kaufen, falls sie in London studieren wollten. In der Zwischenzeit könnte die Wohnung vermietet werden und er würde die Hälfte der Einnahmen erhalten. Der Londoner Markt zog wieder an, sodass es nicht lange dauern sollte. Er würde nach Sizilien kommen, wenn es so weit war.

»Also jetzt ist es Sizilien?«, fragte mein Vater, als wäre es nur ein glamouröses Reiseziel von vielen, zu denen mich mein Jetsetleben geführt hatte. Er fragte nicht, wie lange ich dort bleiben würde, und ich sprach es nicht freiwillig an, weil ich es nicht wusste.

»Ich bin in einer wunderschönen Stadt am Meer und die Sonne scheint«, sagte ich zu Hope.

»Es gibt keinen besseren Ort als Margate an einem sonnigen Tag.«

O doch, wollte ich ihr antworten. Auf jeden Fall.

Das Gespräch, das ich fürchtete, war das mit Doll. Am Abend, bevor ich eigentlich wieder zur Arbeit erscheinen musste, nahm ich schließlich all meinen Mut zusammen.

»Ist es, weil ...?«, fragte sie.

»Es geht um mich, nicht um dich«, erwiderte ich so schroff, als wären wir ein Paar, das sich trennte.

Es folgte langes Schweigen. Als sie wieder sprach, konnte ich hören, dass sie den Tränen nahe war.

»Ich freu mich für dich, Tess, ehrlich. Du warst nur von Anfang an dabei. Du hast dem Geschäft seinen Namen gegeben und du bist die Einzige, mit der ich ehrlich darüber reden kann. Ich habe Angst, was nach dem Brexit und mit dem Pfund und allem passiert ...«

»Du schaffst das schon«, sagte ich. »Du schaffst es immer.«

Es folgte einen Moment Stille, während sie darüber nachdachte. Dann sagte sie wieder mit normaler Stimme: »Ja, oder? Viel Glück, Tess! Du hast es verdient, ehrlich!«

Daraufhin tat es mir etwas leid, dass ich unfreundlich gewesen war, aber es war zu spät, um mich zu entschuldigen.

25. Kapitel

Es stellte sich heraus, dass man von Sonnenschein leben konnte. Ich machte es mir zur Gewohnheit, jeden Morgen um die Insel zu spazieren und in einer Bar an meiner Lieblingsbucht auf einen Cappuccino einzukehren. Fast jeden Tag begegnete ich einer Frau mittleren Alters, die in die entgegengesetzte Richtung ging. Ihr Haar war natürlich grau und zu einem exakten Bob geschnitten. Sie trug gut geschnittene Jeans, Lederstiefel und eine schicke Jacke. Ich hielt sie für eine Akademikerin. Nach ein paar Tagen tauschten wir ein Lächeln. Als wir beide ein »*Buongiorno!*« wagten, glaubte ich aufgrund ihres Akzents, dass sie Amerikanerin sei.

Wenn ich in die Wohnung zurückkehrte, versuchte ich, auf der Terrasse italienische Grammatik zu lernen, bis ich mir mittags ein *panino* und etwas Schinken oder Käse im Deli unten in der Straße kaufte. Nachmittags erkundete ich dann eine archäologische Stätte oder eine Kirche.

Eines Tages überquerte ich die Piazza del Duomo, als ich sah, dass das Ipogeo geöffnet war. Es war ein Ort, den ich unbedingt besichtigen wollte, aber er war immer geschlossen gewesen, auch während der eingeschränkten Öffnungszeiten, die an den Eisentoren über dem Eingang angegeben waren. Jetzt bezahlte ich den kleinen Eintrittspreis und ging die schmalen Stufen hinunter.

Ipogeo kommt von dem griechischen Wort für Untergrund, las ich. Ich hatte keine Ahnung, dass die kultivierte, heitere Piazza auf einem Labyrinth aus alten Steinbrüchen und Zisternen errichtet worden war. Als ich durch einen dunklen Tunnel ging und überall um mich herum Wasser tropfen hörte, kam ich mir wie eine Figur aus einer griechischen Sage vor, die in die Unterwelt hinabsteigt. Ich erreichte eine riesige, höhlenartige Grotte mit von der Decke herabhängenden Stalaktiten und unebenen Wänden, die aus vulkanischem Tuffstein gehauen waren.

In dieser ungewohnten Umgebung befand sich eine Dauerausstellung mit Schwarz-Weiß-Fotos, die die Nacht vom Einmarsch der Alliierten im Jahr 1943 dokumentierte. Die Befreiungsarmee war in Sizilien einmarschiert und die Einwohner hatten im Ipogeo Schutz gesucht. Die Bilder ähnelten jenen von der Londoner U-Bahn während der deutschen Bombenangriffe: Dutzende flüchtender Familien mit vor Angst bleichen Gesichtern. Die Bildunterschriften waren sowohl auf Englisch als auch auf Italienisch verfasst. Als die Morgendämmerung einsetzte, waren die Waffen offenbar verstummt, und als die Menschen ängstlich aus dem Eingang der Höhle auf der Hafenseite blickten, sahen sie, dass es dort von Soldaten und Landungsbooten wimmelte.

Als ich dem Tunnel folgte, der zu diesem Ausgang führte, merkte ich, dass ich nicht allein war. Ich erkannte die schlanke Silhouette einer Frau, die auf die Bucht hinausblickte. Ich war mir nicht sicher, ob sie mich gehört hatte, und wollte sie nicht erschrecken, also blieb ich ein Stück zurück und rief: »Hallo?«

Als sie sich umdrehte, erkannte ich meine Amerikanerin.

»Oh, du bist das!«, sagte sie.
»Tess«, stellte ich mich vor.
»Sandy.«
»Ist das nicht ein erstaunlicher Ort?«
»Ja, das ist es.«
»Für die Bewohner der Stadt muss das schrecklich gewesen sein«, sagte ich und deutete auf die Ausstellung hinter uns.
»Aber wohl auch eine große Erleichterung«, sagte sie. »Mein Vater war Leutnant in der Befreiungsarmee.«

Wir standen nebeneinander, betrachteten die Fotos erneut und machten gelegentlich Bemerkungen, als ob wir beide nicht gehen wollten.

»Du hättest nicht vielleicht Lust auf eine heiße Schokolade?«, fragte ich zögernd. Sie war die erste Person, mit der ich seit einer ganzen Weile ein richtiges Gespräch führte. Es fühlte sich fast so an, als hätte ich vergessen, wie das ging.

»Warum nicht?«, antwortete sie.

Es war ein gutes Gefühl, wieder auf der Piazza zu sein; die Sonne vertrieb die eisige Kälte der unterirdischen Welt von meiner Haut. Im Café begrüßte mich Francesco mit Wangenküssen.

»Das kommt nur daher, dass ich eine Wohnung von seiner Schwester gemietet habe.«

»Du wohnst hier?«

»Ich bin seit fast einem Monat hier.«

»Ich schon seit zwei«, sagte sie. »Aber ich küsse mich mit keinem der Kellner.«

Ich erklärte ihr, wie ich dort gelandet war, was sie zu amüsieren schien.

»Was für ein Glück, diesen Ort zufällig zu entdecken!«

»Und du?«

»Ich habe den Namen Syrakus zum ersten Mal auf dem Schoß meines Vaters gehört«, erzählte sie.

Nach einem zermürbenden Feldzug in Nordafrika hatte sich Sizilien wie eine Oase angefühlt. Offenbar hatte er oft und gern davon erzählt.

»Als ich aufwuchs, klang das Wort Syrakus wie ein magischer Ort, so weit entfernt und unerreichbar wie Narnia.«

»Narnia war eigentlich hinten in einem Schrank.«

Sie sah mich streng an. »Du hast total recht«, sagte sie und ihre Miene wurde weicher. »Ich sehe, ich muss meine Gleichnisse in Zukunft sorgfältiger wählen.«

Wir saßen zusammen und nippten heiße Schokolade durch eine Sahnehaube. Ich hatte den Eindruck, dass ich sie nicht beleidigt, sondern ihre Anerkennung gewonnen hatte.

*

Als sich unsere Wege ein paar Tage später wieder kreuzten, saßen wir nebeneinander auf der Promenade. Trotz unseres unterschiedlichen Alters und unserer unterschiedlichen Nationalität stellten wir schnell fest, dass wir beide unersättliche Leserinnen waren. Wir waren beide Fans von Elena Ferrante und hatten vor Kurzem den letzten Band der neapolitanischen Saga beendet. Dabei hatten wir uns auf den letzten hundert Seiten absichtlich mehr Zeit gelassen, weil wir den Abschied von den Figuren nicht ertragen konnten.

Sandy lieh mir den Roman *Syrakus* von Delia Ephron, den ich sofort las und der mich faszinierte, obwohl er ein viel düstereres Bild der Stadt zeichnete als das, das ich sah.

Wir machten es uns zur Gewohnheit, unseren Cappuccino morgens zusammen zu trinken, und je wohler wir uns in der

Gesellschaft der anderen fühlten, desto mehr erzählten wir uns.

Es stellte sich heraus, dass ich mit meiner Vermutung richtiglag. Sie war Wissenschaftlerin und schrieb eine Arbeit über weibliche Heilige aus dem vierten Jahrhundert. Ihre Namen waren mir aus dem Firmungsunterricht vor langer Zeit vage bekannt. Die heilige Katharina von Alexandrien sollte zwischen Rädern gefoltert werden, die auf wundersame Weise zerbrochen waren. Santa Cecilia, die Schutzpatronin der Musiker, hatte während ihrer ungewollten Ehe durchgehend gesungen und dann ihren Mann zum Christentum bekehrt. In ihrer Gefängniszelle hörte sie nicht auf zu singen; sie erinnerte mich immer ein wenig an Hope.

Santa Lucia von Syrakus, über die Sandy gerade forschte, war von Santa Agata aus dem nahe gelegenen Catania beeinflusst. Beide waren schrecklich gefoltert worden, da sie sich weigerten, Römer zu heiraten. In Santa Agatas Fall wurden ihr die Brüste abgeschnitten. Offenbar war sie die Schutzpatronin der Brustkrebspatientinnen.

Ich fragte mich, ob meine Mutter gewusst hatte, dass es eine Schutzheilige für Brustkrebserkrankte gab. Ich dachte, wie sehr sie sich freuen würde, dass ich mich endlich dafür interessierte.

»Im sechsten Jahrhundert hatten sich die Berichte über das Martyrium der heiligen Lucia bis nach Rom und in der gesamten christlichen Kirche verbreitet«, erklärte Sandy. »In Schweden feiert man sie immer noch, indem man am Santa-Lucia-Tag kleinen Mädchen weiße Kleider mit roten Schärpen anzieht und ihnen Kränze aus brennenden Kerzen auf den Kopf setzt. Aber was machte diese Geschichten so anziehend, dass sie sich wie ein Lauffeuer verbreiteten?«

Ich grübelte über eine Antwort nach, merkte dann aber, dass sie von mir gar keine erwartete.

»Alle diese Frauen stammten aus wohlhabenden, oft adligen Familien«, fuhr Sandy fort. »Sie hatten genug Geld, um welches zu verschenken, und sie beschlossen, es den Armen zu geben. Ich glaube, das hat die Römer genauso verärgert wie ihre Weigerung, zu heiraten. War es wirklich ihre Reinheit, die die Geschichten so universell ansprechend machte? Oder war es die Tatsache, dass sie sich gegen das Patriarchat auflehnten?«

»Du siehst sie also als Urtyp der Feministin?«, fragte ich.

»Genau. Wie die Suffragetten waren sie reiche, gebildete Frauen, die bereit waren, für ihre Überzeugungen zu kämpfen.«

»Es ist eine Ironie des Schicksals, dass die katholische Kirche, die, seien wir ehrlich, nie viel von Frauenrechten gehalten hat, ausgerechnet sie verehrt«, sagte ich.

»Aber die Kirche hat dafür gesorgt, dass man sich ihrer nicht wegen ihrer Intelligenz oder ihres sozialen Engagements erinnert, sondern wegen ihrer Jungfräulichkeit und ihres Todes.«

Ihr Auftreten war so, wie ich mir eine Oxford-Professorin der alten Schule vorstellte. Sie ließ keine vagen Behauptungen zu.

Am nächsten Morgen wehte ein frischer, winterlicher Wind. Wir gingen in eine geschützte schmale Gasse und hielten vor einer Bäckerei an, damit sie ein Foto von den bunten Reihen sizilianischer *cannoli* und *cassata* machen konnte, die mit weißem Zuckerguss überzogen und mit kandierten Früchten verziert waren.

»Weißt du, wie die da heißen?« Sie zeigte auf kleine runde, mit Zuckerguss überzogene Gebäckstücke.

Ich wusste es nicht.

»Die Augen von Santa Lucia. Einige Legenden besagen, dass sie sich selbst die Augen ausgestochen hat, andere, dass der römische Statthalter es anordnete. Warum sie auf Abbildungen mit Augen dargestellt wird, habe ich nie verstanden. Mein Vater hatte eine Schwäche für Süßes. Er sprach von den Kuchen hier genauso viel wie von der Landschaft! Offenbar gab es eine Bäckerei, die ihre kostbaren Zuckervorräte aufbrauchte, um Kuchen für die Soldaten zu backen, die sie befreit hatten. Vielleicht war es ja diese?«

Als wir mit unseren Cappuccini drinnen an einem Tisch saßen, holte Sandy ihre Brieftasche heraus und zeigte mir ein Foto ihres Vaters in Armeeuniform. Er war ein sehr gut aussehender junger Mann mit den gleichen markanten Gesichtszügen wie sie.

»Ich hatte mir immer vorgenommen, noch mal mit ihm herzukommen. Aber vor ein paar Monaten wurde bei ihm Bauchspeicheldrüsenkrebs diagnostiziert und er ist erschreckend schnell gestorben.«

Plötzlich erkannte ich, dass ihre steife Haltung mehr daher rührte, dass sie sich zusammenriss, als dass sie sich zurückhielt. Einen Moment lang trafen sich unsere Blicke und sie blinzelte ein paar Tränen fort.

»Ich bin Einzelkind. Wir standen uns sehr nah.«

»Das tut mir sehr leid«, sagte ich und griff auf dem Tisch nach ihrer Hand.

Ich beschloss, ihr nichts von meiner Geschichte mit der Krankheit zu erzählen. Die Leute verhalten sich anders, wenn man ihnen erzählt, dass man Krebs hatte. Es ist, als hätten sie das Gefühl, immer nett zu einem sein zu müssen.

Sandy sah auf ihre Armbanduhr. »Ich muss gehen.«

Ich fragte mich, ob es in New York jemanden gab, den sie jeden Tag um diese Zeit anrief. Vielleicht einen Geliebten oder eine Geliebte, bevor er oder sie zur Arbeit ging, denn dort war es früh am Morgen.

Als ich sie weggehen sah, hoffte ich, dass sie es nicht bereute, mir ihre verletzliche Seite gezeigt zu haben, denn für starke Menschen kann es dann manchmal schwierig sein, mit jemandem befreundet zu sein. Am nächsten Tag trafen wir uns jedoch wieder und schlenderten durch den geschäftigen, modernen Teil von Syrakus. Mir kam erneut die Rolle der Schülerin zu, während Sandy mich über den Hintergrund unseres Besuchs aufklärte.

Offenbar wurde jedes Jahr zu ihrem Festtag, der auf den 13. Dezember fiel, die silberne Statue von Santa Lucia herausgeholt und bis hierher getragen, wo sie in den wabenförmigen Katakomben, auf denen dann später die Kirche errichtet wurde, beigesetzt worden sein soll. Später wurden dann Teile ihres Leichnams als Reliquien gestohlen und über den ganzen Mittelmeerraum verstreut.

»Was glaubst du, wie viel davon wahr ist?«, fragte ich, als wir uns das Grab ansahen.

»Es gibt natürlich viele verschiedene Versionen. Alle stimmen jedoch darin überein, dass Lucia während der Regierungszeit Diokletians lebte. Sie wurde von einem enttäuschten Freier als Christin denunziert, woraufhin der römische Statthalter anordnete, sie in ein Bordell zu stecken. Doch als die Wachen kamen, um sie abzuholen, konnten sie sie nicht bewegen, selbst als sie sie hinter ein Ochsengespann ketteten ...«

Eine junge Frau, die sich nicht von der Stelle bewegen ließ, erinnerte mich an Hope, die stets Umarmungen oder jeden Versuch ablehnte, sie zu etwas zu bringen, was sie nicht wollte.

»Wer ist Hope?«, fragte Sandy, als wir auf den Platz traten.

»Meine Schwester.«

Das Schöne daran, jemandem an einem Ort zu begegnen, an dem einen niemand kennt, ist, dass man nicht durch seine Vergangenheit definiert wird. Ich hatte meinen familiären Hintergrund nicht vor Sandy verheimlicht, aber sie kannte mich nur als Frau, die allein in Sizilien war und Bücher, Kirchen und Kunst liebte. Für Sandy war ich einfach Tess, nicht die Schwester, die Tochter oder die Freundin von jemandem. Sie mochte mich so, wie ich war, und das war ein befreiendes Gefühl, ein bisschen wie eine Urlaubsromanze, aber natürlich ohne den Sex.

»Ich habe mir immer eine Schwester gewünscht«, sagte Sandy. »Das ist die einzige Beziehung, bei der ich mir einbilde, dass man nie einsam wäre.«

So hatte ich das noch nie gesehen, aber mir wurde klar, dass es stimmte. Hope war immer bei mir, auch wenn sie nicht da war. Ich rief sie jede Woche an, aber sie telefonierte nicht gern, und Skypen mochte sie auch nicht, auch wenn ich sagte, dass wir uns dann sehen könnten. »Nicht im wirklichen Leben«, erwiderte Hope.

Als wir für einen Kaffee in eine Bar gingen, erzählte ich Sandy ein bisschen von Hope. Dass sie durch das Asperger-Syndrom ein anderes Sozialverhalten hatte und ihr körperliche Nähe eher unangenehm war. Wie sehr sie das Singen liebte und nicht aufhören wollte, was mich an Santa Cecilia erinnert hatte.

»Willst du damit andeuten, dass diese weiblichen Heiligen das Asperger-Syndrom gehabt haben könnten?«

»Nicht ganz«, sagte ich, ein wenig eingeschüchtert von ihrer heftigen Reaktion.

War es so, wenn man in der Uni in einem Seminar saß?

Mit 18 wäre ich ein bibberndes Wrack gewesen.

»Was dann?«, fragte Sandy.

»Als die Menschen noch nichts über Neurodiversität oder psychische Erkrankungen wussten, fanden sie vielleicht religiöse Erklärungen für Dinge, die sie nicht verstanden. Wie der heilige Franz von Assisi. Er hörte eindeutig Stimmen, und wenn er heute leben würde, würde man ihn wahrscheinlich als schizophren bezeichnen.«

Es folgte eine lange Pause.

»Das ist eine faszinierende Idee«, sagte Sandy schließlich.

Ich war ganz aus dem Häuschen, weil ich etwas gesagt hatte, das sie interessant fand.

»Der Teil über den heiligen Franziskus war von Gus«, sagte ich, da ich mich nicht mit fremden Federn schmücken wollte.

»Wer ist Gus?«

Auf dem Rückweg erzählte ich ihr von Gus. Ich berichtete ihr, wie unsere Leben sich mehrmals gestreift hatten, sodass es sich schicksalhaft anfühlte, als wir schließlich in derselben Kirche miteinander sprachen, in der wir uns als 18-Jährige zum ersten Mal gesehen hatten.

Ich erzählte ihr von unseren Plänen, nach Italien zu kommen, dann von seiner Krankheit und wie schwer es mir gefallen war, mich daran zu gewöhnen, als es ihm wieder besser ging.

Sandy hörte mir aufmerksam zu und als ich fertig war, seufzte sie: »Es ist leicht, eine Beziehung mit einer schicksalhaften Fügung zu verwechseln.«

So wie sie es sagte, war ich mir sicher, dass sie nicht von einer Theorie sprach, sondern von jemandem in ihrem Leben. Vielleicht von der Person, wegen der sie jeden Tag um ein Uhr aufbrach?

Vor dem Dom trennten wir uns.

»Sehen wir uns morgen?«, fragte ich.

»Leider müssen wir uns verabschieden. Es ist mein letzter Tag in Syrakus. Ich werde in New York gebraucht. Oder wenigstens glaube ich das.«

»Oh.« Ich fühlte mich ernüchtert. »Du wirst mir sehr fehlen.«

»Ich habe unsere gemeinsame Zeit auch sehr genossen«, sagte sie und reichte mir eine Karte. »Hier ist meine E-Mail-Adresse. Schick mir unbedingt deinen Roman, wenn du ihn fertig geschrieben hast.«

»Meinen Roman?«

»Sag mir nicht, dass du keine Schriftstellerin bist, Tess. Leserinnen wie du sind immer Schriftstellerinnen, und alles, was du erzählst, ist eine Geschichte.«

Das bedeutete mir sehr viel. Ich schaute an der Fassade der Kathedrale hoch und versuchte, nicht vor ihr zu weinen.

Sie legte mir sanft eine Hand auf den Arm.

»Santa Lucia ist die Schutzpatronin der Blinden«, sagte Sandy. »Aber wusstest du, dass sie auch die Schutzpatronin der Schriftsteller ist?«

Sie lächelte, drehte sich um und ging über die Piazza davon.

Ihr entschlossener Gang erinnerte mich an jemanden, aber mir fiel nicht ein, an wen. Unsinnigerweise winkte ich ihr hinterher, als sie um die Ecke verschwand. Mir kam der Gedanke, dass sie vielleicht auch ein bisschen traurig war und sich deshalb nicht mehr umschaute.

Am nächsten Tag spazierte ich über die Insel und fühlte mich zum ersten Mal einsam. Ich trank einen Cappuccino und aß ein Cornetto in unserem Stammcafé und ohne Gesellschaft schien sich die Zeit endlos vor mir auszudehnen.

Meine Mutter sagte immer, dass Gott einem manchmal die Person schickt, die man gerade in dem Moment am meisten braucht. Damit hatte ich nie etwas anfangen können, vor allem nicht nach Leo. Die Begegnung mit Sandy und ihr Respekt vor mir hatten mein Leben jedoch auf eine Art bereichert, die ihm bislang gefehlt hatte.

Ich wusste, dass sie es bestimmt nicht gutheißen würde, wenn ich ihre Abwesenheit als Vorwand zum Nichtstun nutzte. Auf dem Rückweg zur Wohnung kam ich an einem Schreibwarengeschäft vorbei, dessen Schaufenster voller Artikel für den Schulanfang war. Ich ging hinein und kaufte ein Schulheft und einen Kugelschreiber. Zu Hause angekommen, setzte ich mich hin, schlug das Heft auf und strich die karierten Seiten mit dem Handballen glatt.

Ein paarmal ließ ich die Spitze des Kugelschreibers klicken, dann holte ich tief Luft und schrieb die Worte:
Heute ist der erste Tag vom Rest deines Lebens.

Gus

26. Kapitel

Herbst 2016

An meinem letzten Arbeitstag unterschrieben alle Mitarbeiter eine Riesenkarte für mich und Mike, mein Oberarzt, spendierte mir einen Kaffee.

»Sie sind ein wertvoller Teamplayer geworden«, sagte er. »Sie sind jederzeit wieder willkommen, aber Gott weiß, warum Sie zurückkommen sollten, wenn Sie in sonnigeren Gefilden sind.«

Seine Worte halfen mir sehr. Je länger ich Zeit ohne Tess' Energie an meiner Seite verbrachte, desto stärker waren meine Zweifel geworden, ob ich das Richtige tat. Dorothy hatte mich daran erinnert, dass ein Umzug angeblich das stressigste Ereignis im Leben eines Menschen sei, nach einem Trauerfall und einer Scheidung, und ich hatte alle drei hinter mir; es war also zwangsläufig beängstigend.

Ich hatte länger als erwartet gebraucht, um die alten Spielsachen der Mädchen durchzugehen, von denen jedes einzelne so viele Erinnerungen barg wie ein Foto. Bei einigen war ich noch unentschieden, wie bei der Nachttischlampe, die sich drehende

Sterne an die Decke projizierte. Oder bei dem Playmobil-Recycling-Lkw, mit dem Bella stundenlang gespielt hatte, nachdem wir aus Schuhkartons eine Straße nachgebaut hatten, die sie hinunterfuhr.

»Du schlägst doch nicht ernsthaft vor, dass wir die mit nach Genf nehmen sollen?«, fragte Charlotte, als sie die Mädchen nach London brachte, damit sie sich vom Haus verabschieden konnten.

Bella machte ein langes Gesicht.

»Andere Kinder werden viel Spaß damit haben«, versicherte ich ihr, als ich bemerkte, dass sie einen der Playmobil-Müllmänner in ihrer Tasche verschwinden ließ.

Der Karton für den Wohltätigkeitsladen war der letzte verbliebene Beweis dafür, dass wir jemals dort gelebt hatten. Keines der Mädchen schien deshalb besonders traurig zu sein. Bella war jetzt zehn, Flora 13. Sie waren schon vor Jahren weggezogen und konnten sich wahrscheinlich nicht mehr an die glücklichen Zeiten erinnern, die wir dort verbracht hatten.

Es war mir fast peinlich, ihnen die Halloween-Schokoladen zu geben, die ich als eine Art Trostpreis gekauft hatte. Ich erinnerte mich, wie sie sich als Minihexen verkleidet hatten und wir durch die Straßen von Kensington gezogen waren, um bei ihren Freundinnen zu klingeln und *Süßes oder Saures* zu rufen.

»Ach, wie schade, das ist Milchschokolade! Dann kannst du deine wohl nicht essen«, sagte Flora zu ihrer Schwester.

»Warum nicht?«, fragte ich.

»Bella ist jetzt Veganerin.«

Ich sah, wie meine Kleine die Stirn runzelte. Vielleicht hätte sie eine Ausnahme gemacht, wenn ihre Schwester sie nicht provoziert hätte.

»Ich besorge dir ein paar vegane, kein Problem«, sagte ich ihr.

»Darf ich dann ihre haben, Daddy?«, fragte Flora und schenkte mir ein seltenes Lächeln.

»Nein, das darfst du nicht!«, schaltete sich Charlotte ein und schnappte sie ihr weg. »Aber sie werden sicher nicht vergeudet.« Sie zwinkerte mir verschwörerisch zu und holte eine faltbare Longchamp-Tasche aus ihrer Handtasche, als wäre sie auf unerwartete Geschenke vorbereitet.

»Auf Wiedersehen, Haus!«, sang Bella.

Als ich die Tür schloss, warf ich noch einen letzten Blick hinein. Es wirkte wie die leere Hülle eines Ortes, dessen Seele davongezogen war; es gab also nichts, wovon man sich verabschieden musste.

*

Wir fuhren mit der U-Bahn quer durch London bis zum Barbican und gingen dann die kurze Strecke zu Fuß zu der Loftwohnung in Clerkenwell, deren Kauf wir gerade abschlossen. Es war das erste Mal, dass Charlotte die Wohnung persönlich sehen würde. Plötzlich hatte ich Angst, dass das Maklerexposé die Wohnung attraktiver dargestellt hatte, als sie war, und dass Charlotte mir vorwerfen würde, ihren Teil des Erbes falsch investiert zu haben.

Von der Eingangshalle aus führte ein Aufzug in den sechsten Stock. Mit dem Schlüssel, den der Makler mir für eine Stunde geliehen hatte, öffnete ich die Tür und ließ die drei vor mir eintreten. Es war ein trüber Tag, aber das machte nichts, denn der Hauptraum bestand hauptsächlich aus Fenstern. Er war über neun Meter lang, mit nackten Backsteinwänden und Holzbalken. Der Küchenbereich war ganz aus Edelstahl und mit einem langen Marmortresen ausgestattet, eher wie der offene Servicebereich eines Spitzenrestaurants.

»Also«, sagte Charlotte und drehte sich zu mir um. »Das ist sehr beeindruckend.«

Ihre Bemerkung klang ziemlich trocken und sie betonte das Wort »sehr«, sodass ich nicht einschätzen konnte, ob es sarkastisch gemeint war.

»Gefällt sie dir?«, fragte ich.
»Wem würde die nicht gefallen?«
»Gefällt sie euch?«, fragte ich die Mädchen.
»Die ist toll, Daddy«, sagte Bella.
»Ziemlich cool«, sagte Flora.

Sie machte ein paar Fotos und postete sie auf Instagram.
»Es wird nicht ganz leicht, sie einzurichten«, sagte Charlotte.

Ich wusste, dass sie einen Haken finden würde.

»Der Makler sagt, dass Wohnungen in dieser Gegend leichter unmöbliert zu vermieten sind. Die Mieter, die man bekommt, haben ihre eigenen Sachen oder kaufen, was ihnen gefällt. Das ist also kein Problem. Jetzt zeig ich euch die Dachterrasse.«

Als ich überlegt hatte, welche Art von Wohnung meinen Mädchen gefallen könnte, wenn sie Studentinnen waren, waren mir Bilder von Loftwohnungen im New Yorker Stil in den Sinn gekommen. Wahrscheinlich, weil sie beide gerne *Friends* sahen. Ich hatte Marcus um Rat gefragt und er hatte mich zu mehreren Besichtigungen begleitet. Ganz pragmatisch hatten wir beschlossen, dass es für die beiden besser wäre, in einem gut gesicherten Gebäude zu wohnen als in einem umgebauten viktorianischen Haus in Islington. Außerdem waren zwei gleich große Schlafzimmer leichter in einer modernen Wohnung zu finden. Mir war klar, dass es eine wahnsinnig luxuriöse Studentenbude sein würde, falls sie sich für ein Studium in London entschieden, aber wenn Charlotte und ich es uns leisten konnten, sie zu verwöhnen, warum nicht? Wir hatten ihnen schon genug zugemutet. In der Zwischenzeit sagte Marcus, dass eine ganz neue Wohnung in dieser Lage und mit der modernsten Ausstattung sehr gute Mieteinnahmen bringen würde.

Als wir auf die Dachterrasse traten, zeigte der Kontrast zwischen dem Verkehrslärm draußen und der Stille im Inneren, wie gut das Gebäude schallisoliert war. Der Blick auf die Glastürme und Kirchtürme war spektakulär.

»Wow!«, sagte Flora.

»Doppelt wow!«, rief Bella.

Ich legte einen Arm um beide.

Als die Mädchen und Charlotte mich gleichzeitig anlächelten, fühlte ich mich, als wäre ich ein paar Zentimeter gewachsen.

»Wollen wir was essen gehen?«, fragte ich.

Bella wählte eine Pizza mit gebratenem Gemüse und ohne Käse.

»Warum hast du dich entschieden, vegan zu leben?«, fragte ich.

»Das ist die einzig logische Art, zu leben«, erklärte sie mir und überraschte mich mit einer Antwort, die eher mit der Nahrungsmittelproduktion und Treibhausgasen zu tun hatte als mit ihrer Tierliebe.

Als ich sie über den Tisch hin anblickte, sah ich ein Kind, das nur ungern von einem Playmobil-Spielzeug Abschied nehmen wollte, und zugleich eine Heranwachsende, die ein Bewusstsein entwickelte. Solche Nuancen und Widersprüche blieben mir in den Skype-Gesprächen verborgen.

»Was willst du eigentlich auf Sizilien machen?«, fragte Charlotte.

»Ich werde mir eine kleine Auszeit nehmen und dann entscheiden.«

»Bist du wieder krank, Daddy?«, fragte Bella.

»Nein, mir geht es jetzt richtig gut.«

»Puh!«, sagte sie.

Ich würde mir nie verzeihen, dass ich meine Töchter beunruhigt, vielleicht sogar traumatisiert hatte, obwohl ich mir doch nichts sehnlicher wünschte, als dass sie glücklich waren.

»Bist du Rentner?«, fragte Bella.

»Daddy ist doch nicht so alt wie Robert«, erklärte Flora ihr. Es war das erste Mal, dass sie den Namen ihres Stiefvaters erwähnten.

Charlotte rutschte etwas unruhig auf ihrem Stuhl.

»Ist Robert im Ruhestand?«, fragte ich.

»Natürlich nicht«, blaffte Charlotte. »Investoren gehen eigentlich nie in den Ruhestand, oder?«

»Keine Ahnung.«

»Eben.«

»Für dich ist es eher ein Sabbatical, nicht wahr, Daddy?«, fragte Flora.

»Genau.«

Ich war dankbar, dass ihr umfangreicher Wortschatz mir zu Hilfe kam.

»Ich kann nicht fassen, dass du in deinem Alter ein Jahr aussetzt. Ich dachte, das macht man nach der Highschool«, sagte Charlotte mit einem spöttischen Grinsen.

Ich hätte wissen müssen, dass nach der Anspielung auf Roberts Alter eine Retourkutsche kommen würde. Sie hatte schon immer genau gewusst, wie sie mich verunsichern konnte.

Hatte sie recht? War dieses Abenteuer in Wahrheit eine peinliche, verfrühte Midlife-Crisis?

»Ich könnte jederzeit in Italien als Arzt arbeiten«, sagte ich, um mich genauso zu beruhigen wie sie.

»Na dann viel Glück!«, sagte sie. »Das könnte vielleicht nicht so einfach sein. Du glaubst nicht, welche bürokratischen Hürden ich überwinden musste, um in der Schweiz als Fachärztin zu praktizieren. Gott weiß, was die Italiener einem Assistenzarzt in den Weg stellen. Ich hoffe, du hast alle deine Zeugnisse dabei?«

»Ja.«

»Übersetzt?«

»Noch nicht. Ich will zuerst die Sprache lernen.«

»Aber sprechen sie in Sizilien nicht einen schrecklichen Dialekt? Ich habe die Erfahrung gemacht, dass die Italiener alle verachten, die südlicher als Florenz leben.«

»Es muss ja wohl im Rest des Landes auch ein paar Ärzte geben, oder?«, erwiderte ich, entschlossen, die Nerven zu behalten.

»Gott sei Dank zahle ich das Schulgeld für sie!«, sagte Charlotte und deutete mit dem Kopf auf die Mädchen.

»Sie waren auf den staatlichen Schulen in London sehr glücklich, schon vergessen?« Als sich ihre Miene verhärtete, bedauerte ich meine Bemerkung sofort.

»Keine Zeit für Nachtisch«, sagte Charlotte und schaute auf ihre Uhr. »Wir müssen in weniger als zwei Stunden einchecken. Meinst du, wir sind um diese Zeit schneller mit der U-Bahn oder mit dem Taxi?«

»Mit der U-Bahn, würde ich sagen.«

Eigentlich wollte ich sie noch zum Flughafen begleiten, aber dann fiel mir ein, dass ich dem Makler die Schlüssel zurückgeben musste. Also umarmten Bella und ich uns zum Abschied auf dem Bürgersteig vor dem Bahnhof Old Street, während Flora mich förmlich auf beide Wangen küsste, wie es ihre Mutter tat.

Ich sah ihnen hinterher, als sie die Treppe hinuntergingen. Keine von ihnen drehte sich noch einmal um, um mir zu winken. Wie hatte ich es nur geschafft, in weniger als zwei Stunden vom Helden zum Loser zu werden?

27. Kapitel

Tess war die Erste, die ich sah, als sich die Automatiktüren öffneten. Sie rannte hinter den Taxifahrern entlang, die Schilder mit Namen hochhielten, warf sich überschwänglich in meine Arme und klammerte sich an mich, als hinge ihr Leben davon ab. Der Kokosnussduft ihres Haars, ihre weiche Haut, ihre Lippen auf meinen weckten meine Sinne, als hätte ich die ganze Zeit, die ich von ihr getrennt war, nur halb gelebt.

Außerhalb des Terminals entspannte die warme mediterrane Luft meinen Körper, als hätte ich tagelang den Atem angehalten und könnte endlich ausatmen.

Als wir meinen Koffer in den Bus luden, begrüßte Tess den Fahrer auf Italienisch und fragte ihn, wann wir abfahren würden. Er antwortete auf Italienisch, lächelte sie an, als würde er sie kennen, und stand dann auf, um mir die Hand zu schütteln und mich auf Sizilien willkommen zu heißen.

»Auf dem letzten Stück der Fahrt hierher war ich die einzige Passagierin«, erklärte Tess. »Also haben wir uns ein bisschen unterhalten.«

Während der Bus über die Autobahn rollte, bombardierte sie mich mit Fragen. War ich traurig gewesen, als ich mich bei der

Arbeit verabschiedet hatte? Hatte ich einen guten Flug gehabt? War ich hungrig? Dann schmiegte sie ihr Gesicht an meine Schulter. »Zu Hause habe ich eine Überraschung für dich!«

»Ich kann es kaum erwarten«, sagte ich.

»Nicht *das*!«, sagte sie. »Ehrlich!«

Tess lief die letzte Holztreppe hinauf und steckte den Schlüssel ins Schloss.

»Warte!«, sagte ich, während ich meinen schweren Koffer hochschleppte, ihn dann abstellte und sie zu ihrer großen Belustigung über die Schwelle trug.

»Was sagst du?«, fragte sie.

Keines der Fotos, die sie mir geschickt hatte, hatte mir einen Eindruck von der Größe und Luftigkeit der Wohnung vermittelt oder von der Aussicht, die so hoch über dem Meer und den Dächern lag, dass man sich fast wie in einem Aussichtsturm vorkam.

»Es ist wunderschön!«, sagte ich. Dann sah ich sie an und sagte: »*Du* bist wunderschön.«

Wir küssten uns zaghaft und zärtlich, fast wie beim ersten Mal. Ich löste mich von ihr und betrachtete ihr Gesicht: Sie hatte die Augen geschlossen und sah so fröhlich und reizend aus, als würde sie einen schönen Traum genießen. Dann sah sie mir in die Augen und drückte mich mit dem Rücken gegen die Wand und auf einmal entlud sich all die Lust, die sich in den Monaten der Trennung aufgestaut hatte. Wir rissen uns gegenseitig die Kleider vom Leib, als wollten wir einander wieder in Besitz nehmen und vögelten auf dem Boden, dem Küchentisch und im Bett, bis wir uns schließlich erhitzt, atemlos und befriedigt voneinander lösten. Dann lagen wir da und beobachteten, wie der Sonnenuntergang den Himmel von Rosa zu Orange färbte, bevor er sich zu Indigo verdunkelte.

Tess stellte einen Topf mit Wasser auf den Herd und öffnete eine Schachtel mit *Twinings-Everyday*-Teebeuteln – das Einzige, was sie von mir mitgebracht haben wollte. Dann zeigte sie auf einen großen Gegenstand, über den ein Bettlaken geworfen war und den ich für eine Trittleiter gehalten hatte.

»Luigi hat sie die Treppe hinaufgetragen«, sagte sie.

»Wer ist Luigi?«

»Der Mann aus dem Laden. Sieh nach, was drunter ist«, forderte sie mich auf und war so aufgeregt wie ein Kind an Weihnachten.

Es war eine Staffelei mit einer Schachtel Bleistifte, einem kleinen Skizzenbuch, Pinseln und einer großen Schachtel mit Acrylfarben.

»Ich habe über Aquarellfarben nachgedacht, aber die Farben hier sind so klar und leuchtend, dass ich mich für Acryl entschieden habe. Luigi war allerdings sehr entgegenkommend und sagte, er würde auch alles umtauschen. Gefällt es dir? Ich meine, ich weiß, dass du schon immer malen wolltest, und ich dachte nur, wenn du das Material hast ...«

»Das ist das beste Geschenk, das ich je bekommen habe.«

»Da bin ich froh.«

»Ich habe auch etwas für dich«, sagte ich und öffnete meinen Koffer, um den sehr flachen neuen Laptop herauszuholen, den ich als Ersatz für den alten gekauft hatte, den ich ihr eigentlich hatte mitbringen sollen.

»O mein Gott!« Sie drückte ihn an ihre Brust. »Ich habe mit der Hand geschrieben!« Sie deutete auf den Tisch, auf dem ich bereits das Heft gesehen hatte, auf dem *ROMAN von Tess Costello* stand.

In dem Café auf einer hell erleuchteten Piazza, die wie ein riesiger leerer Ballsaal aussah, küsste sie ein Kellner, den sie als Francesco vorstellte, auf beide Wangen. Ein alter Mann stand auf und sagte: »*Buonasera!*«

Ihr Italienisch war grammatikalisch nicht korrekt, aber sie konnte sich gut verständigen. Ich wusste, dass es lächerlich war, eifersüchtig zu sein, weil sie ohne mich so aufgeblüht war.

Als wir uns in Florenz kennengelernt hatten, war mein Italienisch besser gewesen als ihres, vor allem weil ich seit meinem achten Lebensjahr Latein gelernt hatte. Jetzt sprach ich verglichen mit ihr jedoch langsam und gestelzt und die Leute sahen natürlicherweise zuerst zu ihr.

»Was ist los?«, fragte sie, als sie mein Schweigen bemerkte.

»Ich scheine eine Menge aufholen zu müssen.«

»Das ist doch kein Wettrennen, oder?«

Es war, als hätte sie an Selbstvertrauen gewonnen und wäre zu der Frau geworden, die sie eigentlich sein sollte.

»Du scheinst mich nicht zu brauchen.« Ich bemühte mich, es so klingen zu lassen, als würde ich scherzen und nicht um Bestätigung bitten.

»Natürlich brauche ich dich! Nur deinetwegen bin ich hier!«

Ich wusste, dass ich mich bewegen musste. Beim Ausräumen des Hauses hatte ich viele Kartons die Treppen hinauf- und hinuntergeschleppt und bei der Arbeit war ich den ganzen Tag auf den Beinen gewesen, aber ich hatte keine Zeit für lange Läufe gehabt.

Tess machte deutlich, dass sie ihren Morgenspaziergang am liebsten allein machte, weil sie dabei über ihren Roman nachdachte. Ich lernte, nicht nachzufragen. Ich merkte, wenn sie darüber nachdachte, weil sie dann leicht abwesend wirkte. Manchmal eilte sie zu ihrem Notizbuch, um etwas aufzuschreiben, aber sie weigerte sich, darüber zu sprechen.

In der Zeit, die sie brauchte, um einmal um die Insel zu gehen, lief ich zweimal um sie herum und winkte, wenn ich sie überholte.

Am Ende der Straße gab es eine Badeplattform mit einer Leiter, die direkt in die Tiefe führte. Das Wasser war von einem so intensiven Türkisblau, dass man kaum glauben konnte, dass klares Wasser von einem herabtropfte, wenn man hinausstieg. Kein Italiener würde auch nur im Traum darauf kommen, im Oktober im Meer zu schwimmen, aber es war auch nicht kälter als in Cornwall im Sommer. Manchmal wartete Tess nach ihrem Spaziergang an der Strandpromenade auf mich, dann kehrten wir in die Dachgeschosswohnung zurück und liebten uns, wenn mein Haar noch nass war und unsere Haut nach Meer schmeckte.

Jeden Tag ging ich auf den Markt, um für unser Mittagessen einzukaufen, während Tess auf der Terrasse saß und schrieb. Nachmittags zeigte sie mir all die interessanten Orte, die sie während meiner Abwesenheit entdeckt hatte, und erklärte sie mir auf ihre ganz eigene Art – eine Mischung aus ihren eigenen Gedanken und ein paar Geschichtsfakten, die ihr gefielen.

Die alten Griechen mussten Kissen mitgebracht haben, wenn sie sich im Amphitheater Stücke ansahen, denn man bekam schon nach fünf Minuten einen tauben Hintern. Der griechische Mathematiker Archimedes, der in der Stadt gelebt hatte, hatte nach seinen theoretischen Überlegungen eine Waffe aus Spiegeln entwickelt, die die Sonnenstrahlen auf angreifende Schiffe bündelte und sie so in Brand setzte. Laut Tess nicht unproblematisch, denn was, wenn der Angriff an einem Regentag erfolgte?

Es musste wunderbar sein, in ihrer Welt zu leben und alles durch Buntglasscheiben zu betrachten, anstatt durch gewöhnliche Fenster.

Es war Tess, die mich zu meinem ersten Bild inspirierte. Ich hatte einen großen Fensterladen vor einem Haus gefunden, das gerade renoviert wurde. Sie war zunächst misstrauisch, als ich ihn hereinbrachte – schmutzig und beschädigt und mit rostigen Scharnieren.

»Wenn ich ihn gereinigt habe, gibt es vier Rechtecke zum Bemalen.«

»Die vier Jahreszeiten, vielleicht?«

Ich hatte nur daran gedacht, ihn in gleich große Stücke zu sägen, aber jetzt kam mir die Idee zu einer zusammenhängenden Serie von Bildern – vielleicht von dem eingetopften Zitronenbaum unten, an dem jetzt schwere gelbe Früchte hingen. Die Frühlingstafel würde die Blüte zeigen, der Sommer winzige grüne Knospen, die im Herbst größer und gelber wurden. Der Winter würde vielleicht ein Stillleben mit Zitronen in einer Keramikschale sein.

»Gut«, sagte Tess. »Jetzt müssen wir ein Jahr lang bleiben!«

Zunächst fertigte ich Skizzen an, bis ich schließlich den Mut hatte, die Tuben zu öffnen und Farbe auf das erste Rechteck meines Fensterladens aufzutragen. Ich musste ihn an die Wand lehnen, für die Staffelei war er zu groß. Es brauchte mehrere Versuche, um mit Grün den exakten Farbton für die wächserne Oberfläche der Frucht anzumischen, um dann festzustellen, dass man den Glanz mit einem einfachen weißen Tupfer wiedergeben konnte. Im Gegensatz zu Tess, die jedes Mal den Deckel ihres Laptops zuknallte, wenn sie mich dabei erwischte, wie ich ihr über die Schulter schaute, konnte ich meine Arbeit nicht vor ihr verstecken.

Sobald ich den ersten Schritt getan und mit dem Malen begonnen hatte, sah ich die Welt in Bildern, in denen ich versuchen konnte, sie einzufangen. Ich nahm mein Skizzenbuch überallhin mit und hielt kleine Details fest, wie die verzierten Kapitelle der Säulen, die das Portal des Doms flankierten, oder die geschwungene Reihe von schäbigen Gebäuden an der Bucht, in der ich schwamm.

Ich begann, in Containern nach Hartfaserplatten zu suchen, und brachte Treibholz mit nach Hause, das ich an dem schmalen steinigen Strand entdeckte. Ich wusste nicht, ob die Bilder gut waren, aber je mehr ich versuchte, desto mehr lernte ich. Das Auftragen der Farbe war so faszinierend, dass ich manchmal erst merkte, dass Stunden vergangen waren, wenn es zu dunkel wurde und ich nichts mehr sehen konnte.

Abends unternahmen wir immer unsere *passeggiata* und manchmal reichten ein einziges Glas Wein und ein Teller *aperitivi* für den ganzen Abend. Als die Abende kälter wurden, kuschelten wir uns in unsere Jacken und tranken heiße Schokolade. Dann schlenderten wir durch die Hauptstraße und sahen in die Schaufenster der bunten Ansammlung aus Geschäften. Hochwertige Boutiquen mit raffinierten Kleidern und Accessoires fanden sich neben Souvenirläden, die bestickte Tischservietten und Limoncello-Flaschen in Form von Michelangelos David anboten.

Es gab einige Ateliers, in denen man einheimischen Künstlern bei der Arbeit zusehen konnte. Eine Frau bedruckte von Hand Seide mit Motiven, die auf Artefakten aus dem archäologischen Museum basierten, und präsentierte ihre Arbeit wie Wäsche auf einer Leine. Eine andere stellte Keramik und Silberschmuck her, in die sie Fundstücke wie Muscheln und farbiges Seeglas einarbeitete.

Tess probierte mehrere Ohrringe an, bevor sie sich für ein Paar mit Cabochons aus durchscheinendem braunem Glas entschied, das zu dem Funkeln ihrer klaren braunen Augen passte.

»Sie sind wie Bernstein, nicht wahr?«, fragte sie und drehte den Kopf langsam von einer Seite zur anderen, während sie sich im Spiegel betrachtete.

»Es ist das Glas von einer Bierflasche«, erklärte die Designerin, worüber wir alle lachen mussten.

»Ich frage mich, was ein günstiges Date auf Italienisch bedeutet. *Fidanzato economico?*«

Dem Gesichtsausdruck der Ladenbesitzerin nach zu urteilen, war ich mir ziemlich sicher, dass sie mich gerade als knauserigen Partner bezeichnet hatte, und ich kaufte ihr die Ohrringe sofort.

Die Frau, von der Tess schnell erfuhr, dass sie Camila hieß, fragte uns, ob wir im Urlaub seien. Tess erklärte ihr, dass sie schreibe – oder es versuche – und dass ich male. Oder es versuche, fügte ich hinzu.

Camila sagte, dass sie meine Bilder gern sehen würde. An ihren Wänden war viel Platz, um die Werke eines lokalen Künstlers auszustellen. Ich dachte, sie wäre einfach nur freundlich, wie es Italiener im Allgemeinen zu sein scheinen, aber am nächsten Tag bestand Tess darauf, dass ich ihr ein Bild brachte.

Es stellte den Blick aus unserer Wohnung auf Terrakottadächer und die Krone einer einzelnen, spindeldürren Palme vor dem blauen Himmel über Syrakus dar. Endlich hatte ich das Gefühl, dass ich diesen Himmel annähernd einfangen konnte, indem ich ihm eine zarte Blässe verlieh, die zum Horizont hin fast weiß wurde.

Camila sagte, es gefalle ihr sehr gut und sie wolle es in ihrem Laden ausstellen.

Obwohl ich mir einredete, dass es mir egal sei, ob das Bild verkauft wurde oder nicht, kam ich auf meiner morgendlichen Laufrunde immer öfter an ihrem Geschäft vorbei. Ich fand heraus, dass ich aus der einen Richtung erkennen konnte, ob es noch an der Wand hing, bevor Camila mich entdeckte. Dann konnte ich vorbeilaufen und mich auf die Straße konzentrieren, als hätte ich ganz vergessen, dass es da war.

*

Die kürzeren Tage und längeren Nächte erzeugten ein Gefühl, als würde die Stadt Winterschlaf halten. Die Menschen schlossen wegen der kühlen Winde nun ihre Fenster und wir konnten nicht mehr den Geruch von gekochtem Essen riechen oder Gespräche und Gelächter hören, wenn wir auf unserer abendlichen *passeggiata* durch die Gassen gingen.

Dann kam der Regen mit anhaltenden, böigen Stürmen, die das Meer aufwühlten.

»Es ist wie ein wildes Tier, das sich windet und aufbäumt und uns mit Schaum bespuckt«, sagte Tess, als wir uns auf dem Steg bei der Badeplattform aneinanderklammerten.

Es war zu gefährlich, ins Wasser zu gehen, und zu regnerisch, um mit Vergnügen über die glitschigen Pflastersteine zu laufen. Also verbrachten wir einige Tage drinnen, an denen Tess schrieb und ich malte, bis die Sonne wieder herauskam.

»Zwei Künstler in einer Mansarde.« Sie lächelte mich an. »Wir sind genau wie Rodolfo und Mimi. Natürlich ohne die Schwindsucht ...«

Sie musste gesehen haben, dass ein Anflug von Angst über mein Gesicht geglitten war. Keiner von uns hatte die Nachuntersuchungen erwähnt, die sie versäumt hatte.

»Ich dachte, wenn alles in Ordnung ist, spielt es sowieso keine Rolle«, sagte sie. »Und wenn nicht, dann würde ich direkt in die Therapie müssen und all das wäre vorbei, also ...«
Ich drückte ihre Hand und wusste nicht, was ich sagen sollte. Das war ihre Entscheidung. Ich musste sie respektieren.
»Wenn man Krebs hat, sagen einem die Leute immer, man müsse positiv sein. Das ist ein zusätzlicher Druck, den man überhaupt nicht gebrauchen kann«, versuchte sie, mir zu erklären. »Denn manchmal fühlt man sich einfach beschissen und dann macht man sich Sorgen, dass man selbst schuld sein könnte, wenn man stirbt, weil man nicht positiv genug war. Seit ich hier bin, fühle ich mich sehr gesund und positiv.« Sie lächelte mich an und klopfte dann auf die hölzerne Staffelei, um mit ihren Worten kein Unglück heraufzubeschwören.
»Du bist der positivste Mensch, den ich je getroffen habe. Und wenn es sich für dich richtig anfühlt, dann unterstütze ich das vollkommen.«
Ich hätte ihr lieber gesagt, dass natürlich alles in Ordnung sein würde. Aber wir wussten beide, dass dies ein leeres Versprechen wäre.

Tess

28. Kapitel

Winter 2016

Der Santa-Lucia-Tag fiel auf den 13. Dezember, den kürzesten Tag des Jahres, bevor die Kalender umgestellt wurden. In Ortigia begannen die Vorbereitungen zehn Tage vorher, als eine Blaskapelle durch die Straßen zog. Am neunten Dezember wurde dann die Statue der Heiligen aus dem verschlossenen Schrank geholt, in dem sie das Jahr über aufbewahrt wurde, und im Dom aufgestellt. Die glänzende Figur, die ganz aus Silber gegossen und an einigen Stellen vergoldet war, wirkte amazonenhaft. Sie trug eine Krone auf dem Kopf und ihre Augen waren unversehrt. In der einen Hand hielt sie einen Teller und in der anderen eine Märtyrerpalme. Sie sah so stark aus, dass man erschrak, wenn man den Dolch bemerkte, der aus ihrem Hals ragte.

An dem Tag selbst war die sonst so leere und ruhige Piazza del Duomo voller Menschen aller Altersgruppen, die so laut und ausgelassen waren wie Fußballfans. Verkäufer mit großen Luftballonsträußen und Leuchtarmbändern an den Armen priesen billiges Spielzeug und Lutscher an. Es war wie ein riesiger Karneval.

Kurz vor drei Uhr knisterte es auf dem Platz geradezu vor erwartungsvoller Spannung, doch beim Glockenläuten der Kathedrale verstummten alle. Und als dann die Statue im Sonnenschein glitzerte, als würde sie von innen leuchten, atmeten alle kollektiv ein.

Ein riesiger Jubel brach los und einige fielen auf die Knie, als eine Gruppe besonders ergebener Gläubiger den schweren Sockel gefährlich wankend die Stufen der Kathedrale hinuntertrug und sich langsam auf den Weg machte.

Gus und ich bogen in eine Seitenstraße ein, weil wir hofften, die Prozession in der Nähe der Stadtmauer besser sehen zu können, ahnten allerdings nicht, dass wir über zwei Stunden warten mussten. Es war bereits dunkel, als wir Santa Lucia von Hunderten von Kerzen erleuchtet in der Ferne langsam näher kommen sahen. Als sie schließlich an uns vorbeizog, war ihre strahlende und gütige Aura so überwältigend, dass ich mich unwillkürlich bekreuzigte.

»Ich dachte, du glaubst nicht an den ganzen Kram.«

»Ich hab doch an dich geglaubt, oder?«

Es rutschte mir einfach so heraus.

Er wirkte etwas betroffen. Dann beugte er sich vor und küsste mich auf die Wange.

»Ja, das hast du. Danke.«

Als wir zur Piazza zurückgingen, rief jemand meinen Namen, und unsere Vermieterin Patrizia winkte uns zu sich.

»Kommt, ich will euch meine Mutter vorstellen«, sagte sie.

Eine ältere Version von Patrizia stand auf. Sie war groß und so beeindruckend, dass ich sie staunend ansah. Abgesehen davon, dass sie ihr graues Haar zu einem Dutt frisiert hatte, sah sie meiner Freundin Sandy verblüffend ähnlich.

»Alessia«, sagte sie und schüttelte mir die Hand.

»*Piacere*«, sagte ich.

Sie sprach kaum Englisch, aber mein Italienisch genügte inzwischen für ein einfaches Gespräch.

Als ich ihr erzählte, wie sehr ich mich freute, Santa Lucia gesehen zu haben, lächelte sie liebevoll, so wie alle Einheimischen, wenn man den Namen ihrer Schutzpatronin erwähnte. Als wäre sie eine innig geliebte Verwandte.

Sie fragte mich, ob ich gern in Syrakus lebe, und ich sagte ihr, dass ich es liebe und versuchte, ihr zu erklären, dass mir besonders gefiel, wie hier Vergangenheit und Gegenwart nebeneinander existierten.

Ob das nicht in jeder Stadt so sei, fragte sie.

Ich dachte an London. Dort gab es nichts, was so alt war wie ein antikes griechisches Amphitheater, aber es gab den Tower of London. Ich hatte ihn nie besucht, weil er eine Touristenattraktion war, die Eintritt kostete. Hier war es, als wäre die Vergangenheit in die Gegenwart hineingestickt. Ich tat, als würde ich nähen, und hoffte, sie würde mir das Wort nennen.

»Ah, *cucire*!«, sagte sie.

»*Per me, il passato è cucito nella fabrica della città*«, sagte ich.

Ich war stolz auf meine Worte, bis mir einfiel, dass *fabrica* auf Italienisch Fabrik bedeutet.

Sie fragte mich, ob ich das Ipogeo besucht hätte, und deutete in Richtung des Eingangs.

»Ja.«

Die Familie ihrer Mutter hatte während der Befreiung in dem unterirdischen Gewölbe Zuflucht gefunden, erzählte sie. Alle hatten Angst, aber die Amerikaner seien sehr nett gewesen. Ihr

Großvater, der Bäcker war, hatte den Soldaten Kuchen gebacken. Er hatte seinen ganzen kostbaren Zuckervorrat für die Amerikaner verbraucht! Sie lachte. Es war offensichtlich eine dieser Geschichten, die sich Familien über Generationen hinweg erzählen.

Die Kuchen hat er nie vergessen ... hörte ich Sandys Stimme in meinem Kopf.

Konnte es sein, dass die Kuchen, die ihrem Vater so gut geschmeckt hatten, vom Großvater dieser Frau gebacken worden waren?

»Du bist ungewöhnlich still«, sagte Gus, als wir auf dem Rückweg in die Wohnung waren.

Durch meinen Kopf wirbelten unzählige Fragen, die alle mit *Was wenn* begannen. Was, wenn Alessias Mutter Sandys gut aussehenden Vater an der Bäckertheke bedient hätte? Was, wenn er ihr bei der *passeggiata* begegnet wäre und ihr ein Eis spendiert hätte, wenn es während des Krieges überhaupt Eis gegeben hatte? Es war durchaus denkbar, dass sich ihre Wege gekreuzt hatten.

Was, wenn sie sich ineinander verliebt hatten? Was, wenn eine verbotene Leidenschaft und nicht der Kuchen oder gar eine köstlich sündige Verbindung aus beidem Syrakus für ihn so unvergesslich gemacht hatte?

Was, wenn Alessia Sandys Schwester wäre?

Sie hatte sich immer eine Schwester gewünscht.

Ich löschte mehrere E-Mail-Entwürfe an Sandy, bis mir schließlich klar wurde, dass ich ihr genau berichten musste, was ich gehört hatte, damit sie ihre eigenen Schlussfolgerungen daraus ziehen konnte. Das war das einzig Richtige.

Ihre Antwort erfolgte beinahe umgehend.

Vielen Dank, Tess! Ich sehe, wie deine Fantasie als Autorin arbeitet. Die Vorstellung, dass ich eine Halbschwester in Syrakus haben könnte, ist faszinierend. Mein Vater hieß Alexander. Ich wurde nach ihm benannt. Vielleicht war es bei Alessia genauso. Das liefert mir auf jeden Fall eine Ausrede – als ob ich die bräuchte! –, um so bald wie möglich ins schöne Syrakus zurückzukehren.

Den Teil mit dem Namen las ich zweimal, bevor mir klar wurde, dass Sandy natürlich eine Abkürzung für Alexandra war.

Die E-Mail endete mit den Worten: **Und jetzt mach dich wieder an deine eigene Geschichte, Tess! Ich kann es kaum erwarten, sie zu lesen!**

Woher kannte Sandy mich so gut? Oder machten alle Schreibenden eine Phase durch, in der ihnen jede Ablenkung recht war, um nicht zu ihrer Arbeit zurückkehren zu müssen? Ich war froh, einen Ablauf und ein paar Szenen geschrieben zu haben, aber jetzt steckte ich irgendwie fest.

Ich erinnerte mich, dass Leo gesagt hatte, es gebe keine Schreibblockade, sondern nur mangelnde Planung. Doch je intensiver ich auf meinen Morgenspaziergängen nachzudenken versuchte, desto wahlloser schienen meine Gedanken zu werden. Die meisten hatten überhaupt nichts mit dem Buch zu tun. Ich fragte mich, ob der Kühlschrank abgetaut werden musste und wann ich Karten verschicken musste, damit sie rechtzeitig zu Weihnachten zu Hause ankamen. Dass ich mich so schwer konzentrieren konnte, ließ Zweifel in mir aufkommen, ob ich überhaupt eine Autorin war.

Für unser Weihnachtsessen briet Gus sizilianische Würstchen und Kartoffeln zusammen mit Fenchelknollen. Anders als in rohem Zustand schmeckten sie gekocht gar nicht mehr nach Anis. Ich fand es toll, dass er unsere eigene Tradition geschaffen hatte, obwohl ich mich ein bisschen nach dem gewöhnlichen Geschmack von Truthahn, Bratensoße und den kleinen Würstchen sehnte, die Hope früher dutzendweise verschlungen hatte.

In der ersten Woche des Jahres 2017 fegte ein heftiger Schneesturm über den Süden Italiens und Sizilien hinweg. In den Nachrichten wurden Bilder von Schneeverwehungen an Stränden gezeigt, die seit Generationen keinen Schnee mehr gesehen hatten.

Unsere große, luftige Wohnung war nicht für kaltes Wetter gemacht. Die einzige Heizmöglichkeit war ein alter Petroleumofen, den Patrizia uns gebracht hatte, dem ich jedoch nicht traute, weil er so stank. Wir hatten keine warme Kleidung dabei, also kuschelten Gus und ich uns auf dem Sofa oder im Bett unter Decken zusammen und die Abgeschiedenheit brachte uns näher zusammen als je zuvor.

Eines Tages zog Gus unsere beiden Pullover unter seiner Jacke an und machte sich auf den Weg, um frische Lebensmittel zu besorgen, aber der Markt war geschlossen. Er kam mit Nudeln, einer Dose Tomaten und einem Paar Handschuhen zurück, von denen er die Fingerspitzen abschnitt, damit meine Hände beim Schreiben nicht so kalt wurden.

»*Che gelida manina!*«, sagte er.

Während ich am Schreibtisch am Fenster saß, das auf das betongraue Meer blickte, zeichnete Gus mit einer Decke um die Schultern. Ich versuchte, seine Privatsphäre zu respektieren, so wie er die meine respektierte, doch wenn ich die Espressomaschine auf den Herd stellte oder in einem Topf Wasser

für Tee erwärmte, sah ich unweigerlich, dass er mich zeichnete.
»Ich glaube, das ist das Beste, was ich je gemacht habe. Hauptsächlich wegen des Motivs«, sagte er, sah auf und ergriff meine Hand.
Nach fünf Tagen brach endlich die Sonne durch und wir konnten das Schmelzwasser vom Dach tropfen hören. Gus eilte nach unten, um die Schneekrusten auf dem Zitronenbaum zu fotografieren, damit er das Tetraptychon der vier Jahreszeiten vervollständigen konnte.
Ohne ihn fühlte sich die Wohnung plötzlich leer an. Ich starrte auf das Gemälde mit der leeren Stelle, die darauf wartete, ausgefüllt zu werden, und erschauerte, denn ich ahnte, dass mit der Fertigstellung des Gemäldes auch unsere Zeit hier zu Ende ging.
Dann klingelte mein Telefon und auf dem Display erschien Annes Name. Ich hatte erst Weihnachten mit meiner Familie gesprochen, darum wusste ich sofort, dass etwas nicht stimmte.
»Was ist los?«, fragte Gus, als er in die Wohnung zurückkehrte und ich dabei war, eine Tasche zu packen.
»Ich muss für ein paar Tage nach Hause.«
»Warum?«
»Offenbar hat sich Hope von Martin getrennt. Sie waren zu Weihnachten bei Anne und Dad und anschließend weigerte sie sich zu gehen. Keine Erklärung. Anne und Dad gehen auf eine Kreuzfahrt ...«
»Können sie die nicht absagen?«
»Wie viele Kreuzfahrten werden sie noch machen? Mein Vater ist fast 70.« Ich wiederholte, was Anne gerade gesagt hatte.
Gus war offensichtlich weniger überzeugt als ich.
»Kommt Hope nicht allein klar?«

»Anne will sie nicht allein lassen, weil sie sich etwas seltsam ... verhalten hat.«
»Inwiefern?«
»Sie hat aufgehört zu singen.«

29. Kapitel

Anne besaß ein modernes Einfamilienhaus in einer der Neubausiedlungen am Stadtrand. Es hatte drei Schlafzimmer, von denen das kleinste mein Vater als eine Art Hobbyraum nutzte. Dort stand ein riesiger Fernseher, auf dem er nach Herzenslust Fußball schauen konnte. Ich vermutete, dass sie es ihm überlassen hatte, weil sie es nicht mochte, wenn jemand in ihrem makellosen Wohnzimmer für Unordnung sorgte.

Abgesehen von einer Cocktailbar in Marmoroptik, in der bunte Likörflaschen vor Spiegeln in Regalen standen, war der Raum ganz in Creme gehalten – von den Vorhängen mit geflochtenen Raffhaltern bis hin zur dreiteiligen Sitzgruppe aus cremefarbenem Samt und dem hochflorigen Teppich.

Vermutlich hatte man mich unter anderem deshalb zurückgerufen, um dafür zu sorgen, dass Hope sich an die erste Regel auf der Liste hielt, die Anne in der Küche hinterlassen hatte. Sie hatte sie mehrfach rot unterstrichen: *Nicht im Wohnzimmer essen!!!*

Ich war erleichtert, meine Schwester im Großen und Ganzen unverändert anzutreffen. Es war schön, Zeit mit ihr zu verbringen, ohne ständig den mürrischen Martin in der Nähe zu haben. Sofort verfielen wir in die Routine aus der Zeit zurück, als wir noch zusammengewohnt hatten. Montags gab es Würstchen mit Kartoffelbrei, dienstags Makkaroni mit Käse. Hope war offenbar eher daran gewöhnt, sich von Lieferdiensten zu ernähren, denn wenn ich sie bat, den Tisch abzuräumen, packte sie das schmutzige Geschirr ein paarmal direkt in den Mülleimer.

Hope sah gern tagsüber fern. Manchmal bat ich sie, das in Dads Zimmer zu tun, damit ich schreiben konnte. Der plötzliche Wechsel von den prächtigen Farben Siziliens zu dem monochromen Ambiente in Annes Wohnzimmer irritierte mich. Doch wenn ich mich erst einmal konzentrierte, schien das Schreiben hier leichter vonstattenzugehen, als würde meine Fantasie in Ermangelung äußerer Reize zu meiner Unterhaltung Szenen erschaffen.

Täglich versuchte ich, Hope zu einem Spaziergang zu bewegen, aber wir waren weit vom Meer entfernt und die Busverbindungen waren schlecht. Abends sah sie noch mehr fern.

Meine Versuche, herauszufinden, was geschehen war, blieben kurz und unergiebig.

»Hast du dich mit Martin gestritten?«
»Er ist ziemlich rechthaberisch.«
»Das ist er auf jeden Fall. Ist das eine vorübergehende Sache? Ich meine, gehst du zu ihm zurück?«
»Nein.«
»Vermisst du ihn nicht?«
»Ich vermisse sein Klavier.«

Die Jukebox in der Wohnküche sah aus wie aus den 1950er-Jahren, spielte aber CDs. Das war bei Anne immer die größte Attraktion für Hope gewesen, und vielleicht, so dachte ich gelegentlich, auch für Dad. Seine gesamten *Fureys*-CDs waren dort aufgebaut und es hatte viele Weihnachtsfeste gegeben, an denen er und Hope zu ihnen gesungen hatten. Wenn er genug getrunken hatte, um rührselig zu werden, wählte er immer seinen Lieblingssong »I Will Love You«, den er dann mit Tränen in den Augen sang, eine Hand auf seinem Herzen, so wie er es bei der Trauerfeier meiner Mutter getan hatte.

»Möchtest du Musik hören, Hope?«, fragte ich bei jeder Mahlzeit.

»Nein.«

»Möchtest du zum Karaoke in die Stadt gehen?«

»Nein.«

»Warum nicht?«

»Ich muss nichts tun, was ich nicht will. Ich muss nie etwas tun, was ich nicht will!« Sie wurde lauter.

Manchmal dachte ich, Hope sei emotional intelligenter, als sie zugeben wollte. Diesen Satz hatte ich schon oft zu ihr gesagt, das wussten wir beide. Daher konnte ich ihr jetzt schlecht widersprechen.

»Welcher Tag ist heute?«, fragte Hope in der zweiten Woche, in der ich zurück war.

»Mittwoch.«

»Mittwochs gehen wir zu Mum.«

Es war ein schöner, freundlicher Tag für einen Spaziergang, allerdings waren wir ziemlich weit vom Friedhof entfernt.

»Mit dir muss man immer laufen«, sagte sie gereizt, während sie neben mir herschnaufte.

Auf dem Friedhof ersetzten wir die verblühten Chrysanthemen von ihrem letzten Besuch durch einen Strauß gelber Tulpen, die wir unterwegs in einem Blumenladen mitgenommen hatten.

»Mary Lucy Costello, treue Ehefrau von James, geliebte Mutter von Kevin, Brendan, Teresa und Hope.« Hope las die Inschrift laut vor. »Warum steht dort ›Und ich werde dort Frieden finden?‹«, fragte sie, als ob ihr das Zitat noch nie aufgefallen wäre. »Warum steht da nicht ›Ruhe in Frieden‹, wie bei den anderen?«

»Das ist aus Mums Lieblingsgedicht, ›The Lake Isle of Innisfree‹«, erklärte ich ihr und erinnerte mich an den Streit, den ich wegen der Inschrift mit meinem Vater gehabt hatte. Es stellte sich heraus, dass er sich Sorgen um die Kosten für die zusätzlichen Buchstaben machte und es ihm nicht um den Satz an sich ging. Nachdem der Steinmetz gesagt hatte, dass er für das gleiche Geld mehr Worte machen würde, hatte Dad nachgegeben.

Hope und ich standen schweigend nebeneinander und hielten die Köpfe gesenkt.

Ich weiß nicht so recht, was mit Hope los ist, Mum, aber ich verspreche dir, immer auf sie aufzupassen, versicherte ich ihr im Stillen.

Als sie das kleine Silberkreuz berührte, das Mum ihr hinterlassen hatte, fragte ich mich, ob Hope ebenfalls mit ihr sprach. Konnte sie sich überhaupt an Mum erinnern? Sie war erst fünf Jahre alt gewesen, als sie starb. Ich wusste nicht einmal, ob *ich* mich richtig an sie erinnerte. Meine Erinnerungen an sie glichen stark den Bildern in dem Fotoalbum, das ich in Dads Hobbyraum gefunden hatte. Ich konnte mich noch an den Klang ihrer Stimme erinnern, aber ich wusste nicht mehr, wie es sich angefühlt hatte, sie zu umarmen.

Gerade als wir den Friedhof verließen, hielt ein Bus neben uns. Mit einem hydraulischen Seufzen öffneten sich die Türen und Martin stieg aus. Er ignorierte uns und tat so, als würde er auf sein Handy schauen, selbst als ich »Hallo, Martin!« sagte.

Als er an uns vorbeimarschierte, spürte ich plötzlich Hopes Hand in meiner.

»Ich kann *alles* ohne dich machen«, rief sie ihm zu. »Weil ich Tree habe.«

Ich glaube, es war das erste Mal, dass Hope jemals ihre Zuneigung mir gegenüber zum Ausdruck gebracht hatte, und obwohl es nur ein Krümel war, griff mein Herz so begierig danach, dass mein Gehirn erst später über den Subtext nachdachte.

»Ich kann *alles* ohne dich machen.«

Bedeutete das, Martin hatte ihr gesagt, sie könne nichts ohne ihn tun? Ich hatte nie genau gewusst, ob ihre Beziehung Freundschaft, Liebe oder einfach nur ein Arrangement war, das ihnen beiden passte. Wenn ich jedoch ganz ehrlich war, hatten in meinem Hinterkopf stets leise Zweifel genagt.

»Hope, war Martin böse zu dir?«, fragte ich sie, als wir unsere Bohnen auf Toast aßen.

»Kein Kuchen, keine Kekse, keine Süßigkeiten ...«, sagte sie.

»Warum?«

»Er hat gesagt, ich bin zu fett. Katherine Jenkins isst keinen Kuchen.«

Katherine Jenkins war immer eine von Hopes Lieblingssängerinnen gewesen.

Ich musste mir ein Lachen verkneifen. Hatte Gus recht gehabt? Hatte Martin ernsthafte Ambitionen gehabt, eine große Musikerin aus Hope zu machen?

»Nicht singen, bevor du deine Tonleitern geübt hast!«, blaffte Hope.

Ich konnte nicht ganz herausfinden, ob sie so von ihm beeinflusst war, dass sie diese Anweisung befolgt hatte, oder ob sie einfach gestreikt hatte.

»Ich mag keine Tonleitern, Tree.«

»Aber du singst doch immer noch gern, oder?«, fragte ich vorsichtig.

»Es ist nicht mehr mein Wohlfühlort.«

Ich hegte den Verdacht, dass sie den Begriff aus dem Reality-TV aufgeschnappt hatte. »Wohlfühlort« klang wie eine Phrase aus dem Mund eines Promis, ein bisschen wie »kein Druck!« oder »Komfortzone« oder »100-prozentig«, wenn sie eigentlich nur »ja« meinten.

Aber Hope versuchte normalerweise nie, ihre Gefühle zu beschreiben, und so klang dieser Satz ungewöhnlich und berührend. Und er machte mich sehr traurig.

Ich wusste, ich hätte bei ihrer Beziehung zu Martin schon früher nachhaken sollen, aber Hope mochte es nicht, wenn man nachhakte. Also hatte ich mir eingeredet, es ginge ihr gut mit ihm. Jetzt hatte ich ein schlechtes Gewissen.

»Martin war also wirklich Margates Version von Henry Higgins!«, stellte Gus fest, als wir miteinander telefonierten.

»Das ist nicht lustig«, sagte ich. »Ich glaube, es hat eine Art Zwangskontrolle stattgefunden. Er hat sie kleingemacht und ihr die Freude am Singen genommen. Ich bin wütend auf ihn.«

»Aber gut für Hope, dass sie den Fiesling verlassen hat.«

Bis dahin hatte ich gar nicht über ihren Mut nachgedacht. Auf ihre eigene Art hatte Hope sich befreit. Sie hatte ihn verlassen. Viele Frauen haben nicht die Kraft oder die Mittel, das zu tun.

»Was ist mit dir? Wann kommst du wieder her?«, fragte Gus.

»Dad und Anne sind in ein paar Tagen zurück.«

*

Auf der Kreuzfahrt war ein Norovirus ausgebrochen, sodass alle die letzte Woche in ihren Kabinen bleiben mussten, und obwohl sie einen Gutschein erhalten hatten, sagte Dad, keine zehn Pferde würden ihn noch mal auf ein Schiff kriegen. »Warum gutes Geld dafür bezahlen, dass man in einer Zelle eingesperrt ist? Luxuskreuzfahrt? Wohl eher ein Gefängnisschiff!«

Ich hatte geglaubt, mein Vater sei unter dem Einfluss von Anne, die ihm mehr Paroli bot als meine Mutter, milder geworden. Allerdings hatte das wohl nur daran gelegen, dass ich nicht viel Zeit mit ihm verbracht hatte, wie mir jetzt klar wurde. Wenn er gut gelaunt war, konnte mein Vater äußerst charmant sein. Wenn er wütend war, war das nicht zu übersehen. Es fühlte sich an, als wäre jeder Raum, in dem er sich aufhielt, mit Gas gefüllt. Jede falsche Bewegung oder Bemerkung konnte zu einer Explosion führen. Der rote Nebel.

Während er im Wohnzimmer vor sich hinschäumte und auf einen Vorwand wartete, seinem Zorn Luft zu machen, schlichen Anne und ich auf Zehenspitzen herum und versuchten, uns so unauffällig wie möglich zu verhalten.

Ich bedauerte, dass ich Hope zum Fernsehen in sein Zimmer gelassen hatte. Er stapfte die Treppe hinauf und schaltete den Fernseher aus. Sobald er den Raum verlassen hatte, schaltete Hope ihn wieder ein. Das reichte. Wir konnten ihn schreien hören.

»Wie sieht dein Plan aus, Hope?«

»Welcher Plan?«

»Wo willst du wohnen?«

»Hier.«

»Hast du Anne gefragt?«

»Nein.«

»Dann solltest du das wohl besser mal tun, oder?«

Hope kam die Treppe herunter und marschierte in die Küche, gefolgt von meinem Vater.

»Kann ich hier wohnen, Anne?«

Anne sah mich leicht verzweifelt an.

»Vorläufig, Jim. Nur so lange, bis sie sich wieder gefangen hat.«

»Teresa?«

Es war nie ein gutes Zeichen, wenn er mich mit meinem vollen Namen ansprach.

»Ich kehre so bald wie möglich nach Sizilien zurück ...«

»Nach Sizilien zurück, aha?« Er verhöhnte mich in singendem Tonfall. »Und was ist mit deiner Schwester? Anne ist sehr gut gewesen, Teresa, mehr als entgegenkommend. Aber es gibt Grenzen ...«

»Was soll ich tun?«

»Hope hat sich die Suppe selbst eingebrockt, jetzt muss sie sie auch selbst auslöffeln.«

»Ich habe keine Suppe gekocht«, sagte Hope.

Aufruhr.

»Sie macht ihr Bett nicht! Sie wäscht nicht ab! Sie macht die Dusche nicht sauber!« Bei jeder Beschwerde schlug er mit der Faust auf den Esstisch.

Ich sah in Annes erschrockenen Augen, dass es sich um Kleinigkeiten handelte, über die sie sich beklagt hatte und die sie jetzt nicht mehr zurücknehmen konnte.

»Sie hat ihr Zuhause und ihren Job aufgegeben und sich hier eingenistet, ohne auch nur um Erlaubnis zu fragen ...«

Hope stand auf und verließ den Raum.

»Bleib hier! Hope, hörst du mich? Bleib gefälligst hier, wenn ich mit dir rede!«

»Beruhige dich jetzt, Jim«, mahnte Anne.

»Das ist dein Werk!«, wandte sich Dad nun an mich. »Immer musst du sie verhätscheln, sagst nie Nein ...«

Ich erinnerte mich an den schrecklichen Sonntag, als er auf meine Mutter losgegangen war. Bam, bam, bam! Als er auf die Tischplatte geschlagen und die Rührschüssel zum Tanzen gebracht hatte. Bam, bam, bam machte seine Faust und er war nicht einmal betrunken.

Wie lange würde es dauern, bis sie ein anderes Ziel als die Tischplatte finden würde?

»Was hat Martin denn falsch gemacht?«, schrie er mir ins Gesicht.

Es war sinnlos, Dad etwas über Zwangskontrolle erklären zu wollen. Er hatte sie schließlich sein ganzes Leben lang selbst ausgeübt.

*

»Ich werde mich erkundigen, welche Leistungen Hope bekommen könnte, nach Wohnungsgenossenschaften sehen und so weiter. Sobald das alles geklärt ist, komme ich sofort zurück.«

Ich stand im Dunkeln am Ende von Annes Sackgasse, da ich nicht wollte, dass jemand mithörte.

Gus' Schweigen schien ewig zu dauern.

»Das Gute daran ist, dass ich meine Nachuntersuchungen machen kann!«, sagte ich und wurde leiser, als ich merkte, dass das für keinen von uns eine große Erleichterung war.

»Ich komme und unterstütze dich, Tess.«

»Nein, bitte nicht! Ich bin in null Komma nix wieder da. Ich muss einen Roman schreiben. Du musst Bilder malen. Das will ich nicht aufgeben.«

Auf dem Display konnte ich durch das Fenster hinter ihm die Sichel des aufgehenden Mondes sehen. Als ich in den Himmel hinaufschaute, erblickte ich den Neumond auch über mir. Zwei verschiedene Orte, derselbe Mond. Es kam mir vor, als befände ich mich in einer surrealistischen Version meines Lebens, in der alles aus dem Lot geraten war.

»Ich liebe dich«, sagte er.

»Ich dich auch.«

Ich fand schon immer, dass es mehr als ein Wort für die Liebe geben sollte.

Meine Liebe zu Gus war leidenschaftlich und aufregend, wie ein wundersames Elixier, das mich in seiner Gegenwart in die Person verwandelte, die ich sein sollte.

Sie war ganz anders als meine Liebe zu Hope, die beschützend, instinktiv und in meiner Person verankert war, wie ein Teil meiner DNA.

Bei meiner Rückkehr lag Hope bereits in ihrem Bett im Gästezimmer, das wir uns teilten. Ihr dunkles Haar, das schon immer widerspenstig gewesen war, ganz gleich wie sehr man es glatt föhnte oder bürstete, lag ausgebreitet auf dem Kopfkissen. Aus Gewohnheit strich ich es ihr aus der Stirn und berührte dabei leicht ihre weiche Haut. Hope hatte immer einen schönen Teint gehabt. Sie benutzte noch die gleiche Zahnpasta und das gleiche Shampoo wie früher zu Hause. Ihr wäre es nicht in den Sinn gekommen, etwas anderes auszuprobieren, und so roch sie auch noch genau wie früher, als ich ihr einen sanften Kuss gab.

Es war kühl im Zimmer und als ich die Decke hochzog, um ihre Schultern zu bedecken, öffnete sie ein Auge.

»Du wirst dich immer um mich kümmern, Tree.«

Gus

30. Kapitel

Frühling 2017

Im Laufen hatte ich immer Trost gefunden. Ich fing nach Ross' Tod damit an und legte immer weitere Strecken zurück, in der Hoffnung, eines Tages weit genug laufen zu können, um dem Schmerz zu entkommen. Ich lief während meiner Scheidung und nach meinem Zusammenbruch.

Es war der einzige Sport, bei dem ich nicht den Drang verspürte, mich mit anderen zu messen. Ich hatte keine Lust, meine Entfernungen oder Zeiten mit anderen zu vergleichen. Ich musste allein sein. Das Laufen konnte den Verlust nicht ersetzen, aber wenn ich erst die Energie aufbrachte loszulaufen, geriet ich irgendwann, ohne dass es mir überhaupt bewusst wurde, in einen meditativen Zustand. Dann konnte ich mich für eine Weile vergessen.

»Die Einsamkeit des Langstreckenläufers«, pflegte mein Vater zu sagen, wenn er sah, dass ich mir die Laufschuhe anzog.

Damals hatte ich dem Satz keine Bedeutung beigemessen. Es war für mich nur der Titel eines Films, den er in seiner Jugend gesehen hatte. Jetzt fragte ich mich, ob ich ihn unterschätzt hatte. Teenager, das wurde mir bei Flora nur allzu bewusst, gehen davon aus, dass ihre Eltern von nichts eine Ahnung haben.

Da Tess nicht da war, vermisste ich auch die Gesellschaft anderer Menschen. Es fiel mir nicht so leicht wie ihr, mit irgendwelchen Touristen zu plaudern oder mich mit Stand- und Ladenbesitzern anzufreunden. Die Zeit, die ich allein verbrachte, schien endlos zu sein. Manchmal vergingen ganze Tage, ohne dass ich außer per Handy mit einem anderen Menschen gesprochen hatte.

Also lief ich jeden Tag weiter. Ich entdeckte einen Küstenweg, der an den Vororten vorbei zur Grenze einer petrochemischen Anlage und einer antiken Stätte namens Megara Hyblaea führte, die dort völlig deplatziert wirkte. Im Schatten der Stahlzylinder und Schornsteine waren die Überreste einer prähistorischen Siedlung zu sehen. Ich lief zu den Kriegsgräbern im Westen der Stadt, wo zartrosa Blütenblätter der nahe gelegenen Mandelbaumplantagen zwischen den langen Reihen identischer Grabsteine lagen. Ich lief durch die moderne Stadt zum archäologischen Park, erklomm die Sitzreihen wie riesige Treppenstufen, und blieb oben stehen, um Luft zu holen und die Aussicht auf die Küste zu bewundern, die sich nach Süden hin zu einem scheinbar unendlichen Meer erstreckte.

Eines Tages sah ich gegen Ende meiner Laufrunde, dass die Stelle in Camilas Laden, wo mein Bild gehangen hatte, leer war.

Die Glocke über der Ladentür läutete und sie kam mit einer Espressokanne in der einen und einer kleinen Tasse in der anderen Hand aus der kleinen Küche.

»Ah Goos! Immer rennen«, sagte sie. Als sie mich überraschend wie einen alten Freund auf beide Wangen küsste, wurde mir mein verschwitztes Gesicht und T-Shirt bewusst.

»Hast du noch mehr Bilder?«, fragte sie. »Das hier hat eine Japanerin gekauft.«
Offenbar hatte sie den vollen Preis bezahlt.
Dass ich das Werk nie wiedersehen würde, löste seltsam gemischte Gefühle in mir aus. Zum Teil Bedauern, zum Teil Erstaunen, dass jemand Geld für etwas bezahlt hatte, das ich geschaffen hatte.

Ich musste an die Reaktion meines Vaters denken, als ich ihm vor Ewigkeiten gesagt hatte, ich wolle auf eine Kunsthochschule gehen.
»Aber von der Kunst kann man doch nicht leben. Van Gogh hat in seinem ganzen Leben kein einziges Bild verkauft!«
Das war die eine Tatsache, die stets alle anführten, die keine Ahnung von Kunst hatten.

Würde er jetzt stolz auf mich sein? Vielleicht sollte ich eine Meereslandschaft malen und sie ihm als Geschenk schicken?

Ich war von neuer Entschlossenheit erfüllt.

Das Meer war wieder ruhig genug, um darin zu schwimmen, und glitzerte unwiderstehlich in der Morgensonne. Jetzt schien der Tag nicht genug Stunden zu haben, um alles zu tun, was ich wollte. Ich lief, ich schwamm, ich malte und experimentierte mit verschiedenen Größen und Stilen. Neben den von Camila gewünschten Ansichten von Ortigia reizten mich Bilder von Fischerbooten, Blumenständen, ein Stillleben von einem Cappuccino auf dem glänzenden Edelstahltresen einer Bar.

Als die Kreuzfahrtschiffe in den Hafen von Syrakus zurückkehrten und Massen an Tagesausflüglern ausspuckten, verlangte Camila nach kleinformatigeren Bildern, da diese sich gut als alternatives Souvenir zu den schwereren Keramiken verkauften. Ich wurde süchtig danach, in ihrem Laden vorbeizuschauen, um zu sehen, welche Bilder sie verkauft hatte. In gewisser Weise war ich wie Flora, die ihre Likes auf Instagram checkte. Manchmal forderte mich Camila auf, mich zu ihr zu setzen und einen Kaffee mit ihr zu trinken. Ab und an kaufte ich uns beiden in einer Bäckerei ein Cornetto. Wir waren im selben Alter und beide geschieden, aber sie hatte keine Kinder. Ich genoss die Gesellschaft, obwohl ihr Englisch so schlecht war wie mein Italienisch, sodass wir nie über oberflächliche Gespräche über die aktuellen Nachrichten hinauskamen.

Tess und ich waren überwiegend von Videoanrufen zu normalen Telefonaten übergegangen. Sie sprach nicht gern mit mir, wenn sie belauscht werden konnte, und Videoanrufe verbrauchten zu viel Datenvolumen, wenn sie draußen auf der Straße stand. Ich glaube, der Hauptgrund war jedoch, dass es einfacher war, den Schein aufrechtzuerhalten, dass es nur Tage dauern würde, bis sie zurückkam, wenn wir uns dabei nicht in die Augen sahen.

Sprachanrufe waren irgendwie intimer, fast so, als ob wir zusammen im Bett lägen und uns im Dunkeln unterhalten würden.

Offenbar gab es Spannungen im Haus von Anne, aber Tess hoffte, bald eine Unterkunft für Hope zu finden.

Sie war sich sicher, dass sie nach dem Osterbesuch meiner Töchter zurückkehren würde.

»Oh, und ich habe meine Testergebnisse bekommen«, sagte sie so fröhlich, dass ich wusste, ich brauchte nicht in Panik zu geraten. »Immer noch in Remission. Da ich etwas zu spät war, muss ich erst in einem Jahr zur Abschlussuntersuchung ... falls es mir bis dahin weiterhin gut geht. Das ist klar.«

Ich klopfte unwillkürlich auf Holz und wusste, dass sie es am anderen Ende der Leitung ebenfalls tat. Es war zu einer Ge-

wohnheit geworden, die ich nur schwer aufgeben konnte, auch wenn sie nicht da war und mich dazu aufforderte. Tess war eine seltsame Mischung aus Glauben und Aberglauben, aber ich hatte aufgehört, sie zu provozieren, nachdem sie mich einmal gefragt hatte: »Warum ist es für dich eigentlich so wichtig, ob es irrational ist? Viele schöne Dinge sind nicht rational.«
Dem konnte ich nicht widersprechen.
»Ich vermisse dich«, sagte sie.
So endeten unsere Anrufe immer.
»Ich dich auch!«
Ich lag da und starrte aus dem Fenster auf den blassgelben Mond an dem außergewöhnlichen Nachthimmel in Preußischblau, eine Farbe, die ich bisher nur in Italien gesehen hatte.

31. Kapitel

Die Automatiktüren, die sich für jeden Neuankömmling öffneten, steigerten die Vorfreude auf das Wiedersehen mit meinen Mädchen. Jedes Mal, wenn sie es nicht waren und ich einen Fremden anlächelte, war es mir ein bisschen peinlich, und ich bemühte mich schnell wieder um eine neutrale Miene. Als ich neben den ganzen Limousinenchauffeuren stand, wünschte ich, ich hätte aus Spaß ein Schild mit »Flora und Bella« darauf vorbereitet. Sie flogen zum ersten Mal ohne Begleitung.

Als die Türen endlich die beiden freigaben, ging Flora vor Bella her, das Handy in der einen, den Griff ihres Koffers in der anderen Hand. Ihrer hatte Handgepäckgröße, während Bella einen Riesenkoffer hinter sich herzog. Flora ignorierte mich, als ich winkte, um ihre Aufmerksamkeit zu erregen. Sie war jetzt fast so groß wie ich, obwohl sie superflache Ballerinas trug. Ihr Körper war der einer Jugendlichen, aber er sah aus, als sei er gestreckt worden, sodass ihr T-Shirt über dem Bund ihrer Skinny Jeans einen Streifen nackter Haut frei ließ. Ihr Gesicht war länger, aber immer noch umwerfend schön, wie ein Gemälde von Modigliani. Ich war mir der Blicke der Taxifahrer bewusst, die ihr folgten, als sie an ihnen vorbeiging, und war bereit, jedem eine zu verpassen, der auch nur eine falsche Bewegung machte.

»Daddy! Daddy! Daddy!« Bella stürzte auf mich zu, während ihre Schwester sich zurückhielt und sich auf das Handydisplay konzentrierte.

*

Ich hatte eine Villa am anderen Ende der Insel in der Nähe des Zingaro-Nationalparks gebucht und ein Auto gemietet, um dorthin zu gelangen. Wir brauchten den ganzen Tag, um durch das gebirgige Innere Siziliens zu fahren. Als ich versuchte, sie für die Geschichte der Insel zu interessieren, die durch Geologie, Geografie und Migration geprägt war, bildete ich mir ein, sie hätten beschlossen, nett zu mir zu sein und dem Vortrag zu lauschen.

Erst als Flora einen Kopfhörer aus dem Ohr nahm und mich fragte, wie lange die Fahrt noch dauern würde, wurde mir klar, dass mir keine von ihnen zugehört hatte. Plötzlich machte ich mir Sorgen, dass wir uns in den zwei Wochen, die wir zusammen verbringen würden, nichts zu sagen hätten und dass sie sich mit mir genauso langweilen würden wie ich mich in ihrem Alter mit meinen eigenen Eltern.

Bei unserer Ankunft war es bereits dunkel. Die Villa lag abgelegen, keine anderen Häuser in der Nähe störten mit ihrem Licht den Sternenhimmel. Nach dem langen Tag im Auto sprangen wir alle spontan in T-Shirts und Shorts in den Pool.

»Es ist das Paradies hier«, sagte ich am nächsten Tag zu Tess und blickte auf das türkisfarbene Meer, das von gelben und rosafarbenen Wildblumen umrahmt war. Es sah aus wie auf einer Postkarte. Im Hintergrund hörte ich das fröhliche Planschen meiner Kinder im Pool, der sich schließlich als verlockender erwiesen hatte als ihre Handys.

Am nächsten Tag gingen wir in das mittelalterliche Dorf Scopello, um Obst und Salat fürs Mittagessen zu besorgen, entdeckten stattdessen jedoch ein Restaurant, das *caponata* servierte – einen lokalen Eintopf aus Auberginen, Sellerie, Tomaten und Sultaninen, der mit gerösteten Mandeln garniert wurde und vegan war. Er war so köstlich, dass ich mir sicher war, den komplexen Geschmack aus süßen und säuerlichen Aromen niemals nachkochen zu können.

Als wir an einem Geschäft vorbeikamen, in dem Flossen und Schnorchel verkauft wurden, und ich den Mädchen vorschlug, die blaue Bucht am Fuße der Klippe unterhalb unserer Villa zu erkunden, waren sie sofort Feuer und Flamme. Die Unterwasserwelt war genauso bunt und vielfältig wie die an Land.

In dieser entspannten Umgebung offenbarte sich mir ein Bild vom Alltag meiner Töchter, das viel mehr über sie verriet, als es Gespräche über Skype je könnten. Während ich ihnen zuhörte, erfuhr ich, welche lustigen Dinge ihre Freundinnen gesagt hatten, welche Spitznamen sie den Lehrkräften gaben und was sie zu Mittag aßen. Ich erhielt Einblicke in ihr Leben zu Hause. Robert war meistens unterwegs auf Konferenzen; Charlotte hatte zwei Sekretärinnen, weil sie im Vorstand des Krankenhauses war, in dem sie arbeitete. Kürzlich hatte sie in ihrer Schule als Model bei einer Modenschau für einen wohltätigen Zweck mitgemacht. Am nächsten Tag hatte Mr. Juan Carlos, Floras Spanischlehrer, gesagt, was für eine schöne Frau ihre Mutter sei, was sie absolut widerlich fand.

Flora spielte Badminton in der Schule und war das jüngste Mädchen im Debattierclub. Bella nahm Hip-Hop-Stunden bei einem Jungen namens Jonas.

»Natürlich ist es nicht ihr Freund«, versicherte mir Flora.

»Wir halten aber Händchen!«, verriet Bella.

In der Gelateria, die wir für die beste im Ort hielten, war ich stolz, als Bella auf Italienisch fragte, ob die Sorbets irgendwelche tierischen Produkte enthielten. Beide waren gänzlich unbefangen, eine andere Sprache zu sprechen. Mit leicht schlechtem Gewissen erinnerte ich mich an die Bemerkung meiner Mutter an unserem letzten gemeinsamen Weihnachten. Sie hatte recht gehabt. Es hatte seine Vorteile, zweisprachig aufzuwachsen.

Die Schule, die sie besuchten, folgte dem International-Baccalaureate-Programm, das mehr konzeptionelles und interdisziplinäres Denken förderte. Als ich in ihrem Alter war, galt es als normal, gelangweilt zu sein, doch sie schienen sich viel mehr für die Welt zu interessieren.

Flora war fest entschlossen, Menschenrechtsanwältin zu werden, und hatte den Weg zu diesem Ziel bereits klar vor Augen: Oxford University, ein Masterstudium in den USA oder vielleicht an der Sciences Po in Frankreich. Aus ihren veilchenblauen Augen sprach die tiefe Überzeugung, dass sie die Welt verändern konnte.

»Was willst du werden, Bella?«, fragte ich.

»Aktivistin«, antwortete sie beiläufig.

Im Moment war sie noch ein kleines Mädchen, das bei jedem Rasenstück den Drang verspürte, ein Rad zu schlagen. Sie konnte nie widerstehen, sich kopfüber an ein Geländer zu hängen, halb Kind, halb Fledermaus.

Floras plötzlicher Wachstumsschub hatte sie verunsichert. Sie trug nur noch schwarze Kleidung und lief oft wie ein Schatten knapp hinter mir. Als jemand, der in ihrem Alter auch plötzlich sehr groß geworden war, erkannte ich den Wunsch wieder, sich zu verstecken.

Sie scheute sich jedoch nicht, spitze Fragen zu stellen.
»Was machst du eigentlich auf Sizilien?«, fragte sie mich eines Tages.
»Ich glaube, er ist Künstler«, sagte Bella.
Ich hatte mein Notizbuch überallhin mitgenommen und sie hatte mich beim Zeichnen beobachtet.
»Nicht so ganz!«, sagte ich und wechselte schnell das Thema.

Auf der langen Fahrt nach Syrakus spielten wir »Ich sehe was, was du nicht siehst«, allerdings auf Italienisch, und lachten jedes Mal, wenn wir wiederholten: »*Vedo qualcosa che tu non vedi.*«

Als wir in Syrakus ankamen, ging gerade die Sonne unter. Wir parkten das Auto außerhalb der Fußgängerzone und gingen durch die engen Gassen zum Palast. Als ich die Tür zu unserer Wohnung öffnete, war sie vom bernsteinfarbenen Licht des Sonnenuntergangs erfüllt.

»Oh, ich verstehe genau, warum du jetzt hier wohnst, Daddy«, sagte Flora, knipste ein paar Fotos und postete sie sofort.

Am Morgen gingen wir gemeinsam schwimmen, und während sie duschten, stellte ich ein paar von meinen Bildern zusammen, um sie ihnen zu zeigen.

Bella liebte das Bild, das ich kürzlich von meiner Badeplattform mit einem Schwimmer und einem Hund im Meer gemalt hatte.

»Du kannst es mitnehmen, wenn du willst«, sagte ich und freute mich, dass sie es wie ihren Lieblingsteddy an die Brust drückte.

»Willst du auch eins haben, Flora? Gefällt dir eins?«, fragte ich und wartete leicht nervös auf ihre Reaktion.

Ich deutete auf eines, mit dem ich ziemlich zufrieden war. Ich bildete mir ein, dass ich nicht nur die intensiven Farben der untergehenden Sonne, sondern auch die rosafarbenen und enteneiblauen Streifen darüber gut eingefangen hatte.
»Wem würde das nicht gefallen?«, fragte sie.

Auf der Fahrt zum Flughafen plapperte Bella über all die Dinge, die sie tun würde, wenn sie wieder in Genf wäre. Mir fiel auf, dass ich bei unserem Abschied nicht die übliche Melancholie verspürte. Wir wohnten zwar nicht mehr zusammen, aber in den zwei Wochen waren wir uns wieder nähergekommen. Das hatte ich mit meinen Eltern nie erlebt, auch nicht, als wir im selben Haus wohnten.

Mit tränenverschleierten Augen winkte ich ihnen hinterher, bis sie durch die Sicherheitskontrolle waren, und ging in einem seltsamen Schwebezustand zur Bushaltestelle, nachdem ich plötzlich ohne den ständigen Kontrast von Bellas Lärm und Floras stiller Nachdenklichkeit war.

Am ersten Bus, der vorfuhr, stand »Catania Porto«. Spontan stieg ich ein, da ich davon ausging, dass es dort einen Fischmarkt gab, auf dem die Stände nach dem Verkauf ihres morgendlichen Fangs gerade schließen würden. In der Nähe würde es eine Trattoria geben, in der die Fischer ihr Mittagessen einnahmen.

In dem Lokal, das ich fand, gab es keine Speisekarte. Der Kellner brachte mir zwei Seeigel, deren cremiges Fleisch wie exotische Blumen in ihren Halbschalen zuckte. Ich stellte mir Bellas entsetzten Gesichtsausdruck vor, als ich eine kleine Zitrone auspresste und einen köstlichen Löffel Meer aß.

Langsam ging ich durch die Stadt in Richtung Bahnhof. Sie verströmte das leicht beunruhigende Gefühl einer Hafenstadt, einen Hauch von Gefahr in den dunklen Gassen, die von der

Hauptstraße abzweigten, der Schatten des großen Vulkans über ihr. Wenn man hier lebte, musste man sich ständig bewusst sein, wie fragil das Leben war. Ich fragte mich, ob man sich jemals daran gewöhnte.

Ich merkte, dass ich die Hektik des Stadtlebens in der geschützten Fußgängerenklave von Ortigia vermisst hatte. Hier herrschte der ständige Lärm von zurücksetzenden Lastwagen, Autohupen, die ertönten, sobald die Ampel auf Rot umsprang, und gelegentlich die Sirenen eines Rettungswagens, die so ganz anders klangen als in London. In Italien folgten auf einen langen Hupton drei ansteigende Achtelnoten. In meinen Ohren klang das wesentlich sanfter und weniger alarmierend als das plötzliche Heulen eines englischen Krankenwagens.

Ich hatte keine Lust, in die leere Wohnung zurückzukehren, kaufte mir ein Eis und setzte mich auf den Hauptplatz, um das bunte Treiben zu beobachten.

Bei meiner Rückkehr nach Ortigia war es dunkel und die Straßen waren ruhig. Die Insel war in erster Linie ein Tagesausflugsziel. Nur wenige Leute blieben über Nacht.

Als ich an Camilas Laden vorbeikam, schloss sie gerade ab.

Sie berichtete mir, dass sie meine Ansicht der Bucht mit dem Ätna in der Ferne verkauft hatte. Es war eine Gruppe von Touristen im Laden, die es alle kaufen wollten. Ob ich bitte mehr davon machen könnte?

»Wie viele?«

»Zehn, 20, so viele, wie du kannst. Die Saison beginnt. Die Leute mögen den Ätna.«

Ich fühlte mich durch ihr Angebot seltsam ernüchtert.

In meinem Kopf hörte ich noch Floras Stimme. *Wem würde das nicht gefallen?*

Ob absichtlich oder nicht, die Kritik meiner Tochter hatte den Nagel auf den Kopf getroffen. Meine Bilder waren gefällig, mehr nicht. Meine Kunst war nicht authentischer als die Souvenirs, die aus China importiert und von illegalen Händlern auf der Straße verkauft wurden.

»Hast du Lust auf einen Wein?«, fragte mich Camila, als ob sie meine Ernüchterung spürte.

»Warum nicht?«

Die Piazza del Duomo lag weiß im Scheinwerferlicht.

Tess empfand eine fast spirituelle Verbindung mit der Schönheit dieses Ortes, aber ich hätte nie etwas von der Heiterkeit und dem Glanz einfangen können, die sie hier erlebte, denn ich war kein Künstler. Es deprimierte mich, die Wahrheit jetzt so deutlich zu erkennen.

Francesco brachte uns zwei Gläser Weißwein.

Am Nebentisch saßen vier Amerikaner mittleren Alters, die knallbunte Cocktails tranken. Die Lautstärke, mit der sie sich amüsierten, ging mir auf die Nerven.

»Das ist er«, sagte Camila und deutete auf einen übergewichtigen Mann hinter ihr. »Der Mann, der das Bild gekauft hat.«

Einen quälenden Moment lang dachte ich, sie würde aufstehen und mich vorstellen, aber ich konnte sie mit einem leicht manischen Kopfschütteln davon abhalten, das sie zum Lachen brachte.

Sie holte eine Packung Zigaretten heraus und bot mir eine an. Ich zögerte, dann nahm ich eine. Der erste Zug Nikotin war immer eine angenehm sündige Erinnerung daran, wie sehr ich das Rauchen genoss und wie leicht es wäre, wieder in die Gewohnheit zurückzufallen.

Der kühle Weißwein linderte meinen Kummer ein wenig.

»Bist du traurig?«, fragte sie.

»Vielleicht ein bisschen«, sagte ich, während ich die Asche in den Aschenbecher schnippte.

Ich glaubte nicht, dass ich meine plötzliche Desillusionierung auf Italienisch ausdrücken konnte. Womöglich wäre sie sogar beleidigt, dass ich ihr Geschäft abwertete.

»Du bist die ganze Zeit einsam«, sagte sie.

Ich war etwas überrascht über diese persönliche Bemerkung.

»Ja«, gab ich zu.

Tess war seit über zwei Monaten weg. Ich war hiergeblieben, um den Traum am Leben zu erhalten. Aber ohne sie war ich verloren.

»Traurig, einsam zu sein.« Camila seufzte.

Es klang, als würde sie genauso sehr über sich wie über mich reden.

Ich sah über den Tisch hinweg zu ihr. Sie trug eine lockere weiße Leinenbluse. In der kühlen Abendluft bemerkte ich unwillkürlich, dass sie nichts darunter trug. Die Ärmel waren hochgekrempelt und drei Knöpfe standen offen, sodass ein Dreieck leicht gebräunter Haut unter ihrem Hals zu sehen war. Das lange dunkle Haar, das sie normalerweise zu einem Pferdeschwanz gebunden trug, fiel ihr ins Gesicht. Sie schob es zurück.

»Warte!« Sie lächelte. »Sagt man einsam oder allein? Das korrigiert mein Englischlehrer immer.«

»Ich glaube, du meinst allein«, sagte ich und nahm einen langen Zug von meiner Marlboro. »Man kann auch ›für mich sein‹ sagen.«

»Goos ist für mich in Syrakus? Ist das richtig?«

»Gus ist für sich«, korrigierte ich und wünschte, ich hätte es nicht noch komplizierter gemacht. »Ich bin für mich.«

Sie sah verwirrt aus, dann fragte sie mit einem schüchternen Lachen: »Möchtest du heute Abend mit mir zusammen sein?«

Ich sah ihr für einen Moment in die Augen. Ich war mir nicht sicher, ob sie mich nur fragte, ob ich gern mit ihr noch etwas trinken wollte, aber das Knistern zwischen uns schien auf mehr hinzudeuten.

Hinter ihr hatten die beiden amerikanischen Paare ihre Getränke geleert, die Rechnung bezahlt und gingen. Plötzlich war es ganz still im Café. Camila sah mich an und drehte eine Haarsträhne um ihren Finger.

»Was denkst du?«, fragte sie.

Ich überlegte, wie lange es her war, dass mich eine Frau angemacht hatte, und wie man das Angebot ablehnte, ohne sie zu beleidigen. Vielleicht konnte ich die Sache ein wenig laufen lassen, um zu sehen, wohin sie führte, doch ich versuchte, mir diesen Gedanken schnell wieder aus dem Kopf zu schlagen. Ich war erschrocken, dass ich überhaupt darüber nachdachte, ob Gelegenheitssex mit einer attraktiven Frau das Risiko wert war. Wie lange würde Tess noch weg sein?

Die Amerikaner versuchten, mit der Kathedrale im Hintergrund ein Selfie zu machen. Die Männer waren Brüder, das hatte ich mitbekommen, als ich notgedrungen ihr Gespräch mitgehört hatte. Dass ich jedes banale Wort verstehen konnte, hatte ihr Geplänkel nur noch lauter und nerviger wirken lassen.

Ich sah Camila an.

»Es ist schon spät. Ich bin müde«, sagte ich.

Ich sah, dass einer der Männer wie in Zeitlupe umkippte und dann regungslos auf den glatten Pflastersteinen liegen blieb.

»Der dritte Martini war wohl keine gute Idee ...«, scherzte sein Bruder.

Camila saß mit dem Rücken zu ihnen. Als ich aufstand, um die Szene besser sehen zu können, und dabei in der Eile meinen

Stuhl umwarf, blitzte in ihrem Gesicht ein Anflug von Feindseligkeit auf.

Ich erreichte den Ort des Geschehens. Die Frau kniete neben ihrem Mann und rief seinen Namen – Bryan – und dehnte in wachsender Panik die Silben, weil er nicht reagierte.

Ich tastete an seinem Hals nach einem Puls. Und fand keinen. Ich hatte gesehen, wie er umgefallen war. Er hatte sich nicht den Kopf angeschlagen.

Ich hörte mich sagen: »Rufen Sie einen Rettungswagen! Ich bin Arzt. Ich glaube, der Mann hat einen Herzstillstand.«

Seine Frau schrie. Die andere Frau fing an, auf ihr Mobiltelefon einzuhämmern.

»Ist das 911? Was ist die Notrufnummer?«

»Ich weiß es nicht. Fragen Sie im Café. Bitte bleiben Sie ruhig und lassen Sie mir etwas Platz.« Ich hörte meine Stimme, als ob jemand anders spräche. Kühl, gelassen, selbstbewusst.

Sein Mund schmeckte nach altem Menschen, kombiniert mit Gin und einer Art Fruchtsirup. Ich versuchte, das zu verdrängen, als ich zweimal hineinatmete. Nichts. Ich begann mit der Herzdruckmassage und hielt einen gleichmäßigen Rhythmus.

Nellie der Elefant ...

Wieder machte ich Mund-zu-Mund-Beatmung. Nichts.

Na, komm schon!

Um mich herum hörte ich die Frau kreischen, der Bruder schrie sie an, sie solle sich beruhigen. Francesco und die anderen Kellner beugten sich zu mir und fragten mich, was los sei, was sie tun sollten.

»*Chiama un'ambulanza!*«, sagte ich.

»*Vieni!*« Komm!

»*Komm schon, Bryan!*«

Alles, was ich wusste, war, dass ich Nellie immer wieder dazu bringen musste, ihren Koffer zu packen und sich vom Zirkus zu verabschieden, bis ich schließlich das leise *Dah-di-da-di-dah* der Sirene wahrnahm, so fern wie eine Erinnerung, dann allmählich lauter und lauter, bis der Krankenwagen auf dem Platz vorfuhr.

Plötzlich waren die Sanitäter da, schoben mich weg und setzten die Elektroden eines Defibrillators auf Bryans Brust. Nach dem zweiten Schock begann sein Herz, selbstständig zu schlagen. Sie schoben ihn in den Wagen und schlossen ihn an die Monitore an. Ich stand da und sah zu, bis sie die Daumen hoben, dann gaben meine Knie nach und ich sank auf das Pflaster. Meine Arme und mein Rücken schmerzten von der ungewohnten Anstrengung.

Offenbar waren 21 Minuten vergangen, seit sie den Notruf erhalten hatten.

»Bravo!«, riefen sie.

Die kleine Menge, die sich versammelt hatte, klatschte, als ich mich wieder aufsetzte.

Als mein Gehirn verarbeitete, was gerade passiert war, kam es mir vor, als wäre ich aus einem seltsamen Traum aufgewacht, in dem ich ausnahmsweise ein Leben retten konnte.

Camila, die übersetzt hatte, so gut sie konnte, rief ein Taxi, das die drei verbliebenen Amerikaner ins Krankenhaus brachte.

»Bryan sollte es jetzt gut gehen«, versuchte ich, sie zu beruhigen.

»Ich weiß nicht, wie ich Ihnen danken soll.« Seine Frau schloss mich verzweifelt in die Arme, bevor sie mich ein wenig verlegen wieder losließ.

»Das ist doch nichts Besonderes, oder?«, scherzte der Bruder, ein ungelenkes Männchen, das versuchte, mir zu zeigen, dass er jetzt stark genug war, die Führung zu übernehmen.

Ich schüttelte ihm die Hand.

»*Sei dottore?*«, fragte Camila, als ich an den Tisch zurückkehrte und den letzten Schluck von meinem Wein hinunterspülte.

»*Sì. Sono dottore*«, sagte ich. Ich bin Arzt.

Ihre Augen leuchteten vor Bewunderung. »Es ist spät. Gehen wir?«

32. Kapitel

Es war kurz vor acht Uhr, als ich am nächsten Abend vor Annes Haus stand.

Hope öffnete die Tür. »Ich darf niemanden hereinlassen.« Anne und ihr Vater waren im Pub. Es war Quizabend.

»Ist Tess bei ihnen?«

»Nein. Sie ist bei der Arbeit.«

Ich wusste, dass das nicht stimmen konnte, wollte ihr aber nicht widersprechen.

»Ich glaube, als sie gesagt haben, du sollst niemanden hereinlassen, meinten sie Leute, die du nicht kennst.«

Hope war jedoch nicht zu bewegen, sich von der Stelle zu rühren. Nach ein paar Sekunden schloss sie die Tür, und eine Stunde später, als Tess zurückkam, stand ich noch immer draußen.

»Warum hast du mir nicht gesagt, dass du kommst?«, fragte sie und blieb abrupt stehen.

»Ich wollte dich überraschen!«

»Ist was passiert?«

Ich sah sie an und fragte mich, wie ich mir auch nur eine Sekunde lang einbilden konnte, dass ich sie belügen könnte.

Ich hatte Camila zurück zu ihrer Wohnung auf der anderen Seite des Wassers in Syrakus begleitet. Vor ihrer Tür war aus einem freundschaftlichen Kuss mehr geworden. Für einen Moment hatte ich den Kuss erwidert und wir drängten uns an die Wand, bis in einem nahe gelegenen Fenster ein Licht anging und ich erstarrte.

»Ich kann das nicht«, hatte ich gesagt, Camilas Finger von meinen Schultern gelöst und sie fassungslos stehen gelassen.

Ich war den ganzen Weg zurück in die Wohnung gerannt und hatte die Nacht über alles aufgeräumt.

Am Morgen stand ich vor Camilas Laden, als sie eintraf. Als sie um die Ecke bog und mich entdeckte, schwankte ihre Miene zwischen Lächeln und Grollen. Als sie den Stapel Bilder sah, den ich ihr brachte, entschied sie sich schließlich für Letzteres.

Ich bestand darauf, sie ihr zu schenken. Ich wollte kein Geld, falls sie sie verkaufte, was unseren Abschied noch unangenehmer zu machen schien. Hätte sie über die Worte verfügt zu sagen, dass ich ein arroganter Scheißkerl sei, wenn ich dächte, dass sie nach einem Trostpreis suchte, hätte sie das wohl getan. So aber trennten wir uns mit einem frostigen *ciao*.

Zurück in der Wohnung legte ich die Zeichnungen, die ich von Tess angefertigt hatte, ganz unten in den Koffer und packte alle unsere restlichen Sachen zusammen.

Den fast fertigen Zyklus der *Quattro Stagioni* ließ ich als Geschenk für Patrizia in der Wohnung zurück. Es musste ihr gefallen haben, denn Tess entdeckte es in den Fotos auf Airbnb an der Wand, als sie Monate später nach der Wohnung suchte.

»Es ist nichts passiert«, sagte ich zu Tess. Doch ich war versucht genug gewesen, um zu wissen, dass ich aus Syrakus verschwinden musste. Aber es war nur ein Kuss gewesen, ein Fehler in der Euphorie eines Moments, der sich nicht wiederholen würde, warum also sollte ich ihn zu einem viel größeren Problem machen?

Sie sah mich neugierig an, als ob sie wüsste, dass meine Antwort etwas knapp ausgefallen war.

»Also eigentlich ... habe ich jemandem das Leben gerettet«, sagte ich, als sie den Schlüssel ins Schloss steckte.

»Du hast was?«

Ich dachte an das blaue Licht, das vor der Fassade der Kathedrale wie eine zeitgenössische Kunstinstallation aufgeflammt war. Jetzt, weniger als 24 Stunden später, erschien es mir fast unglaublich, in dieser ruhigen Vorstadtsackgasse zu stehen.

Tess hörte mir aufmerksam zu, als ich ihr im Einzelnen erzählte, was geschehen war. Eine schlaflose Nacht, meine Entschlossenheit, einen Flug zu bekommen, die Fahrt vom Flughafen – all das holte mich jetzt ein. Als sie hörte, wie meine Stimme brach, umarmte sie mich und wir hielten uns lange Zeit fest umschlungen. Dann lösten wir uns seufzend voneinander und lächelten uns an.

»Hast du Bryans Frau erzählt, dass du das Bild vom Ätna gemalt hast?«

»Nein, hab ich nicht.«

»Unglaublich, dass sie dein Bild an die Wand hängen und darüber reden werden, wenn sie Freunde in Utah oder wo auch immer sie leben, zu Besuch haben. Sie werden ihnen erzählen, wie schön Syrakus ist, aber auch, dass Bryan dort fast gestorben wäre und von einem Fremden gerettet wurde. Und die ganze Zeit über wirst du mit ihnen im Raum sein, untrennbar mit ihrem Leben verbunden.«

Ich hatte vergessen, dass ihre Fantasie aus allem eine Geschichte machte.

Ich hatte vergessen, wie belebend es war, in ihrer Gesellschaft zu sein.

»Es ist wirklich ein Wunder«, sagte Tess. »Dass du da warst und wusstest, was zu tun war. Direkt vor dem Dom.«

Ich wusste, dass es für sie keine Redewendung war. Wahrscheinlich dachte sie, dass Santa Lucia etwas damit zu tun hatte. Und darüber würde ich jetzt nicht mit ihr streiten.

»Und du?«, fragte ich und deutete auf die Supermarktuniform, die sie trug. »Wann wolltest du mir erzählen, was du treibst?«

Tess

33. Kapitel

Ich hatte beschlossen, zu dem Supermarktjob zurückzukehren, in dem ich gearbeitet hatte, bevor ich von Margate nach London gezogen war. Es sollte nur vorübergehend sein. Es hatte sich herausgestellt, dass Hope keine zusätzlichen Leistungen erhalten würde. In den vergangenen sieben Jahren in Martins Laden hatte sie bewiesen, dass sie arbeitsfähig war. Bei einem Beurteilungssystem, das darauf ausgelegt zu sein schien, die Komplexität besonderer Bedürfnisse zu ignorieren, um so viele Bewerber wie möglich abzulehnen, hatte jemand, der ungefiltert Tatsachen von sich gab, keine Chance.

Für Sozialwohnungen gab es eine lange Warteliste, Familien mit kleinen Kindern hatten Vorrang. Ohne Arbeit war es unmöglich, privat etwas zu mieten. Für mich war es leichter als für Hope, schnell eine Arbeit zu finden, und der Filialleiter hatte mich immer gemocht. Wenn ich erst einmal drin war, dachte ich, könnte ich vielleicht auch für Hope etwas aushandeln.

Gus nichts zu sagen, solange er mit seinen Kindern im Urlaub war, erleichterte es mir, das Ende unseres italienischen Traums zu leugnen. Dann war er zurück in Margate, bevor ich die Gelegenheit dazu hatte. Ich glaube nicht, dass er so enttäuscht war wie ich, Syrakus hinter sich zu lassen. Es war zwar seine Idee gewesen, in Italien zu leben, aber es gefiel ihm nicht so, wie er gedacht hatte. Kann man sein Leben ändern, indem man den Standort wechselt? Kirstie und Phil würden das bejahen. Für Gus und mich war Sizilien eher ein Übergangsort als ein Ziel gewesen. Er hatte herausgefunden, was er sein wollte, und ironischerweise war es das, was er bereits war – Arzt.

Auch für mich war es ein Wendepunkt gewesen, obwohl ich jetzt scheinbar den Rückwärtsgang eingelegt hatte.

»Der einzige Ort, an dem ich sein möchte, ist bei dir«, sagte Gus später an jenem Abend zu mir, als wir in einer frei stehenden Badewanne saßen und auf das Meer hinausschauten.

Wir wohnten wieder in dem Boutiquehotel an der Strandpromenade. Es war weniger eine romantische Wiedersehensfeier, als vielmehr der erste Ort, der uns einfiel, nachdem mein Vater aus dem Pub zurückgekehrt war.

Es war Quizabend gewesen und ihr Team hatte mit einem Punkt verloren. Martin spielte immer noch mit ihnen, weshalb Hope sich weigerte mitzukommen, was meinen Vater noch mehr ärgerte, da sie bei der Musikrunde immer nützlich gewesen war.

Er war verstimmt, suchte nach einem Vorwand, noch mehr zu trinken, und fand ihn in Gus' unerwarteter Anwesenheit.

»Was trinkst du?«, fragte Dad und nahm seinen Lieblingsplatz hinter der marmorierten Cocktailbar ein.

Ich konnte in Annes Augen sehen, wie aufgewühlt sie war. Er hatte bereits seine üblichen drei Guinness getrunken. Uns war beiden klar, dass seine Launenhaftigkeit bald in Wut umschlagen würde.

»Ich nehme gern einen Weißwein«, sagte Gus, der in seiner Mittelschichtdenkweise davon ausging, dass es das Einfachste sei.

»Weißwein, ja?«

Für meinen Vater war Weißwein kein Getränk für Männer. Ich war mir ziemlich sicher, dass es im Haus keinen gab.

»Anne steht auf Prosecco. Hast du noch Prosecco im Kühlschrank, Anne, oder hast du schon alles ausgetrunken?«

»Den letzten Prosecco habe ich an Silvester getrunken.«

»Jedes Mal, wenn die Runde auf mich geht, bekommt sie einen großen Gin Tonic«, sagte mein Vater und zwinkerte Gus zu. »Ich schenke mir einen Whisky ein, solange du noch überlegst.«

»Whisky wäre toll«, sagte Gus schnell.

Sowohl Anne als auch ich atmeten auf.

»Ich habe keinen Scotch, falls du das willst.«

»Ich nehme, was du nimmst«, erwiderte Gus.

Mein Vater schenkte zwei große Gläser mit Jamesons ein. Er trank seins in einem Schluck aus und goss sich ein weiteres ein.

»Man sollte meinen, Martin wüsste, in welchem Jahr Mozart gestorben ist, oder?«, fragte er plötzlich und sah jeden von uns an, als ob er eine Antwort erwartete.

»Das ist schon lange her«, sagte Anne.

»Martin sollte sich doch mit Musik auskennen!«

»Hast du schon was gegessen, Gus?«, fragte Anne und versuchte, das Thema zu wechseln.

»Ist das hier jetzt ein Restaurant?«, rief mein Vater.

»Er hat eine lange Reise hinter sich, Jim. Für einen Kerl von seiner Größe ist das Essen im Flugzeug doch nur ein Ohnmachtshappen.«

»Ist das dein Koffer?«

Mein Vater zeigte auf den störenden Gegenstand, als ob er ihn gerade erst bemerkt hätte. Manchmal fragte ich mich, ob das Getränk ihn weich in der Birne machte.

»Ich bin gerade aus Sizilien gekommen«, sagte Gus zögernd.

»Gerade aus Sizilien, ja?« Dad schlug mit der Faust auf den Tresen. »Das hier ist kein Hotel, ist dir das klar?«

»Ich kann ihm schnell ein Bett im Hobbyzimmer machen«, bot Anne an.

»Nein, bitte, das würde mir im Traum nicht einfallen«, sagte Gus und holte sein Handy heraus, um ein Taxi zu rufen.

»Wenn du schon dabei bist, kannst du Hope gleich mitnehmen!«, rief Dad.

»Sei nicht albern, Jim. Hope ist im Bett, sie wird heute Abend nirgendwo hingehen«, sagte Anne.

Doch ihre Betonung auf »heute Abend« entging mir nicht.

Es ist erstaunlich, was für einen Unterschied es macht, wenn man ein Mann ist, zur Mittelschicht gehört und einen medizinischen Beruf hat. Alle Immobilienmakler, die kaum von ihren Schreibtischen aufgeblickt hatten, wenn ich hereinkam, überschlugen sich geradezu, wenn Gus sich mit seinem Privatschulakzent nach kurzfristig verfügbaren Mietwohnungen erkundigte. An meinem freien Tag wurden uns fünf Objekte gezeigt, darunter eine geräumige Wohnung mit zwei Schlafzimmern an der Royal Esplanade.

»Was meinst du?«, fragte Gus, als wir auf dem Balkon standen und auf das Meer hinausschauten. Der Immobilienmakler wartete drinnen und tat so, als wäre er mit seinem Handy beschäftigt.

»Das liegt weit über unserem Budget.«

»Ich werde auch hier wohnen«, sagte Gus. »Und es liegt ziemlich günstig zum Bahnhof.«

Ich betrachtete die Aussicht und konnte kaum glauben, dass das Meer aus demselben Material bestand wie das tintenblaue Wasser, das die Mauern von Ortigia umspülte. Der Himmel war wolkenverhangen, das Wasser grau, das einzige Anzeichen eines Horizonts waren die Windturbinen, deren rotierende weiße Flügel wie riesige Versionen der glänzenden kleinen Windmühlen aussahen, die ich früher für Hope gekauft hatte, um sie in den Sand zu stecken.

»Wir müssen es Hope zeigen.«

»Wirklich?« Gus wollte unbedingt unterschreiben, denn das Hotel kostete ein Vermögen.

»Du hast keine Ahnung, wie sehr sie Veränderungen hasst.«

»Würdest du gern hier wohnen, Hope?«, fragte ich, als wir am Nachmittag zu dritt zurückkehrten.

»Ja«, sagte sie sofort und ich kam mir ein bisschen dumm vor.

»Warum?«, fragte ich.

»Der Fernseher ist viel größer als der von Anne.«

*

Die ersten Wochen, die wir dort zusammen verbrachten, gehörten zu den glücklichsten meines Lebens. Jeden Morgen wachte ich auf und stellte fest, dass ich mich nicht auf die Launen meines Vaters einstellen musste. Die Gewissheit, dass Hope in Sicherheit war, brachte mir ein Gefühl von Frieden, von dem ich gar nicht gewusst hatte, dass es mir fehlte.

Nachdem sie aus dem Haus ausgezogen war, das wir seit dem Tod meiner Mutter zusammen bewohnt hatten, war ein Teil von mir stets mit der Sorge beschäftigt gewesen, ob es ihr wirklich gut ging. Ein Sprichwort sagt, dass Eltern immer nur so glücklich sind wie ihr unglücklichstes Kind. Das Gleiche gilt wohl auch für große Schwestern.

Auch Hope wirkte in unserem neuen Zuhause ruhiger. Als ich vorschlug, Mum an einem anderen Wochentag zu besuchen, damit wir nicht jedes Mal auf Martin stießen, stimmte sie ohne die übliche Aufregung zu. Vor dem Vorstellungsgespräch, das ich für sie bei der Arbeit organisierte, ließ sie sich von mir das Haar bürsten und ein anderes Outfit vorschlagen. Manchmal konnte man sich die Kombinationen, die Hope aus ihren Klamotten aus Sozialkaufhäusern zusammenstellte, durchaus auf einer alternativen Modenschau unter schäbigen Londoner Eisenbahnbögen vorstellen. Normalerweise sah sie allerdings eher wie eine Obdachlose aus.

»Lächeln, Hope!«, erinnerte ich sie, als sie in mein Zimmer kam, um für das Vorstellungsgespräch zu üben.

Aber sie vergaß es immer wieder.

Wir setzten uns zusammen vor den Spiegel.

»Was magst du am liebsten, Hope?«

»Den Weihnachtsbaum.«

Ich zeichnete einen Weihnachtsbaum und hielt ihn vor den Spiegel. Das Blatt klappte nach vorn, sodass man den Baum nicht sehen konnte. Darüber mussten wir beide lächeln.

»Weihnachtsbaum, Hope!«, flüsterte ich ihr zu, als sie aus dem Wartebereich vor dem Büro der Personalabteilung hineingerufen wurde.

Ich wartete draußen und versuchte zu hören, ob sie antwortete. Dabei stand ich so nah an der Tür, dass ich zurückspringen musste, als sie plötzlich aufging.

»Dienstag arbeite ich einen Tag zur Probe«, verkündete sie und wurde steif wie ein Brett, als ich sie umarmen wollte.

Hope befolgte die Anweisungen, tat genau, was man ihr sagte, und bestand den Probetag mit Bravour. Der Teilzeitjob, den sie bekam, erforderte, Regale aufzufüllen, und da sie quasi über ein fotografisches Gedächtnis verfügte, wusste sie schnell, wo jeder einzelne Artikel im Laden zu finden war.

Sie wurde zu einer Art menschlichem Wegweiser, sowohl für die Kunden als auch für das Personal, und konnte den Leuten den Weg zu Lebensmitteln zeigen, die sie in ihrem Leben noch nie gegessen hatte.

»Sumach? Dritter Gang, das dritte Regal zwischen Safran und Piment ... Hummus? Es gibt fünf verschiedene Sorten. Roter Pfeffer, Koriander und Zitrone, Bio, natives Olivenöl, Samt. Sie befinden sich im Kühlregal in der Feinkostabteilung.«

»Ich bin eine Legende, Tree«, sagte sie mir eines Morgens, als wir zur Arbeit fuhren.

Als ich im Ganzkörperspiegel im Flur einen Blick auf uns erhaschte, stellte ich mir unwillkürlich vor, wie Mum gelacht hätte, wenn sie uns in der gleichen Uniform gesehen hätte. Vielleicht hätte sie ein Foto von uns gemacht, beide in der gleichen Kleidung, wie zwei kleine Mädchen zu einem besonderen Anlass.

»Mum wäre stolz auf mich, stimmt's, Tree?«, fragte Hope, als ob sie meine Gedanken gelesen hätte.

Manchmal fragte ich mich, ob alle unsere Annahmen über sie falsch waren. Vielleicht empfand sie Mitgefühl, konnte es aber nicht ausdrücken, außer durch einen emotional unverfälschten Song? Aber sie sang jetzt nie mehr.

Gus bekam einen Job in der Notaufnahme eines anderen Londoner Lehrkrankenhauses. Wegen der Zugfahrt nach London stand er früher auf als wir und kam erst spät zurück. Wenn er Nachtschicht hatte, sahen wir uns gar nicht, aber er kochte nachmittags oft etwas Leckeres für uns. Allerdings erhielten seine Bemühungen von Hope nicht immer die Anerkennung, die sie verdienten.

»Ich mag keinen Milchreis mit Erbsen und Speckstückchen«, sagte sie über sein Risotto.

Da er überlegte, seine medizinische Ausbildung fortzusetzen, ging er manchmal nach der Arbeit mit Kollegen zum Netzwerken auf einen Drink oder zum Abendessen aus und übernachtete bei Marcus im Barbican. Wenn er weg war, verbrachte ich die Abende schreibend in unserem Schlafzimmer, so wie ich es bei Anne getan hatte.

Die Arbeit an dem Roman fühlte sich ein bisschen so an, als würde ich kleine Puzzleteile ausmalen, ohne zu wissen, wie das fertige Bild aussehen würde. Manchmal schienen die Teile, die ich mit großer Sorgfalt ausgearbeitet hatte, nicht zu passen. Manchmal bekam ich einen flüchtigen Eindruck davon, wie das Gesamtbild aussehen könnte, und die Herausforderung, es fertigzustellen, reizte mich, auch wenn ich nicht wusste, ob ich die Fähigkeit dazu besaß.

Hope schaute fern. Gelegentlich marschierte sie in das Zimmer, in dem ich arbeitete, und bat um das Fotoalbum, das ich von Anne mitgebracht hatte. Da der Großteil der Bilder von Mum stammte, fand ich, dass wir genauso ein Recht darauf hatten wie Dad. Hope wurde nie müde, die dicken, vergilbten Seiten umzublättern und die Geschichten zu hören, die meine Mutter zu jedem Foto geschrieben hatte. Sie waren in meinem Gehirn genauso klar gespeichert wie die Bilder.

Die ersten waren formelle Porträts von meinen Brüdern, die für die Erstkommunion gekleidet waren. Hope kam auf die Welt, nachdem Kevin bereits aus dem Haus und Brendan ein

Teenie war, sie hatte sie also nie jung erlebt. Ihre jungenhaften Gesichter und die glatt gekämmten Haare faszinierten sie immer, ebenso das Schulfoto von mir mit langen Zöpfen. Dann gab es noch Urlaubsfotos mit einem windgepeitschten Strand und einem Berg im Hintergrund.

»Das ist Croagh Patrick in der Grafschaft Mayo, wo St. Patrick die Schlangen vertrieben hat ...«

Mum hatte das immer erzählt, als wäre es eine Tatsache.

»Dort ist Mum aufgewachsen«, sagte Hope.

»Ja, und wir sind jeden Sommer hingefahren. Um Tante Catriona zu besuchen.«

»Wo bin ich?«, fragte Hope.

»Nachdem du auf der Welt warst, sind wir nicht mehr hingefahren.«

Zuerst kam Mums Krebstherapie. Danach bekam Hope die schrecklichen Wutanfälle, wenn sie etwas nicht wollte, was sich nie mehr ganz gelegt hatte. Und sie wollte nie eine lange Autofahrt zur Fähre über die Irische See machen.

»Da sind Mum und ich!«

Hope liebte die Seite mit dem einzigen anderen professionell aufgenommenen Foto, das meine Mutter mit Hope als Baby vor einem leuchtend blauen Studiovorhang zeigte. Für mich zeigte es einen ebenso strahlenden Ausdruck mütterlicher Liebe wie jede Renaissancemadonna.

Der Rest des Albums bestand aus Fotos von Hope.

Hope hatte schon von klein auf ihren eigenen Stil. Es gab ein Bild von ihr im Hochstuhl, auf dem sie eine Schüssel als Hut trug, und eines von ihr in einem grauen Trainingsanzug mit einer Eselsmaske aus Pappe, die ich für sie gebastelt hatte.

»Das ist mein erstes Krippenspiel«, sagte Hope. »Das Foto hast du gemacht, Tree, weil Mum nicht mehr bei uns war.«

»*Kleiner Esel* …« Ich fing an, ihr Lieblingslied zu singen, und hoffte, dass sie mitsingen würde, aber sie fiel nicht darauf herein.

Es schien, als gäbe es nichts, das sie wieder zum Singen bringen könnte.

»Es fehlt mir richtig, dass Hope nicht mehr singt«, sagte ich zu Gus an einem der seltenen Abende, an denen wir beide zu Hause waren. Auf der Flucht vor *The Voice* in voller Lautstärke hatten wir uns in unser Schlafzimmer zurückgezogen. »Ich mache mir Sorgen, dass sie sich noch mehr von der Welt abkapselt.«

»Ich glaube, wenn die Zeit gekommen ist, wird sie wieder damit anfangen«, sagte er. Aber ich war mir da nicht so sicher.

34. Kapitel

Die viele Zeit, in der Gus und ich getrennt waren, machte unsere gemeinsamen Stunden zu etwas Besonderem. Wir unternahmen lange Strandspaziergänge, bei denen Gus nach Herzenslust Steine übers Wasser springen ließ. Wenn man irgendwo aufwächst, nimmt man die Schönheit des Ortes nicht richtig wahr. Ich hatte nie gesehen, wie sich der Himmel in den flachen Prielen spiegelte, die die ablaufende Flut hinterließ, noch hatte ich verstanden, warum Turner hier leben wollte. Natürlich hatte es den Dreamland-Freizeitpark zu seiner Zeit noch nicht gegeben, ebenso wenig wie die Hochhäuser aus den 1960er-Jahren, die die Bucht beherrschten. Jetzt schienen selbst diese Gebäude einen gewissen Retrocharme zu verströmen.

Unser einziges Problem war der Sex. Oder besser gesagt, dass wir keinen hatten. Die Wohnung war relativ hellhörig und Hope mochte es schon nicht, wenn Gus mich bei der Rückkehr von der Arbeit küsste oder mit mir kuschelte, wenn wir fernsahen. Darum war der Gedanke abtörnend, dass sie etwas hören könnte. Gus fand es aufregend, sich völlig geräuschlos zu lieben, aber für mich wurde das Vergnügen durch den Gedanken getrübt, dass Hope hereinplatzen könnte. Wahrscheinlich hätten wir den Vermieter bitten sollen, ein Schloss an unserer Schlafzimmertür anzubringen.

Als die Tage länger und wärmer wurden, suchte Gus immer öfter abgelegene Sanddünen oder Wälder, wo wir uns lieben konnten. Einmal, als es zu regnen begann, eilten wir zurück zu seinem Wagen, kletterten atemlos und kichernd auf den Rücksitz und drängten uns dort aneinander.

Einmal ließen wir Hope fernsehen, fuhren an der Küste entlang und machten in Whitstable halt.

»Ich habe eine Überraschung für dich«, sagte Gus, als wir die Strandpromenade entlanggingen.

»Sind Marcus und Keiko unten?«, fragte ich, als wir uns ihrer Hütte näherten.

»Nein, sind sie nicht«, erwiderte er und holte einen Schlüsselbund aus der Tasche. »Wir haben das Haus für uns!«

Ich wusste nicht, was ich davon halten sollte, dass er unser Sexleben mit Marcus besprach. Mir war nicht klar gewesen, wie frustriert Gus gewesen war, bis wir drinnen an der Kücheninsel vögelten, auf dem Fliesenboden und danach im Gästebett auf dem Dachboden, wo man durch eine Glaswand direkt aufs Meer blickte.

Als er danach neben mir schlief, lag ich da und lauschte dem sanften Plätschern der Wellen am Kiesstrand. Es war genau das gleiche Geräusch, das ich gehört hatte, als ich nur wenige Meter entfernt auf einer feuchten Matratze in dem baufälligen Schuppen nebenan gelegen hatte. Wo es nach Hummerkörben stank und Leo neben mir geschnarcht hatte. Seltsam, dass dieser Ort damals ein heimliches Liebesnest gewesen war, und jetzt war er es wieder, wenn auch ein wesentlich luxuriöseres, das besser roch.

Im Oktober zog der Banker, der Gus' Londoner Wohnung gemietet hatte, nach Singapur um und gab sie zwei Monate vor Ablauf des Mietvertrags auf.

Die Fotos, die ich auf der Website des Maklers gesehen hatte, vermittelten nur einen schwachen Eindruck von der Größe des Wohnzimmers mit nackten Ziegelwänden und Holzdielen. Die Wohnung erinnerte mich ein wenig an das Loft, das mein Bruder Kevin und sein Mann in Tribeca bewohnten.

Der Blick von der Terrasse war spektakulär. Es war, als befände man sich in einem magischen Wald aus Glastürmen, deren kantige Oberflächen im Sonnenschein funkelten.

»Ich bin so froh, dass dir dein neues Zuhause gefällt«, sagte Gus, legte den Arm um meine Taille und zog mich an sich.

»Du willst hier wohnen?«

»Natürlich!«, sagte er, als wäre das eine ausgemachte Sache.

»Ich weiß nicht«, sagte ich und ging wieder hinein.

Er folgte mir.

»Was weißt du denn da nicht? Ich sitze jeden Tag drei Stunden im Zug, das heißt, wenn er überhaupt pünktlich fährt. Das ergibt doch keinen Sinn.«

»Aber mein Lohn reicht nicht einmal für die Fahrtkosten!«

»Du kannst dir einen Job in London suchen. Oder noch besser: Nimm dir eine Auszeit und schreib deinen Roman fertig!«

»Was ist mit Hope?«

Gus verzog das Gesicht.

»Jetzt, wo sie einen Job hat, kann sie sich doch eine eigene Wohnung suchen, oder? Die Wohnung ist ein bisschen zu groß für sie ...«

»Sie hat einen Job, sie hat sich eingelebt und jetzt willst du sie da rausreißen? Gus!«

»Was ist so unvernünftig daran?«

»Ich kann nicht glauben, dass du es nicht kapierst. Du lebst seit fast sechs Monaten mit ihr zusammen ...«

»Genau. Und ich habe mich nie beklagt ...«

»Gus, du warst derjenige, der darauf bestanden hat, diese Riesenwohnung zu mieten. Ich habe dir gesagt, dass wir sie uns nicht leisten können ...«

»Wenn das Geld das Problem ist ...«

»Hast du eine Ahnung, wie abgehoben das klingt? Geld *ist* ein Problem. Geld ist immer ein Problem, aber es ist nicht das einzige ...«

Ich suchte in seinem Gesicht nach einem Hinweis darauf, dass es sich um einen Scherz handelte, sein trockener Humor war mir dieses Mal ein wenig zu trocken. Aber ich konnte keine Anzeichen dafür finden.

»Ich glaube, du hast nichts verstanden«, sagte ich mit einem Mal entsetzt.

»Ich habe verstanden, dass sie dich dominiert«, sagte Gus sanft. »Und mich übrigens auch. Ich glaube, ich war ziemlich geduldig. Wir wussten doch beide, dass das nur vorübergehend sein konnte. Tess ...« Er versuchte wieder, den Arm um mich zu legen, aber ich wich zurück, ging zu einem Fenster und tat so, als ob ich die Aussicht betrachten wollte.

Mir stiegen Tränen in die Augen, weil deutlich wurde, dass die ganze Zeit über keiner von uns gewusst hatte, was der andere wirklich dachte.

»Hör zu, Tess, wenn du das wirklich willst, kann Hope hier wohnen. Es gibt zwei Schlafzimmer ...«

»Gus, sie kann nicht einmal eine Rolltreppe benutzen. Wie soll sie in London zurechtkommen?«

»Sie kann es lernen! Du sagst doch immer, dass sie nicht dumm ist!«

Wenn sich eine Auseinandersetzung anbahnte, beschleunigte sich jedes Mal mein Herzschlag – eine Reaktion aus meiner Kindheit. Es war so wohltuend gewesen, Gus zu treffen. Einen freundlichen Mann. Einen sanften Mann. Aber ich konnte sehen, dass er jetzt ein Mann war, der die Geduld verlor.

»Du sagst immer, dass viele deiner Patienten psychische Probleme haben und in der Notaufnahme gelandet sind, weil die Gesellschaft ihre besonderen Probleme nicht versteht.«

»Hope ist neurodivers«, argumentierte er. »Ich würde das nicht unbedingt als psychisches Problem einstufen.«

Plötzlich machte er einen auf unnahbaren Arzt.

»Woher willst du das überhaupt wissen?«, fragte ich und hob in meiner Verzweiflung die Stimme. »Sie kann sich nicht gut genug ausdrücken, um dir ihre Bedürfnisse mitzuteilen. Ich würde sagen, wenn jemand nicht mehr singt, dessen einzige Freude im Leben das Singen war, ist das ein Hilferuf, oder? Jetzt, wo du plötzlich der große Experte für psychische Krankheiten bist?«

Der letzte Satz war mir einfach so herausgerutscht. Das war unter der Gürtellinie gewesen und Gus sah aus, als hätte ich ihn geschlagen.

»Wenn du weiter vor ihr einknicken willst, nur zu. Ich dachte, du wolltest keine Betreuerin sein!«

Wir zielten beide unter die Gürtellinie.

»Ich wollte mich nicht um *dich* kümmern«, kreischte ich. »Ich dachte eigentlich, du würdest dich um *mich* kümmern!«

»Ich versuche, mich um dich zu kümmern, aber du lässt mich ja nicht! Ich war bereit, alles aufzugeben und nach Syrakus zu gehen ...«

So sah er das?

»Du warst bereit, einen Job aufzugeben, der dir damals angeblich verhasst war. In Italien zu leben, war ursprünglich deine Idee gewesen ...«

Das stimmte und er hatte keine Antwort darauf.

»Ich dachte, du würdest gern hier wohnen!«, schrie er und lief in dem langen, leeren Wohnbereich auf und ab.

»Du bist einfach davon ausgegangen, dass ich in deinem fürchterlich teuren Elfenbeinturm wohnen will, wie eine Art Mätresse!«

Er blieb stehen und sah mich an. Dann sagte er mit einem überheblichen Lachanfall: »Weißt du, wie du klingst? Wie dein Vater, mit deinem lächerlich altmodischen Arbeiterstolz ...«

»Sagt der Privatschuljunge mit der Erbschaft!«

Gus seufzte.

»Was soll ich also tun? Diese Wohnung verkaufen und auf halber Strecke zwischen London und Kent etwas Mittelmäßiges kaufen, damit die Dinge gerechter werden?«

»Nein! Ich weiß es nicht!«

Ich wusste nicht, was ich dachte. Ich war so glücklich gewesen, aber er hatte die ganze Zeit nur darauf gewartet, dass sich alles änderte. Wie hatte ich das übersehen können?

»Ich habe Mum versprochen, mich um Hope zu kümmern. Das sagt sich so leicht, sie wird schon klarkommen, aber du hast sie noch nicht erlebt, wenn sie nicht klarkommt ...«

Verärgert zuckte er die Schultern, als ob ich es aufbauschen würde.

»Wenn Charlotte sterben würde, was Gott verhüten möge, und Flora und Bella bei dir leben müssten, würdest du doch auch von mir erwarten, dass ich mein Leben auf sie ausrichte!«

»Das ist nicht dasselbe!«

Ich wusste, dass es das nicht war, aber ich wusste nicht genau, warum.

Das Streiten machte mich panisch. Ich zweifelte sofort an jeder Aussage, die ich machte.

»Ich vermute, dass du Hope genauso brauchst wie sie dich.« Seine Stimme hatte jetzt einen gereizten Klang. »Es besteht eine Co-Abhängigkeit.«

Aus seiner Therapie kannte er die ganzen Fachbegriffe. Ich wusste, dass Co-Abhängigkeit ein abwertender Begriff war.

»Aber ist es nicht das, worum es in Familien geht?«, argumentierte ich. »Das kannst du natürlich nicht wissen, denn du warst noch nie gut mit Familie, stimmt's?«

Ich konnte nicht glauben, was ich gerade gesagt hatte. Es war wie in einem schrecklichen Märchen. Ich war verflucht, sodass anstelle von Worten giftige Kreaturen aus meinem Mund kamen, als würde ich Skorpione spucken.

»Herrgott noch mal«, sagte Gus und raufte sich die Haare. »Wir können also keine eigenen Kinder haben, aber wir haben Hope an der Backe!«

Ich taumelte und aus meinem Mund kam ein merkwürdiges Würgegeräusch, als ob mir jemand einen Schlag in den Magen versetzt hätte.

Hatte er die ganze Zeit, in der wir angeblich verliebt waren, insgeheim diesen Groll gehegt?

Wir starrten uns an, als könnten wir nicht glauben, dass wir gerade Dinge gesagt hatten, die wir nie wieder zurücknehmen konnten, weil sie uns im Kern erschütterten. Und sie waren alle wahr.

Ich nahm meine Tasche und ging zur Tür.

»Leb wohl, Gus!«

»Nein, Tess! Geh nicht!«

Jetzt war ich müde und resigniert, als hätte ich schon immer gewusst, dass unsere Trennung unvermeidlich war, nur Zeitpunkt und Ort nicht gekannt.

»Beenden wir es, bevor wir uns noch mehr verletzen.«

Einen Moment lang rührte er sich nicht und als ich dann die Tür öffnete, rannte er los und packte mich am Arm.

»Tess ...«

Ich wartete darauf, dass er etwas sagte, das auf wundersame Weise alles in Ordnung brächte.

Doch es kam nichts.

Gus

35. Kapitel

Herbst 2017

An der Wand hinter Dorothys Stuhl hing ein Gemälde, das eine staubige Straße in einem mediterranen Dorf zeigte. Eine Hälfte war von der Sonne beschienen, die andere lag im Schatten. Eine Bäuerin, die einen Korb auf der Schulter trug, war im Begriff, ins Licht zu treten. Ich fragte mich immer, was in dem Korb war. Brot? Obst? Oder nur die Last ihrer Sorgen?
»Wollen Sie sagen, dass Sie und Tess sich vorher noch nie gestritten haben?«, fragte Dorothy.
Ich dachte über die Frage nach.
»Eigentlich nicht, nein. Manchmal habe ich das Falsche gesagt und Tess war beleidigt. Natürlich war sie verärgert, erschöpft. Aber sie hat eine enorme Fähigkeit, zu vergeben ...«
»Und Sie? Wie steht es um Ihre Fähigkeit, zu vergeben?«
»Sie hat nichts getan, was eine Vergebung rechtfertigt.«
Seltsamerweise fand ich einige Seiten an Tess' Charakter, die mir anfangs liebenswert erschienen waren, jetzt anstrengend – wie ihre klösterliche Bescheidenheit.

»Ich hätte mir mehr Sex gewünscht ...«, sagte ich mit einem verlegenen Lachen.

Im Vergleich zu dem, was sie erdulden musste, kam mir das trivial vor.

»Haben Sie darüber gesprochen?«

»Nein. Es war schwierig, über etwas Persönliches zu sprechen, wenn Hope da war. Tess war so besorgt, sie zu verärgern.« Wir waren wie auf rohen Eiern gelaufen. Genau wie sie es als Kind getan hatte.

»Es klingt, als hätten Sie sich gewünscht, dass sie sich weniger um ihre Schwester kümmert?«

Wie immer wusste Dorothy genau, was mich wirklich störte, auch wenn ich es nicht aussprach. Es schien mir nicht fair, mich darüber zu beschweren, dass Tess andere immer an erste Stelle setzte.

»Nicht nur aus egoistischen Motiven ... Ich weiß nicht, ob es irgendjemandem nützt, am wenigsten Tess.«

»Haben Sie ihr das jemals gesagt?«

»Nicht bis zu dem Streit. Ich wollte nicht wie ihr Vater klingen.«

»Haben Sie es nie für wichtig gehalten, Ihre Gefühle zu äußern?«

»Angesichts der allgemeinen Umstände nicht für wichtig genug.«

»Angesichts der allgemeinen Umstände«, wiederholte Dorothy.

»Hören Sie, ich weiß, worauf Sie hinauswollen.«

Das war ein Thema, mit dem wir uns schon vorher beschäftigt hatten. Ich hatte meine Gefühle immer unterdrückt, weil ich glaubte, sie wären nicht wichtig genug, um die Aufmerksamkeit anderer Menschen zu verdienen. Dorothy führte es darauf zurück, dass ich das Kind war, das überlebt hatte. Derjenige, dem man sagte, er habe Glück gehabt. Derjenige, der es eigentlich nicht verdient hatte, am Leben zu sein. Ich hatte das Ganze noch verschlimmert, indem ich mich selbst für das Scheitern meiner Familie, meiner Arbeit und meiner Ehe verantwortlich gemacht hatte.

»Mit Tess ist es nicht dasselbe«, sagte ich.

Tess hatte ein viel härteres Leben gehabt als ich. Sie hatte ihre Mutter verloren, sie musste sich um ihre Schwester kümmern, ihr Vater war ein Tyrann, sie hatte Krebs gehabt. Sie hatte mir während meiner Krankheit beigestanden. Ich war ihr auf ewig zu Dank verpflichtet und glaubte, nicht das Recht zu haben, sie zu kritisieren.

»Die Gründe vielleicht nicht, aber der Prozess«, sagte Dorothy. »Sie sagen, Ihre Gefühle seien nicht wichtig genug ... genug für was? Was glauben Sie?«

»Um möglicherweise Schaden anzurichten.«

»Also behalten Sie sie für sich, bis Sie sie nicht mehr unterdrücken können, und dann ...«

»Vermutlich habe ich am Ende mehr Schaden angerichtet ...«

»Bei Ihnen selbst und bei Tess.«

Wie konnte ich nur so dumm sein, zu glauben, dass Heilung ein Prozess mit einem Ende war. Man konnte aufhören, zum Therapeuten zu gehen, aber man musste weiter auf seine Gedanken achten.

»Sie und Tess hatten also noch nie die Gelegenheit, Deeskalation zu lernen?«

»Wir hatten einige Missverständnisse, aber wir haben es immer irgendwie geschafft, uns durchzuwurschteln und uns zu versöhnen.«

»Ihnen ist doch klar, dass Menschen in jeder Beziehung schreckliche Dinge zueinander sagen. Dann entschuldigen sie sich und erklären, warum sie es gesagt haben.«

»Was ich gesagt habe, war mehr als schrecklich«, erwiderte ich. »Tess hatte mit 31 aufgrund ihrer Gene Krebs und musste sich einer lebensverändernden Operation unterziehen, die bedeutet, dass sie nie eigene Kinder haben wird. Ich weiß nicht einmal, warum ich das gesagt habe! Ich habe mir nie weitere Kinder gewünscht. Es ist schon schwierig genug, denen ein guter Vater zu sein, die ich habe ...«

»Vielleicht haben Sie das gewählt, von dem Sie wussten, dass es sie am meisten verletzen würde?«

Wenn es jemand anders sagte, war es so klar.

»Sie meinen, ich war unbarmherzig und bin auf sie losgegangen? Weil sie das gesagt hat, von dem sie wusste, dass es mich am meisten verletzen würde?«

»Wenn wir in die Enge getrieben werden, schießt unser Adrenalinspiegel in die Höhe.«

»Es ist wahrscheinlich das einzige Mal in meinem Leben, dass ich mich auf einen Kampf eingelassen habe, anstatt zu fliehen. Tess und ich hatten nie das beste Timing!«

»Es klingt, als hätten Sie sich eine ganze Menge verschwiegen.«

Dorothy war es gewöhnt, dass ich versuchte, mit einem lahmen Spruch vom Thema abzulenken.

»Wäre es nicht eine gute Idee, wenn Sie gemeinsam mit jemandem sprechen, um zu lernen, besser miteinander zu kommunizieren?«

»Sie meinen eine Paartherapie? Früher hätte das vielleicht geholfen, aber dafür ist es jetzt zu spät!«

»Sind Sie sicher?«

»Für Tess ist alles ziemlich schwarz und weiß. Sie ist sehr unsicher. Sehr defensiv.«

Jetzt hörte es sich so an, als würde ich sie nur noch kritisieren.

»All das sind Gründe, warum es auch für sie hilfreich sein könnte, selbst wenn es Ihnen nicht gelingt, einen Kompromiss zu finden ...«

»Ich werde darüber nachdenken«, sagte ich.

Meine Stunde war fast vorbei. Ich hatte allmählich das Gefühl, Dorothy zu belügen, denn im Laufe unseres Gesprächs war mir immer klarer geworden, dass ich Tess nicht anrufen würde. Ich hatte die beiden grundlegendsten Elemente ihres Lebens angegriffen. Ihre geopferte Fruchtbarkeit und Hope. Das war gemein und boshaft von mir gewesen. Ich konnte mich eine Million Mal entschuldigen, aber es würde immer zwischen uns stehen. Jedes Mal, wenn wir meine Kinder sahen, oder die Kinder anderer Leute. Es wäre bei jedem Kuss und jedem Sex da. Sie würde es als ihr Versagen ansehen. Und sie hatte mich nie enttäuscht. Ich hatte *sie* enttäuscht und ich war es nicht wert, dass sie mir vergab, selbst *falls* sie es tat.

Beenden wir es, bevor wir uns noch mehr verletzen.

Ich liebte sie für ihre Fähigkeit, Freude an den kleinsten Dingen zu empfinden.

Doch ich hatte sie nur unglücklich gemacht.

36. Kapitel

Als Student versuchte ich, mich mit dem Pflegepersonal anzufreunden, weil ich hoffte, dass sie bei schwierigen Sachen wie dem Legen einer Kanüle oder einer Nasensonde Mitleid mit mir haben und übernehmen würden. Es hat oft geklappt, bis eine Krankenschwester mir auf die Schliche kam. Danach mussten einige Patienten leiden, bis ich lernte, dass schnell und entschlossen viel besser ist als zögerlich und unsicher.

Seit meinem ersten Tag nach der Ausbildung, an dem ich lachen musste, als mich die Krankenschwester mit Dr. Macdonald ansprach, hatte ich Schwierigkeiten mit der richtigen Kommunikation. Die Schwestern wollten nicht, dass ich sie nach ihrer Meinung fragte. Sie fanden es nervig, dass ich zwischen Unentschlossenheit und Vorsicht schwankte. An dem schrecklichen Tag, an dem ich ausnahmsweise unvorsichtig gewesen war, hatte ich Glück gehabt, dass niemand offiziell Beschwerde gegen mich eingereicht hatte.

Jetzt, da ich mich entschlossen hatte, aktiv eine medizinische Laufbahn zu verfolgen, und in einem Krankenhaus arbeitete, in dem niemand meine Vorgeschichte kannte, schien ich die richtige Mischung aus Unerschrockenheit und Respekt gefunden zu haben. Ich traf am Tresen nicht mehr auf tuschelndes Pflegepersonal, das auseinanderfuhr, wenn es mich sah. Ich fühlte mich in meiner Rolle wesentlich wohler.

Jonathan und ich nahmen unser regelmäßiges Tennisspiel in Lincoln's Inn Fields wieder auf.

»Wie läuft es mit dem neuen Job?«, fragte er, nachdem uns im Arbeitercafé das Frühstück serviert worden war.

»Ich glaube, ich werde ein besserer Arzt.«

»Du wirkst überrascht?«

Er spießte mit der Gabel eine Scheibe fleischloser Wurst auf. »Erfahrung«, verkündete er. »Sie ist das kostbarste Gut als Arzt, wie wohl in fast allen Berufen. Ironischerweise wissen wir sie erst zu schätzen, wenn wir, nun ja, Erfahrung haben!«

Es war das erste Mal, dass ich ihn so etwas wie einen Witz machen hörte. Jonathan war immer ein sehr ernster Mensch gewesen. Als Student hatte er Entspannung hauptsächlich im Schachclub der Uni gefunden.

Ich fragte mich, ob es wirklich die Erfahrung war, die mich verändert hatte. Oder ob das Erlebnis auf dem Platz in Syrakus mich irgendwie von den üblichen Zweifeln befreit hatte, dass ich nicht gut genug sei. Selbstvertrauen, hätte ich ihm sagen können, ist auch ein kostbares Gut. Aber das wäre mir zu sehr so vorgekommen, als würde ich Schwäche eingestehen. Wenn ich mit Jonathan über medizinische Themen sprach, hatte ich immer das Gefühl, eher zu Füßen eines verehrten Onkels zu sitzen als neben einem Kollegen.

»Wie geht es Tess?«, fragte Jonathan.

»Äh, wir haben uns getrennt.«

Trotz mehrerer Einladungen zum Abendessen waren sie sich in der ganzen Zeit, in der Tess und ich zusammen waren, nie begegnet.

»Und deine Freundin mit der BRCA-Mutation? Wie läuft es bei ihr?«

Ich war mir sicher, er wusste, dass es sich um Tess handelte, war jedoch strikt auf Vertraulichkeit bedacht.

»Es scheint ihr gut zu gehen. Es sind jetzt schon fast fünf Jahre.«

Aus Gewohnheit kreuzte ich meine Finger unter dem Tisch, sodass die kopfgesteuertste Person, die ich kannte, es nicht sehen konnte.

»Das ist wenigstens eine gute Nachricht«, sagte Jonathan und schaute auf seine Uhr. »Bist du an Weihnachten allein?«

Ich wusste, dass er mich in diesem Fall nach Rücksprache mit Miriam einladen würde, den Tag mit seiner Familie zu verbringen. Auch wenn keiner von uns beiden es je aussprechen würde, hatte er ein Auge auf mein Wohlergehen, und dafür war ich ihm dankbar.

»Tagsüber arbeite ich, dann fahre ich nach Genf zu den Mädchen.«

Die Mädchen mussten für ihre Prüfungen lernen, und da die Wohnung in Clerkenwell noch weitgehend unmöbliert war, hatte ich mich bereit erklärt, zu ihnen zu fliegen und bei ihnen zu bleiben. Vermutlich nutzten Charlotte und Robert die Gelegenheit, um an einen glamourösen Ort die Wintersonne zu genießen.

In der Notaufnahme war es ruhig. Vor Weihnachten war man stets sehr bemüht, die Stationen zu räumen. Dadurch war es für uns weniger zeitaufwendig, neue Patienten aufzunehmen, und dadurch ließ wiederum die ständige Anspannung in der Abteilung nach, dass die Ziele nicht erreicht wurden.

Alle Krankenschwestern trugen Engelsflügel und ich ließ mich dazu überreden, einen roten Haarreif mit Geweih aufzusetzen. In der Personalküche schien es einen unendlichen Vorrat an Weihnachtsgebäck und Schokolade zu geben. Perverserweise wünschte ich mir, es wäre mehr los.

Weihnachten war einer dieser Tage, an denen man auf das Jahr zurückblickte. Ich wollte nicht die Zeit haben, mich daran zu erinnern, wie ich bei strahlendem Sonnenschein und leuchtend blauem Himmel auf der Terrasse gesessen, sizilianische Würstchen mit Fenchel gegessen und Tess gesagt hatte: »Gebacken schmeckt er gar nicht so schlecht.«

Wir hatten unser übliches, nicht ganz so heimliches Wichteln gemacht. Sie schenkte mir einen Kühlschrankmagneten in Form einer Zitrone, ich ihr eine Nachbildung der silbernen Statue von Santa Lucia. Sie hatte sie auf ihren Nachttisch gestellt und sie jeden Abend geküsst wie ein Kind seine Lieblingspuppe, bevor sie das Licht ausschaltete. Ich vermisste das arglose Lächeln, das mir sagte, dass sie wusste, dass es albern war, es aber trotzdem tat. Ich vermisste es, unter der Bettdecke mit ihr zu kuscheln und im Dunkeln über alles zu plaudern, was wir tagsüber gesehen und gedacht hatten. Ich vermisste ihre eigenwilligen Beschreibungen von Sehenswürdigkeiten, Geräuschen und Gerüchen. Und die Geschichten zu hören, die sie sich ausdachte. Ich vermisste es, mit ihr zu schlafen.

An der Tafel hinter dem Empfangsschalter hingen Weihnachtskarten. Ich hatte keine von ihr bekommen und ihr auch keine geschickt, obwohl ich im Shop der National Gallery mehrere Motive gekauft hatte, darunter ein Achterpack mit einem Detail aus dem Altarbild von Jacopo di Cione. Ich hatte sogar mehrere geschrieben, sie aber alle wieder zerrissen. Weihnachtskarten schickte man aus Pflichtgefühl an Menschen, mit denen man nur einmal im Jahr Kontakt hatte, meist mit der unaufrichtigen Nachricht, dass man kein weiteres Jahr vergehen lassen wollte, ohne sich zu sehen. Selbst der hingebungsvollste Engel könnte ihr keine Nachricht übermitteln, die ausdrückte, wie sehr ich sie vermisste.

Jedes Mal, wenn ich im Krankenhausradio Weihnachtslieder hörte oder an einer Heilsarmeekapelle vorbeikam, die vor der St. Paul's Cathedral Weihnachtslieder spielte, dachte ich an Hope, die »Little Donkey« sang. Ich fragte mich, ob sie inzwischen wieder sang.

Ohne ein Lied von Hope wäre Weihnachten nicht Weihnachten.

Ich erinnerte mich an ihren verblüfften Gesichtsausdruck, als sie versuchte, die doppelte Verneinung zu verstehen.

Es gab die üblichen Verbrennungen, die man sich beim Hantieren mit übergroßen Truthähnen oder schweren Töpfen mit kochendem Rosenkohl nach mehreren Gläsern Sekt zuzog. Ein paar Kinder wurden heulend mit gebrochenen Handgelenken eingeliefert, nachdem sie von ihren neuen Rollern gestürzt waren. Mehrere Gegenstände steckten in unerwarteten Körperöffnungen fest, darunter eine Kerze in Form eines Weihnachtsbaums und ein »Here Comes Santa!«-Vibrator, dessen fröhlicher Jingle immer noch im Rektum des Patienten ertönte.

Gegen Ende meiner Schicht war ich müde und zugleich aufgekratzt von all den zuckerhaltigen Snacks, als einer der Assistenzärzte mich bat, mir ein siebenjähriges Mädchen anzusehen, das mit Schmerzen im Unterbauch gebracht worden war.

»Wahrscheinlich liegt es an dem vielen Essen«, sagte der Vater.

»Aber sie hat doch gar nichts gegessen«, widersprach die Mutter.

Ich war an die Dynamik gewöhnt, dass sich ein Elternteil, oft der Vater, dafür entschuldigte, unsere Zeit zu verschwenden. Normalerweise waren die Beobachtungen der Mutter zuverlässiger.

Unbehandelt kann eine Blinddarmentzündung sehr gefährlich sein, aber auch eine Operation birgt Risiken, und man möchte keinen Patienten aufschneiden und dann einen völlig gesunden Blinddarm vorfinden. Es war Weihnachten. Eigentlich war meine Schicht gleich zu Ende, doch ich entschied, noch die Testergebnisse abzuwarten. Sie zeigten eine extrem hohe Anzahl weißer Blutkörperchen, also veranlasste ich, dass das Kind sofort aufgenommen und operiert wurde.

Normalerweise ist ein Fall für mich abgeschlossen, sobald die Patienten aufgenommen wurden. Man hat schon genug zu tun, auch ohne sich um Fälle zu kümmern, für die man nicht mehr zuständig ist. Aber meine Schicht war vorbei und ich erwartete besorgt das Ergebnis der Operation.

Der Blinddarm war geplatzt. Hätte man länger gewartet, wäre es zu einer Sepsis gekommen. Es bestand kein Zweifel, dass wir dem Mädchen das Leben gerettet hatten.

Es kam mir wie das bestmögliche Geschenk vor.

Als ich das Krankenhaus verließ, dämmerte es bereits. Der Vater des Kindes stand draußen und rauchte.

»Gut gemacht, Doktor«, sagte er, als ich an ihm vorbeiging.

An den Laternenmasten funkelten noch die Weihnachtslichter, aber die Straßen waren menschenleer. Als ich zufällig mein Spiegelbild in einem Schaufenster sah, bemerkte ich, dass ich immer noch das Geweih auf dem Kopf trug.

37. Kapitel

Nach meiner Landung in Genf war ich überrascht, als ich eine Nachricht von Charlotte erhielt, dass sie mich vor dem Flughafen abholen würde. Und noch mehr, als ein Mercedes mit drei Paar Skiern auf dem Dachgepäckträger und den Mädchen auf dem Rücksitz vorfuhr.

Robert war auf Geschäftsreise und als Weihnachtsgeschenk hatte Charlotte in letzter Minute ein Chalet in den französischen Alpen gebucht.

»Du weißt, was ich vom Skifahren halte«, sagte ich, als ich mich auf den Beifahrersitz setzte und anschnallte.

Sie hätte mich wenigstens fragen können, aber jetzt konnte ich nicht mehr viel tun, ich hätte lediglich aus dem fahrenden Wagen aussteigen können.

»Du musst ja nicht Ski fahren«, sagte Charlotte. »Tagsüber kannst du machen, was du willst, und abends können wir alle zusammen essen. Es gibt eine große Küche.«

»Ich soll euch also den Chalet Boy machen?«

Bella kicherte auf der Rückbank.

»Ich dachte, du kochst gern«, sagte Charlotte. »Wir haben uns ziemlich darauf verlassen, stimmt's, Mädchen?«

Ich hatte vergessen, wie schön Alpendörfer im Schnee sind. Nach Ross' Tod hatte ich diese Landschaften stets gemieden, aber nachdem ich gerade 20 Stunden in einer fensterlosen Notaufnahme verbracht hatte, war die klare, kühle Luft so erfrischend wie ein eiskaltes Bier.

Die Wohnung verfügte über drei große Schlafzimmer.

»Die Mädchen können sich ein Zimmer teilen«, sagte Charlotte und öffnete eine Tür nach der anderen.

»Es sei denn, du willst bei mir schlafen«, fügte sie mit einem kleinen Lachen hinzu und ließ den Blick so schnell über meinen Körper gleiten, dass ich mich fragte, ob ich es mir eingebildet hatte.

Wir bestellten Pizzen.

Es gab drei Sofas in dem großen, offenen Wohnraum. Die Mädchen nahmen jeweils eins in Beschlag, Charlotte streckte sich wie eine Katze auf dem anderen aus. Ich saß auf einem langhaarigen weißen Teppich, die Pizzakartons offen auf dem großen Couchtisch zwischen uns.

Es war ein schönes Gefühl, wieder mit ihnen zusammen zu sein und nichts weiter tun zu müssen, als darauf zu achten, dass man keine Tomatensoße auf die Polstermöbel kleckerte.

Ich schenkte den Mädchen Armbänder, die ich für sie in einem Geschäft in Islington gekauft hatte, das Schmuck aus recycelten Materialien herstellte. Es schien eine gute Wahl gewesen zu sein.

»Keine Bücher?«, fragte Bella.

»Ich wusste nicht, was du jetzt liest.«

»Tess weiß es normalerweise.«

»Ähm. Tess und ich sind nicht mehr zusammen.«

Charlottes Augenbrauen schossen in die Höhe. Bella brach in Tränen aus.

»Sei nicht so melodramatisch!«, schalt Flora sie. »Das hätte doch nie gehalten.«

»Warum sagst du das, Flora?«, fragte ich.

Sie dachte einen Moment lang darüber nach.

»Ihr habt nicht richtig zusammengepasst.«

Eigentlich hätte ich gern gesagt, dass das nicht stimmte, aber die Tatsachen schienen ihr recht zu geben.

»Gott, du bist manchmal unausstehlich, Flora«, sagte Charlotte.

Als die Mädchen ins Bett gingen, schlug sie vor, noch eine Flasche Wein zu öffnen. Doch ich lehnte ab, da ich mir nicht sicher war, ob es eine gute Idee wäre, wenn wir uns gemeinsam betranken.

Allerdings hatte ich schon genug getrunken, um nicht zu wissen, warum es so war.

Am nächsten Morgen verließen die drei die Wohnung, bevor ich aufgestanden war. Ich nahm eine lange heiße Dusche und versuchte, die leichte Benommenheit vom Alkohol wegzuwaschen. Draußen glitzerte der Schnee in der hellen Sonne. Vom Balkon aus konnte ich kleine Gestalten sehen, die hoch über dem Dorf im Zickzack die unberührten weißen Hänge hinunterfuhren. Die Anziehungskraft war so stark wie die des Meeres an einem heißen Tag. Ich ging in ein Geschäft, um eine Sonnenbrille zu kaufen, und hörte, wie ich mich nach einem Skiverleih erkundigte.

An jenem Abend servierte ich Schnitzel mit Bratkartoffeln und Salat, dazu gab es gegrillte Portobello-Pilze für Bella.

Die drei verglichen, wie oft sie schon auf und ab gefahren waren.

»Ich überlege, ob ich morgen mit euch komme«, sagte ich.

»Hurra«, hauchte Charlotte und ich bekam ein schlechtes Gewissen, dass ich all die Jahre so ein Problem daraus gemacht hatte.

Die Mädchen sagten gleich nach dem Essen gute Nacht und zogen sich in ihr Zimmer zurück.

»Die Bergluft muss sie müde gemacht haben«, sagte ich.

»Sie sind gegangen, um in ihren Handys zu scrollen«, sagte Charlotte. »Die sind am Esstisch verboten.«

Das erklärte, warum sich unsere Abendessen diesmal so gesellig anfühlten. Insgeheim hatte ich mich immer für den besseren Elternteil gehalten, aber jetzt fragte ich mich, ob Charlottes strukturiertere Herangehensweise nicht auch ihre Vorteile hatte.

Früher war ich ein ziemlich guter Skifahrer gewesen und ich freute mich, dass die Grundkenntnisse nicht verloren gegangen waren. Zum Glück, denn ich wurde in Floras Kurs gesteckt und konnte sehen, dass ihr meine Gegenwart schon peinlich genug war, auch ohne dass ich mich ungeschickt verhielt.

Als wir uns am Lift anstellten, stand sie mit ihren Freundinnen zusammen und ignorierte mich. Ich verkniff mir, ihr zu sagen, dass sie bitte aufpassen solle, die Gruppe nicht zu verlieren und sich nicht auf unmarkierte Pisten zu begeben. Mein Herz klopfte allerdings heftig, als ich sah, wie sie die Piste hinuntersausten.

Was ich vergessen hatte, war der Adrenalinschub der hohen Geschwindigkeit, die Konzentration, die sie verlangte, und die keinen Platz für Sorgen in meinem Kopf ließ.

Als ich schließlich die Skier abschnallte, konnte ich Ross' Stimme hören, die sagte: *Was bist du für ein Vollidiot, dass du dir das 20 Jahre lang hast entgehen lassen!*

Am Fuß der Piste bemerkte ich, dass der Skilehrer mit Flora sprach, und als sie mich zurück zur Wohnung begleitete, war ihr Gesicht gerötet. Vermutlich war das nicht allein der kalten Luft geschuldet.

»Kann ich heute Abend ausgehen?«, fragte sie.
»Mit Serge?«
»Wir sind eine ganze Gruppe.«
»Von mir aus«, sagte ich.
»Natürlich nicht«, sagte Charlotte im Chalet.
»Aber Daddy hat gesagt, ich darf.«
»Im Ernst, machst du eigentlich alles, damit sie dich anhimmeln?«, zischte Charlotte, als sie in der Küche auf dem Weg zum Kühlschrank an mir vorbeikam.

Mir war nicht klar, was ich sonst noch getan hatte, das in diese Kategorie fallen würde, außer vielleicht, dass ich bei Süßigkeiten ein Auge zudrückte.

»Flora ist sehr vernünftig. Von mir aus kann sie gern mitgehen«, sagte ich und schaltete auf stur.

»Er ist ein verdammter Skilehrer!«

War Charlotte ein bisschen eifersüchtig? War sie normalerweise diejenige, die von den Skilehrern angemacht wurde?

»Ich könnte sie ja begleiten«, schlug ich vor.

Ein Ausdruck blanken Entsetzens flog über Floras Gesicht.

»Keine Sorge, ich warte in der Bar auf der anderen Straßenseite«, fügte ich hinzu. »Wenn du dich unwohl fühlst, kannst du rauskommen und ich bringe dich nach Hause.«

»O Daddy, das würdest du für mich tun?«

»Natürlich«, sagte ich und warf Charlotte einen triumphierenden Blick zu.

Charlotte zuckte mit den Schultern, schenkte sich ein Glas Wein ein und zog sich damit auf ihr Zimmer zurück.

Ich hatte noch nie gesehen, wie Flora sich zurechtmachte, wenn sie ausging. Sie trug ein einfaches weißes Poloshirt zu ihrer üblichen engen schwarzen Jeans, aber geschminkt sah sie ziemlich beeindruckend aus. Als ich beobachtete, wie sie das Foyer des Hotels betrat und von einer Schar von Partygängern begrüßt wurde, kam es mir vor, als könnte ich dabei zusehen, wie sie erwachsen wurde.

Ich besorgte mir ein Bier und setzte mich in der gegenüberliegenden Bar an einen Fenstertisch. Ich wünschte, ich hätte ein Buch mitgenommen, damit es so aussah, als hätte ich etwas Besseres zu tun, als die jungen Leute zu beobachten, die in den Club strömten. Doch nach kaum fünf Minuten war Flora wieder draußen und winkte mir eindringlich über die Straße zu.

»Komm einfach«, sagte sie und marschierte voraus.

»Was ist passiert?« Ich musste rennen, um mit ihr Schritt zu halten.

»Da darf man erst mit 18 rein!«

»Hast du Serge erzählt, du wärst 18?«

»Natürlich nicht!«, schrie sie. »Ich wusste ja gar nicht, dass man 18 sein muss! Darum kam ich mir noch jünger vor, als ich eigentlich bin!«

Ich nahm an, dass alle Teenager einen gefälschten Ausweis bei sich trugen, aber vielleicht kam das erst später. Die meisten 14-Jährigen würden nicht als 18-Jährige durchgehen. Ich fand ihre Naivität ziemlich erfrischend, aber ich wusste, etwas Schlimmeres könnte ich nicht sagen.

Zurück in der Wohnung marschierte sie geradewegs in ihr Zimmer und schlug die Tür hinter sich zu.

»Was ist los?« Charlotte erschien in einem weißen Frotteebademantel, das Haar locker auf dem Kopf hochgesteckt, das

Gesicht ungeschminkt. Sie hatte gerade ein Bad genommen. Ein paar Wassertropfen klebten an ihren glatten, nackten Beinen. Sie fand den Vorfall urkomisch.

»Geschieht dir recht, wenn du versuchst, den Helden zu spielen«, sagte sie und ließ sich auf eines der Sofas fallen. »Ach, mach dir nichts draus, Gus, so ist sie ständig. Sie ist ein Teenager. Warst du in ihrem Alter nicht auch von deinen Eltern genervt?«

»Nicht so offensichtlich.«

»Und das ist besser?«

»Nein, du hast recht«, räumte ich ein. »Es ist besser, den Groll nicht runterzuschlucken.«

Charlotte schenkte mir ein Lächeln.

»Wir haben uns doch gar nicht so schlecht geschlagen, oder?«, fragte sie und deutete mit einer Geste auf das Schlafzimmer der Mädchen.

»Sie sind beide starke Persönlichkeiten ... Und das ist gut so«, fügte ich eilig hinzu.

»Ich weiß, dass es schwer für dich war, Gus.«

Es war das erste Mal, dass sie etwas sagte, das annähernd wie eine Entschuldigung dafür klang, dass sie die Kinder mitgenommen hatte. Aber es war so kurz, dass ich mich fragte, ob ich mich verhört hatte.

»Willst du ein Glas Wein? Ich habe einen schönen Sancerre gekauft.«

»Okay.« Ich ließ mich auf dem gegenüberliegenden Sofa nieder.

Sie schenkte mir ein großes Glas ein und stellte es auf den Couchtisch zwischen uns, wobei ihr Bademantel mein Gesicht streifte. Der exotische Sandelholzduft ihres Badeöls war mir so vertraut, dass es mich leicht verwirrte.

»Wo ist Robert im Moment?«

Charlotte warf mir einen scharfen Blick zu.

»Wenn du es unbedingt wissen willst, er ist mit seiner Geliebten im Chalet.«

Ein gemeiner Anflug von Schadenfreude durchströmte mich.

»Und wenn du es unbedingt wissen willst, wir lassen uns scheiden.«

Das erklärte, warum sie sich eine scharfzüngige Bemerkung über meine Trennung von Tess erspart hatte.

»Ich will es nicht unbedingt wissen«, hörte ich mich sagen und merkte dann, dass das merkwürdig klang. Was war die Verneinung von »Wenn du es unbedingt wissen willst«?

»Du musst es mir nicht erzählen«, sagte ich, aber auch das war nicht ganz richtig, denn es klang so, als ob ich es hören wollte, dabei bereute ich es eigentlich, dass ich nach Robert gefragt hatte. Ich stellte mein leeres Glas ab und hielt die Hand darüber, als sie mir nachschenken wollte.

»Mir war tatsächlich nicht klar, dass Robert eine Frau und eine Geliebte braucht, wie er zwei Autos braucht«, sagte Charlotte mit einem schweren Seufzer. Sie legte die Füße aufs Sofa, der Morgenmantel klappte auf und entblößte ein Bein vom Oberschenkel bis zum lackierten Zehennagel. »Ein kleines Elektroauto, um durch die Stadt zu rasen, und einen verdammt großen BMW für die Autobahn.«

»Was bist du?«

»Wie bitte?«, fragte Charlotte.

»Der Nissan Leaf oder der BMW?«

»Ach, Herrgott, Gus!«

Es folgte lange Stille.

»Sollen wir eine Zigarette rauchen?«, fragte sie und setzte sich aufgeregt auf.

Ich wies auf die Hausordnung an der Wand neben der Tür, deren erste Regel lautete: Rauchen verboten.

»Was du für ein Gesicht machst!« Sie lachte. »Ich verrate nichts, versprochen!«

Ich folgte ihr hinaus auf den Balkon. Der Himmel war klar und voller Sterne, die Dächer der Chalets und die Kirchturmspitze waren weiß überzogen wie ein Weihnachtskuchen.

Charlotte bot mir eine Zigarette an, doch ich winkte ab, obwohl es mich reizte. Sie zündete sie an, nahm einen Zug und hielt sie mir dann wie einen Joint hin. Das Verlangen, zu rauchen, hatte mich nie verlassen. Ich nahm die Zigarette, inhalierte tief und blies dann eine Wolke in die eisige Luft. Anschließend gab ich sie ihr zurück und fühlte mich von dem sündigen Zug genauso schwindelig wie bei der allerersten Marlboro, die ich mit Marcus hinter dem Cricketpavillon der Schule geraucht hatte.

»Frauen besitzen ein unglaubliches Talent, sich etwas vorzumachen«, sagte Charlotte und sah nicht mich an, sondern blickte über das Dorf. Sie nahm einen weiteren Zug und stieß einen dünnen, kontrollierten Rauchstrahl aus. »Du triffst einen Mann, der ganz offen damit umgeht, dass seine erste Ehe in die Brüche gegangen ist, weil er Affären hatte. Trotzdem glaubst du, du wärst so besonders, dass es bei dir anders wäre.«

Ich fühlte einen winzigen Stich des Mitgefühls für sie.

»Aber das bist du!«, sagte ich. »Ich meine, du warst es.«

»Na, vielen Dank!«

»Ich meinte, dass du genauso umwerfend bist wie immer.«

Das geht zu weit. Halt die Klappe. Du bist betrunken. Sag nichts mehr.

Sie drehte sich zu mir um und ihr stechender Blick wurde weicher. Nach außen hin wirkte sie hart, aber ab und zu zeigte sie auch eine außergewöhnliche Sanftheit und Verletzlichkeit. Diese Mischung war schon immer das Berauschendste an ihr gewesen.

Ich weiß nicht einmal, wer von uns beiden den ersten Schritt machte, aber plötzlich lagen ihre Lippen auf meinen und ihr Körper schmiegte sich an mich, feste Rundungen unter dem weichen Bademantel.

Tess

38. Kapitel

Es gibt bestimmte Orte auf der Welt, von denen heißt es, wenn man nur lange genug dort säße, kämen irgendwann alle Menschen vorbei, die man je gekannt hat. Einer davon ist der Markusplatz in Venedig, ein anderer die wackelige Brücke über die Themse, ich glaube, im Lake District. Für mich war dieser Ort anscheinend die Supermarktkasse an Weihnachten.

Im Laden wimmelte es von Leuten, die ihre Einkaufswagen mit Dingen füllten, die sie zu keiner anderen Jahreszeit essen würden. Warum ist Stilton plötzlich ein Genuss? Das Gleiche gilt für Portwein. Er ist nicht einmal teuer, aber an 364 Tagen im Jahr trinkt ihn niemand. Die Schlangen waren so lang, dass ich nicht zulassen konnte, dass auch nur eine einzige Kasse geschlossen wurde, wenn das Personal in die Pause ging. Darum übernahm ich selbst und war erstaunt über die Anzahl an Crackern für Käse, die ich über den Scanner zog. Wie viele Tonnen davon würden wohl in zwölf Monaten weggeworfen, weil das Haltbarkeitsdatum überschritten war, nur um durch neue Schachteln ersetzt zu werden, die auch niemand essen würde.

Überall um mich herum hörte ich Kassiererinnen fragen: »Freuen Sie sich auf Weihnachten?«

Was bedeutete das überhaupt, wenn dieselben Leute in ein paar Tagen fragen würden: *Wie war Ihr Weihnachten?* und dieselben Kunden antworten würden: *Gut, danke. Ruhig. Was will man mehr?*

Wenn man ein ruhiges Weihnachtsfest wollte, warum stapelten sich dann Schachteln voller Mini-Beef-Wellingtons im Einkaufswagen neben Ziegenkäse-Tartelettes, Räucherlachspackungen – vier zum Preis von drei – und einer Auswahl an Blätterteigpasteten. Meiner Erfahrung nach, ich hatte sie bei Anne gegessen, sahen diese zuerst lecker aus, aber dann versengte einem die geschmolzene Füllung den Gaumen.

Unsere Kunden standen eher auf Champagnertrüffel als auf die Großpackung von *Quality Street*, die in unserer Familie den Gipfel von weihnachtlichem Luxus dargestellt hatte. Ich fragte mich jedoch, ob diese mit Kakao bestäubten Pralinen so außergewöhnlich köstlich schmeckten wie die violetten Bonbons mit der Haselnuss in Karamell, wenn man das Glück hatte, als Erster wählen zu dürfen.

Einer der wenigen Vorteile der Trennung von Gus war das Fehlen von reichhaltigem Essen. Kein buttriges Risotto mehr für uns, keine cremige Burrata. Mir war der Appetit auf all das vergangen. Auf alles, wirklich alles. An manchen Abenden stellte ich fest, dass ich den ganzen Tag nichts gegessen hatte, was ein Fehler war, denn auf leeren Magen bekommt man von jedem Essen Magenschmerzen, sogar von einem weichen Ei mit Toast.

Serranoschinken, Manchego-Käse, gesalzene Mandeln und zwei Flaschen Rioja. Noch bevor ich ihn hörte, kamen mir die Waren, die übers Band liefen, irgendwie bekannt vor.

»Tess?«

Es hatte eine Zeit gegeben, in der ich diese Stimme megaanziehend gefunden hatte. Tief und melodisch, mit einem Hauch von Walisisch, ein bisschen wie die von Michael Sheen. Es war sechs Jahre her, dass ich Leo das letzte Mal gesehen hatte. Sein grau meliertes Haar war jetzt ganz ergraut und immer noch zu einem Pferdeschwanz gebunden. Ich konnte mich nicht erinnern, es jemals offen gesehen zu haben. Aber ich hatte ihn auch noch nie aus der Dusche kommen sehen, oder eine ganze Nacht mit ihm verbracht, oder irgendetwas, was normale Paare tun. Vermutlich musste er das Gummi herausnehmen, um es zu waschen? Wie es aussah, tat er es allerdings nicht sehr oft.

»Bist du immer noch hier?«, fragte er, als hätte ich an der Kasse gesessen und auf ihn gewartet, seit wir uns das letzte Mal gesehen hatten.

»Nein«, sagte ich. »Also, ja, offensichtlich bin ich hier, aber ich war nicht die ganze Zeit hier ...«

Sein forschender Blick hatte immer noch die Macht, mich aus der Fassung zu bringen.

Was machte er überhaupt in Kent? Hatte es mit Spanien nicht geklappt? Hatte seine Frau ihn verlassen? Gab es eine andere? In seiner Fischerhütte hatte ich zum ersten Mal Serranoschinken gekostet und Rioja getrunken. Verführte er eine neue Frau? Natürlich nicht in der Hütte, denn die gehörte jetzt jemandem von JP Morgan. Vielleicht hatte sich Leo ein Gartenhaus in einer Kleingartenanlage zugelegt?

Ich versuchte, mich an all die schlauen Dinge zu erinnern, die ich ihm hatte sagen wollen, wenn ich ihn jemals wiedersehen würde, aber ich konnte mich an nichts davon erinnern.

»Schreibst du noch, Tess? Im Januar fange ich wieder mit den Kursen an.«

»Nein«, sagte ich so schnell, dass ich hoffte, er merkte nicht, dass es eine unverschämte Lüge war.

Ich fand es immer einfacher zu schreiben, wenn in meinem Leben nicht viel passierte. Manche Leute sagen, Schreiben sei Therapie. In den Stunden, in denen ich an meinem Laptop saß, während Hope fernsah, lenkte es mich auf jeden Fall von meiner Traurigkeit ab. Manchmal kam es mir fast so vor, als würde sich die Romantik, die aus meinem Leben verschwunden war, auf wundersame Weise auf den Seiten wiederfinden.

Nicht, dass mein Roman autobiografisch wäre. Das sagen Romanautoren immer, oder? Eigentlich war es auch kein richtiger Roman, aber ich hatte jetzt 21 321 Wörter geschrieben.

Doch davon wollte ich Leo nichts erzählen, aus Angst, es würde Unglück bringen.

»Schreibst du?«, fragte ich höflich zurück.

»Wenn man ein Schriftsteller ist, hört man niemals auf zu schreiben.«

»Man wird nur nicht mehr veröffentlicht«, sagte ich.

Sein Lächeln wirkte jetzt etwas angespannt. »Letztlich geht es nicht ums Veröffentlichen, Tess ...«

Das glaubst du doch wohl selbst nicht. »Bar oder mit Karte?«

Er reichte mir seine Kreditkarte.

»Es ist schön, dich zu sehen, Tess«, sagte er, beugte sich zu mir und senkte die Stimme zu einem Flüstern. »Ich hab erst neulich an dich gedacht.«

»Das ist lustig, denn ich habe neulich mit jemandem über dich gesprochen«, hörte ich mich sagen, was zeitlich gesehen eine weitere Lüge war.

»Ach ja?«

Er war so eitel, dass es mir leichter fiel, meine Pointe vorzutragen.

»Er sagte, du wärst ein schrecklicher alter Lüstling.«

Das Komische war, dass ich nur eine flüchtige Freude an seiner Demütigung empfand. Tatsächlich fühlte es sich eher wie ein Sieg für ihn an, denn er hatte mich rachsüchtig gemacht, und das war ich eigentlich nicht. Sobald er die Verletzung überwunden hatte, würde er sich mit dem Gedanken trösten, dass ich nur eine verschmähte Frau war.

Der einzige Weg, mich wirklich an ihm zu rächen, wäre, etwas zu schreiben, das veröffentlicht wurde, dachte ich, als ich ihn mit seinen beiden Riojaflaschen im Jutebeutel davongehen sah.

»Was muss ich tun, um ein bisschen Service zu bekommen?«

Ich blickte auf und sah, wie Doll mich anlächelte.

»Verdammt, heute sind die Geister der vergangenen Weihnacht unterwegs«, sagte ich.

»Was ist ein Lüstling?«

»Das hast du gehört?«

»Du warst so auf den Idioten mit dem Pferdeschwanz konzentriert, dass du mich nicht bemerkt hast!«

»Es bedeutet ein zügelloser Mann, insbesondere ein älterer.«

Dann lachten wir beide und als ich den Inhalt ihres vollgepackten Einkaufswagens scannte, fühlte es sich an, als würden wir einfach dort weitermachen, wo wir aufgehört hatten, als ob ich sie vor nur Stunden und nicht vor Jahren das letzte Mal gesehen hätte.

»Hast du irgendwann Mittagspause?«, fragte sie, als ich schließlich den meterlangen Kassenbon aus der Kasse zog.

Ich blickte auf die Schlange hinter ihr.

»Jetzt nicht. Aber morgen hab ich frei.«

In dem Landhotel, zu dem Doll mit mir fuhr, kannten sie alle Angestellten. Der Speisesaal war mit geschmackvollem Weihnachtsschmuck in Weiß und Silber geschmückt, wie ein Zauberwald.

»Ist dir schon weihnachtlich zumute?«, fragte Doll.
»Was soll das überhaupt heißen?«
»O je«, sagte Doll. »So schlimm also?«
»Du würdest dich genauso fühlen, wenn dein Leben ein endloses Fließband von Geschenkverpackungen, drei zum Preis von zwei und Luxusdesserts wäre.«
»Was direkt zu meiner ersten Frage führt«, sagte Doll.
»Was zum Teufel machst du wieder an der Kasse?«

Also erzählte ich es ihr und ausnahmsweise behielt sie ihre Meinung für sich. Als ich fertig war, liefen mir Tränen übers Gesicht. Sie schickte den Kellner weg, der gekommen war, um unsere Bestellung aufzunehmen, und reichte mir ein Taschentuch.

»Das tut mir leid, Tess.«
»Du hattest die ganze Zeit recht. Es hätte nie funktioniert.«
»Er war deutlich besser als deine anderen ...«
»Nicht«, sagte ich und dachte daran, wie Leo davongeschlurft war. Ich hatte Glück gehabt, dass ich ihm entkommen war. Wobei ich ihm eigentlich nicht entkommen war, denn schließlich hatte er mich sitzen gelassen.

»Ich fand immer, Leo war wie dieser schreckliche alte Professor in *Little Women*«, sagte Doll.

Soweit ich wusste, war *Little Women* der einzige Roman, den Doll in ihrem Leben gelesen hatte, und das auch nur, weil ich sie dazu gezwungen hatte.

»Gus war eher wie der nette Laurie. Der, mit dem du zusammen sein solltest ...«

»Ich dachte, du mochtest ihn nicht.«

»Vielleicht war ich eifersüchtig. Mein Leben war so langweilig. Deins war auf einmal so verdammt romantisch ...«
Selbstreflexion war normalerweise nicht Dolls Ding. Es klang fast wie eine Entschuldigung.
»All die Male, die ihr euch fast getroffen hättet und verpasst habt! Es war, als ob ihr füreinander bestimmt wärt ...«
Ich seufzte.
»Manchmal frage ich mich, ob wir eigentlich dazu bestimmt waren, uns *nicht* zu begegnen. Vielleicht war unsere Begegnung der Fehler und nicht all die anderen Male. Ich meine, das ist doch genauso logisch.«
Vielleicht war der Grund dafür, dass sich unsere Wege in all den Jahren zwischen unseren Begegnungen in Florenz nicht gekreuzt hatten, kein Zufall oder schlechtes Timing. Vielleicht waren es unser unterschiedlicher sozialer Hintergrund, seine Ehe und seine Kinder, meine Verpflichtung gegenüber Hope – all das, was dazu geführt hatte, dass wir auch jetzt nicht mehr zusammen waren.
»Mit Hope hat er allerdings nicht ganz unrecht, oder?«
»Sie kommt bei der Arbeit gut zurecht.«
»Ja, aber was ist mit dir?«
Hope und Doll hatten sich nie gemocht.
»Ist nicht jede Beziehung im Grunde Verhandlungssache?«, fragte Doll. »Was bist du bereit hinzunehmen, womit musst du dich abfinden? In meinem Fall sehr wenig ...«
»Wie geht es Dave?«, fragte ich, froh über die Gelegenheit, das Thema zu wechseln.
»Gut. Die Kinder werden schnell erwachsen. Du musst kommen und sie sehen. Elsie denkt, du bist weit weg. Ich werde ihr nicht sagen, dass du um die Ecke gewohnt hast ... Echt, Tess ... Ich fasse es nicht, dass du nie angerufen hast ...«

»Tut mir leid.«

Jetzt, da ich mit ihr zusammen war, konnte ich genauso wenig fassen, dass ich es nicht getan hatte. Warum musste ich immer so endgültig und absolut in allem sein?

»Ich habe die Wohnung in der Portobello Road verkauft«, sagte Doll. »Ich wollte meine erste europäische Filiale in Marbella eröffnen, aber mit dem Brexit ging alles den Bach runter ...«

»Und Ash?«

Einer von uns musste es erwähnen.

»Ich musste ihn feuern. Es stellte sich heraus, dass er meine halbe Belegschaft gevögelt hat. Sehr unprofessionell«, sagte Doll und blickte überallhin, nur nicht zu mir. »Er will eine Kette für Herren eröffnen. Nur Nassrasuren, Retroledersessel und *Etwas fürs Wochenende, Sir?* Eigentlich deine Idee. Ich habe ihm gesagt, dass ich ihn verklagen werde, falls er den Namen *The Man Cave* benutzt ...«

Daran, dass sie ohne Punkt und Komma redete und mich nicht ansah, erkannte ich, dass sie verletzt war und sich schämte. Ich hatte Mitleid mit ihr.

»Du bist die Einzige, die davon weiß«, sagte sie und sah mir schließlich in die Augen.

»Wovon?«, fragte ich und nahm die Speisekarte in die Hand.

Das Weihnachtsessen des Hotels bestand aus einem Braten mit drei Vögeln, Blutwurstbonbons, einer Madeira-Zwetschgensoße und Entenjus. Ich entschied mich stattdessen für das Seebarschfilet mit gedünstetem Gemüse.

»Ganz Victoria Beckham«, bemerkte Doll. »Machst du Low Carb?«

»Nein, ich hab nur nicht so viel Hunger.«

»Was auch immer du tust, es funktioniert. Sieh dich an. Wie ein Model. Du bist ganz blass und interessant geworden ...«

Als sie die Worte aussprach, sah ich, wie ein besorgter Ausdruck in ihrem Gesicht erschien.

»Dir geht's doch gut, oder?«, fragte sie.

»Soweit ich weiß. Wenn bei der nächsten Nachuntersuchung alles in Ordnung ist, werde ich für clean erklärt.« Ich kreuzte unter der Serviette auf meinem Schoß die Finger und war mir ziemlich sicher, dass sie auf ihrer Seite des Tisches dasselbe tat.

Unsere Teller wurden unter silbernen Kuppeln geliefert, die gleichzeitig von zwei Kellnern abgenommen wurden. Wir sahen uns an, konnten unser Lachen aber zurückhalten, bis sie weg waren.

»Hast du an Weihnachten schon was vor?«, fragte Doll. Wenn nicht, würde sie mich zu sich einladen, vielleicht sogar Hope, denn es war ja Weihnachten.

»Wir fliegen nach Australien«, sagte ich. »Brendan und Tracy zahlen die Flüge für die ganze Familie. Es ist ihr 25. Hochzeitstag. Er hat es wirklich weit gebracht ...«

»Brendan?«, fragte Doll.

»Ich weiß.«

Das Tolle daran, wenn man jemanden schon sein ganzes Leben lang kennt, ist, dass man vieles versteht, ohne ins Detail gehen zu müssen.

»Ich habe nicht wirklich Lust, 36 Stunden mit Hope in einem Flugzeug zu verbringen. Das heißt, wenn wir es überhaupt schaffen, sie zum Flughafen zu bekommen. Genauso wenig wie auf drei Wochen mit Dad. Gott weiß, wie er auf die Begegnung mit Shaun reagieren wird. Aber das ist nicht meine Sorge. Dort ist Sommer. Ich werde unter einem Sonnenschirm liegen und lesen. Vielleicht darüber nachdenken, was ich mit dem Rest meines Lebens anfangen soll ...«

Plötzlich stiegen mir erneut Tränen in die Augen.

Doll warf ihre Serviette auf den Teller und die Zwetschgensoße sickerte wie Blut in den Stoff.

»Niemand hat behauptet, dass es einfach wäre, für immer glücklich zu sein«, sagte sie.

Und nachdem sie einen Moment darüber nachgedacht hatte: »Obwohl eigentlich doch, oder nicht? Eigentlich geht es doch bei Märchen immer darum, dass alle Probleme gelöst sind, wenn sie für immer glücklich sind!«

Dann lachten wir beide.

»Kann ich irgendetwas tun?«, fragte Doll. »Da ich ja deine gute Fee bin?«

»Ich nehme nicht an, dass du deinen Zauberstab schwingen und mich an den Punkt zurückversetzen kannst, bevor Gus und ich uns unverzeihliche Dinge gesagt haben?«

»Warum rufst du ihn nicht einfach an? Irgendeiner muss den ersten Schritt tun.«

Ich wusste nicht, was eine echte gute Fee sagen würde.

Und ich hatte schon eine Million Mal über diese Möglichkeit nachgedacht. Wahrscheinlich würden wir es noch einmal versuchen und es wäre für ein paar Wochen wunderbar, aber was würde es bringen, wenn ich ihm nie geben konnte, was er wollte?

39. Kapitel

Wir flogen am ersten Weihnachtsfeiertag, weil die Flüge dann wesentlich billiger waren. Brendan hatte es zwar weit gebracht, aber er wollte wegen ein oder zwei Tagen nicht Tausende von Pfund mehr ausgeben. Im Flugzeug servierte man uns ein Weihnachtsessen. Für mich war die Flugzeugportion gerade richtig, doch ich sah, dass Hope enttäuscht war, also gab ich ihr meine kleinen Würstchen und Braten ab und genoss schließlich meine zwei Kräcker mit einem einzeln verpackten Stück Cheddar.

Es war überraschend angenehm, so herzlich von meiner erweiterten Familie in die Arme geschlossen zu werden. Brendans Fachwissen als Stuckateur hatte ihn wie meinen Vater ins Baugewerbe geführt, doch dann war er in die Immobilienentwicklung eingestiegen. Er kaufte und verkaufte Häuser, um seiner wachsenden Familie gerecht zu werden, und war nun stolzer Besitzer eines Hauses mit acht Schlafzimmern und acht Bädern auf mehreren Hektar Land, mit einem Anbau für seine Tochter Lizzy und ihre Kinder, einem Pool und mehreren Gästebungalows, von denen ich einen bewohnte. Er war zu weit von Hopes Schlafzimmer entfernt, um auch nur den Fernseher zu hören.

»Hättest du jemals in deinen wildesten Träumen gedacht, dass Brendan derjenige von uns sein würde, der Millionär wird?«, fragte ich Kevin, der mit seinem Mann Shaun aus New York eingeflogen war.

»Ganz sicher nicht.«

Es war eigentlich als rhetorische Frage gemeint gewesen, aber ich sah, dass Kevin es persönlich nahm, weil er früher eigentlich der wahrscheinlichste Kandidat gewesen war.

Die Bühnenkarriere eines Ballettänzers ist von kurzer Dauer und er hatte nie den Status eines Solisten erreicht. Vermutlich hatte er deshalb immer das Gefühl, zu wenig erreicht zu haben, auch wenn er jetzt als Choreograf einigen Erfolg erntete.

Ich fand, dass seine größte Leistung darin bestand, Shaun geheiratet zu haben, der attraktiv, freundlich und interessant war und immer gut roch. Ich war auch ein bisschen in ihn verliebt.

Wir saßen an einem langen Tisch unter der Pergola am Pool beim Silvestergrillen.

Als ich Brendan das letzte Mal bei der Beerdigung unserer Mutter vor fast 21 Jahren gesehen hatte, hatten er und Tracy nur zwei Kinder gehabt, Lizzy und Jessica. Jetzt hatten sie fünf, und Lizzy hatte zwei eigene Kinder, die kleine Maria, die drei Jahre alt war, und den kleinen Jimmy, der erst zwei war, benannt nach Urgroßeltern, die sie nie kennengelernt hatten.

Ich beobachtete, wie Brendan das Tischgebet sprach, die Teenager wegen ihrer Manieren tadelte und Hope sagte, sie solle nicht vor allen anderen anfangen. Mein Bruder war ein kräftiger Mann und in diesem Haus war er der König. Neben ihm wirkte mein Vater ziemlich gebrechlich und alt. Es ist seltsam, wie sich manches über Generationen hinweg vererbt, nicht nur das Aussehen, sondern auch kleine Sprüche, die Brendan von unseren Eltern übernommen hatte und seine Kinder von ihm.

Man kann sich mit Menschen verwandt fühlen, die man nie kennengelernt hat, nur weil man eine gemeinsame Familiensprache hat.

Nach einem anfänglich unbeholfenen Bekanntmachen verstand sich mein Vater auf Anhieb mit Shaun, was mich traurig stimmte, denn Shaun hatte meine Mutter nie kennenlernen können, und ich wusste, dass sie ihn vergöttert hätte. Meine Schwägerin Tracy hatte ich nicht mehr gesehen, seit sie ein Teenager mit wasserstoffblondem Haar gewesen war und sich, wie meine Mutter sagte, »hatte schwängern lassen«. Sie war die Einzige, bei der ich erlebt hatte, dass meine Mutter sich ihr gegenüber gemein verhielt, weil sie sie für flatterhaft hielt und meinte, sie hätte Brendan vom rechten Weg abgebracht. Jetzt war Tracy eine Matriarchin, die einer großen Familie vorstand und auch noch eine Boutique in dem Vorort von Melbourne leitete, in dem sie lebten.

Von jedem in der Familie wurde erwartet, dass er seinen Beitrag leistete, und Tracy duldete auch bei Hope keine Faulheit.

»Wenn du in meinem Haus wohnst, Hope, hältst du dich an meine Regeln. Und es ist mir egal, ob das deine Weihnachtsschokolade ist, in meinem Haus wird geteilt und jeder bekommt nur ein Stück am Tag.«

Fast rechnete ich damit, dass sie dem Familienkalender, der in der Küche hing, um eine zusätzliche Spalte erweiterte, in die sie Hopes Stundenplan und Pflichten eintrug.

Mir wurde klar, dass Brendan der Einzige von uns war, der das mit der Familie durchgezogen hatte, so wie Mum es sich für uns alle gewünscht hatte. Er war nicht der Klügste und sah auch nicht besonders gut aus, Kev hatte ihn früher unerbittlich gehänselt, aber er war zu einem erfolgreichen Mann herangewachsen, einem guten Vater und jetzt Großvater. Jeder in diesem Haushalt schien gut zurechtzukommen und glücklich zu sein. Ich fragte mich, ob Brendan und Tracy das geschafft hatten, weil sie unserem einschüchternden Vater und der Selbstaufopferung entkommen waren, die Mum uns als ihr Vermächtnis hinterlassen hatte.

Oder lag es nur daran, dass ich im Leben die falschen Entscheidungen getroffen hatte? Ich war die Einzige am Erwachsenenende des Tisches ohne Partner. Vielleicht hätte ich mich auf Dave einlassen sollen, als er mir damals einen Heiratsantrag gemacht hatte, um mir etwas aufzubauen, das lebte und gedieh wie die Menschen, die vor mir saßen? Ich hatte behauptet, ich hätte Angst, Kinder zu bekommen, falls ich sie zurücklassen müsste, so wie meine Mutter Hope zurückgelassen hatte. Aber wenn Dave und ich welche bekommen hätten, wären sie jetzt schon fast erwachsen. In Wahrheit hatte ich keine Kinder mit ihm gewollt. Also hatte ich meine ganze Fürsorge in Hope gesteckt und meine ganze Fantasie in den Traum, dass da draußen irgendwo noch mehr auf mich wartete. Erst jetzt stellte ich – zu spät – fest, wie schön es war, eine glückliche Familie zu haben.

Waren der wahre Grund für meine Eifersucht auf Charlotte nicht eigentlich ihre Schönheit und ihr Erfolg gewesen, sondern die Tatsache, dass sie immer die Mutter von Gus' Kindern sein würde, was eine tiefere Bindung bedeutete als alles, was ich je mit ihm teilen konnte?

Ich beobachtete überrascht, wie gut sich Hope am anderen Ende des Tisches mit Lizzy verstand, die sich um den Haushalt kümmerte, während Tracy bei der Arbeit war, und mit Jessy, die eine Ausbildung zur Kosmetikerin machte. Obwohl sie eigentlich Hopes Nichten waren, waren sie ungefähr in einem Alter, und sie hatten keine Vorurteile ihr gegenüber. Sie erwarteten von Hope, dass sie sich wie sie verhielt, und scheuten sich nicht, sie auf ihre seltsame Kleiderwahl hinzuweisen oder ihr aufzutragen, sie solle duschen und das Handtuch hinterher aufhängen. Heute Abend hatte Hope sich sogar von Jessy schminken lassen, so wie ich mich von Doll, als sie in der Ausbildung war. Hopes makellose Haut brauchte keine Grundierung, aber mit gezupften Augenbrauen und ein bisschen Lippenstift sah sie hübsch aus.

Mum und ich hatten immer nur gewollt, dass Hope ein glückliches, unabhängiges Leben führen konnte, aber vielleicht hatte Dad die ganze Zeit über recht gehabt. Vielleicht hatte ich mir zu viele Sorgen um sie gemacht und sie gehemmt?

Plötzlich wurde mir übel.

»Ist alles okay, Tess?«, fragte Shaun.

Er hatte schon immer ein Gespür dafür gehabt, wie es mir gerade ging.

Und auf einmal erzählte ich ihm, wie mit Gus alles schiefgelaufen war.

Ich hatte wohl erwartet, er würde mit mir darin übereinstimmen, dass es nach einer unmöglichen Situation klang.

Stattdessen sagte er nur: »Wie schade, dass ihr keine Lösung gefunden habt.«

Das weckte weitere Zweifel in mir.

War ich der Sturkopf?

Sogar Doll hatte es aus Gus' Perspektive gesehen.

»Warum sind alle auf Gus' Seite?«, fragte ich Shaun.

»Ist es hilfreich, von Seiten zu sprechen? Du hast entschieden, dass es nicht funktionieren kann.«

»Du bist immer so vernünftig. Ich weiß nicht, wie du es all die Jahre mit Kevin ausgehalten hast!«, sagte ich und versuchte, das Gespräch aufzulockern.

Shaun schwieg.

Vielleicht dachte er, dass er nicht wusste, wie Gus es mit mir ausgehalten hatte?

Ich schaute auf meine Uhr. Neun Uhr hier bedeutete, dass es in UK bereits Mittag war. Hatte sich Gus entschieden, an Weihnachten oder an Silvester zu arbeiten? Wenn Letzteres der Fall war, stand er vielleicht gerade auf und gönnte sich ein englisches Frühstück, um die lange Nacht zu überstehen, die ihm bevorstand.

Es hatte sich seltsam angefühlt, ihm nicht Frohe Weihnachten zu wünschen. Das passte überhaupt nicht zu mir. Ich konnte mich damit herausreden, dass ich im Flugzeug gesessen hatte. Ich hatte versucht, ihm eine Nachricht zu schreiben, aber ich wusste nicht, was ich sagen sollte. Es war wieder wie ganz am Anfang in der Toskana, als ich nicht gewusst hatte, ob ich ihm eine Nachricht schicken und wenn, was ich schreiben sollte.

Es war Silvester, die Zeit der Vorsätze.

»Darf ich aufstehen?«, fragte ich und benutzte die Formel, die Brendan seinen Kindern beigebracht hatte und die mir seit den Sonntagsessen meiner Kindheit in Margate nicht mehr über die Lippen gekommen war.

»Natürlich«, sagte Tracy.

Ich sah, wie sie und Brendan einen kurzen Blick wechselten, und wusste, dass sie über mich gesprochen hatten.

Ich rannte zu meinem Bungalow, wählte mit klopfendem Herzen Gus' Nummer und wartete auf die Verbindung. Dann klingelte es und plötzlich wünschte ich, ich hätte mir überlegt, was ich sagen wollte.

»Hallo?«

»Hallo?« Eine vertraute, träge Stimme.

»Hallo?«, fragte ich wieder verwirrt. »Ist das das Telefon von Gus?«

»Ich hole ihn.«

Sein Gesicht musste nahe am Telefon, nah bei ihrem gewesen sein, denn ich konnte ihn flüstern hören.

»Verdammt! Verdammt, Charlotte, gib mir das verdammte Handy!«

Und Charlotte lachte und ich stellte mir vor, dass sie es so hielt, dass er nicht herankam.

Dann ertönte seine Stimme, lächerlich hell.

»Tess? Wie geht es dir?«

»Bist du tatsächlich mit ihr im Bett, Gus?«, fragte ich.

Sein Zögern war eigentlich Antwort genug.

»Lüg mich nicht an, Gus. Schläfst du mit Charlotte?«

»Es ist nicht ...«

»Mach's gut, Gus.«

Ich musste zurück zur Feier gegangen sein. Ich musste mehrere Gläser Wein hintereinander heruntergekippt oder einen fragwürdigen Burger gegessen haben, denn das Nächste, woran ich mich erinnerte, war, dass ich mich in meinem Bad befand, weil mir übel geworden war, und dass Shaun an die Tür klopfte.

»Tess? Ist alles in Ordnung da drin?«

Brendan und Tracy wollten mich zu einem Arzt bringen, aber ich wusste, dass kein Arzt ein Mittel gegen existenzielle Verzweiflung verschreiben konnte.

Die nächsten Tage verbrachte ich überwiegend im Bett. Irgendwie konnte ich kaum die Augen offen halten. Alle sagten, es müsse am Jetlag liegen, aber ich wusste, dass das nicht so lange anhielt. Jedes Mal, wenn ich aufwachte, hatte ich für einen Sekundenbruchteil schreckliche Angst, weil ich nicht wusste, wo ich war und was ich tun sollte. Wenn ich dann in der Ferne die Kleinen spielen hörte, entspannte ich mich, weil ich wusste, dass Hope gut aufgehoben und beschäftigt war und ich mir keine Gedanken darüber machen musste, was der Tag bringen würde.

Oft schlief ich wieder ein und stand erst wieder auf, wenn Tracy mir eine Tasse Tee brachte.

»Was du brauchst, ist eine Pause«, sagte sie. »Du bist erschöpft.«

Sie lächelte und setzte sich auf die Bettkante, so wie Mum früher, wenn sie mir eine Geschichte vorgelesen hatte.

»Brendan und ich haben das besprochen«, sagte sie. »Wir möchten, dass Hope eine Zeit lang bei uns bleibt, wenn sie das auch möchte. Hier ist genug Platz und Jessy und Lizzy können ein Auge auf sie haben. Sie verstehen sich sehr gut. Es scheint ihr hier zu gefallen. Vielleicht will sie ja auf Dauer bei uns wohnen ...«

Wieder weinte ich. Ich wusste nicht, ob vor Erleichterung oder aus Kummer.

Tracy legte mir beruhigend eine Hand auf den Rücken.

»Du hast mehr als deinen Teil getan, Tess. Es ist an der Zeit, dass jemand anderes die Verantwortung übernimmt.«

»Habt ihr Hope gefragt?« Ich schniefte vernehmlich.

»Natürlich nicht. Wir wollten erst mit dir sprechen. Wenn du einverstanden bist, sollte das Angebot von uns kommen ...« Sie hielt inne und hob die Hand. »Tess, hör mal!«

Jemand im Haus hatte eine Playlist mit Weihnachtsmusik aufgelegt. Ich hörte das Klavierintro zu »Fairytale of New York«, mein Vater gab seine knurrige Shane-McGowan-Imitation, dann kam die Band mit dem irischen Jig und plötzlich ertönte Hopes glockenhelle Stimme, die den Text von Kirsty MacColl sang.

Ich traute meinen Ohren nicht, ich musste es sehen.

Als Tracy und ich über den Rasen gingen, sangen Dad und Hope auf der Terrasse im Duett, während der Rest der Familie sich zur Musik wiegte oder zu zweit tanzte – Shaun mit Anne, Kevin mit der kleinen Maria, die auf seinen Füßen stand. Als das Lied zu Ende war, sagte Jessy, die es mit ihrem Handy gefilmt hatte: »Wow, Hope, du hast ja eine tolle Stimme!« Und Hope ging herum und fragte jeden einzeln: »Gefällt dir mein Gesang?«

Danach war sie nicht mehr zu stoppen. Es war, als ob all die Lieder, die sich in ihr aufgestaut hatten, aus ihr heraussprudelten. *La Traviata*, ohne jegliches Aufwärmen, dann »My Heart Will Go On« aus Titanic und Kylies »Spinning Around« mit all den Tanzschritten, genau wie in dem Video, das zuerst bei *Top of the Pops* gelaufen war. Wahrscheinlich hätte sie sich dafür etwas aufwärmen sollen, denn ihr wurde ein bisschen schwindelig und sie musste sich setzen.

Das gab Dad die Gelegenheit, *The Fureys* zu spielen. Er hatte Hopes Gesang mit zunehmender Ungeduld verfolgt und gesagt, sie solle auch mal andere ranlassen, also natürlich ihn.

Bei den ersten ergreifenden Tönen des Banjo-Intros von »I Will Love You« fühlte ich mich an die Geburtstage meiner Mutter in meiner Kindheit erinnert, wenn mein Vater alljährlich im flackernden Kerzenschein ihre Hand genommen und ihr das schönste irische Liebeslied gesungen hatte. Und jedes Jahr, egal wie unvernünftig oder gewalttätig er in den Tagen zuvor gewesen war, glaubte ich dann immer, dass er sie liebte und dass von nun an alles besser werden würde.

Er hatte es bei ihrer Beerdigung gesungen und sang es jetzt mit Tränen in den Augen und einer Hand auf seinem Herzen.

War das seine Art, Mum und uns zu sagen, dass er sie immer noch liebte? Oder mochte er einfach den Klang seiner eigenen Stimme? Vielleicht beides. Konnte man wohl beides sein – ein brutaler Tyrann und ein sentimentaler Mensch? Falls ja, warum sollte man dann nicht immer die gute Version von sich selbst sein wollen?

Ich bemerkte, dass Anne ins Haus gegangen war. Ob es wohl schmerzhaft war, die zweite Liebe seines Lebens zu sein? Es war schon schwierig genug, die Eifersucht auf einen lebenden Ex-Partner zu unterdrücken, aber wahrscheinlich noch schlimmer, wenn die Rivalin gestorben und darum unantastbar war.

Als das Stück zu Ende war, schwiegen wir alle für einen Moment, dann stand Hope wieder auf und sang »Crazy«.

Später am Abend klopfte Hope an meine Tür, was eine Premiere war. Normalerweise marschierte sie einfach herein.
»Ich möchte in Australien bleiben«, erklärte sie.
»Warum?«
»Tracy macht vernünftige Soße. Ich bin gern mit meiner Familie zusammen. Jessy kann besser schminken als du.«
All das war zweifelsohne richtig.

Shaun hielt mich fest, bis ich mich ausgeweint hatte. Und als die Tränen plötzlich versiegten, fragte er: »Isst du, Tess? Du bist so mager.«
»Eigentlich nicht«, schniefte ich. »Ich kann nicht gut kochen.«
»So kannst du nicht weitermachen.«
»Nein, wohl nicht.«
»Warum kommst du nicht zu uns nach New York und entspannst dich? Ich glaube, du musst mal ein bisschen verwöhnt werden.«

Die Aussicht, Zeit mit Shaun in New York zu verbringen, war ermutigend und sehr verlockend. »Ehrlich gesagt würde ich nichts lieber tun«, sagte ich. »Aber ich muss lernen, allein zu sein.«

Ich wollte nach Hause, aber ich wusste nicht mehr, wo mein Zuhause war. Es war nicht die Wohnung in Margate, die ich mit Hope gemietet hatte. Ich kündigte beim Vermieter und arbeitete, bis der Mietvertrag auslief, leistete so viele Überstunden wie möglich und versuchte herauszufinden, wohin ich als Nächstes gehen wollte.

Syrakus war der Ort, an dem ich mich der Person, die ich sein wollte, am nächsten gefühlt hatte, aber als ich auf Airbnb nachschaute, war Patrizias Loftwohnung ab Ostern ausgebucht. In gewisser Weise erleichterte mich das, denn ich wusste, dass es ohne Gus nicht dasselbe sein würde. Wahrscheinlich hätte ich auch eine andere Wohnung mieten können, aber ich fühlte mich nicht stark genug, um in Italien allein noch einmal von vorne anzufangen. Ich suchte einen Ort, an dem ich lange Spaziergänge machen, in Ruhe nachdenken und mich wieder dem Schreiben widmen konnte.

Beim Ausräumen der Wohnung blätterte ich durch das Fotoalbum unserer Familie und sah mir all die Bilder von den Ferien in Irland an. Ich erinnerte mich daran, wie mein Vater mit uns für einen Tag nach Connemara gefahren war und meine Mutter gesagt hatte: »Sieh dir diesen wunderschönen westlichen Himmel an. Denkt man da nicht, dass die Welt voller unendlicher Möglichkeiten ist?«

Gus

40. Kapitel

Sommer 2018

Wenn meine Töchter zu Besuch kamen, sahen sie gern *First Dates*. Auch ich fand ein heimliches Vergnügen an dem unerträglich unbeholfenen Verhalten von Paaren, die von Fernsehproduktionen um des maximalen Effekts willen zusammengebracht wurden. Als ich meine eigenen ersten Dates mit Frauen hatte, die mich per App gematcht hatten, fand ich das allerdings weniger lustig.

Alle schienen heute über Apps neue Leute kennenzulernen, aber jedes Mal, wenn ich es noch einmal versuchte, fragte ich mich hinterher, warum eigentlich. Man konnte Interessen und Werte mit einer Frau teilen und ihr Foto mögen, aber wenn der Funke nicht übersprang, verging die Zeit quälend langsam, selbst wenn man sich nur auf einen Kaffee traf.

Versuchsweise traf ich mich mit einer Frau, die ganz andere Interessen hatte, weil ich meinte, es könnte anregend sein, meinen Horizont zu erweitern. Sie hatte angegeben, dass sie Tiere und Natur liebte. Damit meinte sie Pferde, vor allem Dressurreiten.

Ich lernte etwas über Tierarztrechnungen und Pferdepflege, was es kostete, das Pferd in einem Mietstall unterzubringen und täglich dorthin zu fahren. Über die Gefahren, wenn man mit einer Pferdebox zu einem Turnier fuhr. Wer hätte gedacht, dass die Autobahnpolizei nichts mehr fürchtete als ein frei laufendes Pferd auf der Autobahn? Ich nicht. Wie sich herausstellte, war ich doch nicht daran interessiert, neue Dinge zu erfahren.

»Wie heißt er?«, war die einzige Frage, die mir einfiel, als sie schließlich innehielt, um von einem Haferkeks abzubeißen.

»Anton. Kurz für Anton du Bit, weil er sehr gut Foxtrott tanzen kann!«

Ich hätte eindeutig lachen sollen.

»Warum das lange Gesicht?«, fragte Marcus.

Ich erzählte ihm die Geschichte, als wir zusammen zu Abend aßen, was wir manchmal taten, wenn er in der Stadt blieb.

Ich schenkte ihm ein grimmiges Lächeln.

»Ging es noch weiter?«, fragte er.

Als glücklich verheirateter Mann fand er wohl sein eigenes heimliches Vergnügen an meinen Datingabenteuern.

»Sie war sehr attraktiv«, sagte ich. »Lange schwarze Haare ...«

»Vermutlich zu einem Pferdeschwanz gebunden?«

»Ha ha. Nein, offen.« Ich schwang den Kopf von einer Seite zur anderen.

»Ihr habt also geknutscht?«

Das ganze Gerede darüber, wie sie das Pferd lenkte, indem sie die innere Oberschenkelmuskulatur anspannte, hatte eine gewisse Wirkung auf mich gehabt. Als sie sagte, sie würde gerne die Aussicht von meiner Wohnung sehen, hatte ich nicht gezögert, sie ihr zu zeigen. Es gab einen Moment, als sie oben saß, in dem ich mir wie ein schlechter Ersatz für Anton vorgekommen war. Keiner von uns hatte vorgeschlagen, sich wiederzusehen. Zu Marcus' Belustigung gab ich mir alle Mühe, ein Wiehern nachzuahmen.

»Die Freuden des Singledaseins«, bemerkte er zutiefst sarkastisch.

»Ich wollte eigentlich kein Single sein«, sagte ich.

»Meinst du nicht, du solltest Tess mal anrufen?«

»Nicht nach dem Vorfall mit Charlotte. Selbst wenn wir alles andere überwinden könnten, das war zu viel.«

»Charlotte ist allerdings verdammt attraktiv.«

»Ich weiß.«

»War es das wert?«

»Nein. Toller Sex, aber ... na ja, du weißt schon.«

Wir hatten uns bereits zu weit in Persönliches vorgewagt, über das wir beide nicht gern sprachen.

»Noch eine?« Marcus hielt die leere Flasche Beaujolais hoch.

»Für mich nicht, danke. Ich muss Hausaufgaben machen.«

Ich hatte mich entschlossen, eine Ausbildung zum kognitiven Verhaltenstherapeuten zu machen. Ich war es leid, immer wieder die gleichen Geschichten von Patienten zu hören, die nach verpfuschten Suizidversuchen in der Notaufnahme landeten. Dabei hätte man mit etwas Unterstützung zur richtigen Zeit eine ganze Reihe von Problemen verhindern können. Psychiatrische Dienste waren völlig unterfinanziert. Der Stress wirkte sich nicht nur auf die Patienten aus, sondern auch auf ihre Familien, Freunde und Kollegen, ganz zu schweigen von den Ärzten, die sie behandelten, und führte zu noch mehr psychischen und körperlichen Erkrankungen.

Es war Dorothy, die mir vorschlug, meinen Frust für etwas Sinnvolles zu nutzen. Ursprünglich hatte ich angenommen, dass ich die schlechteste Person wäre, um anderen Menschen Ratschläge zu ihren mentalen und emotionalen Problemen zu erteilen. Sie war genau der gegenteiligen Meinung und erinnerte mich daran, dass es bei der kognitiven Verhaltenstherapie nicht um Ratschläge ging, sondern darum, jemandem eine andere Sichtweise auf sein Verhalten zu ermöglichen. Ich hatte diesen Prozess selbst durchlaufen, was in der Praxis sehr nützlich wäre.

Ich begann damit, einen Abend pro Woche ehrenamtlich in einem örtlichen Krisenzentrum zu arbeiten. Finanziell und sozial benachteiligte Menschen waren unverhältnismäßig häufig von psychischen Erkrankungen betroffen. Wenn man in einem Karton auf der Straße oder in einer feuchten, vergammelten Wohnung lebt oder sich fragt, wie man seine Kinder ernähren soll, ist es eigentlich ganz normal, wenn man nicht weiß, wie man damit klarkommen soll. Ich verwendete viel Zeit darauf, für meine Klienten die jeweils zuständigen Sozialdienste zu ermitteln, was außerhalb normaler Arbeitszeiten nicht einfach war und mich wütend machte, denn das sollte eigentlich nicht meine Aufgabe sein. Eine Regierung nach der anderen hatte über eine bessere Integration von Sozial- und Gesundheitsdienst gesprochen. Es ging nicht nur darum, Wege zu finden, sich um ältere Menschen zu kümmern, das Problem durchzog die gesamte Gesellschaft, aber niemand sprach darüber. Aber auch das war nicht meine Aufgabe. Was ich tun konnte, war, meine Zeit zur Verfügung zu stellen, und es gab mir ein gutes Gefühl, wenigstens etwas beizutragen.

Ich bewarb mich für eine Intensivausbildung zum Therapeuten, die aus wöchentlich zwei Uni- und drei Praxistagen in einer Klinik bestand.

Ich war nie ein fleißiger Student gewesen. Vielleicht war ich damals noch nicht reif genug gewesen, um zu erkennen, wie befriedigend das Lesen von Büchern und Fallstudien sein konnte, wenn man ein wichtiges Ziel vor Augen hatte. Das Studium erforderte meine volle Konzentration. Es füllte etwas von der Leere, die durch Tess' Abwesenheit entstanden war. Manchmal wünschte ich, es gäbe eine Möglichkeit, ihr mitzuteilen, was ich tat, denn ich bildete mir ein, dass sie trotz allem stolz auf mich wäre.

»Du könntest sie einfach anrufen«, sagte Nash jedes Mal, wenn wir telefonierten.

»Sie würde nicht rangehen.«

Leb wohl, Gus.

Die Worte waren endgültig gewesen. Nicht einmal *Frohes neues Jahr.* Die Verbindung abgeschnitten.

»Dann schreib ihr.«

»Ich hab schon hundert E-Mails angefangen. Ich weiß nicht, was ich sagen soll. *Ich hatte so ein schlechtes Gewissen, weil ich dich so verletzt habe, dass ich mit Charlotte im Bett gelandet bin?* Ich kann mir nicht vorstellen, dass das funktioniert, du etwa?«

»Hmmm. Ich habe eine Idee. Könntest du nicht nach Kent fahren und einfach in den Laden gehen, in dem sie arbeitet?«

»Das hab ich schon versucht, ich bin dort gewesen.«

Ich hatte ein Wochenende mit Marcus und Keiko verbracht. Wir spielten Schlagball am Strand. Die Kinder waren jetzt alt genug, um selbst mit dem Schläger umzugehen, aber Milo erinnerte sich noch an die legendäre Tess und all die Homeruns, die sie erzielt hatte. Welche Kombination wir auch wählten, die Teams waren jetzt immer ungleich.

Ich lag allein im Gästezimmer unter dem Dach und lauschte dem Rhythmus der Wellen, die Kieselsteine am Strand aneinander schliffen.

Sie war nicht im Supermarkt, ebenso wenig wie Hope. Nachdem ich mehrmals durch die Gänge gelaufen war, hatte ich die Frau am Serviceschalter schließlich dazu überredet, mir zu verraten, dass Tess und ihre Schwester beide weggegangen waren. Aus Datenschutzgründen dürfe sie mir aber nicht sagen, wohin. Als sie meinen niedergeschlagenen Gesichtsausdruck sah, fügte sie hinzu, dass sie es abgesehen von den Vorschriften auch nicht wüsste.

Ich hatte auf der Esplanade vor der Wohnung gestanden, in der wir alle zusammen gewohnt hatten. Auf dem Balkon stand ein Kinderwagen, und das Paar, das die Tür öffnete, war aus Portugal und verstand nicht, was ich fragte.

Ich hatte sogar den Mut aufgebracht, bei Anne vorbeizuschauen. Leider öffnete mir Jim die Tür.

»Sie hat sich verpisst und das solltest du auch tun.«

Bei Doll probierte ich es erst gar nicht.

»Manchmal frage ich mich, ob sich unsere Wege auch jetzt noch kreuzen, ohne dass wir es wissen. Genau wie früher«, sagte ich zu Nash. »Und ob das Timing eines Tages wieder stimmt und wir uns erneut über den Weg laufen ...«

»O Gott, jetzt machst du einen auf Rom-Com«, sagte sie. »Ich glaube, du brauchst Urlaub.«

Und so erzählte ich ihr nicht, dass ich immer, wenn ich mit der U-Bahn fuhr, im letzten Waggon stand, damit ich an jeder Haltestelle die ein- und aussteigenden Passagiere beobachten konnte, falls Tess unter ihnen war. Auf jeder Rolltreppe starrte ich alle Fahrgäste an, die in die entgegengesetzte Richtung fuhren, anstatt mich wie alle anderen Londoner in einer Blase der Anonymität zu bewegen.

Ich erzählte ihr auch nicht, dass ich kürzlich, als ich durch Covent Garden spaziert war, eine Sopranstimme gehört und mich durch die Menschenmenge gedrängt hatte. Aber es war nicht Hope gewesen.

Oder dass ich an meinem letzten freien Wochenende ein Dutzend Mal die Millennium Bridge überquert hatte, weil ich an jenem Morgen aufgewacht war und mich an die Worte von Tess erinnert hatte: *Es heißt, wenn man lange genug hier steht, trifft man irgendwann jeden, den man kennt. Oder ist das irgendwo im Lake District?*

Als der fünfte Jahrestag unserer Begegnung näher rückte, erwog ich sogar, einen Flug nach Florenz zu buchen, mich in den Chorraum von San Miniato al Monte zu stellen und auf sie zu warten. Selbst wenn sie nicht käme, so überlegte ich, würde ich das Sonnenlicht auf der Terrasse vor der Kirche und die intensive Freude erleben, die ich an jenem Tag mit ihr empfunden hatte.

Ich vermisste ihr strahlendes Lächeln, das einem das Gefühl gab, die Welt stecke voller faszinierender Möglichkeiten. Ich vermisste das Kraftfeld aus Energie, das sie umgab und das meine Laune hob, wann immer ich sie sah. Und ich vermisste ihren geschmeidigen, wunderbaren Körper und die Art, wie sie ganz schüchtern wurde, wenn ich ihr sagte, wie sehr ich sie vergöttere.

Ich glaubte, dass die Sehnsucht mit der Zeit nachlassen würde, aber wenn ich nachts die Augen schloss, konnte ich ihr lebendiges Gesicht sehen, als sie mir an jenem ersten Abend in der Pizzeria gegenübergesessen hatte. *Ich glaube, ein Zufall ist genauso romantisch wie Schicksal, denn dann gibt es für alle irgendwie Hoffnung.*

Nach Florenz zu reisen, wäre weder Schicksal noch Zufall.

Wir hatten unser ganzes Leben lang ein schlechtes Timing gehabt. Die schlichte Wahrheit war: Als wir uns in unseren

Dreißigern begegneten, waren wir schon zu lange auf getrennten Wegen unterwegs gewesen, um eine realistische Chance zu haben, gemeinsam weiterzugehen.

Also stand ich es durch, indem ich mich beschäftigte.

41. Kapitel

Wenn ich nachts arbeitete, nutzte ich meine Pausen immer für einen kurzen Lauf an der frischen Luft, aber in dieser Nacht regnete es so heftig, dass das viktorianische Abwassersystem Londons an seine Grenzen stieß. Die Straßen rund um das Krankenhaus hatten sich in Flüsse verwandelt. In den Nachrichten, die wir im Wartebereich ohne Ton laufen ließen, war zu sehen, wie das Wasser die Stufen der U-Bahn-Stationen hinunterlief. Als ich unten im Eingang der Notaufnahme stand, regnete es in Strömen und die Luft war vom Heulen der Feuerwehrsirenen erfüllt. Es war drei Uhr morgens und in der Abteilung war es ziemlich ruhig, aber das war die Ruhe, bevor die Unwetteropfer bei uns eingeliefert wurden. Es würde unweigerlich Verletzte geben und wir würden genau dann mehr zu tun bekommen, wenn meine Konzentration nachzulassen begann. Um überhaupt eine Chance zu haben, mit der Situation klarzukommen, musste ich mich bewegen.

Zunächst lief ich einige Male die Treppe neben dem Aufzug hinauf und hinunter, doch da meine Schritte so laut hallten, entschied ich mich stattdessen, für einen zügigen Marsch durch die Korridore auf jeder einzelnen Etage.

Abseits der hellen Neonröhren der Notaufnahme können Krankenhäuser nachts ziemlich unheimlich wirken. Die Lichter sind gedimmt und es scheint totenstill zu sein, doch wenn man innehält und lauscht, kann man jemanden schnarchen hören. Ich begegnete niemandem, außer einem Pfleger, der eine Frau mittleren Alters, die ich zuvor aufgenommen hatte, nach einer Untersuchung zurück in die Chirurgische Aufnahme rollte.

Ich glaube, sie dachte, ich wäre gekommen, um nach ihr zu sehen, und so hörte ich mir an, was man ihr bisher gesagt hatte, nickte gelegentlich und hielt dem Pfleger die Tür auf. Da niemand an der Rezeption war, half ich ihm, das Bett an den zugewiesenen Platz am Ende der dunklen Station zu schieben.

Ich sagte Gute Nacht, zog den Vorhang zu und wollte dem Pfleger nach draußen folgen, blieb jedoch abrupt stehen, als ich leise Frauenstimmen hinter dem Vorhang um das Nachbarbett hörte.

Der Akzent war ähnlich, doch nach einem Moment stellte ich fest, dass sie es nicht war. Natürlich war sie es nicht.

Ohne sie sehen zu können, vermutete ich, dass es sich bei der Jüngeren, die sich so ähnlich anhörte wie Tess, um eine Krankenschwester handelte, die einer alten, gebrechlichen Patientin Schmerzmittel verabreichte.

»Wie würden Sie die Schmerzen jetzt einschätzen? Wenn zehn die schlimmsten Schmerzen sind, die Sie je hatten, und null fast überhaupt keine?«

»Nicht mehr so schlimm«, sagte die Frau. »Ich würde sagen, ungefähr fünf. Ich habe drei Kinder bekommen, wissen Sie.«

Ich habe mich oft gefragt, ob Menschen Schmerzen ganz unterschiedlich empfinden. Die Persönlichkeit spielt eine Rolle. Manche Patienten nannten eher eine niedrigere Zahl, weil sie mutig erscheinen wollten. Andere übertrieben, weil sie dach-

ten, dass sie dann schneller drankamen. Aber wer wusste wirklich, wie es sich anfühlte? War die Einstufung der Schmerzen auf einer Skala von eins bis zehn eigentlich sinnvoll, wenn man nicht etwas mehr über die Patienten wusste?
»Ich will nur Ihren Blutdruck messen. Lebt eines der Kinder in London?«
»Alle ... Morgen wird wohl meine Tochter vorbeikommen. Ich habe elf Enkel.«
»Elf! Alles Jungs? Schön tief einatmen.«
»Ich habe wirklich Glück gehabt, nicht wahr?«, sagte die alte Frau.
Ihre Stimme klang hohl, als wüsste sie, dass ihre Glückssträhne vorbei war.
»Das würde ich sagen«, erwiderte die Krankenschwester.
»Wo ist mein Telefon?«
»Da drüben, neben Ihnen.«
»Das ist der Älteste, bei seiner Hochzeit letztes Jahr.«
»Er sieht sehr gut aus!«
»Der daneben ist sein Bruder. Der ist noch zu haben!«
Sie lachten beide leise.
»Meinen Sie, Sie können jetzt schlafen?«
»Ja, das wird schon gehen.«
Als ich merkte, dass der Vorhang gleich zurückgezogen würde und ich vielleicht erklären müsste, was ich dort tat, schlich ich auf Zehenspitzen zurück in den Flur.
Es war eines von hundert kleinen Gesprächen, die die Krankenschwester an diesem Tag geführt hatte, wenn eine alte oder jüngere Person eine Bettpfanne oder einen Verbandswechsel brauchte, oder einfach nur ängstlich nach ihr rief. Ärzte wurden bei ihren Visiten nicht oft Zeuge solcher Begegnungen. Die Arbeit der Krankenschwestern und -pfleger war monoton, er-

müdend und schmutzig, aber ihre Fähigkeit, sofort eine Beziehung zu den Patienten aufzubauen, gab diesen das Gefühl, an einem Ort, an dem sie um ihre Autonomie gebracht wurden, Mensch zu bleiben. Manchmal ärgerten sich die Ärzte sogar über Krankenschwestern, weil sie ihre Zeit mit Gesprächen verschwendeten. Ich hatte mich selbst der Ungeduld schuldig gemacht, aber jetzt wurde mir klar, dass diese Freundlichkeiten für den Heilungsprozess genauso wichtig waren wie alle Medikamente.

Tess hatte das gewusst und vielleicht hatte ich deshalb für den Bruchteil einer Sekunde gedacht, es sei ihre Stimme hinter dem Vorhang, die einen Menschen in Not tröstete.

Ich blickte auf die Armbanduhr, die sie mir geschenkt hatte, und stellte fest, dass ich wieder in meine Abteilung musste. Als ich durch die ruhigen, schwach beleuchteten Gänge eilte, kam mir der Gedanke, dass die kleinen Momente, die wir mit anderen Menschen teilten, eigentlich das einzig Wichtige im Leben waren.

Freude war der kurze Genuss, Arm in Arm mit jemandem zusammenzustehen und einen Sonnenuntergang zu betrachten, sich mit leicht schlechtem Gewissen zuzulächeln, bevor man das erste Mal am Eis leckte, ein Kuss auf dem Ponte Vecchio. Schmerz war ein Erinnerungsblitz: meine Mutter im Rückspiegel, die in einer Schürze mit einem Weihnachtspudding darauf zum Abschied winkte; Tess' fassungslose Miene, als ich sie das letzte Mal gesehen hatte.

Gerade Tess und ich hätten wissen müssen, dass es auf die Momente ankam, nachdem wir uns immer wieder knapp verpasst hatten. Sie schien das instinktiv zu begreifen, aber ich hatte auf eine Kontinuität bestanden, die zwischen zwei Menschen, die auf die 40 zugingen und bereits ein Leben und Verpflichtungen hatten, niemals möglich war. Ich hatte immer geglaubt, sie sei die Unsichere von uns beiden, dabei war ich es die ganze Zeit über gewesen.

Der Aufzug fuhr geräuschlos ins Erdgeschoss, dann öffneten sich die Türen und im grellen Licht davor herrschte hektische Aktivität.

Als ich das Krankenhaus morgens verließ, hatte der Regen endlich aufgehört, doch der Schulhof, an dem ich vorbeikam und der normalerweise von kreischenden, tobenden Kindern bevölkert war, war jetzt ein stiller See. Die Bürgersteige, auf denen sonst jede Menge Mütter mit Kinderwagen unterwegs waren, blieben in den Sommerferien menschenleer.

Ich nahm eine Abkürzung durch die Büsche im Park hinter der Wohnsiedlung. Neben einer Reihe von Mülltonnen fiel ein Sonnenstrahl auf eine einzelne rosafarbene Rose, die trotzig an einem mitgenommen wirkenden Busch blühte, der in einer Pfütze aus Blütenblättern stand. Es war ein kleines Fleckchen Schönheit, das ich nie bemerkt hätte, bevor ich Tess kennengelernt hatte.

Am Himmel hingen noch immer bedrohliche dunkelviolette Wolken. Doch als ich zu den Türmen der City hinaufblickte, spiegelte sich in den Scheiben ein Regenbogen.

Plötzlich begriff ich, dass ich sie finden musste, und sei es nur, um ihr zu sagen, dass ich ihretwegen versuchte, ein besserer Mensch zu werden. Ich stellte mir vor, wie ich es ihr sagte und dieses wundervoll arglose Lächeln ihr Gesicht erstrahlen ließ. Ich musste diesen Moment erleben, ganz gleich, was danach geschah.

Tess

42. Kapitel

Nach der Landung in Dublin fuhr ich mit dem Zug Richtung Westen nach Galway City und mietete eine winzige Wohnung in dem kleinen Küstenvorort Salthill. An meinem ersten Abend saß ich auf einer Bank, aß Pommes frites aus einer Papiertüte und betrachtete den spektakulären Sonnenuntergang, während ein Straßenmusiker in der Nähe Lieder spielte, die mein Vater uns als Kindern vorgesungen hatte.

Als ich am nächsten Morgen aufwachte, hatte ich so fest geschlafen, dass ich einen Moment brauchte, um zu begreifen, wo ich war. Ich konnte Möwen hören und die Sonne durch den dünnen Stoff der billigen Vorhänge sehen.

Ich ging in die Stadt, die an der Flussmündung lag, und betrachtete die malerischen, bunt gestrichenen Häuschen auf der anderen Seite.

Ein Schwanenpaar glitt an mir vorbei.

Es hieß immer, dass Schwäne sich auf Lebenszeit paarten, und ich fragte mich, ob sie dabei eine Wahl trafen. Für die Menschen sah ein Schwan so ziemlich wie der andere aus, aber galt das auch für die Schwäne untereinander? Gab es eine Schwanenhierarchie mit einem unterschiedlichen Niveau an Eleganz,

Schönheit und Intelligenz? Waren manche Schwäne lustiger als andere? Gab es Liebe auf den ersten Blick zwischen zwei bestimmten Schwänen, wenn sie merkten, dass sie den Richtigen oder die Richtige gefunden hatten?

Die sonnige Brise zerzauste mir das Haar und ich lächelte. Ich überquerte die Brücke, ging die Hauptstraße hinauf und kaufte mir im Supermarkt Milch, Teebeutel und ein Sandwich. Davor stand der Straßenmusiker, den ich am Abend zuvor gesehen hatte. Er spielte den Song von *The Script* über einen Mann, der an einer Straßenecke wartet und hofft, dass die Geliebte, die er dort zum ersten Mal getroffen hat, wieder vorbeikommt. Ich setzte mich auf eine Bank und aß mein Sandwich und als er fertig war, legte ich einen Euro in seinen Gitarrenkoffer. Wir lächelten uns an. Er hatte dunkles, lockiges Haar und blaue Augen, in denen der Schalk tanzte. Ich spürte, wie mir die Röte in die Wangen stieg, obwohl ich wahrscheinlich doppelt so alt war wie er.

Zurück zu Hause klappte ich meinen Laptop auf und scrollte zu Kapitel eins.

Ich löschte die Worte: *Heute ist der erste Tag vom Rest deines Lebens.*

Dann schrieb ich: **Zu Hause in der Küche hatten wir einen Teller, den Mum im Urlaub auf Teneriffa gekauft hatte. Darauf stand von Hand geschrieben: »Heute ist der erste Tag vom Rest deines Lebens.«**

Ich stand auf und bereitete mir eine Tasse Tee zu. Dann setzte ich mich wieder an den Computer und schrieb weiter: **Ich hatte diesem Teller nie besondere Aufmerksamkeit geschenkt – jedenfalls kaum mehr als Dads Pokal vom Singen oder der New-York-Schneekugel, die mein Bruder Kevin irgendwann mal zu Weihnachten geschickt hatte –, aber an diesem letzten Urlaubstag ging er mir nicht mehr aus dem Kopf.**

Zu Beginn des Kurses bei City Lit hatte die Dozentin uns gebeten, das Wort »Inspiration« zu visualisieren und dann zu zeichnen, was wir sahen. Ich hatte Gesichter und Objekte gezeichnet, die um ein Gehirn herum schwebten. Das Gehirn hatte Hände und versuchte, nach ihnen zu greifen.

Wahrscheinlich musste man es am Ende noch mal zeichnen, um zu sehen, wie sehr sich die Vorstellung verändert hatte. Ich wusste es nicht, weil ich den Kurs nicht beendet hatte.

Je mehr ich schrieb, desto klarer wurde mir, dass die Inspiration nicht von einer äußeren Kraft ausging. Stattdessen schien in meinem Kopf ein erzählerischer Prozess stattzufinden, der die Geschichte permanent gestaltete. Es war fast so, als wäre mein Roman schon immer da gewesen, und das Schreiben brachte ihn einfach nur zum Vorschein.

Jeden Tag wachte ich glücklich auf, setzte mich sofort im Nachthemd an den Computer und tippte, bis ich merkte, wie kalt meine nackten Füße waren.

Ich duschte, bereitete mir eine Tasse Tee zu und schrieb weiter. Irgendwann, meist um die Mittagszeit, konnte ich nicht mehr schreiben.

Ich mietete mir ein Fahrrad. Die Küste von Connemara war eine verschlungene Abfolge von Buchten, bei denen die Grenze zwischen Moor und Meer kaum zu erkennen war. Im Landesinneren ragte ein mit Heidekraut bewachsener Bergrücken auf, im Westen gab es nur die Weite des Ozeans und den Himmel.

Es kam mir wie ein magischer Ort vor, nicht ganz Land und nicht ganz Meer, ein Ort, an dem ich zwischen meiner Vergangenheit und meiner Zukunft schwebte.

Ich erinnerte mich daran, wie meine Mutter gesagt hatte: *Zwischen hier und Amerika ist nichts!*

Das war nicht ganz richtig, denn an einem klaren Tag konnte man die dunklen Hügel der Aran-Inseln wie eine Walfamilie am Horizont sehen.

Nach der Hälfte des Buches wurde mir klar, dass der Roman, den ich als Liebesroman über zwei Menschen konzipiert hatte, deren Lebenswege sich immer wieder kreuzten, ohne dass sie sich dabei begegneten, ebenso sehr ein Liebesbrief an meine Mutter war. Als hätte ich einen Weg gefunden, wieder mit ihr zusammen zu sein, wenngleich ich doch wohl eigentlich versucht hatte, einen Weg zu finden, mit Gus zusammen zu sein.

An dem Tag, an dem ich meinen ersten Entwurf fertigstellte, schlug das Wetter um. Der Nebel vor meinem Fenster war so dicht, dass ich überhaupt nichts sehen konnte, und ich entschied, einen Spaziergang anstatt einer Radtour zu machen.

Es war das, was meine Tante Catriona einen »feinen Regen« genannt hätte, was sich eher nach einem Segen als nach etwas Schlechtem anhörte. Mir kam der Gedanke, dass ich sie vielleicht besuchen sollte, da ich in der angrenzenden Grafschaft wohnte, aber seit Mums Tod hatten wir kaum noch Kontakt gehabt. Ich wusste nicht, worüber wir reden sollten, und ich wollte ihr auf keinen Fall vom Schreiben erzählen. Sie hatte die Leselust meiner Mutter als frivol empfunden.

Ich ging über die Brücke nach Galway City.

Ich weiß nicht einmal, warum es mich zu dem Schmuckgeschäft in der Hauptstraße zog, denn normalerweise interessierte ich mich nicht für Schmuck. Es war jedoch ein besonderer Tag und zu diesem Anlass wollte ich mir ein Geschenk kaufen. Es sollte mich daran erinnern, dass ich erreicht, was ich immer gewollt hatte – ich hatte einen Roman geschrieben, ganz gleich, was daraus wurde.

Im Schaufenster fiel mein Blick auf einen kleinen silbernen Schmetterlingsanhänger an einer zarten Kette. Die Verkäuferin half mir, sie um meinen Hals zu befestigen. Ich ging weiter die Straße hinauf, vorbei an dem Straßenmusiker, den ich nun schon so oft gesehen hatte, dass es mir vorkam, als sei er der einzige Mensch, den ich hier kannte, auch wenn wir noch nie miteinander gesprochen hatten.

Er trug einen dieser kleinen Schirme, die man auf dem Kopf befestigen kann, und spielte auf einem Banjo einen traditionellen Jig. Ich blieb stehen, um ihm zuzuhören, und legte dann einen Euro in seinen offenen Koffer.

»Irgendwelche Wünsche?«

»Kennst du ›I Will Love You‹ von *The Fureys*?«, fragte ich.

»Ahh, *The Fureys*!« Als er die ersten Töne spielte, die für mich voller Erinnerungen steckten, lächelte er und ich wusste nicht, ob erfreut oder amüsiert. Ich hörte zu, und während ich den kleinen Schmetterlingsanhänger berührte, war mein Gesicht nass von Tränen und dem feinen Regen.

»Darf ich dich auf einen Kaffee einladen?«

Das Lied war zu Ende, aber ich war mit den Gedanken noch irgendwo in der Vergangenheit. »Warum?«, fragte ich.

Der Straßenmusiker zuckte mit den Schultern und schaute in den Himmel. Es goss in Strömen. Wir waren die einzigen Menschen, die noch auf der Straße waren.

»Wahrscheinlich sollte ich dich auf einen einladen«, sagte ich schnell, um nicht allzu verrückt zu wirken.

Das Café am oberen Ende der Straße war brechend voll. Ich bestellte heiße Getränke, während er einen Tisch neben dem beschlagenen Fenster ergatterte.

»Niall«, sagte er und streckte mir die Hand hin, nachdem ich den Becher vor ihm abgestellt hatte. Er hatte den Regenschirmhut abgenommen und sah wirklich ziemlich gut aus, irgendwie auf eine sehr keltische Art.

Er stamme aus Dublin, erzählte er, mache hier an der Uni einen Master in Gälistik und verdiene sich als Straßenmusiker sein Biergeld. Als er mich fragte, was mich nach Galway geführt habe, erzählte ich ihm von den Ferien mit meiner Familie, als ich klein war, und hörte mich dann sagen:

»Ich habe tatsächlich einen Roman geschrieben.«

Es fühlte sich seltsam an, es einem Fremden zu erzählen, als ob es dadurch real würde.

Er lächelte. »Ich fand, dass du wie eine Schriftstellerin aussiehst.«

»Ach was! Ich bin eigentlich keine Schriftstellerin.«

Es war das erste Gespräch von Angesicht zu Angesicht, das ich seit Wochen führte. Es war fast so, als hätte ich es verlernt. Ich versuchte, ihm zu erklären, dass noch niemand mein Buch gelesen hatte und es Mist sein könnte. Und er sagte, er wisse, was ich meine.

Ich hob fragend die Augenbrauen.

»Ja, weil ich auch nervös bin, wenn ich Songs schreibe und sie zum ersten Mal vor Leuten spiele.«

»Das brauchst du aber nicht zu sein«, sagte ich. »Du hast nämlich eine schöne Stimme!«

»Danke«, sagte er. »Du hast ein schönes Gesicht.«

Er schaute mich auf eine Weise an, die ich nicht erwartet hatte. Es war mir nicht in den Sinn gekommen, dass unsere Begegnung mehr als nur ein Gespräch sein könnte. Er war witzig und intelligent und er musste mindestens zehn Jahre jünger sein als ich.

Ich wandte den Blick ab und stellte fest, dass wir die letzten Gäste im Café waren. Die Besitzerin stützte sich auf ihren Mopp und wartete, bis wir fertig waren.

Draußen regnete es nicht mehr und die Geschäfte hatten geschlossen. Es war dunkel geworden.

»Gleich da drüben ist ein Pub mit Livemusik«, sagte Niall und zeigte in die Richtung.

»Ich gehe jetzt besser zurück.«

»Warum die Eile?« Seine schelmischen Augen fixierten mich. Ich war aufgeregt und meine Wangen glühten auf einmal trotz der kühlen Luft.

*

Als ich am nächsten Morgen aufwachte, war ein Arm von mir eingeschlafen, weil er darauf lag, und der andere war kalt, weil er die ganze Decke genommen hatte.

Ich sah ihm beim Schlafen zu und fühlte mich schuldig, ohne zu wissen, warum, denn schließlich waren wir doch beide erwachsen, oder? Obwohl ich wahrscheinlich ein bisschen eine – wie nannte Doll das? – Sugarmummy war. Ich war fast versucht, ein Foto von seinem hübschen Gesicht und dem lockigen Haar auf dem Kissen zu knipsen und es ihr zu schicken. Aber das würde wahrscheinlich gegen den Datenschutz verstoßen und gegen die Etikette bei One-Night-Stands, falls es so etwas gab.

Ich konnte Doll fast sagen hören: »Was treibst du denn da?«

Ich stieg aus dem Bett und setzte den Kessel auf, ich konnte es kaum erwarten, dass er aufwachte und ging.

Als ich mich auf die Bettkante setzte und ihm einen Becher Tee brachte, richtete er sich auf und zog mich an sich. Er küsste mich mit einer Bierfahne und machte überdeutlich, dass er es noch mal tun wollte, was schmeichelhaft war, aber ich musste weiterarbeiten.

»Wollen wir uns heute Abend sehen?«, fragte er.

Ich hatte noch nie mit jemandem geschlafen, in den ich nicht verliebt war. Es war mir alles ein bisschen albern vorgekommen. Ein paarmal musste ich mir ein Lachen verkneifen, weil er so ernst ausgesehen hatte, zum Beispiel als er ein Kondom überstreifte oder kurz bevor er kam. Aber es war schön, begehrt zu werden.

»Die Sache ist die, dass ich eigentlich schon vergeben bin.«

Es schien der einfachste Weg, ihn loszuwerden. Auch wenn es eigentlich nicht stimmte, tat es das in gewisser Weise doch, denn ich hatte versucht, es zu genießen, indem ich meine Augen schloss und mir Gus vorstellte. Obwohl das nicht funktioniert hatte, weil Niall viel behaarter war. Aber das konnte ich ihm nicht sagen.

Ich brauchte eine Woche, um den Roman durchzulesen und dabei einiges zu streichen. Als ich eine Fassung hatte, mit der ich zufrieden war, wusste ich nicht, was ich als Nächstes tun sollte. Ich wollte, dass ihn jemand las, dessen Meinung ich vertraute, aber mir fiel niemand ein. Auf keinen Fall wollte ich wieder Kontakt mit Leo aufnehmen. Ich könnte es der Dozentin für Kreatives Schreiben bei City Lit schicken, die mich ermutigt hatte, aber vielleicht fände sie es etwas dreist, nachdem ich ihren Kurs abgebrochen hatte. Shaun war jemand, dessen Meinung ich vertraute, aber ich wollte nicht, dass Kevin über seine Schulter mitlas und abfällige Bemerkungen machte. Er hielt sich gern für den Kreativen in der Familie.

Ich wusste, dass man sich eine Literaturagentur suchen sollte, aber ich hatte nicht die geringste Ahnung. Ich googelte ein paar, die auf ihrer Website schrieben, man solle drei Kapitel und ein Exposé einreichen. Ich war mir jedoch nicht sicher, ob meine ersten drei Kapitel die besten waren. Ich versuchte, ein

Exposé zu schreiben, aber es war langweilig, nur zu beschreiben, was in den einzelnen Kapiteln passierte. Mein Selbstvertrauen schwand und ich fragte mich, ob alle Autoren solche Höhen und Tiefen durchmachten.

Ich fuhr mit dem Fahrrad zu einem kleinen Hafen an der Küste und nahm ein Boot zur größten der Aran-Inseln – Inishmore. Dort konnte man bei der Ankunft Fahrräder ausleihen. Ich war von meinen täglichen Radtouren gestärkt und schaffte es, die schmale Straße zwischen Feldern hinunterzufahren, die von Trockensteinmauern umgeben waren. Schließlich erreichte ich die eisenzeitliche Festung an der Spitze der Insel. Als ich allein auf den steilen schwarzen Klippen stand und mir die Haare aus dem Gesicht wehten, hatte ich das gleiche berauschende Gefühl wie in Syrakus – nur ein winziger Teil in der unendlich langen Geschichte der Menschheit zu sein. Es machte mich irgendwie demütig und war zugleich befreiend.

Bei meiner Rückkehr fand ich eine E-Mail von Sandy, der Person, die den ersten Anstoß zu dem Roman gegeben hatte.

»Zwischen hier und Amerika ist nichts«, dachte ich.

Es war fast so, als hätte ich über den Ozean nach ihr gerufen.

Sie hatte ihrer E-Mail den Aufsatz über weibliche Heilige aus dem vierten Jahrhundert beigefügt. Ich war zu müde, um einen anstrengenden, akademischen Text zu lesen, und überflog die Danksagungen, wie sie es mir aufgetragen hatte.

Sie dankte vielen Personen und am Ende stand: *Mein Dank gilt meiner Freundin Tess Costello dafür, dass sie ihr eigenes, ganz besonderes Licht auf Santa Lucia geworfen hat.*

»Vergiss nicht, mir deinen Roman zu schicken, wenn er fertig ist«, hatte sie gesagt. »Santa Lucia ist die Schutzpatronin der Schriftsteller.«

Was hatte ich zu verlieren?

43. Kapitel

Am Abend vor meinen Tests traf ich wieder in London ein und übernachtete im Premier Inn neben dem Krankenhaus. Das anonyme Zimmer war ein Übergangsort zwischen einem Teil meines Lebens und dem nächsten, wie auch immer der aussehen würde.

Ich wusste, wenn ich sie anriefe, würde Doll mich zu dem Termin begleiten, aber ich wollte nicht zusammenbrechen, falls es keine guten Nachrichten waren, und das war leichter, wenn nicht noch jemand dabei war.

Ich versuchte, mich damit abzulenken, indem ich meinen Posteingang checkte.

Nichts.

Morgens wurde mir Blut abgenommen und sobald ich die Abteilung verlassen hatte, öffnete ich den Posteingang erneut.

Nichts.

Ich saß im Innenhof des Krankenhauses und wartete auf das Ergebnis der Tests.

Anfang September, wenn die Schule gerade wieder angefangen hat, gibt es oft eine Schönwetterperiode, in der die Sonne scheint und nur ein Hauch von Winter in der Luft liegt. Ein paar gelbe Rosen hingen an dürren Sträuchern und ein einzelner weißer Schmetterling flog sie nacheinander an.

Ich blickte in den Himmel. Die Reflexion der Sonne in den Glastürmen der City ließ sie doppelt so schillernd wirken. Ich ertappte mich dabei, wie ich mit Gott verhandelte. *Wenn Sandy mein Roman gefällt, ist es mir egal, wenn der Krebs zurück ist.*

Dann ging ich wieder hinein, um mich meiner Zukunft zu stellen.

Ich holte tief Luft, bevor ich die Tür aufstieß. Es war derselbe Arzt, bei dem ich fünf Jahre zuvor gewesen war, doch inzwischen war er Oberarzt. Er hatte ein paar graue Strähnen bekommen, aber ansonsten sah er noch genauso aus wie damals.

»Wie geht es Ihnen?«, fragte er.

»Sollten Sie mir das nicht sagen?«

Er lächelte, als ob er dächte: »Ach, die wieder.«

Er blickte aufmerksam auf seinen Computermonitor, als wollte er ganz sicher sein, dass er auch die richtigen Ergebnisse hatte. »Was mich angeht, so sind Sie clean«, sagte er schließlich.

Dann stand er auf und reichte mir die Hand.

»Sind Sie sicher?«, fragte ich und hielt seine Hand fest, bis er antwortete. »Ich bin offiziell clean?«

»So sicher, wie wir nur sein können.«

»Das nehme ich.«

Zum ersten Mal in meinem Leben hatte ich keine Fragen an ihn.

»Danke!«

»Sehr gern«, sagte er. »Herzlichen Glückwunsch!«

Das war genauso seltsam, denn schließlich hatte ich ja nichts getan. Im Nachhinein dachte ich, dass ich wahrscheinlich dem Team dazu hätte gratulieren sollen, dass es die richtige Behandlung gewählt hatte, doch dann fand ich, dass das vielleicht etwas dreist geklungen hätte.

Als ich in den Hof des Krankenhauses hinausging, wünschte ich, ich hätte um eine schriftliche Bestätigung gebeten oder Doll wäre als Zeugin dabei gewesen, um seine Worte zu wiederholen.

Ich hatte absolut keine Ahnung, was ich nun tun sollte.

Dann hörte ich, wie mein Name gerufen wurde und sich Schritte näherten.

»Tess …«

»Was machst du hier?«

»Ich musste dich sehen.«

»Woher wusstest du, dass ich heute hier bin?«

»Ich bin Arzt. Ich habe in der Abteilung angerufen und gefragt, wann dein Termin ist.«

»So viel zur ärztlichen Schweigepflicht.«

Das war anders als alle Gespräche, die ich mir vorgestellt hatte, wenn wir uns jemals wiedersehen würden.

»Wie war es?«, fragte er leise, das Gesicht voller Sorge.

»Ich bin clean!«

Die Sorge in seinen blau-goldenen Augen wich Freude, dann füllten sie sich mit Tränen. Ich legte unwillkürlich die Arme um ihn, atmete seinen herrlich frischen Duft ein, spürte seinen Körper an meinem und vergaß für einen Moment, dass wir nicht mehr zusammen waren.

»Ist schon gut, ist schon gut«, sagte ich, als wir uns auf eine Bank setzten, sein Kopf an meiner Brust. Ich strich ihm übers Haar, was sich irgendwie falsch herum anfühlte.

Dann setzte er sich auf und nahm meine Hand.

»Tess, ich musste einen Weg finden, dir persönlich zu sagen, wie leid es mir tut, dass ich es verbockt habe. Was ich gesagt habe, war total falsch. Ich liebe dich und ich möchte, dass du das weißt. Selbst wenn du mich nie wiedersehen willst, was ich absolut respektieren würde ...«

Es war, als ob er dachte, er hätte nur eine Chance, und alles, was er sagen wollte, kam auf einmal heraus.

Ich konnte nicht verarbeiten, was passierte.

»Was ist mit Kindern?«, fragte ich.

»Das habe ich nicht so gemeint. Ich wollte keine Kinder mehr haben.«

»Warum hast du es dann gesagt?«

»Weil ich ein Idiot bin.«

Ich konnte nicht verhindern, dass sich meine Mundwinkel zu einem kleinen Lächeln verzogen.

Dann ermahnte ich mich, dass ich eigentlich viel wütender sein müsste.

»Was ist mit Charlotte?«

»Das tut mir so leid ... du und ich hatten uns getrennt ...«, sagte er. »Es war nur Sex. Aber es wird nie wieder vorkommen. Ich hasse ... nein, ich hasse sie nicht und sie ist mir auch nicht egal. Aber ich liebe sie nicht, Tess. Bis ich dich getroffen habe, wusste ich nicht einmal, was Liebe ist.«

Ich überlegte, ob ich ihm von Niall erzählen sollte, entschied mich aber dagegen. Es bedeutete nichts. Vorher hatte ich eigentlich nicht verstanden, dass Sex nichts bedeuten konnte.

Wir sahen uns beide verblüfft an. Konnte es wirklich so einfach sein?

»Ich hab dich so vermisst«, sagte Gus.

»Ich dich auch.«

Als wir durch den Bogen auf die belebte Londoner Straße traten, kam es mir so unwirklich vor wie das erste Mal, als wir vor fünf Jahren gemeinsam aus San Miniato al Monte herausgetreten waren. Wir achteten sorgsam auf etwas Abstand zwischen uns, als ob wir uns einer magnetischen Anziehungskraft bewusst wären, die uns unzertrennlich machen könnte, wenn wir uns nur einen Millimeter näher zueinander bewegten. Keiner von uns wusste so recht, was wir als Nächstes tun sollten.

»Wie sollen wir die guten Nachrichten feiern?«, fragte Gus.

»So weit habe ich nicht zu denken gewagt.«

»Wie wäre es mit einem Mittagessen im Savoy, wo Monet immer gefrühstückt hat?«

Ich konnte nicht glauben, dass er sich nach all den Jahren noch daran erinnerte.

»Da muss man doch sicher reservieren«, sagte ich.

»Na, zum Glück habe ich das. Nur für alle Fälle ...«

Ich hatte vergessen, wie gut er mit Überraschungen war.

Die erste vorsichtige, sanfte Berührung seiner Lippen jagte elektrische Stromschläge durch meinen Körper. Er rückte von mir ab und legte den Kopf schief, als wollte er um Erlaubnis bitten, und dann küssten wir uns leidenschaftlich mitten auf dem Gehweg, während die Leute auf beiden Seiten an uns vorbeigingen, bis ein Kind auf einem Skateboard vorbeirauschte und rief: »Nehmt euch doch ein Zimmer!«

*

Von unserem Fenstertisch aus hatten wir den Blick, den Monet gemalt hatte, aber es war nicht so neblig wie damals bei ihm. Die Themse war tiefschwarz und hin und wieder hinterließ ein Kondensstreifen eine weiße Spur am blauen Himmel.

Gus bestellte Austern und Champagner, aber ich wusste, dass mein Magen nicht mit der vielen Kohlensäure klarkommen würde, also bestellte ich Shepherd's Pie und eine Tasse Tee.

Danach schlenderten wir über die Waterloo Bridge und entlang der South Bank, redeten, hörten zu und hielten manchmal an, um uns zu küssen. Wir überquerten den Fluss auf der Millennium Bridge und hielten in der Mitte inne, um den Blick bis zur Tower Bridge zu genießen.

Auf dem flachen Wasser in Ufernähe schwamm ein Schwanenpaar.

»Sie paaren sich angeblich fürs Leben«, sagte ich.

Gus nahm meine Hand und drückte sie.

»Glaubst du, dass Schwäne nach den ersten Flitterwochen manchmal Schwierigkeiten mit ihrem Partner haben und sich fragen, ob sie überhaupt zusammenpassen?«, fragte ich. »Zischen sie sich in der Hitze des Gefechts manchmal unverzeihliche Dinge zu, wenn sie sich in die Enge getrieben fühlen oder Angst haben? Oder denken sie gar nicht darüber nach, weil es so viel schöner ist, zusammen als getrennt zu sein?«

Gus

44. Kapitel

Es war Tess äußerst wichtig, wann genau die E-Mail von ihrer Freundin Sandy eingetroffen war. Sie musste sie erhalten haben, während wir im Savoy zu Mittag aßen, auch wenn sie sie erst am nächsten Morgen sah. Danach schaute sie zum ersten Mal nach unserem Wiedersehen auf ihr Handy.

»Ich war auf dem Weg in die Unabhängigkeit, bevor ich eingezogen bin, auch wenn ich es damals nicht wusste«, sagte sie später.

Tess hatte unser unterschiedliches Einkommen immer mehr belastet als mich.

»Das liegt daran, dass du das Geld hast«, sagte sie jedes Mal, wenn das Thema aufkam.

Sandy schrieb, dass ihr der Roman von Tess sehr gut gefiel, und fragte, ob sie ihn einer Freundin geben dürfe, die Lektorin in einem New Yorker Verlagshaus sei.

Tess war begeistert über Sandys Reaktion, doch nach ein paar Tagen beschlichen sie Zweifel, dass es der New Yorker Lektorin vielleicht nicht gefallen würde.

Ich hatte das Gefühl, ständig den Atem anzuhalten, und konnte kaum ermessen, wie es erst für Tess gewesen sein muss.

Dann ging es plötzlich sehr schnell. Die New Yorker Lektorin las das Buch und sagte, sie wolle ein Angebot unterbreiten. Tess nahm all ihren Mut zusammen und rief eine britische Agentin an, die versprach, das Buch über Nacht zu lesen und sie am nächsten Tag zu treffen. In Amerika wurde eine Vereinbarung getroffen, dann fand eine Auktion zwischen Verlagen in England statt, bei der einer der Verlage eine sechsstellige Summe für einen Vertrag über zwei Bücher bot.

»Aber du hast doch nur ein Buch geschrieben, oder?«, fragte ich.

»Ja, aber die wollen sicher sein, dass ich nicht irgendwo anders hingehe, falls das hier ein Erfolg wird. Ich kann nicht glauben, dass ich das sage!«

»Ich bin so stolz auf dich! Nicht, dass ich etwas damit zu tun hatte, natürlich ...«

»Ich denke, man kann auf jemanden stolz sein, auch wenn es nichts mit einem selbst zu tun hat«, sagte Tess. »Es sollte wirklich ein anderes Wort für diese Art von Stolz geben, denn es ist, als würde man sich für jemanden freuen, und das ist noch besser. Meine Mutter ist die einzige Person, die wirklich stolz sein könnte, denn sie hat mich die Liebe zu Büchern gelehrt, aber wenn sie noch da wäre, wer weiß, ob ich es geschrieben hätte.«

Sie zögerte, mich das Buch lesen zu lassen, weil sie meinte, es sei wahrscheinlich nicht mein Ding. Als ich es jedoch endlich durfte, wusste ich, dass das nicht der eigentliche Grund gewesen war.

»Es ist, als würde ich dich ganz neu kennenlernen«, sagte ich. »Vieles davon wusste ich nicht über dich.«

»Das bin nicht ich, das ist eine fiktive Figur ...«

»Na ja, ich muss sagen, dass der Typ mir ziemlich ähnlich zu sein scheint. Allerdings natürlich viel attraktiver.«

»Meinst du wirklich?«, fragte Tess.
»Warum überrascht dich das?«
»Na ja, man weiß nie, was in den Köpfen anderer vor sich geht.«
»Hat es dir gefallen?« Bei der Frage konnte sie mir nicht in die Augen sehen und blickte stattdessen aus dem Fenster. Sie hatte etwas kindlich Unschuldiges an sich, das mich an Hopes *Gefällt dir mein Gesang?* denken ließ.
»Ich fand es toll!«
»Was hat dir gefallen?«
»Also, die Charaktere sind so lebendig. Und es ist nicht zu sentimental ...«
Ich sah, dass ich als Literaturkritiker bei einer Zwei minus lag. Das waren allgemeine Bemerkungen, die man über viele Bücher machen konnte. Ich überlegte, was mir an ihrem Schreiben gefiel, und mir wurde klar, dass es genau das war, was ich auch an ihr mochte.
»Ich mag es, wie du aus gewöhnlichen Dingen etwas ganz Besonderes machst.«
Das Lächeln.
»Irgendwelche Kritikpunkte?«
»Na ja, das Einzige ...«
Ihr Stirnrunzeln verriet mir, dass meine Meinung vielleicht nicht ganz so willkommen war, wie es zuerst geklungen hatte.
»Das einzige Problem ist der Titel.«
»Was ist daran falsch?«
»*You're The One,* klingt für mich einfach ein bisschen langweilig.«
»Wie sollte es dann heißen?«
»Vielleicht *Miss You?*«

45. Kapitel

Charlotte befand sich inmitten eines erbitterten Scheidungskriegs mit Robert. Obwohl er zugestimmt hatte, ihr das Genfer Haus zu überlassen, schien sie noch mehr haben zu wollen.

»Ich habe alles für ihn aufgegeben, die Ausbildung der Mädchen, alles«, sagte sie, als wir die Planung für Weihnachten besprachen, als wäre ich ein Unbeteiligter, der ihre Empörung teilen müsste.

»Die Mädchen wirken doch ganz ausgeglichen«, sagte ich.

»Das würdest du nicht behaupten, wenn du Bella momentan erleben würdest«, sagte sie, weil sie sich in ihrem Zorn nicht beschwichtigen lassen wollte. Das tat sie immer und ich vergaß es immer wieder.

»Bella weigert sich, in ein Flugzeug zu steigen, und verbietet mir, meinen ökologischen Fußabdruck zu vergrößern, wenn ich nur für ein paar Tage zu ihr fliege«, protestierte ich. »Das macht es ziemlich schwierig für mich zu kommen, weil ich um Weihnachten herum auf keinen Fall länger Urlaub nehmen kann.«

»Ich vermute, du verbringst die Feiertage mit Tess?«

»Ja.«

Es folgte ein langes Schweigen, als ob sie erwartete, dass ich mich entschuldigte, erklärte oder ihr sagte, dass es sie nichts anginge. Ausnahmsweise kam ich dem nicht nach.

»Kauf Bella um Himmels willen bloß nichts, was nicht nachhaltig ist. Es ist, als würde man hier mit der Plastikgestapo leben. Sie trägt sogar vegane Schuhe!«, sagte sie und beendete das Telefongespräch.

Eigentlich hatten Tess und ich nichts geplant. Sie war im Laufe des Jahres so viel gereist, dass sie behauptete, nie wieder in ein Flugzeug steigen zu wollen. Wir genossen es, neue Teile Londons zu entdecken, wie den Treidelpfad am Regent's Canal, der in Islington aus einem Tunnel austritt, wo man sich plötzlich in einer wasserreichen Industrielandschaft wiederfindet – es wirkt wie eine ganz andere Welt als die eleganten Wohnstraßen darüber.

Die Tate Modern war nur eine Viertelstunde Fußweg von der Wohnung entfernt, sodass wir uns manchmal ein oder zwei Gemälde ansahen und dann auf der Terrasse des Members Room saßen und über die Themse blickten.

In Bermondsey mit seinen Werften und viktorianischen Armenstraßen, die heute von Kunsthandwerkerboutiquen bevölkert waren, hatten Salvatore und Stefania eine zweite Filiale ihres Restaurants Piattini eröffnet.

»Wenn es schmeckt, esse ich gern im Restaurant!«, erklärte Tess mir.

Der wohl einzige Nachteil des Zusammenlebens mit ihr war ihr mangelndes Interesse am Essen. In den Monaten, in denen wir getrennt gewesen waren, schien sie noch weniger experimentierfreudig geworden zu sein, während ich nach langen Arbeitsschichten von indischen und thailändischen Imbissen abhängig geworden war.

»Es ist keine Charakterschwäche, kein scharfes Essen zu mögen, Gus!«, teilte sie mir mit, als ich mich beschwerte, dass ihr Speiseplan zu beige sei – nur Kartoffelpüree und Käsesandwiches. Es war der einzige kleine Streitpunkt, ansonsten fühlte ich mich in unserer Beziehung so wohl wie nie zuvor. Die langen, kalten Nächte in unserer warmen, leeren Wohnung zu verbringen und miteinander zu schlafen, wann immer uns danach war, erinnerte mich an die besondere Zeit, als es auf Sizilien geschneit hatte.

Am glücklichsten waren wir, wenn wir nur zu zweit zu Hause waren und nichts zu tun hatten. Seit sie zu mir zurückgekommen war, hatte ich bemerkt, dass Tess immer eine Kette mit einem winzigen silbernen Schmetterlingsanhänger trug. Er glitzerte wie ein Diamant, wenn das Licht auf ihn fiel. Ihre natürliche, lebhafte Neugier erinnerte mich manchmal an einen Schmetterling, der auf einer Wiese umherflattert, kurz auf einer Blume landet und dann zu einer anderen Nektarquelle fliegt. Das Letzte, was ich wollte, war, sie in eine Falle zu locken, aber manchmal war es wunderbar, wenn sie sich niederließ und ich für einen Moment ihre schillernde Schönheit bewundern konnte.

Der Gedanke an ihren nächsten Roman machte Tess Angst. Vielleicht hätte sie sich weniger unter Druck gesetzt gefühlt, wenn es nicht schon vor der Veröffentlichung von *You're The One* so viel Aufsehen um das Buch gegeben hätte.

»Natürlich ist es okay, eine Pause zu machen«, hatte ihre Agentin gesagt. »Aber lassen Sie sich nicht zu lange Zeit. Es ist wirklich wichtig, den Schwung auszunutzen.«

»Ich habe das Gefühl, als hätte ich mein ganzes Leben in diesen Roman gesteckt«, gestand Tess. »Vielleicht ist das alles, wozu ich fähig bin.«

»Ganz bestimmt nicht«, sagte ich und fand es seltsam, dass sie gerade jetzt, wo sie ihr Ziel erreicht hatte, unsicherer als je zuvor wirkte.

Sobald Tess' erster Verlagsvorschuss auf ihrem Bankkonto eingegangen war, erlaubte sie sich kleine Extravaganzen. Ihr erster Gedanke war, Brendan genug Geld zu überweisen, um Hope den Stutzflügel zu kaufen, den sie sich schon immer zu Weihnachten gewünscht hatte. Ihr zweiter Gedanke war, mit Doll ein Wochenende in einem Wellnesshotel zu verbringen.

Während sie weg war, kaufte ich einen zweieinhalb Meter hohen Weihnachtsbaum auf dem Columbia Road Market und gab ein kleines Vermögen für Lichterketten und Christbaumkugeln aus. Ich hatte keinen Baum mehr geschmückt, seit die Mädchen klein gewesen waren. Damals musste ich den Papp- und Glitzerdekorationen, die sie aus dem Kindergarten mitbrachten und die noch etwas klebrig waren, einen Ehrenplatz einräumen und meinem leicht zwanghaften Drang widerstehen, die asymmetrische Anordnung der Dekoration zu ändern.

Jetzt schmückte ich den Baum mit Unmengen von kleinen weißen Lichtern, perfekt ausbalancierten Kugeln aus Gold, Silber und Bronze, ohne grelle Lamettawirbel, die die unteren Zweige schmückten, nur glitzernde Fäden aus Silberlametta, die wie zerbrechliche Eiszapfen von den nach Kiefern duftenden Zweigen hingen.

Tess belohnte einen für eine Überraschung wie niemand sonst, denn anders als die meisten Erwachsenen zeigte sie ihre Begeisterung völlig ungefiltert.

»Der ist absolut magisch, Gus. Ich kann es kaum erwarten, ihn Hope zu zeigen!«

Am ersten Weihnachtstag skypten wir mit Brendans Familie und hatten die Webcam auf den Baum gerichtet.

»Weihnachtsbaum, Hope!«, rief Tess.
Plötzlich lächelte Hope.
»Wie war dein Tag?«, fragte Tess, da es in Australien bereits Abend war.
»Anstelle von Truthahn und kleinen Würstchen haben wir Garnelen und große Würstchen gegrillt, weil hier Sommer ist.«
»Na, das klingt gut. Frohe Weihnachten für Gus!«
Tess drehte den Bildschirm so, dass auch mein Gesicht erschien.
»Fröhliche Weihnachten für Gus!«, sagte Hope. »Soll ich dir etwas vorsingen?«
»Ohne ein Lied von Hope wäre Weihnachten nicht Weihnachten.«
»Kleiner Esel, kleiner Esel ...«
Bevor Hope in mein Leben trat, hatte ich dieses spezielle Weihnachtslied gar nicht gekannt. In der Vorschule hatten wir »Once in Royal David's City« und »O Come All Ye Faithful« gesungen. Im Internat bestand einer meiner armseligen Versuche der Rebellion darin, überhaupt keine Kirchenlieder zu singen. Im Haus meiner Eltern war Weihnachten immer ein freudloses Ritual, das vollzogen werden musste.

Jetzt, umgeben von der kristallklaren Reinheit von Hopes Stimme, mit dem funkelnden Weihnachtsbaum im Rücken, blickte ich auf Tess' strahlendes Gesicht auf dem Bildschirm und erkannte für einen kurzen Moment nicht die lächelnde Person neben ihr.

*

In der Silvesternacht musste ich arbeiten. Ich glaube, wir wollten beide nicht daran erinnert werden, was im letzten Jahr geschehen war. Als ich kurz nach acht Uhr morgens zurückkam, versuchte ich, so leise wie möglich zu sein, da ich davon ausging, dass Tess noch schlief. Doch dann wurde ich mit einem Konfettiregen aus einem Partyknaller, einem Glas eiskalten Champagners und dem Geruch von gebratenem Speck begrüßt.

»Du musst zugeben, dass meine Baconsandwiches besser als deine sind«, sagte Tess. »Weißt du, es kommt nur auf die Qualität des Brotes an.« Sie ahmte meine kulinarische Ernsthaftigkeit nach. »Für ein wirklich gutes Baconsandwich braucht man das pappigste Industriebrot, das man finden kann, ein Brot, das flach wird, wenn man auf das Sandwich drückt, um es in zwei Teile zu schneiden. In London ist es fast unmöglich, etwas anderes als biologisches Sauerteigbrot aus dem Steinofen zu bekommen, aber glücklicherweise konnte ich im Laden an der Ecke eine seltene Packung geschnittenes Weißbrot auftreiben.«

Mir fiel unwillkürlich auf, dass sie selbst nur einen Bissen zu sich nahm.

»Von Champagner bekomme ich immer Magenbeschwerden«, sagte sie.

Da sie es nicht gewohnt war, den ganzen Tag allein zu Hause zu sein, entschied sich Tess, ehrenamtlich im Hort der Schule zu arbeiten, an der ich jeden Tag vorbeikam. Das verlieh ihrem Tag Struktur, und ihre Erfahrung als Klassenassistentin, die sie gesammelt hatte, als Hope noch klein war, wurde sehr geschätzt. Tess hatte eine natürliche Autorität im Umgang mit kleinen Kindern, aber ihr Lachen und ihr Engagement begeisterte sie.

Eines Abends kam ich auf dem Heimweg vorbei und stellte mich auf Zehenspitzen, um sie durchs Fenster zu beobachten. Sie saß mit fünf kleinen Kindern im Kreis und sang »The Wheels on the Bus«. Ich war sicher, dass die Babys in der Version, die meine Kinder in der Mutter-Kind-Gruppe gelernt hatten, in der ich der einzige Vater gewesen war, im Bus geschrien und die Mütter geplaudert hatten. Aber in Tess' Version machten die Babys im Bus »schlaf, schlaf, schlaf«, und die Mütter machten »les, les, les«.

Als ich sie dort beobachtete, ertappte ich mich dabei, wie ich die Trauer um die Kinder, die wir nie haben konnten, hinunterschluckte. Dann bemerkte sie, dass ich sie beobachtete, und in ihr Gesicht trat erst Neugier, dann Verständnis, bevor sie ihre Aufmerksamkeit wieder einem letzten Refrain zuwandte.

»Wenn du möchtest, könnten wir uns nach Pflegekindern umsehen«, brach sie das Schweigen, das sich auf dem Heimweg zwischen uns dehnte, und bestätigte, dass sie meine Gedanken gelesen hatte. »Es gibt so viele Kinder, die ein Zuhause brauchen. Nur dass wir wahrscheinlich etwas zu alt sind ... und ...«

Ich drückte ihre Hand, weil ich nicht wollte, dass sie diesen Satz zu Ende sprach.

»Ich bin vollkommen glücklich mit dir allein«, sagte ich.

46. Kapitel

Frühjahr 2019

Es war das Jahr, in dem wir beide 40 wurden, und ich wusste, dass Tess etwas plante, als sie mich ganz beiläufig bat, mir das Wochenende von ihrem Geburtstag freizuhalten.

Als ich ihr einen Becher Tee ins Gästezimmer brachte, das ihr als Büro diente, erhaschte ich einen Blick auf die ikonische Kuppel von Santa Maria dei Fiori in Florenz auf ihrem Bildschirm, kurz bevor sie den Laptop zuknallte.

»Ich überprüfe nur Details für das Lektorat«, sagte sie. Wenn sie schwindelte, konnte sie mir nie in die Augen schauen.

Sie sah mir hinterher, bis ich aus der Tür war, erst dann wandte sie sich wieder dem Schreibtisch zu.

Es war Mittwochabend vor dem langen Wochenende und Tess hatte noch immer nicht ihr Geheimnis gelüftet.

Wir sahen gerade zusammen fern, als Charlotte anrief.

»Die Schule droht Bella mit einem Schulverweis«, sagte sie.

»Was?« Ich stand vom Sofa auf, ging in den Küchenbereich und wandte Tess den Rücken zu.

»Wusstest du, dass sie die Freitage wegen der Demos gegen den Klimawandel geschwänzt hat?«

Bella hatte es erwähnt. In gewisser Weise war ich stolz darauf, dass sie sich mit zwölf schon so für ihre Ideale einsetzte.

»Bitte sag Mum nichts«, hatte sie mich angefleht.

Ich hatte den einfachen Weg gewählt.

Jetzt konnte ich sehen, dass das dumm und unloyal von mir gewesen war. Charlotte hatte jedes Recht, wütend zu sein.

»Du hast vermutlich nicht darüber nachgedacht, was sie freitags anstelle des Unterrichts macht«, sagte sie.

»Ich habe mir vorgestellt, dass sie mit einem Plakat vor der Schule sitzt.«

»Dann hast du sie also nicht dazu ermutigt, das Tor mit Graffiti zu besprühen und sich vor das Auto der Schulleiterin zu legen?«

»Nein, natürlich nicht!«

»Sie ist suspendiert. Und jetzt ist sie in den Hungerstreik getreten.«

»Ich bezweifle, dass sie das bei ihrem Appetit auf Pizza lange durchhält.«

»Herrgott, Gus!«, schrie Charlotte ins Telefon. »Die Schulleiterin hat uns für morgen früh zu einem Gespräch einbestellt.«

»Das ist ziemlich ungünstig bei mir«, sagte ich und schaute Tess an, die skeptisch in meine Richtung sah.

»Komischerweise passt das auch nicht gerade in meine Pläne«, sagte Charlotte. »Also ich gehe da nicht hin. Ich bin einfach nicht bereit, mich noch weiter demütigen zu lassen. Wenn du willst, dass Bella auf einer Schule bleibt, in der es ihr gut geht, in der sie Freunde hat und die ein Vermögen kostet, zu dem du nicht einmal etwas beiträgst, dann schlage ich vor, dass du morgen früh den ersten Flug nimmst.«

»Aber die Schulleiterin kennt mich doch gar nicht«, protestierte ich.

Aber da hatte sie schon aufgelegt.

»Flieg!«, sagte Tess sofort. »Es ist besser, die Sache schnell zu klären, sonst verschanzt sich jeder in seiner Position.«

»Bist du sicher?«

»Das Problem ist nur, dass wir morgen irgendwo hinfliegen sollten.«

»Wirklich?«

»Du wusstest es?«

»Na ja, du hast doch gesagt, ich solle mir freinehmen.«

»Rate mal, wo wir hinfahren?«, fragte sie, nun begierig, mir die Einzelheiten zu verraten.

»Paris?«, mutmaßte ich, um nicht noch eine weitere Überraschung zu verderben.

»Willst du nach Paris?«, fragte sie mit einem besorgten Blick.

»Eigentlich nicht.«

Sie lächelte.

»Es ist nicht Paris. Es ist ein ganz besonderer Ort für uns ...«

Ich fragte mich, ob ich es mit einer anderen Stadt versuchen oder einfach die nennen sollte, von der ich ziemlich sicher wusste, dass sie richtig war. Meine Vorstellung war nicht gerade überzeugend.

»Doch nicht etwa Florenz, oder?«

»Woher wusstest du das?« Jetzt war sie etwas sauer.

»Florenz wird immer ein ganz besonderer Ort für uns sein, oder?«

»Das ist Florenz, wie du es noch nie gesehen hast«, sagte sie aufgeregt. »Weißt du noch, als ich das erste Mal mit Doll dort war? Wir sind mit dem Bus vom Bahnhof zum Campingplatz gefahren und haben eine lange Strecke zurückgelegt, vorbei an all diesen wunderschönen Villen. Ich weiß noch, dass ich mich gefragt habe, was für Leute dort leben. Und jetzt kommt's: Eine dieser Villen ist zufällig ein Fünfsternehotel. Das bedeutet, dass wir diese Leute sein können, wenigstens für ein Wochenende. Es sieht so schön aus. Man kommt sich wie in einem Palast auf dem Land vor, aber vor der Tür gibt es eine Bushaltestelle, sodass man in fünf Minuten im Stadtzentrum ist, wenn man will!«

Ich grinste und wollte sie nicht darauf hinweisen, dass ein Fünfsternehotel wahrscheinlich über einen eigenen Fahrdienst zum *centro storico* verfügte.

»Florenz ist doch nicht so weit von Genf entfernt, oder?«, fragte Tess. »Ich meine, du könntest dich dort mit mir treffen, nachdem du dich um Bella gekümmert hast. Es wäre sowieso nicht gut, wenn wir zur gleichen Zeit am gleichen Ort ankommen würden.«

Ich war dankbar, dass sie es mir so leicht machte.

Bevor wir wieder zusammenkamen, hatte ich lange darüber nachgedacht, was es bedeuten würde. Ich wusste, dass ich die Teile an ihr, die ich nicht so sehr mochte, wie ihre völlig selbstlose Hingabe an Hope oder ihre Eifersucht auf Charlotte nicht ändern konnte. Ich musste mich auf das Gesamtpaket Tess einlassen, solange sie mich haben wollte.

Ich glaube, ihr ging es genauso. Sie fand es immer noch schwierig, wenn ich mit Charlotte sprach, aber wir hatten beide die Entscheidung getroffen, einander zu akzeptieren und zu vertrauen.

Seltsamerweise empfand ich das nicht als Einschränkung, es fühlte sich eher befreiend an.

47. Kapitel

Bella befand sich in der Babyspeck-und-Pickel-Phase der Pubertät, die Flora nie durchgemacht hatte. Ihre Kleider sahen ein paar Nummern zu klein aus, ihre Blusenknöpfe spannten über der sich entwickelnden Brust. Die Frau, die sie einmal sein würde, blieb im Kokon der Adoleszenz verborgen, aber das Kind, das sie noch immer war, konnte sich nicht beherrschen, mir in die Arme zu springen.

Als wir uns der Schule näherten, bemerkte ich weiße Farbflecken an den Mauern, die nicht ganz verdeckten, wo sie das Graffiti von Extinction Rebellion hingeschmiert hatte.

»Es tut mir leid, dass Mummy dich gezwungen hat zu kommen.«

»Kein Problem.«

»Doch! Denk an das CO2!«, gab sie verärgert zurück.

»Wie läuft es denn, abgesehen von den Protesten?«, fragte ich, als wir nebeneinander auf harten Stühlen vor dem Büro der Schulleiterin saßen.

»Das ist das Problem mit eurer Generation! Ihr denkt, dass der Klimawandel irgendwie vom Rest des Lebens getrennt ist.«

»Das stimmt.«

Ich fragte mich, wie um Himmels willen ich mit der Schulleiterin sprechen sollte, denn meine Tochter schien ziemlich gute Argumente zu haben.

»Mummy ist immer genervt«, antwortete Bella auf meine Frage. »Flora ist immer mit ihrem Freund zusammen.«

»Flora hat einen Freund?«

»Keine von ihnen schert sich um den Planeten. Sie finden mich öde.«

Sie starrte unglücklich auf den Boden.

»Ich finde nicht, dass du öde bist. Ich bin sogar stolz auf dich.«

»Ehrlich, Daddy?«

»Ja, ehrlich. Aber ich glaube nicht, dass ein Hungerstreik viel für die Sache bringen wird.«

»Das hab ich nur gesagt, weil ich dachte, sie können mich nicht rauswerfen, wenn ich vor den Toren hungere.«

Bellas Schulleiterin war eine beeindruckende Frau in meinem Alter, die ganz eindeutig schon weitaus gravierendere Probleme in den Griff bekommen hatte als eine zwölfjährige Umweltaktivistin.

»Diese Schule setzt sich dafür ein, das Bewusstsein junger Menschen für die Umwelt zu schärfen. Aber auf dem eher orthodoxen Weg, indem wir die Wissenschaftler der Zukunft unterrichten. Wir können es nicht dulden, dass Schüler schwänzen, Eigentum verunstalten oder sich und andere gefährden.«

»Natürlich nicht«, sagte ich.

Bella wirkte fassungslos, dass ich ihrem Verweis einfach zustimmte. Ich nahm an, dass dies die Reaktion war, die die Schulleiterin erwartete.

»Da es sich um ein erstes Vergehen handelt, Bella, und ich weiß, dass deine Absichten ehrenwert sind, bin ich bereit, dir zu erlauben, freitags in der Pause friedlich am Schultor zu demonstrieren. Aber nur, und das muss ich ausdrücklich betonen, nur wenn sich deine Noten in den naturwissenschaftlichen Fächern deutlich verbessern. Hört sich das vernünftig an?«

Bella, die es überforderte, so ernst genommen zu werden, brach in Tränen aus.

»Du kannst jetzt in deine Klasse gehen.«

»Darf ich den Tag nicht mit Daddy verbringen? Er ist extra aus London gekommen?«

»Ich könnte dich doch von der Schule abholen?«, bot ich schnell an, da ich unser Glück nicht ausreizen wollte.

Die Schulleiterin stand auf, schüttelte mir die Hand und dankte mir für mein Kommen. Ich versicherte ihr, dass ich in Zukunft an den Elternabenden teilnehmen würde.

Als ich ihr Büro nach weniger als zehn Minuten wieder verließ, wurde ich das Gefühl nicht los, dass ich unter Vortäuschung falscher Tatsachen nach Genf gelockt worden war. Der Stress durch die Scheidung von Robert machte Charlotte offensichtlich zu schaffen. Wir mussten besprechen, wie wir die Verantwortung für die Mädchen gleichmäßiger verteilen konnten.

Ich rief Tess an, die sicher in Florenz gelandet war, und erklärte ihr die Situation. Mein Flug ging am nächsten Morgen. Ich würde um die Mittagszeit ankommen.

»Es wird dir gefallen«, sagte sie. »Hier gibt es die größten Kronleuchter, die ich je gesehen habe, und unser Zimmer hat bemalte Decken und eine riesige Vase mit duftenden rosa Lilien. Ich brauche nicht einmal rauszugehen, denn hier ist es wie im Märchen.«

Das Haus, in dem meine Töchter wohnten, war auf drei Seiten von Bäumen umgeben, die vierte bot einen Ausblick auf einen Pool und den See. An den Wänden des großen, offen gestalteten Wohnbereichs erkannte ich einige große Gemälde von Peter Doig, einem Künstler, von dem erst vor Kurzem bei einer Auktion über zehn Millionen Pfund für ein Werk erzielt worden waren. Ich fragte mich, ob sie Teil der Scheidungsverhandlungen waren.

Blessing, die Haushälterin, wohnte mit ihrem Mann, der sich um den Garten kümmerte, in einem Nebengebäude auf dem Grundstück. Sie kümmerte sich um alle praktischen Belange, einschließlich der Zubereitung eines Büfetts, das Charlotte als kalte Küche bezeichnete. Wir bedienten uns an Platten, die auf der Insel standen, die die Küche vom Essbereich trennte. Charlotte und ich saßen an den Enden eines Refektoriumstisches, Bella auf der einen Seite und Flora und ihr Freund François auf der anderen Seite.

Fasziniert beobachtete ich den ersten Mann, der das Herz meiner älteren Tochter erobert hatte und in dessen Gegenwart sie ihre kühle Gelassenheit verlor und abwechselnd kicherte oder ihn anhimmelte. Ich hatte einen Playboy in einem schicken italienischen Anzug und Slippern ohne Socken erwartet. Von daher war ich überrascht und erleichtert, einem 17-jährigen Franzosen mit Brille zu begegnen, der noch Pickel auf der Stirn hatte und sich eindeutig für einen Intellektuellen hielt.

François war Leiter des Debattierclubs der Schule, strebte ein Studium an der Sciences Po und eine Karriere in der Europäischen Union an. Sein Englisch war nicht annähernd so gut, wie er glaubte, und so sprachen wir alle Französisch. Charlotte protestierte, als er sie mit dem förmlichen »vous« ansprach, obwohl sie ihn gebeten hatte, sie zu »tutoie«.

»Bitte, ich fühle mich wie 100!«, sagte sie mit einem kleinen Lachen, das jedoch verklang, als François mit den Schultern zuckte, als wollte er sagen, dass sie so alt sei und sich auch so fühlen könne.

Als Bella berichtete, was die Schulleiterin gesagt hatte, erklärte François ihr, dass eine Veränderung nur durch internationale Vereinbarungen und nicht durch Aktivismus erreicht werden könne. Bellas Veganismus sei naiv, weil in Brasilien mehr Wald für die Sojaproduktion abgeholzt werde als für die Rinderzucht.

»Bitte gib ihr nicht noch mehr Gründe, kein Eiweiß zu essen«, sagte Charlotte und gähnte theatralisch.

»Dann kannst du ja genauso gut einen Big Mac essen«, spottete Flora.

»Hört auf!«, schrie Bella. »Das meinte ich, Daddy. In der Schule haben Flora und François einen Anti-Mobbing-Ausschuss gegründet, aber mich schikanieren sie ständig!«

»Verstehst du denn gar keinen Spaß?«, fragte Flora.

»Veganer sind nicht gerade für ihren Sinn für Humor bekannt«, bemerkte Charlotte und zwinkerte François zu, der irritiert die Stirn runzelte. Offenbar war er es nicht gewohnt, dass ein Elternteil mit ihm flirtete.

Bella stand auf und warf ihre Serviette auf den Tisch, ihre Augen glühten vor rechtschaffener Empörung.

Plötzlich war ich wieder im Haus meiner Eltern. Ross trat mich unnachgiebig unter dem Tisch und machte sich über alles lustig, was ich sagte, während meine Mutter ihn bewundernd ansah und mein Vater mich warnte, ich müsse mir schon was Besseres einfallen lassen als *Hör auf!*, wenn ich in der Welt überleben wolle.

»Also, ich gebe Bella recht«, hörte ich mich sagen. »Das ist Mobbing.«

Jetzt richteten sich alle Blicke auf mich und sie starrten mich an.

»Es ist leicht, Reden zu schwingen. Bella lässt den Worten Taten folgen. Außerdem glaube ich, dass der Großteil der Sojaproduktion als Rinderfutter dient und nicht von Veganern verzehrt wird. Wer ist hier also naiv?«

Ich hatte im Vorfeld ein paar Artikel über den Klimawandel gelesen, damit Bella und ich auch etwas zu reden hatten. Soweit ich das beurteilen konnte, war das, woran sie glaubte, unstrittig. Jeder, der nicht wenigstens versuchte, seine Ernährung umzustellen, war entweder faul oder leugnete den Klimawandel.

»Ich wünschte, du würdest hier wohnen, Daddy«, sagte Bella traurig.

Flora schwieg.

Ihr Freund, der versuchte, seinen Stolz zu retten, sagte: »Das ist eine interessante Perspektive, Sir.«

»Ist François nicht ein unsympathischer Langweiler?«, fragte Charlotte laut, als der Junge wegging, woraufhin Flora zur Haustür zurückeilte, um sich zu vergewissern, dass er schon davongeradelt war und es nicht gehört hatte, bevor sie in ihr Zimmer stürmte.

»Besser als irgendein Jetsetter mit einem Porsche und einer Tasche voller Kokain.«

»Findest du?«, fragte Charlotte nur halb im Scherz.

»Er ist nicht so, wie ich mir Floras erste Liebe vorgestellt habe, aber er scheint ziemlich harmlos zu sein.«

Charlotte zündete sich eine Zigarette an.

»Es ist mein Haus«, antwortete sie, als ich eine Augenbraue hochzog, und warf mir das Päckchen zu.

Ich hatte keine Zigarette mehr geraucht, seit ich sie das letzte Mal gesehen hatte, und wollte mir gerade eine nehmen, als mir einfiel, wohin diese kleine Übertretung damals geführt hatte.

»Wer war deine erste Liebe?«, fragte Charlotte und blies einen perfekt geformten Rauchring aus.

Mir schoss ein Bild von Tess durch den Kopf, wie sie mit 18 das goldene Mosaik in der Apsis von San Miniato al Monte betrachtet hatte, aber damals hatte ich noch nicht gewusst, dass sie meine erste Liebe war.

In Floras Alter war meine einzige Erfahrung mit dem anderen Geschlecht ein paar Mädchen mit leuchtend blauem Lidschatten, die beim Abschlussball unserer Schwesternschule auf der anderen Seite des Saals zusammenhockten. Marcus und ich fragten uns damals, wie man den nächsten Schritt machte, nachdem man bedeutungsvoll zu »Africa« von *Toto* getanzt hatte.

»Ich weiß nicht«, antwortete ich.

»Ich dachte, das wäre *ich* gewesen!«, sagte Charlotte.

Ich war mir nicht sicher, ob sie spöttisch oder beleidigt klang.

Als ich Charlotte zum ersten Mal gesehen hatte, lag sie in einem weißen Bikini auf einer Liege neben dem Whirlpool, den mein Vater gerade in unserem Garten aufgestellt hatte. Ross' unglaublich sexy Freundin.

»Ich hab dich begehrt. Aber ich hab dich nie geliebt und du mich auch nicht.«

»Nicht?«, fragte sie leicht wehmütig.

Sie konnte schon immer ein Erdbeben unter meinen Füßen auslösen, wenn ich mich auf sicherem Boden wähnte. Plötzlich standen diverse Fragen im Raum, die ich ganz sicher nicht stellen wollte.

»Erinnerst du dich an unser erstes Mal?«, fragte sie.

»Ja.«

»Du willst wohl nicht ...«

»Nein!«, sagte ich sofort.

In der darauf folgenden Stille rechnete ich fast damit, dass sie mir vorwerfen würde, ich würde ihr etwas unterstellen, was sie gar nicht gemeint hatte, aber stattdessen starrte sie nur auf den Boden.

In diesem riesigen Raum wirkte sie klein und zerbrechlich.

»Es ist nicht so, dass du nicht immer noch sehr attraktiv wärst«, sagte ich, unbeholfen wie ein Teenager.

»Immer noch?«, wiederholte sie. »Gott! Jetzt komme ich mir wirklich wie 100 vor!«

Sie warf den Kopf zurück, als wollte sie die Tränen schnell zurück in ihre Augen treiben.

»Sei ehrlich, Charlotte, der einzige Grund, warum du mich jetzt willst, ist, dass du mich nicht haben kannst.«

»Ach ja?«

Das konnte ich nicht beantworten und wollte nicht den Fehler machen, es zu versuchen.

»Du hast mal gesagt, du würdest alles tun, um mit mir zusammen zu sein.«

Das stimmte. Die Vorstellung, meine Familie zu verlieren, hatte mich verzweifeln lassen. Aber seither waren beinahe zehn Jahre vergangen und ich hatte Tess kennengelernt.

»Die Mädchen sind jetzt fast erwachsen«, sagte ich.

»Die Mädchen! Und was ist mit mir?«

»Charlotte, du hast mich verlassen«, sagte ich und verspürte das Bedürfnis, sie auf die Realität hinzuweisen.

»Und jetzt rächst du dich?«

»Ehrlich nicht. Ich liebe einfach nur eine andere.«

Das Erdbeben ließ nach und der Boden unter meinen Füßen wurde stabiler.

»Ich bin sicher, du findest wieder jemanden«, sagte ich.
»Nicht jemand so Nettes wie dich.« Sie schniefte.
»Du willst doch gar keinen Netten.«
»Da hast du wahrscheinlich recht.«
Sie sah mir in die Augen und lächelte. »Du bist herzlich eingeladen, das Wochenende in der Gästesuite zu verbringen. Die Mädchen wären begeistert.«
»Danke, aber ich sollte eigentlich in Florenz sein. Tess wird an diesem Wochenende 40.«
»Ach, Herrgott, Gus. Das hättest du sagen sollen! Jetzt komme ich mir noch mehr wie eine Bitch vor.«

48. Kapitel

»*La signora* ist spazieren gegangen«, sagte der Mann am Empfang in der opulenten Halle der Villa Cora. »Sie sagte, Sie wüssten, wo Sie sie finden.«

Ich fragte mich, in welchem Alter in Italien aus einer Signorina eine Signora wurde. Oder nahm er einfach an, dass wir verheiratet waren?

Zur Basilika San Miniato führte eine 30-minütige Wanderung. Eine Straße schlängelte sich durch einen Wald den Hang hinauf und bot gelegentlich durch die sanften grünen Pinien einen Blick auf die berühmte Kathedrale von Florenz. Als ich mich unserem Treffpunkt näherte, begann mein Herz schneller zu schlagen und mir war flau im Magen. So fühlte ich mich immer, wenn ich vor Publikum sprechen musste. Ich rannte die drei steilen Steintreppen hinauf, die Tess und ich fast sechs Jahre zuvor gemeinsam hinuntergegangen waren, und hielt dann einen Moment inne, um mich zu sammeln.

Gerade kam eine Touristengruppe aus der Kirche und es herrschte aufgeregtes und lautes Durcheinander um die richtige Platzwahl, als ihr Führer sie für ein gemeinsames Foto vor der grün-weißen Marmorfassade zusammenrief, bevor er sie zum Bus zurückführte. Dann, als ihr Geplapper allmählich verstummte, war es still.

Ich drückte die schwere Holztür auf und als ich diesen riesigen, dunklen Tempel der Stille betrat, weckte der Geruch von Staub und Weihrauch Erinnerungen.

Wieder einmal zog es mich die Stufen hinauf zum erhöhten Altarraum, um das riesige byzantinische Christusmosaik in der Apsis näher zu betrachten.

Als ich oben ankam, ging das Licht an, für das man einen Euro bezahlen musste, und dort stand meine Liebe. Ihr zartes zitronengelbes Kleid war in dem Licht weiß, ihr Lächeln so strahlend wie damals, als ich sie mit 18 zum ersten Mal dort gesehen hatte, und dann 16 Jahre später, als wir uns kennenlernten und verliebten.

»Heirate mich!«, sagte ich und streckte die Arme aus.

»Ja!«, sagte sie und nahm meine Hände.

Und dann ging das Licht aus.

Anschließend standen wir Hand in Hand auf der Terrasse und blickten auf das herrliche Panorama von Florenz und die bewaldeten Hügel der Umgebung.

»Es ist schon komisch«, sagte Tess. »Als ich das erste Mal hier stand, dachte ich, das sei die perfekte Kulisse für eine Hochzeit. Das passte eigentlich gar nicht zu mir. Ich war nie ein Mädchen, das sich in einem langen weißen Kleid sah. Aber jetzt gerade fühlte es sich wie die perfekte Hochzeit an, vor Gott, aber ohne dass man einen Priester braucht, denn das ist der Teil, den ich an Religion nicht mag.«

Wenn die Gedanken so aus ihrem Mund sprudelten, hatte sie einen speziellen Gesichtsausdruck. Und wenn wir getrennt waren, und sei es auch nur ganz kurz, vergaß ich immer, wie sich diese Lebendigkeit auf mein Gesicht zu übertragen schien, sodass auch ich unwillkürlich lächeln musste.

Zurück im Hotel bestand sie darauf, mich durch alle Salons und Gärten zu führen, damit sie mir die luxuriöse Einrichtung zeigen konnte. Als wir schließlich die Tür zum Schlafzimmer öffneten, konnte ich es nicht mehr erwarten, mit ihr zu schlafen, und wir stolperten vollständig bekleidet auf das Himmelbett, umhüllt von dem berauschenden, himmlischen Duft von rosa Lilien.

*

An jenem Nachmittag waren wir die einzigen Gäste am Pool, denn es war noch viel zu kalt, als dass sich ein Italiener hineingewagt hätte. Ein Kellner brachte mir eine Flasche Sprudelwasser und Tess eine Kanne Tee mit einem Tellerchen Mandelkekse.

Tess schüttete Wasser in ihre Tasse und fluchte. »Warum tun Italiener nie den Beutel in die Kanne?«, fragte sie und stand von ihrem Liegestuhl auf. »Und immer ist das Wasser lauwarm!«

Manchmal sieht man Menschen in einer fremden Umgebung mit anderen Augen. Als ich Tess beobachtete, wie sie mit der Teekanne in der Hand zur Poolbar marschierte, so entschlossen wie eine Aristokratin aus den 1930er-Jahren, um einen Vortrag über die richtige Teezubereitung zu halten, fiel mir auf, wie auffällig dünn sie in ihrem Badeanzug war. Ein Hauch von Unbehagen durchlief mich, wie die leichte Brise auf der flachen blauen Wasseroberfläche.

Ich wusste, wie sehr sie es hasste, zum Arzt zu gehen, und nach allem, was sie durchgemacht hatte, konnte ich ihr das kaum verübeln. Doch wenn wir wieder in England waren, würde ich darauf bestehen, dass sie wegen ihrer Magenbeschwerden noch mal zum Hausarzt ging. Vielleicht würde ich sogar mitkommen. Nicht jetzt, ermahnte ich mich und unterdrückte den Impuls, etwas zu sagen, als sie mit triumphierendem Gesicht zurückschlenderte, gefolgt von einem livrierten Kellner mit einer dampfenden Teekanne auf einem Tablett.

Ich durfte diesen Moment nicht verderben.

Das Auto setzte uns neben dem Ponte Vecchio ab, der immer noch voller Menschen war, die einen Schaufensterbummel machten und Selfies im Sonnenuntergang schossen. Einige der Auslagen in den kleinen Juwelierläden leuchteten golden, andere funkelten silbern.

»Siehst du einen, der dir gefällt?«, fragte ich Tess und deutete auf eine gepolsterte Unterlage mit Diamantringen.

»Wirklich?«, fragte sie und ihre Augen leuchteten kurz auf, ehe die Vernunft siegte. »Hier zahlt man wahrscheinlich doppelt so viel für die Sachen. Ich meine, sieh mal, da stehen nirgends Preise dran. Das bedeutet, dass es wirklich teuer ist, Gus.«

»Es bedeutet wahrscheinlich, dass sie den Preis nach deinem Aussehen festlegen«, sagte ich.

»Aber wir sehen wahrscheinlich ziemlich reich aus.«

Ich trug einen grauen Leinenanzug mit weißem Hemd, sie ein Kleid, das ihr früher perfekt gepasst hatte, jetzt aber an ihr herumschlackerte und ihre langen Glieder und die blasse Haut betonte.

»Es wäre passend, dir hier etwas zu kaufen«, sagte ich.

»Als würde sich der Kreis schließen?«

Wir waren nur wenige Meter von der Stelle entfernt, an der wir uns zum ersten Mal geküsst hatten.

»Was ist mit dem da?« Ich zeigte auf einen schlichten Goldring mit einem Solitärdiamanten.

»So etwas bekommt man in der Bond Street oder überall auf der Welt.«

»Und der?« Ich zeigte auf einen mit fünf Steinen.

»Der ist schön«, sagte sie. »Aber da steht nicht gerade Italien drauf, oder?«

Ich blieb noch etwas enttäuscht vor dem Fenster stehen, während Tess schon weiterging.

»Hey, komm her und sieh dir den an!«

Sie hatte das einzige Schaufenster voller Farben entdeckt, in dem Schmuck aus venezianischem Glas und Kameen aus Neapel ausgestellt waren. Sie zeigte auf einen Silberring mit einem flachen, ovalen Mosaik einer Lilienblüte, die aus unterschiedlich getöntem Marmor zusammengesetzt war.

»Sieht aus wie ein schöner italienischer Fußboden«, sagte sie.

Ich bezweifelte, dass irgendjemand jemals seinen Verlobungsring aus diesem Grund gewählt hatte.

Der Laden war so winzig, dass wir uns hineinquetschen mussten.

»Möchte die *signora* ihn tragen?«, fragte der Besitzer.

Auf dem Weg zum Restaurant hielt sie ihre linke Hand hoch und drehte sie in die eine oder andere Richtung, dann sah sie mit einem geheimnisvollen Lächeln zu mir hoch.

*

Ich hätte wissen müssen, dass ein riesiges Beefsteak mit angekohlter Kruste, aber innen noch blutig, für Tess nicht so ein Genuss war wie für mich. Als ich in dem eleganten Restaurant mit den weißen Tischtüchern und einem Kellner saß, der entschied, wann mein Glas mit Chianti aufgefüllt werden sollte, wünschte ich, ich wäre ihrem Vorschlag gefolgt. Sie hatte einfach auf der Piazza Santo Spirito auf der weniger protzigen Seite des Flusses im Freien eine Pizza essen wollen.

Tess kämpfte tapfer mit ein paar kleinen Stücken vom durchgebratenen Rand des Steaks und bezeichnete die Rosmarin-Patatini als die besten Kartoffeln, die sie je gegessen habe. Als ich jedoch eher blutiges Fleisch von der Platte nahm, stand sie plötzlich auf. »Es tut mir so leid, mir ist nicht so gut.«

»Wie?«

Sie schluckte.

»Ich gehe nur kurz zur Toilette.«

Es verging einige Zeit. Ich legte Messer und Gabel weg, ich hatte keinen Appetit mehr. Der Kellner versuchte, mein Glas nachzufüllen, doch ich lehnte mit einer Geste ab. Als ich gerade zu ihr gehen wollte, kam Tess zurück. Sie sah blass aus.

»Alles gut«, sagte sie. »Das muss der Kaffee gewesen sein. Er schlägt mir immer auf den Magen, aber der Duft beim Frühstück war so köstlich, dass ich nicht widerstehen konnte.«

»Warum glaubst du, dass es der Kaffee war?«

Seit dem Frühstück waren mindestens zwölf Stunden vergangen, es schien also eine sehr verspätete Reaktion zu sein.

Tess senkte die Stimme und sah sich um, um sicherzugehen, dass uns niemand zuhörte. »Wenn du es unbedingt wissen willst, das Erbrochene sah aus wie Kaffee.«

»Dein Erbrochenes sah aus wie Kaffeesatz?«

»Was ist los?«, fragte sie, als ich aufstand und den Kellner heranwinkte, um zu bezahlen.

»Es tut mir so leid, Tess. Ich glaube, wir müssen dich ins Krankenhaus bringen.«

Erbrochenes, das wie Kaffeesatz aussieht, ist eines der Symptome, die bei Medizinern die Alarmglocken läuten lassen. Es deutet auf verdautes Blut im Magen hin. Das kann verschiedene Ursachen haben, aber manche davon müssen umgehend behandelt werden.

Der Arzt in der Notaufnahme nahm sie über Nacht zur Beobachtung auf, um die Ergebnisse der Bluttests abzuwarten und gleich am nächsten Morgen eine Endoskopie durchzuführen.

Ich wollte bei ihr bleiben, aber das war nicht erlaubt.

»Bitte geh und genieße das schöne Zimmer«, sagte Tess, ließ meine Hand los und versuchte, mich hinauszuscheuchen. »Ehrlich, das Bett ist so bequem, dass man selbst als Prinzessin keine Erbse unter der Matratze spüren würde!«

Sie bemühte sich so sehr, es mir leichter zu machen. Ich ärgerte mich über mich selbst, weil ich meinerseits nicht in der Lage war, ein freundlicheres Gesicht aufzusetzen, um ihr die Nacht zu erleichtern, die für sie nicht sehr angenehm werden würde.

»Ich komme gleich morgen früh wieder«, versprach ich.

»Ehrlich, hetz dich nicht. Für das Frühstück in der Villa Cora könnte man sterben! Nicht buchstäblich, hoffe ich!«

Sie brachte sogar noch schwarzen Humor zustande.

Ich ergriff erneut ihre Hand, aber sie zog sie weg, winkte und lächelte tapfer, als ich ging.

Wenn meine Kinder krank waren oder Schmerzen hatten, hatte ich mir immer gewünscht, ich könnte ihnen den Schmerz abnehmen und ihn selbst erleiden. Jetzt, als ich allein den weißen Krankenhausflur entlangging, fühlte ich dieselbe seltsam überwältigende Liebe für Tess. Sie war das Licht in meinem Leben, sie war in meinem Blut, sie war ein Teil von mir.

Tess

49. Kapitel

Frühjahr 2020

Wenn ich aufwache, kann ich am Licht, das durch die Jalousien fällt, erkennen, wie spät es ist. Es sind Holzlamellen, wie der Rest der Wohnung sehr einfach und zweckmäßig, obwohl sie ein Vermögen kostet. Im Großen und Ganzen ziehe ich Vorhänge vor, weil sie wärmer sind, aber man kann keine Vorhänge vor Industriedesignfenstern anbringen. Das Licht der Morgendämmerung ist kühl und farblos, eine andere Qualität als der gelbe Schein der Straßenlaternen in der Nacht. Ich schätze, es ist etwa sieben Uhr.

Auf der anderen Seite des Zimmers kann ich gerade noch die gerahmte Zeichnung von mir erkennen, die Gus in Syrakus gemacht hat. Manchmal frage ich mich, ob ich tatsächlich dieselbe Person bin, die das Glück hatte, mit so viel Liebe gezeichnet zu werden.

Unser Bett ist riesig und superbequem und ich genieße den Kokon unserer Bettdecke so sehr, dass ich immer warte, bis ich unbedingt zur Toilette muss, bevor ich aufstehe. Aber heute geht die Türklingel so beharrlich, dass offenbar eine Lieferung kommt, wahrscheinlich für einen der Nachbarn. Heutzutage wird alles nur noch geliefert.

Ich warte, bis der Aufzug den zweiten Stock erreicht hat, dann öffne ich die Tür einen winzigen Spalt, die Kette ist noch vorgelegt. Es ist ein großer Karton und er ist an mich adressiert.

Der Zusteller bleibt in zwei Metern Abstand stehen. Er macht ein Foto davon.

»Haben Sie heute Geburtstag?«, fragt er.

»Schön wär's«, sage ich und öffne die Tür ein wenig weiter, denn ich sehne mich nach Unterhaltung, selbst mit einem Fremden, aber dann halte ich inne. Nur weil er der erste Mensch ist, mit dem ich seit einiger Zeit persönlich spreche, braucht er nicht meine Lebensgeschichte zu erfahren. »Danke!«

Der Karton ist so groß, dass ich ihn kaum fassen kann, aber er ist leicht, also schiebe ich ihn vorsichtig mit dem Fuß über die Holzdielen.

Als ich hier einzog, kam es mir anfangs wie eine Wohnung aus einem Film vor. Überall Glas und nackte Backsteinwände. Das Wohnzimmer ist offen gestaltet und so groß, dass es an einem Ende einen Essbereich mit einem Holztisch und am anderen eine Sitzecke mit zwei Sofas gibt, und es trotzdem noch leer wirkt. Dazwischen befindet sich die Küche, alles aus rostfreiem Stahl, und es gibt einen Tresen wie in einem Spitzenrestaurant aus *MasterChef*, wo die Kandidaten in der letzten Woche für einen anspruchsvollen Küchenchef arbeiten. Anfangs rief ich sogar bei Käse auf Toast »Bedienung!«, wenn ich die Teller abstellte.

Mit Gus war es unser Zuhause, aber allein komme ich mir manchmal immer noch wie ein Eindringling vor.

In dem großen Karton befindet sich ein Strauß rosa Lilien – die mit dem betörenden Duft. Die Stiele stecken in einem Beutel mit Wasser, in dem man einen Goldfisch transportieren würde, den man auf dem Jahrmarkt gewonnen hat. Ich brauche also keine Vase, aber als ich sie auf den Tresen stelle, breitet sich der Beutel aus und die Blumen lassen die Blüten mit den orangefarbenen Pollen gefährlich nahe über der Oberfläche baumeln.

Marmor wird fleckig. Ich erinnere mich, dass Doll mir das erzählte, als sie ihr erstes Haus kaufte und den Bodenbelag und alles selbst aussuchen musste. Seit ich hier wohne, bin ich mit Ketchup sehr vorsichtig geworden. Jetzt gibt es ein paar orangefarbene Pollentupfer und ich beherrsche mich, sie wegzuwischen, um es nicht noch schlimmer zu machen. Ich hole den Handstaubsauger und sauge den Pollenstaub auf. Die Katastrophe ist abgewendet. Es ist ein winziger Sieg, aber es fühlt sich wie ein gutes Omen an.

In den Lilien steckt eine Karte mit Pflegehinweisen, aber es ist keine Nachricht dabei, von wem sie stammen.

Sie müssen von Gus sein. Wenn er Nachtschicht hat, stellt er mir manchmal eine Papiertüte mit einem Croissant zum Frühstück vor die Tür. Aber heute dachte er wahrscheinlich, ich bräuchte mehr Aufmunterung.

Ich knipse ein Foto und versende es per WhatsApp mit der Nachricht:

Keine Karte, aber ich nehme an, die sind von dir.
Vielen Dank! Bis später.

Dann denke ich: Was, wenn sie nicht von ihm sind? Wird er annehmen, ich versuche, ihm ein schlechtes Gewissen zu machen?

Das bezweifle ich, denn wenn ich in meinen 40 Jahren etwas gelernt habe, dann das, dass Männer nicht so viel hineininterpretieren wie Frauen. Oder wie ich zumindest.

Ich sehe, dass er zuletzt gegen Mitternacht online war. Da hat er mir eine Nachricht geschickt:

Gute Nacht x

Das Krankenhaus ist völlig überlastet und die Schutzkleidung so schwer an- und auszuziehen, dass ich während seiner Schichten nichts von ihm höre.

Die Stadt hat jetzt einen anderen Rhythmus. Jeder Tag ist wie Weihnachten, aber auf keine gute Art. Die Straßen sind unnatürlich ruhig, was seltsam ist, weil hier in der Gegend viele Menschen leben, aber sie sind alle so reich, dass sie in ihre Zweitwohnungen gezogen sind.

Der Eingang zur City wird von Drachen auf Sockeln bewacht, wobei sie so klein sind, dass ich den am Ende unserer Straße erst nach mehreren Monaten bemerkt habe. Jetzt streichle ich ihn ein bisschen, weil das Glück bringen soll. Anschließend muss ich das kleine Fläschchen Desinfektionsmittel herausholen.

Es ist jetzt weniger gefährlich, nach oben zu blicken und die einzigartige Skyline aus Glas- und Kirchtürmen zu bewundern, denn es gibt keine piepsenden, zurücksetzenden Lastwagen mehr und keine gehetzten Angestellten, die einen mit dem Handy am Ohr vom Bürgersteig drängen. Die Dickens'schen Gassen sind menschenleer. Das einzige Zeichen, dass wir uns nicht im 19. Jahrhundert befinden, sind die gelben Doppellinien, die den größten Teil der engen Straßen einnehmen.

Man kann den Smithfield-Fleischmarkt schon riechen, bevor man das Gebäude überhaupt sieht, obwohl ich nicht weiß, ob er noch in Betrieb ist. Jedenfalls ist er nicht ausgelastet, weil alle Restaurants geschlossen haben. In den Cafés in der Nähe riecht es derzeit nicht nach gebratenem Speck für das Frühstück der Schlachter, die die ganze Nacht wach gewesen sind. Das hat früher den Geruch von Blut und Sägemehl in der Luft überdeckt.

Mein Ziel ist ein typisches Citygebäude, eine Mischung aus alt und neu. Man betritt es durch einen Torbogen und geht über Kopfsteinpflaster, zur Linken steht eine kleine Kirche. Dann kommt ein weiterer Torbogen und dahinter ein Innenhof mit Beeten voller gelber Rosen. Durch eine Tür gelangt man in ein riesiges, modernes Atrium, das nur aus Glas besteht und wie ein hochwertiges Flughafenhotel aussieht. Ein Aufzug bringt einen in den siebten Stock.

Ich bin überrascht, wie wenige von uns diesmal da sind, wahrscheinlich, weil wir jetzt alle Abstand halten müssen und man keine Begleitperson mitbringen darf. Wenn man sich mit niemandem unterhalten kann, während man wartet, ist es noch unheimlicher.

Um ehrlich zu sein, ist meine Mutter die Person, die ich am liebsten hier bei mir hätte.

Ich vermisse sie auch nach 20 Jahren noch, obwohl ich nicht mehr ständig an sie denke, so wie früher. Es sind vor allem die extremen Situationen. Wenn etwas Schönes passiert, bin ich immer noch kurz aufgeregt bei der Aussicht, es ihr zu erzählen; wenn ich mich dann daran erinnere, dass ich das nicht kann, fühlt sich die Erfahrung irgendwie unvollständig an.

So wie auf der Party, die mein Verlag bei Waterstones Piccadilly anlässlich der Veröffentlichung meines Romans veranstaltet hat, den ich ihr gewidmet habe: *Meiner inspirierenden Mum, Mary Lucy Costello.*

Ich musste immer wieder zur Toilette eilen, um ein wenig zu weinen, wenn ich daran dachte, wie sehr es ihr gefallen hätte.

Wenn sie jetzt hier wäre, würde sie meine Hand halten und mich beruhigen. Sie würde nicht versuchen, mich aufzumuntern, wie es Leute tun, die nie selbst eine Chemotherapie erlebt haben.

In den Tagen vor ihrem Tod, als ich an ihrem Bett saß und mich leise mit ihr unterhielt, bat ich sie einmal, mir ein kleines Zeichen zu geben, falls es ein Leben nach dem Tod gäbe.

Sie hatte gelacht. »Ich kann dir keinen Glauben geben, Tess. Diesen Schritt musst du selbst tun. Und dann ergibt sich alles andere von selbst.«

Doch am Tag ihrer Beerdigung war ein weißer Schmetterling in unserem Badezimmer, obwohl es für Schmetterlinge eigentlich ein bisschen spät im Jahr war. Danach tauchte jedes Mal, wenn ich sie brauchte, ein weißer Schmetterling auf. Und jetzt, obwohl es schon über 20 Jahre her ist, schaue ich aus dem Fenster, berühre den Anhänger an meiner Halskette und hoffe, einen zu sehen.

Die Aussicht ist fantastisch. Es könnte tatsächlich eine sehr exklusive Rooftop-Bar sein. In gewisser Weise ist es das wohl auch. Es herrscht eine angenehm ruhige Atmosphäre, und das Personal, das sich um jeden Wunsch kümmert und sorgfältig den maßgeschneiderten Cocktail zubereitet, ist äußerst professionell.

Ich denke an meinen Dad, wie er hinter der marmorierten Cocktailbar in Annes Wohnzimmer steht.

»Was trinkst du?«

Hier wird das Zeug intravenös verabreicht und es ist so tödlich, dass die Krankenschwestern Schutzkleidung tragen müssen, wenn sie damit hantieren.

Vielleicht ist der siebte Stock zu hoch für Schmetterlinge? Normalerweise scheinen sie in Strauchhöhe zu flattern, obwohl ich im Radio einmal eine Sendung darüber gehört habe, dass sie von Nordafrika nach Großbritannien ziehen. Ich glaube, sie müssen eine extrem hohe Luftströmung erwischen, denn bisher hat noch keiner erzählt, dass er an der Küste von Kent einen Schmetterlingsschwarm gesehen habe, was doch ein ziemlich bemerkenswertes Ereignis wäre, oder?

Eine kurze Googlerecherche ergibt, dass Schmetterlinge so hoch wie das Empire State Building fliegen können. Wer hätte das gedacht?

Sind viele Schmetterlinge ein Schwarm? Google sagt, eine Wolke oder ein Schwarm, aber da heißt es auch, dass eine Menge Flamingos eine Kolonie sind.

Es klingt so, als könnte man sich jeden beliebigen Namen ausdenken.

Eine einsame Möwe schießt ein paarmal am Fenster vorbei, fast so, als wollte sie sich als weißer Schmetterling ausgeben, aber Mum würde mir nie eine Möwe schicken. Sie traute ihnen nicht mehr, nachdem in der Lokalzeitung gestanden hatte, dass eine Möwe einem Kleinkind auf der Promenade Pommes frites aus der Hand gerissen hatte.

In dem Achtsamkeitskurs, den ich besuchte, bevor das alles passierte, lernten wir Entspannungstechniken.
Stell dir deinen Lieblingsort vor.
Manchmal kann ich mich in die Villa Cora vor den Toren von Florenz zurückversetzen, an diesen himmlischen, hedonistischen Nachmittag in unserer Suite mit den bemalten Decken. Die Fenster sind geöffnet und eine Brise umschmeichelt unsere nackten Körper mit der Wärme Italiens, während wir uns auf

dem märchenhaften Himmelbett lieben. Und es fühlt sich noch wunderbarer an als vorher, weil wir uns gerade fürs Leben aneinander gebunden haben.

Wenigstens hatten wir diesen einen perfekten Nachmittag. Viele meiner Gedanken beginnen dieser Tage mit »wenigstens ...«.

Die Endoskopie ergab, dass mein Leben nicht unmittelbar in Gefahr war, sodass ich am nächsten Tag das Krankenhaus in Florenz verlassen durfte. Sie versprachen, die Ergebnisse der Biopsien an meinen Hausarzt in London weiterzuleiten.

Mit strahlendem Lächeln bedankten wir uns beim Krankenhauspersonal und versuchten, so zu tun, als ob unser besonderes Wochenende nach einem unangenehmen Zwischenfall ungestört weitergehen würde. Aber danach war es nicht mehr dasselbe. Gus fragte ständig, wie es mir ginge, und als ich ihm sagte, er solle damit aufhören, schossen mir in der darauffolgenden Stille so viele Gedanken durch den Kopf, dass ich mich plötzlich fragte, ob eine Minute oder eine Stunde vergangen war, ohne dass wir gesprochen hatten.

An jenem Nachmittag schlenderten wir durch ruhige Straßen, die von Olivenhainen und Villen mit Kaskaden von Glyzinien gesäumt waren. Es ist erstaunlich, dass die echte toskanische Landschaft nur wenige Meter vor der Stadtmauer beginnt.

Im *centro storico* machten wir uns auf den Weg zur *Gelateria dei Neri*, um Waffeln zu kaufen, wobei wir uns beide an die Zwei-Geschmacks-Regel erinnerten. So verlockend es auch sein mag, eine dritte Sorte zu kaufen, die Geschmacksnerven sind immer zu kalt, um sie herausschmecken zu können. Gus wählte *nocciola* und Zitrone, ich entschied mich für *fior di latte* und Birne, aber ich glaube, wir waren beide enttäuscht. Vielleicht waren wir durch unsere Zeit auf Sizilien verdorben oder es war zu früh im Jahr. Oder vielleicht lag es auch daran, dass ich jedes Mal die Sorge in Gus' Gesicht sah, wenn ich schluckte.

»Was willst du jetzt tun?«, fragte er, als wir auf einer Steinbank auf der Piazza Santa Croce saßen.

»Keine Kirchen und Museen mehr!« Ich erinnerte mich daran, dass Doll das vor über 20 Jahren an genau derselben Stelle gesagt hatte. Damals hätte ich mir nicht vorstellen können, dass es mir einmal genauso gehen würde.

Die feuchte Luft machte mir das Atmen schwer und ich war erschöpft vom Laufen auf Kopfsteinpflaster. Plötzlich konnte ich es nicht mehr ertragen, dass all meine besonderen Erinnerungen an die Stadt getrübt wurden, und so nahmen wir einen Bus in die Hügelstadt Fiesole, wo Gus noch nie gewesen war. Die Luft dort oben war frischer und es gab ein römisches Theater. Ich erinnerte mich, wie ich mit 18 Jahren auf der Bühne gestanden und »Morgen und morgen und morgen« gerufen hatte und Doll mir von einem der steinernen Ränge aus applaudierte. Jetzt standen wir einfach oben und waren uns einig, dass es toll sein musste, hier eine Theateraufführung zu sehen.

In dem kleinen Museum vor Ort bot uns die Sammlung griechischer Vasen etwas, auf das wir uns konzentrieren konnten. Wir lasen gründlich alle Beschriftungen und informierten uns über eine Kunstform, die zuvor keiner von uns beachtet hatte und die uns nicht besonders interessierte.

Schließlich schloss das Museum, wir saßen in einer Bar und genossen die Aussicht auf das ferne Florenz, die wie der Hintergrund eines Renaissanceporträts wirkte. Als es dunkel wurde, nahmen wir den Bus zurück ins Stadtzentrum, um ein letztes Mal über den Ponte Vecchio zu laufen. Wir waren beide so in Gedanken, dass wir nicht daran dachten, ein Selfie an unserem

Platz zu machen, bis wir schon Hunderte von Metern hinter der Brücke waren und keiner von uns Lust hatte, zurückzugehen.

»Wo willst du heiraten?«, fragte Gus und hakte sich bei mir ein, als wir mit schnellen Schritten zum Hotel gingen.

»Mal sehen«, sagte ich.

Ich lächelte ihn an, um ihm zu zeigen, dass ich wusste, was er tat, und dass ich ihm dankbar war, aber ich konnte nicht so tun, als ob ich mir nicht mehr Sorgen machte als je zuvor.

Ich war keine Ärztin, aber ich wusste, dass man keine Biopsien macht, wenn da nichts ist, oder?

Gus' Freund Jonathan, der eine Koryphäe auf seinem Gebiet ist, empfing mich sofort, nachdem er die Ergebnisse erhalten hatte. Er sagte, es sei ein Glück, dass ich die BRCA-Genmutation habe, denn dadurch hätte ich Zugang zu mehr klinischen Studien.

Es ist schon komisch, wie oft Krebspatienten gesagt wird, sie hätten Glück. Beim ersten Mal, als ich gerade 33 war, sagten die Leute, ich hätte Glück gehabt, dass ich den Knoten in meiner Brust ertastet hatte, als er noch klein war. Dass er sich nur auf ein paar meiner Lymphknoten ausgebreitet hatte, dass ich jung und fit genug war, um mich recht schnell von der Operation zu erholen.

Jetzt, mit 40, hatte ich inoperablen Magenkrebs, aber ich hatte das Glück, zu einer Gruppe von Menschen zu gehören, die faszinierende Killergene geerbt hatten.

»Willst du damit sagen, dass es unheilbar ist?«, fragte ich, weil ich nicht wollte, dass Gus dies in einem informellen Gespräch zwischen befreundeten Ärzten tun und dann entscheiden musste, ob er es mir sagen sollte.

»Fragst du wegen einer Lebensversicherung?«, erkundigte sich Jonathan.

»Nein«, sagte ich.

»In diesem Fall sage ich, dass es derzeit sehr unwahrscheinlich ist, dass wir ihn loswerden. Aber du bist jung und ansonsten fit. Wenn wir dich also lange genug am Leben erhalten können ... man weiß ja nie.«

Woraufhin ich mich fragte, was er wohl gesagt hätte, wenn ich wegen einer Lebensversicherung gefragt hätte.

Manchmal ertappe ich mich dabei, wie ich darüber nachdenke, was gewesen wäre, wenn.

Was, wenn ich meinem Arzt bei meiner letzten Nachsorgeuntersuchung von meinem Gewichtsverlust erzählt hätte, als er fragte, wie es mir ginge? Aber er hatte alle meine Unterlagen und wenn es ihn nicht beunruhigte, warum sollte es mich beunruhigen?

Was, wenn ich die Hausärztin gefragt hätte, ob sie angesichts meiner Vorgeschichte sicher sei, dass meine Magenprobleme nur eine leichte Gastritis wären? Das tut man aber nicht, weil man so erleichtert ist, dass die Ärztin nicht besorgt zu sein scheint, und man möchte schließlich nicht neurotisch wirken.

Jonathan sagte, dass es sich um einen Krebs handelte, der bei einer früheren Endoskopie möglicherweise gar nicht erkannt worden wäre, da er sich unter einem Geschwür gebildet hatte. Daher hätte die Diagnose auch so gelautet. Selbst ein PET-Scan hätte ihn möglicherweise nicht entdeckt, weil im Magen bereits so viel los ist.

Ich glaube, das half Gus ein wenig, seine Schuldgefühle zu überwinden, weil er nicht stärker insistiert hatte.

Meine eigene Theorie über die BRCA-Genmutation ist, dass dieser Dreckskerl mich sowieso erwischt hätte. So wie meine Mutter und wahrscheinlich viele Generationen von Frauen in meiner Familie vor ihr. In gewisser Weise war es also besser, es nicht gewusst zu haben, denn es gibt noch andere Szenarien.

Wenn ich beispielsweise gewusst hätte, dass es Krebs ist, als ich in Australien die ersten Symptome bekam? Hätte ich meinen Roman beendet, wäre ich wieder mit Gus zusammengekommen oder hätte ich einen perfekten Nachmittag in einem Himmelbett in einem Zimmer mit bemalten Decken in meiner Lieblingsstadt verbracht?

Wenigstens hatten wir eine schöne Zeit, bevor sie mir direkt über dem Herzen oben in die Brust ein Loch stachen, um den Chemotherapiecocktail leichter in meine Venen pumpen zu können.

*

Die ersten Zyklen schienen mich zu stabilisieren und ich machte eine Behandlungspause, als mein Buch veröffentlicht wurde. Ich entschied mich für ein Kopftuch und nicht für eine Perücke, die auf den Fotos sowieso unweigerlich schief sitzen würde. Doll schminkte mich.

»Ich habe dich immer als Bestsellerautorin gesehen«, sagte sie, während sie mir falsche Wimpern aufklebte und einen Spiegel vorhielt, damit ich sehen konnte, wie natürlich sie aussahen.

»Hast du es gelesen?« Ich hob die Augenbraue, die sie mir gerade aufgemalt hatte.

»Natürlich!«, sagte sie. »Es ist wirklich gut, Tess. Ich habe Lust bekommen, wieder nach Italien zu fahren.«

Wahrscheinlich machte mich diese Kritik glücklicher als jede positive Zeitungsrezension. Doll hatte nur einen einzigen anderen Roman bis zum Ende gelesen, und auch nur, weil ich sie dazu gezwungen hatte.

»Ist das nicht der Beweis dafür, dass etwas passiert, wenn man es visualisiert?«, fragte sie.

»Man kann doch nichts für andere visualisieren, oder?«

»Du weißt, was ich meine, oder?«

Sie wollte sagen, dass sie immer an mich geglaubt hatte, aber sie drückte es einfach anders aus. Denn wenn es nur um Visualisierungen ginge, wäre es wahrscheinlich besser gewesen, wenn sie sich ein krebsfreies Leben für mich vorgestellt hätte. Natürlich ist es nicht ihre Schuld. Doll war fantastisch gewesen.

In der Nacht vor meiner Hochzeit übernachteten wir zusammen in einem Doppelzimmer im Ritz und unterhielten uns in unseren getrennten Doppelbetten. Am Morgen half sie mir beim Anziehen. Ich hatte mich nie in einem langen weißen Kleid gesehen, aber als ich in einem der schicken Vintageläden im Norden Londons ein elfenbeinfarbenes Seidenkleid aus den 1920er-Jahren mit zarter Spitze entdeckte, änderte ich meine Meinung. Es passte perfekt und löste die Frage, was ich auf meiner Glatze tragen sollte, denn dazu gehörte ein Spitzenschleier, der mit einem Seidenband um die Stirn gebunden wurde, wie bei einem Flapper-Girl.

»Sehr *Downton Abbey*«, sagte Doll, was so ziemlich das größte Kompliment war, das sie mir machen konnte. Aber es brachte mich fast dazu, doch eine Jeans anzuziehen.

Natürlich war sie meine Trauzeugin, in einem rosa Chanelkostüm.

Nash flog ein, um Gus' Trauzeugin zu sein, und tauchte in einem Kleid mit Volants auf. Perfekt für den roten Teppich.

»Wahrscheinlich ein bisschen übertrieben«, sagte sie. »Aber ich habe euch zusammengebracht und ich wollte schon immer mal die gute Fee spielen.«

»Gus' gute Fee«, korrigierte Doll sie. »Ich bin die von Tess. Aber da du Dr. Sue bist, nehme ich es dir nicht übel.«

Wir heirateten im Rathaus von Islington.

Es sollte keine große Sache werden, aber Doll hatte Brendan angerufen, um es ihm mitzuteilen, und als wir auf die Upper Street hinaustraten, stand Hope in einem apricotfarbenen Satin-Brautjungfernkleid mit Hoody und Turnschuhen auf dem Bürgersteig und sang Abbas »I Do, I Do, I Do, I Do, I Do« für einen beeindruckten Flashmob aus Samstagmorgenshoppern.

Gus sagte, er würde ein Mittagessen mit ein paar Freunden im Pub organisieren, aber als wir ankamen, war das Lokal leer.

»Sehen wir nach, ob sie draußen sind«, sagte Gus und legte einen Finger an die Lippen, um Hope zu signalisieren, dass sie still sein sollte. Dann führte er mich in einen mit Wimpeln und Luftballons geschmückten Garten, in dem alle auf uns warteten, die in unserem Leben jemals eine wichtige Rolle gespielt hatten.

Gus war immer für Überraschungen gut.

Hope setzte sich ans Klavier und spielte den »Hochzeitsmarsch«, während unsere Freunde und Familien einen Spalier bildeten, Rosenblätter warfen und jubelten. Gus nahm mich in die Arme und küsste mich im Schatten der Weinreben, während herzförmige Heliumballons über uns im Sonnenschein glitzerten.

So ziemlich jeder, den wir kannten, war da, einige von ihnen hatten von weit her anreisen müssen. Brendan war mit der ganzen Familie aus Australien gekommen; Kevin mit Shaun aus

New York; Flora mit ihrem sehr ernsten französischen Freund François aus Genf. Bella unterhielt sich angeregt mit Milo, dem Sohn von Marcus und Keiko, mit dem sie als Kind gespielt hatte. Es gab ein Büfett mit köstlichem italienischem Essen, das Stefania und Salvatore aufgetischt hatten, aber die Stimmung war eher irisch, denn aufseiten meiner Familie wurde viel gesungen. Nach ein paar Gläsern sang Dad »I Will Love You« mit Hope im Chor, und ich dachte daran, wie sehr das Mum gefallen hätte.

»Vielen Dank«, sagte ich zu Gus, als wir eine Tanzpause einlegten, um zuzusehen, wie unsere Familien und Freunde zum ersten Mal vereint waren und irgendwie alle miteinander auskamen.

»Oh, das hier ist angekommen«, sagte Gus und nahm einen Umschlag aus der Innentasche seines Jacketts.

Es war eine dieser Karten, die man im Internet aus einem Handyfoto erstellen kann. Die Nachricht lautete »Herzlichen Glückwunsch!« und das Bild zeigte Sandy vor der wunderschönen Barockfassade des Doms in Ortigia, in der Hand ein Exemplar der italienischen Ausgabe meines Romans. Direkt neben ihr stand Alessia und hielt ihr einen Teller mit Kuchen hin, den die Einwohner von Syrakus »die Augen von Santa Lucia« nennen. Sie haben also auch ihr Happy End bekommen. Nicht Santa Lucia natürlich, obwohl der Märtyrertod für eine Gläubige wahrscheinlich nichts Schlechtes ist.

Gus und ich lieben das Eheleben. Oder vielleicht lieben wir einfach nur das Leben noch mehr. Im letzten Sommer schienen die Abende länger und milder zu sein und die Rosen in den Londoner Parks stärker zu duften; im Herbst roch die Luft rauchiger, die Blätter sahen goldener aus; im Winter erhellte das von den

Glastürmen der Stadt reflektierte Sonnenlicht die kürzesten Tage. An diesem schönen Frühlingsmorgen erscheint der Himmel blauer, das Vogelgezwitscher lauter und die Blüten wirken üppiger als je zuvor.

Das Geschenk, das der Krebs mit sich bringt, ist ein geschärftes Bewusstsein für die Schönheit der Gegenwart, ein bisschen so, als würde man in David Hockneys Videoinstallation der vier Jahreszeiten leben.

Es ist erstaunlich, worauf sich der menschliche Körper einstellen kann. Manchmal fühlt man sich während einer Chemotherapie so schrecklich, dass man sich weder daran erinnert, wie es war, gesund zu sein, noch sich vorstellen kann, dass es einem jemals wieder besser gehen könnte. Dann hat man eine Pause und plötzlich ist Frühling. Man spaziert durch Highbury Fields, erfreut sich am grünen Gras und an den vielen gelben Narzissen, die im Wind tanzen, und fühlt sich so glücklich wie nie zuvor.

Man gewöhnt sich an die Routine: Chemo, Scan, Pause, Scan, Chemo, Scan, Pause. Bis es eines Tages hieß: Chemo, Scan, Pause, Scan, Lockdown.

Ich hätte nie gedacht, dass es einmal eine Zeit geben würde, in der ich ungeduldig darauf warte, dass meine Chemotherapie wieder beginnt.

Zu den Merkwürdigkeiten am Coronavirus gehört, dass Krebs nichts Besonderes mehr ist, was vielleicht gar nicht so schlecht ist. Krebs ist schrecklich, aber das sind viele andere tödliche Krankheiten auch, und die werden nicht mit solcher Ehrfurcht behandelt. Jetzt ist man einfach jemand mit »Vorerkrankungen«.

Wenigstens redet niemand mehr davon, dass man positiv eingestellt sein muss, denn jeder weiß, wenn die Krankenhausbetten knapp werden, kann man so positiv sein, wie man will, man bekommt trotzdem nicht als Erster ein Beatmungsgerät.

Wenigstens hat meine Behandlung wieder begonnen, denn viele Krebsbehandlungen wurden verschoben.

Wenigstens kann Gus Marcus' Stadtwohnung nutzen, denn Marcus und Keiko arbeiten von ihrem Haus auf dem Land aus, und es wäre weder vernünftig noch sicher, wenn Gus den ganzen Tag bei Covidpatienten wäre und dann zu mir und meinem geschwächten Immunsystem nach Hause käme.

Gus bot mir an, seine Arbeit aufzugeben, um mit mir in einer Blase zu leben, aber als Krebspatientin wünscht man sich am meisten, normal behandelt zu werden. Man ist vielleicht nicht mehr so lange da, wie man gehofft hatte, aber man will nicht seine Identität verlieren, solange man noch da ist. Und dem NHS wollte ich in der Krise einer Pandemie ganz bestimmt keinen Arzt wegnehmen. Damit hätte ich nicht leben können.

Doll bestand darauf, die ersten Wochen hierzubleiben. Ich glaube, alle dachten, der Lockdown würde wesentlich schneller vorbei sein.

»Du kannst nicht einfach nur herumsitzen und darauf warten, dass die Chemo wieder losgeht«, sagte sie.

»Aber was ist mit den Kindern?«

»Die sind bei Dave gut aufgehoben.«

Wir schauten in der Zeit Serien und plauderten. In gewisser Weise gab es niemanden, den ich lieber bei mir gehabt hätte, denn wir haben so viel zusammen erlebt. Außerdem kann ich bei ihr über die Zukunft sprechen, ohne dass ich Angst in ihren Augen sehe, was Gus nie ganz verbergen kann.

»Ich wollte, dass wir zusammen alt werden«, sagte sie eines Abends. »Und auf eine Kreuzfahrt gehen und unverschämte alte Weiber sind.«

»Das hier ist ein bisschen wie auf einer Kreuzfahrt, oder?«, erwiderte ich. »Eingesperrt in einer Kabine und außerstande, das Schiff zu verlassen?«

Als klar wurde, dass das Ganze nicht nur vorübergehend sein würde, zwang ich sie, zu ihrer Familie zurückzukehren.

»Was wirst du den ganzen Tag tun?«, fragte sie.

»Ich habe beschlossen, meinen zweiten Roman zu schreiben«, erklärte ich. »So habe ich etwas zu tun und ich finde jetzt keine Ausrede mehr, mich nicht an den Computer zu setzen.«

Als ich ein Kind war, dachte ich, dass der Sinn von Geschichten darin bestünde, einen in andere Welten zu entführen, aber jeder Dozent für Kreatives Schreiben, den ich je hatte, sagte, ich solle über das schreiben, was ich kenne.

Es war Nash, die den Samen für meinen ersten Roman säte, als sie darüber sprach, dass meine Geschichte mit Gus ein modernes Märchen sei. Dann gab Sandy mir das Vertrauen, sie zu schreiben.

Es endete damit, dass sich zwei Menschen, deren Wege sich viele Jahre lang gekreuzt hatten, zum ersten Mal begegneten. Als ich *Ende* schrieb, dachte ich ehrlich, dass es das sei.

Ein paar Monate später erinnerte ich mich daran, wie meine Tante Catriona zu meiner Mutter gesagt hatte, dass das Verlieben nur der Anfang der Geschichte sei. Und plötzlich wollte ich herausfinden, ob es für meine Figuren, die so unterschiedlich waren und alle ihre prägenden Jahre getrennt verbracht hatten, überhaupt möglich war, für immer glücklich zu sein.

Bitte begehen Sie nicht den Fehler, zu glauben, dass es sich hier um eine reine Autobiografie handelt, bei der einige Namen geändert wurden, wie es in den Danksagungen immer heißt. Aber wenn Teile davon etwas weit hergeholt klingen, könnte das daran liegen, dass die Realität verrückter ist als die Fantasie.

Wer hätte es zum Beispiel geglaubt, wenn letztes Jahr zu Silvester verkündet worden wäre, dass wir für das neue Jahr keine guten Vorsätze fassen müssten, weil ein Fluch auf dem Planeten laste, der ihn in drei Monaten völlig verändern würde?

Wer hätte zum Beispiel gedacht, dass Hope ein TikTok-Star werden würde, nachdem Jessy sie beim Singen von »Pie Jesu« gefilmt und das dann gepostet hatte?

Ich fand immer, dass Hope und Santa Lucia etwas gemeinsam haben. Vor zwei Jahrtausenden dauerte es zweihundert Jahre, bis die Nachricht von der geheimnisvollen Geschichte der Heiligen um die Welt ging. Hopes bizarre Darbietung verbreitete sich über Social Media und innerhalb von zwei Wochen hatte sie eine halbe Million begeisterter Follower.

Ich glaube, das lag zum Teil an ihrem Namen. Jeder braucht ein bisschen Hoffnung. Ihre engelsgleiche Stimme spendet den Menschen Trost in schweren Zeiten. Aber sie ist keine Heilige. Keiner von uns ist das. Sie ist ein Mensch, der Schwierigkeiten hat, sich mitzuteilen, aber sie berührt die Welt mit ihrem Gesang.

Was an sich schon ein Wunder ist, wenn man darüber nachdenkt.

*

Wenn ich über Gus und mich schreibe, wird mir klar, dass wir, selbst wenn wir zusammen waren, die meiste Zeit auf unterschiedlichen Seiten standen. Nicht nur buchstäblich. So verpassten wir uns immer wieder, auch nachdem wir uns kennengelernt und verliebt hatten.

Die Türklingel summt. Die Nachbarn von unten haben ihre Pizza heute Abend schon bekommen. Es ist ein bisschen spät für eine weitere Lieferung. Ich nehme den Hörer ab.
»Hallo?«
»Ich bin's!«
»Okay, einen Moment ...«
Ich laufe den ganzen Weg durch die Wohnung bis auf die Dachterrasse.
Gus steht sechs Stockwerke tiefer und schaut nach oben. Er ist auf dem Weg zur Arbeit. An seiner Körperhaltung erkenne ich, dass er ausgeruht und bereit ist, wieder loszulegen. Sein Gesicht hellt sich auf, als er mich sieht, dann runzelt er die Stirn und fragt: »Wie war es heute?«
»Okay. Bin aber müde.«
»Ich hoffe, du hast eine gute Nacht.«
»Ich auch!«, erwidere ich fröhlich, obwohl wir beide wissen, dass das unmöglich ist. Die Steroide bewirken, dass der ganze Körper kribbelt und man einsam in den stillen Nachtstunden wach liegt, obwohl man vollkommen erschöpft ist, bis die Kakofonie des Vogelgezwitschers in der Morgendämmerung jede Chance auf Schlaf zunichtemacht.
»Ich liebe dich, Tess«, ruft er.
»Und ich dich, Gus.«
Ich beuge mich vor und strecke meine Hand nach ihm aus, wie Rapunzel ohne Haare. Er stellt sich auf die Zehenspitzen und streckt den Arm so weit wie möglich nach oben. Auch wenn er groß ist, reicht er nicht über die Erdgeschossfenster hinaus,

aber unsere Sehnsucht ist so stark, dass ich spüre, wie sie uns unsichtbar verbindet wie ein elektrischer Strom.

Er wirft mir einen Kuss zu und ich beobachte, wie er rückwärtsgeht. Dabei sieht er immer noch zu mir hoch, die ganze Straße hinunter, bis er an der Ecke stehen bleibt und lange winkt. Keiner von uns will sich als Erster abwenden, aber ich will auch nicht, dass er zu spät zur Arbeit kommt. Also winke ich ein letztes Mal energisch mit beiden Armen, dann gehe ich zurück in die Wohnung, erfüllt von dem traumhaften Gefühl, geliebt zu werden, was mir ein Lächeln ins Gesicht zaubert, während zugleich Tränen meinen Blick verschleiern.

Ich glaube, wenn meine Mutter mir früher Märchen vorlas, konzentrierte ich mich stets auf das »für immer« statt auf das »glücklich«.

Die Geschichte von Gus und mir ist nie einfach gewesen, aber mit ihm bin ich glücklicher gewesen, als ich es mir je hätte vorstellen können.

Ich glaube, er würde dasselbe sagen.

Und niemand lebt für immer, oder?

Danksagung

Bücher zu veröffentlichen, ist eine Gemeinschaftsleistung, und ich freue mich, dass Orion Books Wert darauflegt, allen, die an der Entstehung dieses Buches beteiligt waren, Anerkennung zu zollen. Ich bin euch allen sehr dankbar. Mein besonderer Dank gilt Sam Eades, dessen einfühlsame Reaktion auf das Manuskript und dessen Ermutigung mir so sehr geholfen haben. Es ist eine große Freude, mit dir zu arbeiten. Vielen Dank auch an Sarah Benton. Nach dem wunderbaren Mittagessen, bei dem wir uns alle zum ersten Mal getroffen haben, ging ich wie auf Wolken!

Wie immer muss ich mich bei Mark Lucas, Niamh O'Grady, Nicki Kennedy, Jenny Robson und Katherine West dafür bedanken, dass sie meine Arbeit unterstützt und gefördert haben.

Das Schreiben von Romanen ist eine einsame Angelegenheit und die Arbeit an diesem fühlte sich in der Tat sehr einsam an, da er größtenteils während des Lockdowns entstanden ist. Vielen Dank an alle Quizspieler: Liam, Benedict, Barbara, Sam, Jamie, Laura, Simon, Naomi, Jacob, Jake und Winnie da Clue, Susie und Les Lyonnaises und unserem fantastischen Quizmaster Connor für die Moderation seiner eigenen virtuellen Show.

Vielen Dank an meine brillanten Freunde: Lucy, Martha, Issy, Debra, Emily, Nicola, Kasia, Mark, Michael und Ajay, Sheree, Nick und Roz, Leah und David, Renée, Vanessa, Julia, Pat, Anne, Dee, Jane, Rod und Luke und Linda für all die Spaziergänge, Gespräche und das Lachen während dieser seltsamen Monate der Isolation und darüber hinaus.

Danke, Vadim Muntagirov und Marianela Nuñez, dass ihr mich jedes Mal glücklich macht, wenn ich euch tanzen sehe.

Vielen Dank an alle, die für den NHS unter solch unzumutbarem Druck arbeiten. Ich danke Ihnen, Michael. Besonders dankbar bin ich den Ärzten und dem Pflegepersonal des Royal Bournemouth Hospital, die mir am Weihnachtstag 2021 das Leben gerettet haben. Danke an alle auf der ESCU- Station 15, insbesondere an Branca, Anna, Sandiya, Mercy, Stacy und die außergewöhnlich netten Pink Ladys Hannah und Ellen, für ihre Hilfe und ihre Freundlichkeit. Vielen Dank an Jane, Jane und Emma für eure Unterstützung und Geduld. Vielen Dank an Glyn, Vi, Irene und Mr. Ghanbari vom Homerton Hospital für ihre kontinuierliche Betreuung.

Ich danke dir, Rumi.

Ich hätte dieses Buch nicht schreiben können ohne die Liebe und Unterstützung meiner wunderbaren Familie, die mir in den letzten Jahren in schwierigen Zeiten beigestanden hat. Ein dickes und herzliches Dankeschön an Pete, Becky, Giles, Nick und meinen geliebten Sohn Connor.